Håkan Nesser

Der Kommissar und das Schweigen

Roman

Aus dem Schwedischen
von Christel Hildebrandt

btb

Die schwedische Originalausgabe erschien 1997 unter dem Titel
»Kommissarien och tystnaden«
bei Albert Bonniers, Stockholm.

Dieses Buch ist auch als E-Book erhältlich.

Penguin Random House Verlagsgruppe FSC® N001967

3. Auflage der Neuausgabe August 2012
Deutsche Erstveröffentlichung 2001
Copyright © der Originalausgabe 1997 by Håkan Nesser
Copyright © der deutschsprachigen Ausgabe 2001 by btb Verlag
in der Penguin Random House Verlagsgruppe GmbH,
Neumarkter Str. 28, 81673 München
Satz: IBV Satz- und Datentechnik, Berlin
Druck und Einband: GGP Media GmbH, Pößneck
SL · Herstellung: sc
Printed in Germany
ISBN 978-3-442-74276-9

www.btb-verlag.de
www.facebook.com/btbverlag

Stellen Sie sich ein zwölfjähriges Mädchen vor.
Stellen Sie sich vor, dass sie vergewaltigt,
geschändet und ermordet wird.
Lassen Sie sich reichlich Zeit dabei.
Stellen Sie sich anschließend Gott vor.

M. Barin, Dichter

I

15. Juli

1

Das Mädchen in Bett Nummer zwölf wachte früh auf. Ein Sommermorgen. Durch die dünnen Gardinen drang sanftes Dämmerlicht in den Schlafsaal. Es begann behutsam die Nacht auszuwischen, das Dunkel aus den Ecken zu tragen, schnupperte an den ahnungslosen Träumen der anderen Mädchen. An ihren ruhigen Atemzügen. Das Mädchen blieb eine Weile liegen und lauschte ihnen. Vorsichtig versuchte sie Nuancen auszumachen. Kathrine schlief wie üblich auf dem Rücken und schnarchte leise mit offenem Mund. Belle zischte wie eine Schlange. Marieke zu ihrer Rechten schnaubte, ein Arm baumelte über den Bettrand und das dichte rote Haar lag wie ein Fächer auf dem Kopfkissen ausgebreitet. Ein Tröpfchen Speichel hing in ihrem Mundwinkel. Kurz spielte das Mädchen mit dem Gedanken, ihn mit dem Zipfel ihres Lakens abzuwischen, ließ es dann aber bleiben.

Sie hätte es Marieke erzählen sollen. Zumindest Marieke. Hätte etwas sagen sollen, eine Nachricht hinterlassen oder was auch immer. Aber jetzt war es zu spät dafür, und schließlich hatte sie gestern Abend noch nicht wirklich gewusst, was sie tun sollte. Hatte lange hin und her überlegt. Das war kein einfacher Beschluss. Sie war dagelegen und hatte ihn fast ausgebrütet, hatte sich in dem knarrenden Eisenrohrbett hin und her gewälzt bis tief in die Nacht hinein, bis Marieke und auch Ruth gefragt hatten, ob sie vielleicht krank wäre, und Belle sie mehrere Male gebeten hatte, diesen Lärm doch zu lassen.

Belle war ziemlich reizbar, aber sie hatte einen Vater, der Jellinek irgendwie nahe stand, und deshalb musste man sich gut mit ihr stellen. Das wurde jedenfalls behauptet. Es wurde so viel hier in Waldingen behauptet.

Sie hatte also im Bett gelegen und mit sich gerungen. Sie wusste nicht, wie spät es gewesen war, als sie endlich eingenickt war, und nicht, wie spät es jetzt war, aber besonders viele Stunden Schlaf konnte sie nicht abbekommen haben, das war zu spüren. Wie auch immer, am besten, sie stand jetzt auf. Sie hatte sich zwar immer auf ihren inneren Wecker verlassen können, aber es gab keinen Grund zu glauben, dass er sie auch weiter wach halten würde. Absolut keinen.

Vorsichtig schob sie die schwere Decke zur Seite und setzte sich auf. Holte Jeans, T-Shirt und Turnschuhe aus dem Schrank und zog sich hastig an. Spürte, wie sich in ihrem Zwerchfell Unruhe breit machte, verdrängte sie aber mit Hilfe ihrer Wut.

Mit ihrer Wut und ihrem Gerechtigkeitsgefühl.

In unterdrückter Hektik schnappte sie sich die restlichen Kleidungsstücke. Es war nicht einfach, alles auf einmal an sich zu raffen, aber sie schaffte es. Schnürte den Rucksack zu und schlich sich hinaus. Die Tür knarrte wie immer, als sie sie aufschob, und einige Treppenstufen gaben einen unglücklichen Jammerton von sich, als sie auf sie trat, doch in weniger als einer halben Minute war sie draußen.

Sie lief eilig über das taufeuchte Gras zum Waldrand und blieb erst stehen, als sie den kleinen Hügel hinter sich gelassen und die erste Talmulde erreicht hatte. Als sie außer Sichtweite des Hauses war. Außer Reichweite.

Eine Weile blieb sie zögernd im Blaubeergestrüpp stehen, zitternd in der noch anhaltenden Nachtkühle, während sie über Himmelsrichtungen nachdachte. Sie spürte, wie sie buchstäblich mit den Zähnen klapperte. Wenn sie geradeaus weiter durch den Wald ginge, müsste sie früher oder später zur großen Straße kommen, das wusste sie. Aber es war ein ganz schönes Stück bis dorthin. Auch wenn es ihr gelingen würde, sich ziemlich gerade zu halten, würde es mindestens eine halbe Stunde dauern, und es war natürlich nicht gesagt, dass sie nicht vielleicht aus Versehen im Kreis gehen würde. Das war ganz und gar nicht sicher. Ihr ganzes Leben lang hatte sie in der Stadt gewohnt, Wälder und Natur waren nicht gerade ein vertrautes Milieu.

Fremdes Revier, wie man so sagte.

Im normalen Fall hätte sie natürlich ein Gebet sprechen können. Zu Gott beten, dass er ihr beistehe und ihr ein Stück auf dem Weg helfe, aber das fand sie an diesem Morgen nicht passend.

Nicht passend und in gewisser Weise auch nicht ehrlich.

Gott hatte in letzter Zeit sein Gesicht gewechselt. Ja, das traf es ungefähr. Er war groß geworden, riesig und unergründlich und – auch wenn ihr dieser Gedanke nicht gefiel – ein klein wenig erschreckend. Über den sanften, bärtigen, Sicherheit ausstrahlenden Onkel ihrer Kindheit hatte sich ein Schatten gelegt.

Etwas Finsteres.

Und wenn sie es genau bedachte, dann begriff sie, dass gerade dieses Finstere der Grund dafür war, warum sie jetzt hier zögernd im Blaubeergestrüpp stand.

Zögernd und mit Angst und Wut kämpfend. Und mit ihrem Gerechtigkeitssinn, wie gesagt.

Genau deshalb.

Rechts fiel das Gelände ab. Zum See und dem geschlängelten Kiesweg zu Finghers Hof hin, wohin sie abends immer grüppchenweise gingen, um Milch zu holen. Kartoffeln, Gemüse und Eier.

Immer zu viert mit den beiden klapprigen Leiterwagen und Jellinek an der Spitze. Niemand hatte richtig verstanden, warum Jellinek immer dabei sein musste. Die Schwestern hätten doch genügt? Aber vielleicht wollte er sie nur vor Gefahren bewahren. Wahrscheinlich war es so. Finghers Hof war der einzige Kontakt, den sie mit der Anderen Welt hatten, wie Jellinek sie in seinen Reden, die er vormittags und am Abend hielt, zu bezeichnen pflegte.

Die Andere Welt?

Jetzt stehe ich in der Anderen Welt, dachte sie. Ich bin nicht mal zweihundert Meter in sie hineingelaufen, und schon weiß ich nicht mehr, in welche Richtung ich gehen soll. Vielleicht stimmte ja doch, was er gesagt hatte? Vielleicht war tatsächlich Jellineks Gott der richtige Gott und nicht ihr eigener, ihr guter, verzeihender und fast ein bisschen kindischer Freudengott?

»Teufel auch!«, murmelte sie und erschauerte wieder, diesmal aber vor allem wegen des Fluchs. Was um alles in der Welt nützte ein Gott, wenn er nicht gütig war?

Aber was wollte sie eigentlich tun, wenn sie es schaffen würde, zur großen Straße zu kommen? Ja, auf diese Frage hatte weder sie noch einer der Götter eine Antwort.

Das würde sich schon zeigen, wie ihre Großmutter immer zu sagen pflegte. Kommt Zeit, kommt Rat. Sie warf einen letzten Blick über den Hügel, auf die Gebäude dahinter, nur der alleroberste Teil des spitzen Dachs des Esssaals lugte noch zwischen den Bäumen hervor.

Und dann natürlich das große schwarze Kreuz, das anzunageln sie am ersten Tag mitgeholfen hatten. Sie holte tief Luft, kehrte allem den Rücken zu und machte sich auf den Weg hinunter zum See. Es war immer noch am sichersten, den vertrauten Kiesweg einzuschlagen.

Sie erreichte ihn genau bei der Riesenbirke, in die Marieke und sie geplant hatten, vor ihrer Abreise ihre Namen einzuritzen.

Vorausgesetzt, sie schafften es, sich nach draußen zu schleichen. Wenn sie sich zwanzig Minuten Zeit von dem Reinen Leben stehlen konnten, es ihnen gelang, ungesehen hinauszuhuschen und zurückzukommen. Eigentlich hatten sie sich keine große Hoffnungen in diese Richtung gemacht – es war eher etwas, was man so sagte – aber jetzt stand sie doch hier und strich mit den Händen über die weiße, glatte Rinde.

Das Reine Leben? dachte sie. Die Herde des Guten Lichts?

Die Andere Welt?

Scheißgerede.

Das Wort rutschte ihr ebenso schnell heraus wie gestern.

Scheißgerede. Da hatte sie es nicht unterdrücken können, wie eine böse, ungezogene kleine Sommerschwalbe war es ihr herausgeflogen, und plötzlich war es zu einer Wolke angeschwollen.

Ja, genau so war es gewesen. Eine dunkle, bedrohliche Wolke, die sich über alle Anwesenden im Saal des Lebens hängte. Die die Mädchen dazu brachte, die Luft anzuhalten, und Jellinek, seine bleichen Augen für Sekunden, die ihr wie Tage erschienen, auf sie zu richten.

»Ich möchte hinterher mit dir reden«, hatte er schließlich gesagt, und dann hatte sein Blick sie verlassen, und er hatte in seinem üblichen ruhigen Tonfall weitergesprochen. Über die Reinheit und das Weiße und die Nacktheit und all das andere.

Hinterher im Weißen Raum.

Aber auch dort hatte er nicht viele Worte an sie verschwendet. Nur die Tatsache festgestellt.

»Der Teufel, mein Mädchen. Du hast den Teufel in dir. Morgen werden wir ihn austreiben.«

Dann hatte er sie mit einer müden Handbewegung ins Bett geschickt.

Sie hatte davon gehört, dass man Teufel austrieb, aber sie wusste nicht, wie es vonstatten ging. Sie hatte geglaubt, das wäre etwas, womit sich nur die Erwachsenen beschäftigten, aber so war es wohl nicht. Jeder konnte vom Teufel besessen sein, sogar ein Kind, das hatte sie gestern Abend gelernt.

Und jetzt sollte er ausgetrieben werden. Sicher nicht gerade ein angenehmes Erlebnis. Sicher um einiges schlimmer als die Auspeitschung der Sünden, und obwohl sie nun seit mehr als zwei Wochen hier war, war es ihr immer noch nicht gelungen, sich an die Rute zu gewöhnen. Jedes Mal musste sie hinterher heimlich ein wenig weinen, und sie hatte nie bemerkt, dass eines der anderen Mädchen in ähnlicher Weise reagierte.

Plötzlich war das Weinen wieder in ihr. Ohne Vorwarnung brannte es in ihrem Hals, und dann liefen ihr die Tränen über die Wangen, sodass sie gezwungen war, sich an den Wegrand zu setzen. Sie wollte nur eine Weile dort sitzen bleiben, um die

Tränen laufen zu lassen, wollte warten, bis alles vorbei war. Es war doch lächerlich, mitten auf dem Weg dahinzuspazieren und dabei zu heulen. Auch wenn es bestimmt nicht später als sechs oder halb sieben war und obwohl sie kaum Gefahr lief, einem Menschen zu begegnen – so war es doch peinlich.

Sie zog ein Taschentuch aus ihrem Rucksack und putzte sich die Nase. Blieb dann sicherheitshalber noch einige Minuten sitzen – und gerade als sie aufstehen wollte, um weiterzugehen, hörte sie einen Zweig in der Nähe knacken. Und mit einer schnell anwachsenden Gewissheit wurde ihr klar, dass sie ganz und gar nicht so allein war, wie sie geglaubt hatte.

II

17.–18. Juli

2

»Und wer hat das behauptet?«, fragte Jung und öffnete eine Coca-Cola-Dose. »Dass er aufhören will, meine ich?«

Ewa Moreno zuckte mit den Schultern.

»Keine Ahnung, woher das Gerücht kommt«, sagte sie. »Aber Rooth und Krause haben gestern in der Kantine darüber geredet ... wundern würd's mich aber nicht.«

»Was?«, fragte Jung. »Was würde dich nicht wundern?« Er nahm ein paar kräftige Schlucke und versuchte anschließend nicht zu rülpsen.

»Dass er die Nase voll hat, natürlich. Er ist jetzt mindestens fünfunddreißig Jahre dabei. Und wie lange willst du noch weitermachen?«

Jung überlegte, während er diskret eine Wolke Kohlensäure durch die Nase ausstieß.

»Manchmal wird man ja auch schon vorzeitig abgeschossen«, sagte er. »Wenn man Glück hat, meine ich. Nein, ich versuche mich fit zu halten, indem ich gar nicht darüber nachdenke. Willst du?«

Er reichte ihr die Dose, und Moreno trank sie bis zum Boden leer.

»Verdammte Hitze«, sagte sie. »Ich glaube, ich habe seit heute Morgen drei Liter getrunken. Aber übrigens, du kannst doch Münster fragen. Wenn jemand es weiß, dann er.«

Jung nickte.

»Wie alt ist er?«

»Wer? Münster?«

»Nein, der Hauptkommissar natürlich. Er ist doch noch nicht sechzig, oder?«

»Keine Ahnung«, sagte Ewa Moreno. »Wie lange müssen wir hier eigentlich noch herumhängen? Es passiert ja doch nichts. Außer dass das Gehirn anfängt zu kochen.«

Jung schaute auf seine Uhr.

»Noch eine Stunde laut Befehl.«

»Fahr noch eine Runde«, sagte Moreno. »Dann kommt wenigstens noch etwas Zug in die Geschichte. Es ist ja wohl nicht Sinn der Sache, dass wir hier sitzen und uns einen Sonnenstich holen. Oder was meint der Inspektor?«

»Man muss bereit sein, auf seinem Posten zu sterben«, erwiderte Jung und startete das Auto. »Das steht im Reglement. Jedenfalls fände ich es verdammt schade, wenn er abspringen würde ... Es ist zwar manchmal nicht ganz einfach, aber trotzdem. Wohin soll's denn gehen?«

»Zum Kiosk, um noch mehr Cola zu kaufen«, sagte Moreno.

»Euer Wille ist mir Befehl«, erklärte Jung. »Aber ich glaube, ich nehme diesmal was ohne Kohlensäure. Verdammt, guck dir das an! Obwohl, es hängt schließlich in der Sonne ...«

Er deutete auf das gigantische Thermometer am Giebel der Schwimmhalle.

»Siebenunddreißig Grad«, stellte Moreno fest.

»Genau! So warm wie das Blut, nicht mehr und nicht weniger.«

»Ich habe Durst«, sagte Moreno.

Kommissar Van Veeteren kroch ins Auto und schloss die Augen.

»Diese Frau!«, knurrte er. »Und dieser Frau habe ich mein Leben geschenkt.«

Er stöhnte. Das Auto hatte über eine Stunde in der knallenden Hitze auf dem Marktplatz gestanden. Als er jetzt die Hände aufs Lenkrad legte, hatte er kurz den Geruch verbrannten Fleischs in der Nase. Zum Teufel, dachte er. Diesen Weg müssen wir alle mal gehen.

Der Schweiß lief ihm den Körper hinunter. Übers Gesicht, den Nacken und unter den Achseln. Er kurbelte die Scheiben herunter und wischte sich sorgfältig die Stirn mit einem zweifelhaften Taschentuch ab.

Betrachtete anschließend das nasse Tuch. Bestimmt waren auch ein paar Tropfen kalter Schweiß darunter.

Fünfundzwanzig Jahre meines Lebens! korrigierte er sich und startete den Wagen. Bog aus der Parkbucht. Ein Vierteljahrhundert!

Und jetzt hatte sie versucht, ihm noch einmal zwei Wochen zu stehlen. Er ging erneut ihr Gespräch durch.

Die Hütte draußen bei Maalvoort. Ja, vielen Dank ... Viel Platz. Vier Zimmer und Küche. Dünen, Strand und Meer ... Renate und er. Jess und die Zwillinge ...

Er wunderte sich darüber, wie sorgfältig sie die Sache geplant hatte. Das Gespräch hatte schon eine ganze Weile gedauert, getrieben von den günstigen Winden seines guten Willens, wie es schien, und dann waren plötzlich die Fragen und dieser Vorschlag vollkommen überraschend auf ihn niedergeprasselt ... Er hätte es besser wissen müssen. Verdammt, wurde er denn nie schlauer?

Hatte er nicht im August Urlaub? Da würde doch Jess endlich für ein paar Wochen nach Hause kommen. Wie wäre das schön, die Enkelkinder mit Großvater und Großmutter gemeinsam ... (der Teufel und seine Großmutter! war ihm da eingefallen, und er musste mitten in seiner Überraschung lachen) ... Das Haus war so ziemlich das Letzte gewesen, sie hatte sich erst spät darum gekümmert, und die meisten waren schon belegt gewesen. Wenn er seine Ruhe haben wollte, würde ihn nichts daran hindern, es gab genügend Platz für Privatsphäre, wie gesagt. Sowohl drinnen als auch draußen ...

Eine gewisse Planung lag mit Sicherheit dahinter. Das war eine klassische Überrumpelung, dachte er. Eine typische, elegante Überrumpelung seitens seiner ehemaligen Ehefrau, die in alten, trüben Wassern fischte. Verdammte Scheiße.

Er stellte die Stereoanlage an und gleich wieder aus.

Jess und die Kinder ...

»Wie schade«, hatte er geantwortet.

Und Erich hatte auch versprochen zu kommen, zumindest für ein paar Tage.

»Wie schade, meine Liebe. Das ist dir zu spät eingefallen. Ich habe schon gebucht.«

»Gebucht?« Ihre Augenbrauen waren in ehrlichem Zweifel in die Höhe geschossen. »Du hast gebucht?«

»Kreta!«, stieß er auf gut Glück aus. »Zwei Wochen vom Ersten an.«

Sie glaubte ihm nicht. Das sah er sofort, die eine Augenbraue sank zurück in die Ausgangsposition, während die andere wie ein stummer, geknickter Verweis in der Stirn haften blieb.

»Kreta«, wiederholte er vollkommen unnötigerweise. »Rethymnon, aber ich wollte auch rüber auf die Südseite ... und, tja ...«

»Fährst du allein?«

»Allein? Verdammt, natürlich fahre ich allein. Was denkst du denn?«

Er krachte mit dem linken Vorderrad gegen den Rand einer Verkehrsinsel und fluchte laut und herzhaft.

Ein Vierteljahrhundert also! Fünf Jahre in Freiheit, und immer noch war sie da und konnte aus dem Hinterhalt ihre Pfeile abschießen. Worauf war sie eigentlich aus? Er erschauerte mitten in der Sommerhitze. Wischte sich mit dem Taschentuch über den Nacken. Bog auf den Rejmer Plejn ab und fand einen freien Parkplatz unter einer der Ulmen.

Kreta? dachte er und stieg aus. Warum eigentlich nicht? Ja, genau. *Warum eigentlich nicht!* Wenn man die Unschuld mit einem neuen Hymen wiederherstellen konnte, dann dürfte es doch wohl eine einfache Sache sein, aus einer Notlüge eine rückwirkend fungierende Wahrheit zu machen.

Ich drücke mich heute ja elegant aus, dachte er bei sich. Beim Teufel und seiner Großmutter! Eine rückwirkend fungierende Wahrheit! ... Ich sollte noch heute mit meinen Memoiren beginnen.

Er überquerte den Marktplatz. Schob sich einen Zahnstocher in den Mund und betrat das Reisebüro an der Ecke.

Die Frau, die vorne am Schalter saß, hatte ihm den Rücken zugekehrt, und es dauerte eine Weile, bis ihm klar wurde, wer sie war. Ihr kastanienbraunes Haar war seit dem letzten Mal noch ein bisschen kastanienbrauner geworden, und ihre Stimme hatte eine deutlich hellere Tonlage angenommen.

Dem Teufel sei Dank.

Ulrike Fremdli. Als er sie das letzte – und einzige – Mal getroffen hatte, war gerade ihr Ehemann ermordet worden. Van Veeteren rechnete kurz nach und kam zu dem Schluss, dass es im Februar gewesen sein musste. Im vergangenen Februar – diesem feuchtkalten, gottverlassenen Monat, der gelobten Zeit der Hoffnungslosigkeit, wie Mahler es zu nennen pflegte. Sie hatten in einem einfachen, aber gemütlichen Wohnzimmer in einem ganz normalen, gemütlichen Reihenhaus draußen in Loewingen gesessen. Er und Ulrike Fremdli, die frisch gebackene Witwe. Er hatte ihr die üblichen, klinisch trostlosen Fragen vorgelegt, und er war von ihrer Art beeindruckt gewesen, mit ihnen umzugehen.

Mit den Fragen und mit ihrer eigenen, schockartigen Trauer. Als er sie verließ, war ihm klar gewesen, dass er einer Frau begegnet war, in die er sich hätte verlieben können. Vor dreißig Jahren. Zu der Zeit, als er sich noch verliebte. Er hatte auch später immer wieder einmal daran gedacht. Doch, das wäre schon möglich gewesen.

Wenn er sein Leben nicht einer anderen geschenkt hätte, natürlich.

Und jetzt saß sie hier und buchte eine Reise. Ulrike Fremdli. Knapp über die Fünfzig, soweit er es beurteilen konnte. Mit frischer Kastanienfarbe im Haar.

Es gab da so gewisse Muster …

Er zog eine Wartenummer und setzte sich auf den dünnen Stahlrohrsessel hinter ihr, ohne sich zu erkennen zu geben. Es gab natürlich keinen Grund dafür, dass sie sich noch ebenso intensiv an ihn erinnerte wie er an sie. Oder sich überhaupt an ihn erinnern würde. Er wartete. Blätterte in einem der Kataloge, die vor ihm auf dem Glastisch lagen. Schob den Zahnstocher hinüber in den rechten Mundwinkel und versuchte so auszusehen, als würde er nicht lauschen.

Als wäre er einfach nur ein ganz gewöhnlicher Charteraspirant. Oder ein ungewöhnlich verschwitzter Teil der Einrichtung.

Aber er hörte zu. Seine Trommelfelle waren bis aufs Äußerste gespannt. Gleichzeitig begann ein dumpf beunruhigendes Gefühl in ihm zu erodieren. Sowohl im Magenbereich als auch hinter dem Kehlkopf, wo, wie er schon seit längerer Zeit wusste, die Seele ihren Platz hatte. Zumindest was ihn betraf.

Denn es ging um Kreta. Das war so klar wie Kloßbrühe, das begriff er sofort. Der sonnengebräunte Verkäufer sprach von Theseus und Ariadne und von der Stadt der Witwen. Von Spili und Matala und vom Samaria-Wein.

Und jetzt von Rethymnon.

Kommissar Van Veeteren schluckte. Zog sein Taschentuch heraus und wischte sich von neuem den Nacken ab; trotz der trägen Ventilatoren, die unter der Decke die Luft umrührten, war es heiß wie im Backofen.

»Man darf die Strömungen nicht unterschätzen«, erklärte der Verkäufer.

Sehr richtig, dachte Van Veeteren.

»Hotel Christos«, schlug der junge Adonis vor. »Einfach, aber gut gepflegt. Liegt mitten in der Altstadt ... nur eine Minute bis zum venezianischen Hafen.«

Ulrike Fremdli nickte. Der Halbgott lächelte. »Dann also Abreise am Ersten? Für zwei Wochen?«

Van Veeteren spürte ein Schwindelgefühl in sich aufsteigen und wieder vorbeiziehen. Ein fast pubertäres Schwirren. Er legte den Katalog hin und sprang vom Sessel auf. Ich brauche frische Luft, dachte er. Verdammt noch mal. Es roch schon von weitem nach Herzinfarkt.

Draußen auf der Straße blieb er im Schatten einer Linde stehen. Spuckte den Zahnstocher aus und biss sich hart auf die Lippen. Stellte fest, dass er nicht aufwachte und dass er folglich auch nicht geträumt hatte.

Verdammte Scheiße, dachte er. Ich bin für so etwas zu alt.

Er kaufte sich einen halben Liter Mineralwasser am Kiosk und trank die Flasche in einem Zug aus. Anschließend blieb er noch eine Minute einfach nur stehen und ließ seinen Gedanken freien Lauf. Dumm, sich zu sehr zu ereifern, dachte er.

Noch dümmer, nicht den kleinen Zeichen Glauben zu schenken, die einem vor die Füße fallen, dachte er anschließend. Und wenn ich nun schon einmal hier bin …

Er trat wieder in das Sonnenlicht. Ging schnell und entschlossen über den Marktplatz und bog in die Kellnerstraat ein. Marschierte an einigen Antiquariaten vorbei, bis er an der Ecke zur Kupinski-Gasse stehen blieb. Dort wischte er sich die Stirn ab und schaute in das voll gestopfte Schaufenster.

Vorsichtig, als ginge es um ein Pokerblatt.

Doch, das Schild hing immer noch dort.

Mitarbeiter gesucht
Evtl. Teilhaberschaft
F. Krantze

Es musste mittlerweile seit – er dachte nach – sechs Wochen dort hängen. Er stieß einen vorsichtigen Seufzer der Erleichterung aus. Ja es war schon der halbe Sommer vergangen, seitdem er es das erste Mal gesehen hatte.

Er zögerte wieder eine Weile, bevor er langsam zurück zum Marktplatz schlenderte. Kaute auf einem Zahnstocher und betrachtete verstohlen die alten Jugendstilfassaden von der Jahrhundertwende. Verwittert, aber immer noch voller Schönheit. Die buschigen Linden, die den Bürgersteig im dunklen Schatten liegen ließen. Yorrick's Café an der Ecke. Winderblatt's gegenüber. Ein großer keuchender Bernhardiner, dessen Zunge bis auf den Fußweg hing, unter einem der Tische.

Doch, dachte er. Hier könnte man es schon aushalten. Und

als er ins Auto stieg, hatte er einen Beschluss gefasst. Wenn das Schild im August noch dort hängt ... Ja, dann soll es so sein.

So einfach war das.

Noch einfacher war es anschließend, unverzüglich nach Klagenburg zu fahren und per Telefon eine zweiwöchige Charterreise nach Rethymnon, Kreta, zu buchen, im Hotel Christos, das ihm von einem guten Freund empfohlen worden war. Einzelzimmer. Abreise am 1. August, Rückreise am 15.

Als das erledigt war, schaute er auf die Uhr. Sie zeigte 11.40. Es war der 17. Juli.

Keine gute Idee, sich vor der Mittagspause ins Präsidium zu begeben, stellte er fest und versuchte eine gewisse Resignation zu empfinden. Aber das gelang ihm eher schlecht. Er tigerte stattdessen in der Wohnung herum und fächelte sich mit der gestrigen Allgemejne Luft zu. Das war so ziemlich vergebliche Liebesmüh. Er seufzte. Zog sein verschwitztes Hemd aus, holte ein Bier aus dem Kühlschrank und legte Pergolesi auf den CD-Player.

Das Leben? dachte er.

Reiner Zufall oder geregelte Ordnung?

3

»Wegen der Hitze haben die Leute keine Lust, ein Ding zu drehen«, sagte deBries.

»Quatsch«, erwiderte Reinhart. »Natürlich stimmt genau das Gegenteil.«

»Wie meint ihr das?«, wollte Rooth gähnend wissen.

»Na, haben sie doch«, sagte Reinhart. »Mit steigender Hitze fallen die Schranken, und schließlich ist der Mensch im Grunde ein kriminelles Tier. Lies mal ›Der Fremde‹. Lies mal Schopenhauer.«

»Ich mag nicht lesen«, sagte Rooth. »Jedenfalls nicht bei dieser Hitze.«

»Außerdem werden die Triebe stärker«, fuhr Reinhart fort und zündete sich seine Pfeife an. »Ist ja kein Wunder. Guck dir doch nur all die Frauen an, die halb nackt in der Stadt herumlaufen, da ist es doch nicht überraschend, wenn den frustrierten Männchen alles zusammenläuft.«

»Frustrierte Männchen?«, wiederholte Rooth. »Was zum Teufel ...?«

»Ja, ja«, knurrte deBries. »Es stimmt schon, die Frauenmörder sollten bei diesem Wetter alle zum Leben erwachen, aber bis jetzt hatten wir jedenfalls noch keinen hier.«

»Wartet nur«, sagte Reinhart. »Der Hochdruck hält ja erst seit vier Tagen an. Übrigens, wo ist denn verdammt noch mal eigentlich der Hauptkommissar? Ich dachte, wir sollten uns nach der Mittagspause zusammensetzen. Jetzt ist es bald halb zwei.«

DeBries zuckte mit den Achseln.

»Der spielt bestimmt Badminton mit Münster.«

»Nein«, erklärte Rooth und biss in einen Apfel. »Münster war eben noch bei mir.«

»Mit vollem Mund spricht man nicht«, sagte Reinhart.

»Dann könnte er nicht viel von sich geben«, warf deBries ein.

»Halt's Maul«, sagte Rooth.

»Genau das meinte ich«, sagte Reinhart.

Die Tür ging auf, und Van Veeteren kam herein, mit Münster im Schlepptau.

»Guten Morgen, Herr Hauptkommissar«, begrüßte Reinhart ihn. »Gut geschlafen?«

»Ich habe mich durch die Hitze etwas verspätet«, erklärte Van Veeteren und sank hinter seinem Schreibtisch auf den Stuhl.

»Nun?«

Es blieb eine Weile still.

»Was meint der Hauptkommissar mit ›Nun‹?«, fragte Rooth und biss wieder ab.

Van Veeteren seufzte.

»Berichtet!«, sagte er. »Womit seid ihr beschäftigt? Reinhart zuerst. Der Vallastepyromane, wie ich annehme?«

Reinhart bekam eine senkrechte Falte auf der Stirn und zog an seiner Pfeife. Nickte etwas vage. Die Brandstiftung in Vallaste hatte inzwischen schon zweieinhalb Jahre auf dem Buckel, und die Ermittlungen waren bereits mehrere Male eingestellt worden, aber sobald es an anderen größeren Verbrechen mangelte, holte er den Fall immer wieder hervor. Er war es, der in dieser Sache die Fäden in der Hand hielt, und es war seine Ehre, die beschmutzt wurde, so lange der Täter frei herumlief.

Es gab sicher nicht mehr viele in der Mannschaft, die in diesen Bahnen dachten, das musste der Hauptkommissar sich eingestehen, aber er wusste, dass Reinhart es noch tat.

»Ich habe da ein paar lose Fäden«, gab er zu. »Ich denke, es könnte sich lohnen, sie einmal näher zu betrachten. Wenn es sonst nichts gibt, das ein etwas größeres Gehirn erfordert ...«

»Hrrm«, räusperte Münster sich.

»Bestimmte Körperteile schwellen in der Hitze an«, sagte deBries.

»Wie dem auch sei«, brummte Van Veeteren. »Schau dich da um.«

Er lehnte sich zurück und betrachtete seine Untergebenen mit geläutertem Blick. Es war keine besonders homogene Schar, zumindest nicht vom Äußeren her. DeBries war seit einem Monat frisch geschieden und hatte die erste Zeit der Freiheit dazu genutzt, seine Garderobe zu verjüngen – das Resultat war etwas, das in erster Linie an einen aus dem Winterschlaf erwachten, entarteten Achtzigerjahre-Yuppie denken ließ. Oder einen notdürftig cleanen Rockkünstler der Sechziger beim Comeback, wie Reinhart vorgeschlagen hatte. Die Mumie von Woodstock. Rooth seinerseits hatte – möglicherweise auf Grund der herrschenden Hitzewelle – sich dazu entschlossen, seinen schütteren Bart abzurasieren, und das babypoartige Unterteil seines Gesichts stand in scharfem Kontrast zu den braun gebrannten Wangen, der Stirn und den Geheimratsecken.

Er sieht aus wie das fehlende Glied in der Kette, dachte der Hauptkommissar.

Münster schließlich sah aus wie Münster, nur mit Schweißflecken unter den Achseln, und Reinhart hatte den Hauptkommissar schon immer an das erinnert, was er wahrscheinlich in seinem tiefsten Inneren auch war: ein intellektueller Hafenarbeiter.

Und er selbst war gewiss auch keine Schönheit. Nur Glück, dass es noch innere Schönheit gibt, stellte er gähnend fest.

»Wann machen die Herren Urlaub, bitte einer nach dem anderen?«, fragte er. »Vielleicht ist das eine bessere Frage als die nach dem Rapport.«

»Am Fünften«, sagte Reinhart.

»Nächste Woche«, sagte deBries. »Ich wäre dankbar, wenn ich nicht mehr in irgendwas mit reingezogen würde.«

»Das Gleiche gilt für mich«, sagte Münster. »Aber Jung und Heinemann werden den Laden im August schon schmeißen, wenn etwas sein sollte. Zusammen mit Rooth und Moreno natürlich.«

»Sure«, stimmte Rooth zu.

»Kannst du Französisch?«, wollte deBries wissen. »Hast 'nen Fernkurs gemacht?«

Rooth kratzte sich an seinem Phantombart.

»Fuck off«, sagte er. »Altes deutsches Sprichwort. Wollen wir jetzt hier mit diesem Gelaber weitermachen oder hat der Hauptkommissar noch etwas anderes für uns?«

»Verschwindet«, sagte Van Veeteren. »Aber seht zu, dass ihr Pompers und Lutherson dingfest macht. Das weiß doch jeder Mensch, dass die das waren.«

»Danke für den Tipp«, sagte deBries.

Er verließ mit Rooth das Zimmer.

»Die Leute werden reizbar bei der Hitze«, stellte Münster fest, als die Tür wieder zufiel. »Ist ja aber auch kein Wunder.«

»Genau das hab ich ja gerade erklärt«, sagte Reinhart. »Ist noch was, oder kann ich mich zurückziehen? Ihr könnt mich ja jederzeit anrufen, wenn etwas sein sollte.«

»Verschwinde«, wiederholte der Hauptkommissar, und Reinhart trottete langsam davon.

Münster ging ans Fenster und schaute hinaus. Auf die Stadt und die Hitze, die über den Häuserdächern waberte.

»Hauptsache, wir stolpern jetzt nicht noch über einen Mord oder so was«, sagte er und lehnte seine Stirn ans Fensterglas. »Direkt vor den Ferien und so, ich kann mich noch dran erinnern, wie es vor zwei Jahren war ...«

»Sei bloß still«, unterbrach ihn der Hauptkommissar. »Wecke keine böswilligen Mächte. Übrigens habe ich für die erste Augusthälfte eine Reise gebucht ... unwiderruflich. Ich werde jede Leiche in diesen Wochen an dich und Reinhart delegieren.«

Vielleicht auch alle, die danach noch kommen, dachte er. Er streifte sich die Schuhe ab und begann lustlos in den Papieren zu blättern, die stapelweise auf seinem Schreibtisch lagen.

»Vielen Dank«, sagte Münster. »Ich bin auf jeden Fall ab Montag nicht mehr hier anzutreffen.«

Der Hauptkommissar tauschte den Zahnstocher aus und faltete die Hände im Nacken.

»Ich könnte mir eigentlich gut einen Zwei-Wochen-Fall vorstellen«, sagte er. »Gern etwas außerhalb und für mich allein.«

»Das glaube ich«, sagte Münster.

»Was?«

»Das kann ich mir denken«, erklärte Münster.

»Und was meint der Herr Kommissar damit?«

»Nichts Besonderes«, antwortete Münster. »Vielleicht draußen am Meer?«

Van Veeteren dachte nach.

»Nun ja«, sagte er. »Weiß der Teufel, nein, ich glaube, lieber an einem kleinen See. Schließlich habe ich noch das Mittelmeer vor mir ... Hat der Kommissar eigentlich seinen Schläger dabei?«

Münster seufzte.

»Natürlich. Aber ist es nicht ein bisschen zu heiß dafür?«

»Heiß?«, schnaubte Van Veeteren. »Auf Kreta haben sie eine

Durchschnittstemperatur von vierzig Grad zu dieser Jahreszeit. Mindestens. Wollen wir los, oder nicht?«

»Wenn der Hauptkommissar so lieb bittet«, seufzte Münster und trat vom Fenster weg.

»Ich lade dich auch hinterher zu einem Bier ein«, erklärte Van Veeteren großzügig. Er stand auf und schlug ein paar Pseudoschläge in die Luft. »Wenn du gewinnst«, fügte er hinzu.

»Ich glaube, da werd ich mich schon mal im Voraus bedanken«, sagte Münster.

Ungewöhnlich gute Laune, dachte er später, als sie im Fahrstuhl standen, auf dem Weg hinunter in die Garage. Richtig menschlich, heute muss etwas wirklich Außergewöhnliches passiert sein.

Spili, dachte der Hauptkommissar seinerseits. Die Quelle der Jugend ... eine halbe Stunde hinauf in die Berge mit einem Mietauto von Rethymnon aus ... der Wind in ihrem Haar, und dann ergibt sich das eine oder andere ...

Warum nicht?

Und anschließend Krantzes Antiquariat.

4

Rein physisch gesehen, war der Morgen des 18. Juli ein perfekter Morgen.

Der Himmel war wolkenfrei, die Luft klar und noch kühl; das dunkle Wasser des Meeres lag spiegelblank da, und Polizeianwärter Merwin Kluuge absolvierte seine sieben Kilometer lange Strecke auf den erlenbestandenen Stränden in neuer Rekordzeit – sechsundzwanzig Minuten und fünfundfünfzig Sekunden.

Er holte zufrieden unten am Anleger für kleine Boote Luft, dehnte sich und joggte dann locker zum Reihenhaus hinauf, wo er duschte, Wasser aufsetzte und seine blonde Ehefrau weckte, indem er ihr vorsichtig und liebevoll über den Bauch strich, in dem sie seit sechs Monaten seine Frucht und Hoffnung trug.

Das Reihenhaus war noch jüngeren Datums. Erst acht Wochen waren vergangen, seit sie, mit gütiger Hilfe durch das Sparguthaben der Schwiegereltern, es in Besitz hatten nehmen können, und immer noch wurde er von einem Gefühl jungfräulicher Verwunderung ergriffen, wenn er morgens darin erwachte. Wenn er seine Füße auf die weinrote Auslegware im Schlafzimmer stellte. Wenn er in den Zimmern herumtappte und über Strukturtapeten und Kiefernpaneele strich, deren immer noch frischer Holzduft wie eine Verheißung ungeahnter Möglichkeiten und wohlverdienter Fortschritte in der Luft hing. Und wenn er die Blumenbeete begoss oder die kleine Rasenfläche zum Wald hin mähte, konnte er nicht anders, er fühlte eine heiße, intensive Dankbarkeit gegenüber dem Leben schlechthin.

Ohne jede Vorwarnung hatte es sich plötzlich vor ihm aufgetan. War auf ein neues, sonnenklares Gleis gewechselt, auf dem er und Deborah die einzigen Waggons waren, die in einem insgesamt sicheren und harmonischen Zug, der sein Ziel in der Zukunft hatte, überhaupt etwas bedeuteten. Alles hatte sich mit der Erkenntnis von Deborahs Schwangerschaft ergeben – oder eher mit deren Bekanntgabe. Die Hochzeit war nur zwei Wochen später vonstatten gegangen, und wenn Merwin Kluuge an diesem schönen Sommermorgen vorsichtig mit den zarten und fürs bloße Auge fast unsichtbaren Haarwirbeln auf dem prallen Bauch seiner Frau spielte, dann überfiel ihn dabei ein Gefühl, das fast als religiös zu bezeichnen war.

»Tee oder Kaffee?«, fragte er zärtlich.

»Tee«, murrte sie, ohne die Augen zu öffnen. »Du weißt doch, dass ich seit drei Monaten keinen Kaffee mehr trinke. Warum fragst du dann?«

Ja, natürlich, dachte Kluuge und ging in die Küche, um das Tablett fertig zu machen.

Dann aßen sie zusammen im Bett Frühstück, wobei sie auf dem neuen 27-Zoll-Fernsehapparat ein Morgenprogramm anschauten und Kluuge wieder mit vorsichtigen Fingern die angespannte Haut streichelte und nach Tritten und anderen feststellbaren Lebenszeichen von Merwin junior suchte, und genau um 07.45 Uhr verließ er sein Heim und sein bettwarmes Glück.

Er holte sein Zwölfgangfahrrad aus der Garage, befestigte die Klammern an den Hosenbeinen, die Aktentasche auf dem Gepäckträger und machte sich auf den Weg.

Genau elf Minuten später bremste er auf dem Kleinmarckt. Der Platz lag noch fast menschenleer da, drei oder vier Budenbesitzer waren dabei, die Luken zu öffnen und Obst und Gemüse in die Stände neben dem Rathaus zu packen, und um die sprudelnde Fontäne promenierten fette Tauben in schlaffer Faulheit. Kluuge stellte sein Fahrrad in dem Ständer vor der Polizeiwache ab, sicherte es mit einem doppelten Bogenschloss ab und wischte sich einen Schweißtropfen von der Stirn. Dann trat er durch die Türen aus Milchglas, begrüßte Frau Miller in der Rezeption und nahm das Dienstzimmer des Revierchefs in Besitz.

Er setzte sich hinter den riesigen Schreibtisch, zog die Fahrradklammern ab und schlug die erste Seite des Notizblocks auf, der neben dem Telefon lag.

Mädchen verschwunden??? stand dort.

Er schaute aus dem Fenster, das Frau Miller einen Spalt geöffnet hatte, und betrachtete den blühenden Holunder. Dass es Holunder war, hatte ihm der Chef erzählt, dass er blühte, konnte jeder sehen.

Rein physisch betrachtet, war es immer noch ein perfekter Morgen, aber was Merwin Kluuges Pflichten als Vertretung des Ferien machenden Polizeichefs betraf, so zeigten sich zweifellos einige Unwetterwolken.

Zumindest eine.

Genau gezählt eine.

»Urlaub«, hatte Polizeichef Malijsen gesagt und ihm mit zwei Fingern auf das Schlüsselbein geklopft. »Du weißt doch verdammt noch mal wohl, was Urlaub bedeutet? Ruhe und Frieden. Einsamkeit und Handlungsfreiheit. Nadelwald, hoher Himmel und neue Angelgewässer. Ich habe diese verfluchte Hütte von meinem sauer verdienten Gehalt gemietet und habe vor, dort drei Wochen zu bleiben, selbst wenn die Japaner angreifen sollten. Hat der Herr Anwärter das verstanden?«

Dass die Japaner früher oder später die Welt einem neuen – und deutlich besser geplanten – Pearl Harbour aussetzen würden, das behauptete Polizeichef Malijsen seit dreißig Jahren, und er versäumte selten eine Gelegenheit, es anzuführen.

»Du wirst den Laden hier schmeißen. Es ist an der Zeit, dass du endlich auf eigenen Beinen stehst, wenn aus dir etwas anderes als ein Aktenhengst und Marckxeinbuchter werden soll.«

Und tatsächlich bestand der Löwenanteil an Kluuges üblichen Aufgaben darin, die monatlichen Berichte des Sorbinowoer Polizeireviers zusammenzustellen und abzuschicken. Das war so, seit er vor gut drei Jahren hier seinen Dienst angetreten hatte, und würde wohl auch bis zu dem Tag – der noch ein Jahrzehnt hin war – so bleiben, an dem Malijsen mit dem Recht des Alters seinen Posten abgab, um sich stattdessen dem süßen Nichtstun hinzugeben und vor dem Fernseher zu sitzen. Oder Angelfliegen zu binden. Oder Verteidigungsanlagen zu bauen, die vor der immer unausweichlicheren Attacke der schlitzäugigen Gelben schützen sollten.

Laut Kluuges Sicht auf die Welt und deren Bewohner war Polizeichef Malijsen nicht ganz gescheit, eine Auffassung, die möglicherweise von dem einen oder anderen Sorbinowo-Bewohner geteilt wurde, aber ganz gewiss nicht von allen. Über Malijsen ging das Gerücht, dass er – trotz eines gewissen Mangels an Originalität – dennoch der richtige Mann für seinen Posten war und dass er fein säuberlich zwischen Recht und Unrecht unterscheiden konnte, zwischen Schurken und rechtschaffenen Menschen in allen Teilen des Distrikts. Sogar eine so zweifelhafte Gestalt wie Edward Marckx – Brandstifter, Knastbruder, jähzorniger Junkie und Schläger – hatte einmal anlässlich irgendeiner Verhaftung seine grimmige Ansicht über den Polizeichef verkündet:

»Ein ziemlich widerlicher Kerl, aber doch mit einem Herz im Leib und einem Arsch zum Draufsitzen!«

Möglicherweise wäre Kluuge sogar bereit, diese Quintessenz einer Charakterisierung zu unterschreiben.

Jedenfalls war Malijsen dann in der Türöffnung noch für ein paar Sekunden ernst geworden. Er hielt in seinem Sermon inne und hob eine Augenbraue.

»Du wirst doch wohl klarkommen?«

Kluuge war ein genau abgemessenes Schnauben gelungen. Nicht zu grob. Keine Nervosität.

»Aber selbstverständlich.«

Malijsen hatte dennoch ein wenig zweifelnd ausgesehen und eine Karte aus seiner Brieftasche gezogen.

»Stör mich verdammt noch mal nicht unnötig! Natürlich gibt es ein Telefon unten im Ort, aber ich brauche diese Wochen einfach, um über Lilian hinwegzukommen.«

Lilian war Malijsens krebskranke Ehefrau, der nach mehreren Jahren mehr oder weniger martialischer Schmerzen endlich die Gnade zuteil geworden war, dieses Erdenleben zu verlassen. Voll gepumpt mit Drogen und nur noch ein Schatten ihrer selbst … das war Mitte März gewesen; Kluuge war gemeinsam mit Deborah bei der Beerdigung gewesen, und diese hatte festgestellt, dass der Polizeichef zwar eine Träne vergossen, aber nicht gerade über Gebühr geweint hatte.

»Falls es irgendeinen Dreck gibt, kannst du dich stattdessen immer an VV wenden«, erklärte Malijsen. »Das ist ein alter Kollege von mir, und er ist mir noch einen Gefallen schuldig.«

Er gab ihm die Karte, und Kluuge stopfte sie in seine Brusttasche, ohne sie auch nur eines Blickes zu würdigen. Eine Viertelstunde später ließ er sich hinter dem ziemlich abgenutzten Schreibtisch nieder, lehnte sich zurück und schaute drei Wochen ruhiger und prestigeerfüllter Diensterfüllung entgegen.

Das war vor sechs Tagen gewesen. Am letzten Freitag. Heute war Donnerstag.

Das erste Gespräch war am Dienstag hereingekommen. Das zweite gestern.

So eine Scheiße, dachte Kluuge und starrte auf die Karte mit dem vertrauten Namen. Er blieb sitzen und drehte sie in den Händen, während er in der Erinnerung zwei Tage zurückging.

»Da ist eine Frau, die dich sprechen möchte.«

Er registrierte, dass Frau Miller das Wort »Polizeichef« vermied. Das hatte sie die ganze Zeit schon gemacht; anfangs hatte ihn das etwas irritiert, inzwischen ignorierte er es.

»Am Telefon?«

»Genau.«

»Ich übernehme das Gespräch.«

Er nahm den Hörer hoch und drückte auf den weißen Knopf.

»Ist das die Polizei?«

»Ja.«

»Ein Mädchen ist verschwunden.«

Die Stimme war so leise, dass er sich anstrengen musste, sie zu verstehen.

»Ein Mädchen? Mit wem spreche ich denn?«

»Das kann ich nicht sagen. Aber aus Waldingen ist ein Mädchen verschwunden.«

»Waldingen? Können Sie etwas lauter sprechen?«

»Aus dem Lager des Reinen Lebens in Waldingen.«

»Sie meinen diese Sekte?«

»Ja. Aus deren Konfirmationslager in Waldingen ist ein Mädchen verschwunden. Mehr kann ich nicht sagen. Sie müssen sich um die Sache kümmern.«

»Warten Sie. Wer sind Sie? Von wo aus rufen Sie an?«

»Ich muss jetzt aufhören.«

»Warten Sie doch ...«

Dann war das Gespräch unterbrochen. Kluuge hatte zwanzig Minuten lang nachgedacht. Schließlich hatte er Frau Miller damit beauftragt, die Nummer von Waldingen herauszusuchen – schließlich gab es ja da draußen nur diese alten

Ferienlagergebäude –, und kurz danach hatte er selbst dort angerufen.

Hatte eine sanfte Frauenstimme ans Telefon bekommen und ihr erklärt, dass man Informationen darüber bekommen habe, wonach eine der Lagerteilnehmerinnen verschwunden sei. Die Frau am anderen Ende hatte aufrichtig überrascht geklungen und gesagt, dass jedenfalls beim Essen vor zwei Stunden niemand gefehlt habe.

Kluuge hatte sich bedankt und aufgelegt.

Das zweite Gespräch war dann gestern gekommen. Eine halbe Stunde vor Dienstschluss. Frau Miller war bereits nach Hause gegangen, und die Nummer der Zentrale war auf das Telefon des Polizeichefs umgestellt gewesen.

»Ja. Polizeichef Kluuge hier.«

»Sie haben nichts gemacht.«

Die Stimme klang diesmal etwas kräftiger. Aber zweifellos war es die gleiche Frau. Die gleiche angespannte, erzwungene Ruhe. Irgendwo zwischen Vierzig und Fünfzig wahrscheinlich, aber Kluuge wusste, dass er nicht besonders gut darin war, das Alter von jemandem zu schätzen.

»Mit wem spreche ich?«

»Ich habe gestern angerufen und Ihnen gesagt, dass ein Mädchen verschwunden ist. Sie haben nichts gemacht. Wahrscheinlich wurde sie ermordet. Wenn Sie nicht eingreifen, bin ich gezwungen, mich an die Zeitungen zu wenden.«

Da hatte Kluuge das erste Anzeichen von Panik gespürt. Er schluckte und dachte fieberhaft nach.

»Woher wissen Sie, dass ein Mädchen verschwunden ist? Ich bin der Sache nachgegangen. Es wird in Waldingen niemand vermisst.«

»Haben Sie angerufen und nachgefragt? Das ist doch klar, dass die alles abstreiten.«

»Wir haben einige Kontrollen durchgeführt.«

Er fand selbst, dass das eine gute Formulierung war, aber die Frau ließ sich nicht damit abspeisen.

»Wenn keiner eingreift, werden noch mehr sterben.«

Dann sagte es Klick. Kluuge blieb eine Weile mit dem Hörer in der Hand sitzen, bevor er auflegte und stattdessen auf Lilian Malijsen im Brautschleier und Goldrahmen starrte, die ganz außen auf der Schreibtischecke stand.

Mein Gott, durchfuhr es ihn. Und wenn sie jetzt die Wahrheit sagt?

Er hatte so einiges über Das Reine Leben gehört. Und gelesen. Nach allem, was er verstanden hatte, beschäftigten die sich so mit allem Möglichen.

Zungenreden.

Teufelsaustreibung.

Sexuelle Rituale.

Obwohl Letzteres sicher nur ein übel wollendes Gerücht war. Böses Gerede und der übliche gutbürgerliche Neid. Quatsch! dachte Kluuge und ging dazu über, von neuem den Holunder zu betrachten, aber irgendwo tief in seinem Inneren – wahrscheinlich ganz tief drinnen im Kerngehäuse seiner Gefühle, um einen von Deborahs jüngsten Lieblingsausdrücken zu verwenden – war ihm klar, dass es doch ernst war.

Ernst. Da war etwas in der Stimme der Frau. Da war auch etwas in der Situation selbst: sein eigenes unverschämt wohlgeordnetes Dasein – Deborah, das Reihenhaus, die Vertretung als Polizeichef, die perfekten Morgenstunden ... da war es eigentlich nur recht und billig, wenn so etwas hier auftauchte.

Denn es musste immer einen Ausgleich geben, wie sein Vater zu sagen pflegte. Zwischen Plus und Minus. Zwischen Fortschritt und Rückschlag. Sonst lebt man nicht.

Er schob sich einen Bleistift in den Mund. Begann gedankenverloren auf ihm herumzukauen, während er sich Malijsens Reaktionen vorzustellen versuchte, wenn sich herausstellen sollte, dass man ein ermordetes Mädchen in seinem Distrikt gefunden hatte und die Polizei einen Hinweis zu dem Fall bekommen, ihn aber ignoriert hatte. Dann versuchte er sich die Folgen vorzustellen, die daraus entstehen würden, wenn er unnötigerweise den himmlischen Frieden über dem heiligen

Angelgewässer störte. Es waren jeweils weiß Gott keine lustigen Visionen, die vor Merwin Kluuges innerem Auge entstanden. Und auch keine besonders nützlichen, wenn man an mögliche zukünftige Karrieremöglichkeiten dachte.

Das Reine Leben? dachte er. Ein Mädchen verschwunden? Wäre kein Wunder.

Wäre absolut kein Wunder.

Entschlossen griff er zum Telefon und wählte die Nummer der Polizeizentrale in Maardam.

5

»Eine Handgranate?«, fragte der Polizeipräsident.

»Zweifellos«, sagte Reinhart. »Eine Sieben-vierzig-fünfer. Er hat sie durch ein offenes Fenster geworfen, sie ist über den Boden gerollt und unter der Bühne explodiert. Was verdammtes Glück war; nur acht Verletzte, und alle werden durchkommen. Wenn sie auf dem Tanzboden explodiert wäre, hätten wir ein Dutzend Leichen gehabt ...«

»Mindestens«, sagte deBries und richtete seinen weinroten Seidenschal, der ein wenig zur Seite gerutscht war.

»Brauchst du Hilfe bei deinem Halstüchlein?«, fragte Rooth.

»Und weiter?«, beeilte sich Münster einzuwerfen.

»Hat das Auto mit automatischen Waffen präpariert«, nahm Reinhart den Faden wieder auf. »Netter Bursche, man kann nicht gerade von Aggressionshemmung reden.«

»Mein Gott«, sagte Ewa Moreno. »Und er läuft immer noch frei herum?«

»Sammelt sicher für heute Abend Kräfte«, schlug Rooth vor. »Wir sollten ihn uns schnappen.«

»Berufssoldat?«, fragte Jung.

»Gut möglich«, antwortete Reinhart.

»Entschuldigt«, sagte Heinemann, der zu spät kam. »Könnten wir noch mal von vorn anfangen, ich habe es nur im Radio gehört.«

Polizeipräsident Hiller räusperte sich und wischte sich die Schläfen mit einem Papiertaschentuch trocken.

»Ja, warum nicht«, sagte er. »Reinhart ist ja da gewesen, also glaube ich, du kannst uns alle Informationen geben. Und dann geht es natürlich darum, die Aufgaben zu verteilen ...«

Reinhart nickte.

»Discothek Kirwan«, begann er. »Unten in Zwille auf der Höhe vom Grote Markt. Voll mit Leuten. Kurz nach halb drei Uhr morgens – sie machen um drei zu – warf eine unbekannte Person eine Handgranate durch ein geöffnetes Fenster. Die Explosion war im ganzen Zentrum zu hören, aber wie ich schon sagte, die Schäden waren begrenzt, da sie unter der Bühne explodierte. Von der ist übrigens nichts mehr übrig. Die Band, die dort zehn Minuten vorher noch darauf spielte, gibt es noch ... aber denen ist es sicher schon mal besser gegangen.«

Die Tür ging auf, und Van Veeteren kam herein.

»Mach weiter«, sagte er und ließ sich auf einen Stuhl sinken. Der Polizeipräsident schaute auf die Uhr. Reinhart hob eine Augenbraue, bevor er fortfuhr.

»Acht ernsthaft verletzt, aber keiner lebensbedrohlich. So an die zwanzig mit kleineren Verletzungen sind ins Rumford und ins Gemejnte gebracht worden, aber die meisten können wohl im Laufe des Tages wieder nach Hause. Es gibt einige Zeugen, die einen Mann vom Platz haben weglaufen sehen ...«

»Nicht viel, an dem man anknüpfen kann«, stellte Jung fest.

»Es war dunkel, und sie haben ihn nur von weitem gesehen. Aber sie sind sich immerhin sicher, dass es ein Mann war.«

»Frauen machen so etwas nicht«, sagte Rooth. »Jedenfalls nicht die, die ich kenne.«

»Typisch männliches Verhalten«, bekräftigte Moreno. »Da bin ich ganz deiner Meinung.«

Polizeipräsident Hiller klopfte irritiert mit seinem Kugelschreiber auf den Tisch.

»Und weiter?«, fragte Münster. »Was war mit den Autos?«

Reinhart seufzte.

»Ungefähr eine halbe Stunde später gab es jemanden – hoffentlich den gleichen Idioten, sonst hätten wir es mit zweien zu tun –, der auf dem Parkplatz vor der Keymerkyrkan auf parkende Autos schoss. Wahrscheinlich von einer Position im Weivers Park aus. Auch das war in der ganzen Stadt zu hören ... es dauerte nicht länger als fünfzehn, zwanzig Sekunden, und niemand hat etwas gesehen. Also eine automatische Waffe. Zwei, drei Salven. Ungefähr dreißig Schüsse schätzungsweise.«

»Klempje, Stauff und Joensuu krabbeln noch unter den Autos herum«, erklärte Jung. »Und Krause kümmert sich um die Wagenbesitzer.«

»Geiler Job«, sagte deBries.

»Zweifellos«, sagte Reinhart. »Und Krause braucht ein wenig Hilfe. Es sind zwölf Fahrzeughalter, darunter zwei deutsche Familien auf der Durchreise.«

»Weiße Mercedes«, erklärte Jung.

Van Veeteren stand auf.

»Entschuldigt«, sagte er. »Ich habe meine Zahnstocher unten bei mir im Büro vergessen. Bin gleich wieder zurück.«

Er verschwand aus der Tür, und es war still im Zimmer.

»Jaha«, sagte Hiller nach einer Weile. »Das ist ja ärgerlich, das Ganze. Und dann noch in der Ferienzeit.«

Niemand in der Runde verzog eine Miene. Jung hielt den Atem an.

»Jaha«, wiederholte Hiller. »Wir müssen natürlich einige Leute darauf ansetzen. Alle zur Verfügung stehenden Ressourcen, schließlich handelt es sich höchstwahrscheinlich um einen Verrückten, der jeden Moment erneut zuschlagen kann. Wo auch immer. Nun? Wer kann sich damit befassen?«

Reinhart schloss die Augen, und Münster betrachtete seine Fingernägel. DeBries ging auf die Toilette.

»Verdammter Scheiß«, sagte Rooth.

»Okay«, sagte Reinhart zwanzig Minuten später, während er verbissen in seiner Kaffeetasse rührte. »Ich kümmere mich drum. Nehme Jung und Rooth für alle Fälle mit. Und Münster, zumindest für den Anfang.«

»Gut«, sagte Van Veeteren. »Das schaffst du schon.«

Reinhart schnaubte.

»Was will der Gärtnermeister von dir? Ich habe da so was läuten gehört.«

Van Veeteren zuckte mit den Achseln.

»Keine Ahnung.«

»Keine Ahnung?«

»Nein, ich denke, ich werde erst einmal zu Mittag essen, bevor ich zu ihm gehe.«

»Mittag?«, fragte Reinhart. »Was ist das denn?«

Van Veeteren betrachtete einen zerkauten Zahnstocher und warf ihn in den leeren Plastikbecher.

»Kennst du Major Greubner?«

Reinhart überlegte.

»Nein. Sollte ich?«

»Ich spiele ab und zu Schach mit ihm. Ein vernünftiger Kerl. Wäre vielleicht eine Idee, ihn ein bisschen spekulieren zu lassen ...«

»Im Hinblick auf diesen Verrückten?«

Van Veeteren nickte.

»Schließlich gibt es nur ein Regiment hier in der Stadt, wenn man es genau betrachtet. Und ich glaube nicht, dass sie schon angefangen haben, im Supermarkt Handgranaten zu verkaufen.«

Reinhart betrachtete eine Weile die Überreste in seinem Kaffeebecher.

»Aber vielleicht habe ich auch die falschen Informationen?«, setzte Van Veeteren nach.

»Man weiß ja nie«, sagte Reinhart. »Hast du die Nummer?«

Van Veeteren suchte sie heraus und schrieb sie auf einen Zettel.

»Danke«, sagte Reinhart. »Nun ja, die Pflicht ruft. Darf man dem Hauptkommissar eine angenehme Mahlzeit wünschen?«

»Aber gewiss doch«, sagte der Hauptkommissar.

»Komm rein«, sagte Hiller.

»Bin schon drin«, sagte Van Veeteren und setzte sich.

»Bitte, setz dich doch. Ihr seid alle damit einverstanden, dass Reinhart sich um diesen Wahnsinnigen kümmert?«

»Ja, natürlich.«

»Hrrm. Und du gehst am Letzten in Urlaub?«

Van Veeteren nickte. Hiller wedelte sich mit einer Aktennotiz vom Innenministerium Luft zu.

»Und danach? Das ist doch wohl nicht dein Ernst?«

Van Veeteren antwortete nicht.

»Du hast ja schon häufiger solche Anwandlungen gehabt. Warum soll ich's also diesmal glauben?«

»Wir werden sehen«, sagte Van Veeteren. »Du bekommst den definitiven Bescheid im August, aber alles deutet in die Richtung ... Ich wollte dich nur schon mal vorab informieren. Du möchtest doch immer informiert werden.«

»Hrrm«, sagte der Polizeipräsident.

»Was wolltest du eigentlich?«, fragte Van Veeteren.

»Ach ja, da ist noch eine Sache.«

»Ja, Reinhart hat da etwas angedeutet.«

»Ein Polizeichef aus Sorbinowo hat angerufen.«

»Aus Sorbinowo?«

»Ja.«

»Malijsen?«

»Nein, das war sicher seine Urlaubsvertretung ...«

Hiller zog einen Bogen aus einer Mappe.

»... Kluuge. Er wirkte ein bisschen unerfahren und hat ganz offensichtlich eine Vermisstenmeldung am Hals.«

»Vermisstenmeldung?«

»Ja.«

»Was will er dann von uns? Ein bisschen weit vom Schuss, oder?«

Hiller beugte sich über den Schreibtisch und versuchte die Stirn in Falten zu legen.

»Natürlich. Aber dieser Kluuge hat offensichtlich den Befehl bekommen, sich an uns zu wenden, wenn etwas ist ... von dem eigentlichen Polizeichef, meine ich. Bevor er in Urlaub gegangen ist. Wilfred Malijsen ... ist das jemand, den du kennst?«

Van Veeteren zögerte.

»Ein bisschen, ja.«

»Das habe ich mir gedacht«, sagte Hiller und lehnte sich wieder zurück. »Denn er will unbedingt dich dafür haben. Ehrlich gesagt ... ehrlich gesagt habe ich das Gefühl, dass da was faul ist, aber wenn du schon Reinhart zu dieser anderen Sache überredet hast, dann kannst du ja genauso gut auch hinfahren.«

Van Veeteren antwortete nicht. Brach einen Zahnstocher durch und zeigte seinem Vorgesetzten die Zähne.

»Natürlich nur, um die Sache zu untersuchen«, sagte Hiller. »Für einen Tag, allerhöchstens zwei.«

»Eine Vermisstenmeldung?«, knurrte der Hauptkommissar.

»Ja«, sagte Hiller. »Ein junges Mädchen nach allem, was ich verstanden habe. Ja, verdammt noch mal, was willst du mehr? Ein idyllischerer Ort als Sorbinowo lässt sich zu dieser Jahreszeit ja wohl kaum finden ...«

»Was meintest du damit, dass da was faul ist?«

Einen Moment lang sah es so aus, als würde der Polizeipräsident erröten.

Vielleicht sind es aber auch nur seine täglichen Hirnblutungen, dachte Van Veeteren. Ihm war klar, dass er sich einer Floskel von Reinhart bediente. Er stand auf.

»Allright«, sagte er. »Dann werde ich wohl hinfahren und mir das mal anschauen.«

Hiller reichte ihm die Mappe mit den Informationen. Van Veeteren betrachtete sie zwei Sekunden und schob sie dann in die Tasche.

»Die Hortensie da sieht aber beleidigt aus«, stellte er anschließend fest.

Der Polizeipräsident seufzte.

»Das ist keine Hortensie«, erklärte er. »Das ist eine Aspidistra ... ja, eigentlich sollte sie die Hitze gut vertragen können – aber offensichtlich tut sie das nicht.«

»Wahrscheinlich verträgt sie auch etwas anderes nicht«, sagte Van Veeteren und drehte dem Polizeipräsidenten den Rücken zu.

6

Unter den Informationen befand sich auch die private Telefonnummer des Polizeianwärters Kluuge, aber der Hauptkommissar wartete mit seinem Anruf, bis er zu Hause war. Eine junge Frau war am Apparat und teilte ihm prompt mit, dass der stellvertretende Polizeichef im Augenblick unter der Dusche stand, er es aber gern etwas später noch mal versuchen könnte. Van Veeteren erklärte ihr, wer er war, und schlug vor, dass der Polizeianwärter seinerseits umgehend von sich hören ließ, sollte er wirklich etwas auf dem Herzen haben.

Kluuge rief drei Minuten später an, und es wurde nur ein kurzes Gespräch. Schon seit langer Zeit verabscheute Van Veeteren Telefone, und nachdem ihm klar geworden war, dass die ganze Geschichte möglicherweise zumindest ein Körnchen Wahrheit enthielt, beschloss man ein Treffen am folgenden Tag.

Und wenn er dabei nur überprüfen könnte, ob das mit der Idylle auch stimmte, dachte der Kommissar verschmitzt.

»Ich nehme den Wagen«, erklärte er. »Bin gegen zwölf Uhr da. Du kannst mich dann beim Mittagessen über alles informieren.«

»Aber gern«, sagte Kluuge. »Vielen Dank, dass Sie sich bereit erklären.«

»Keine Ursache«, sagte Van Veeteren und legte auf.

Anschließend blieb er eine Weile unschlüssig sitzen. Entschied sich schließlich, daheim zu bleiben, holte Brot, Bier, Wurst, Käse und Oliven hervor und ließ sich unter der Markise auf dem Balkon nieder. Stand nach dem ersten Schluck noch einmal auf und ging wieder nach drinnen. Zögerte von neuem, bis er Erik Satie zwischen den CDs fand. Stellte die Gymnopédies an und kehrte zurück in den Sommerabend.

Wilfred Malijsen, dachte er. Dieser verdammte Idiot.

Und während er so dasaß und bemerkte, wie der Duft der blühenden Linden sich über das Balkongeländer schlich, und während die Sonne über dem Ziegeldach der Kroelschbrauerei unterging, schweifte seine Erinnerung zurück zu seinem ersten Zusammentreffen mit diesem entfernten Kollegen.

Es musste inzwischen mehr als zwanzig Jahre zurück liegen, aber vielleicht war es trotzdem wert, aus dem trüben Brunnen des Vergessens herausgefischt zu werden.

1978, nahm er an. Möglicherweise auch '79.

Eine einwöchige Konferenz für höhere Polizeibeamte und Kriminalbeamte, die in ihrer Karriere weiterkommen wollten.

Zeit: Spätherbst, Oktober oder November. Ort: ein Touristenhotel mit dem einen oder anderen Stern draußen am Hafen von Lejnice. Zweck: untergegangen im Dunkel der Zeit.

Das Geschehen, das diese Woche erinnerungswürdiger machte als ähnliche makabre Veranstaltungen, war – wenn er sich noch recht erinnerte – am Mittwoch eingetreten, nach drei oder vier Tagen voller Seminare mit bärtigen Psychologen in Sandalen und lustloser Gruppenarbeit und immer längeren Abenden in Bars und Kneipen. Ein junger Desperado, der im gleichen Hotel wie die Polizeibeamten abgestiegen war, verschanzte sich in seinem Zimmer, zusammen mit einer jungen Frau, die er mit der Waffe in seine Gewalt gebracht hatte.

Diese Waffe war – das wurde schon bald offensichtlich – eine Kalaschnikow, und das Ziel des Mannes war es, dass die Polizei seine ehemalige Freundin sowie eine Million Gulden heranschaffen sollte, sonst würde er aus seiner blonden Geisel (die zu allem Überfluss auch noch im dritten Monat schwanger war) Hackfleisch machen – und aus allen anderen auch, die so dummdreist sein sollten, sich in seine Nähe zu wagen.

Der Zeitrahmen ließ nicht besonders viel Spielraum für strategische Überlegungen aufseiten der Polizei: zwei Stunden – nicht eine Sekunde mehr.

Da die Forderungen rein praktisch gar nicht zu erfüllen waren – unter anderem befand sich seine frühere Verlobte auf

44

einer Urlaubsreise irgendwo in Italien und war vermutlich nicht besonders erpicht darauf, irgendeine Rolle in diesem Fall zu spielen –, beschloss die örtliche Polizeileitung in Übereinkunft mit einer Gruppe aus der obersten Schicht der Konferenzteilnehmer, stattdessen eine Art Befreiungsschlag zu versuchen. Pläne verschiedenster Art wurden in aller Eile entworfen, Van Veeteren wurde als geeignet angesehen, eine der Hauptrollen zu übernehmen – und nach einigen mehr oder weniger geglückten Schachzügen befand er sich plötzlich gemeinsam mit dem Geiselnehmer und der Geisel in dessen Zimmer. Es war geplant, dass er den Jüngling jetzt zum Fenster locken und dort Verhandlungen von mindestens zehn Sekunden Dauer mit ihm eingehen sollte – ausreichend Zeit, dass einer der Scharfschützen auf dem Dach gegenüber es schaffen könnte, ihn ins Fadenkreuz zu bekommen und ihn mittels zwei oder drei wohl überlegten Schüssen in Kopf und Brust zu liquidieren.

Den Geiselnehmer natürlich, nicht Van Veeteren.

Aber es zeigte sich, dass der junge Mann mit dieser Inszenierung ganz und gar nicht einverstanden war. Statt sich vors Fenster zu stellen, drängte er Van Veeteren in eine Ecke des Zimmers, forderte ihn auf, die Augen zu schließen und ein letztes Gebet an seinen Schöpfer zu sprechen, falls er glaubte, dass er einen hatte.

Van Veeteren fand in der Eile keine geeignete Gottheit, stattdessen begann er bis zehn zu zählen, und als er bei sieben angekommen war, gab es draußen auf dem Balkon einen lauten Krach und Malijsen machte seine Aufwartung – laut irgendwelchen Plänen, an denen niemand sonst beteiligt gewesen war und von denen sonst auch niemand etwas wusste. Van Veeteren öffnete vorsichtig die Augen und bekam gerade noch mit, wie Malijsen schoss und wie der Kopf des jungen Mannes sich in etwas verwandelte, das kaum mit Worten zu beschreiben ist, wovon er aber noch viele Jahre später mitten in der Nacht unsanft geweckt wurde, weil er davon geträumt hatte.

»Dein Glück, dass ich hier gerade vorbeigekommen bin«, war Malijsens erster Kommentar.

An den folgenden Abenden hatten sie viele Stunden zusammengesessen, und Van Veeteren bekam immer mehr den Eindruck, dass es sich bei seinem Retter um einen ziemlich unbegabten Idioten handelte, der eine Reihe mehr oder weniger ernst gemeinter Vorstellungen und Prinzipien von so ziemlich allem hatte. Leider. Ein Pfadfinder mittleren Alters, wie Reinhart es vermutlich ausgedrückt hätte: frech, dumm und kriegsfixiert. Van Veeteren war seiner Gesellschaft bereits stets nach einer halben Stunde reichlich überdrüssig gewesen, aber da es nun einmal so war, dass dieser fette Polizeiinspektor derjenige war, dem er sein Leben zu verdanken hatte, musste er sich natürlich dareinfinden, ihm das eine oder andere Bier zu spendieren.

Während der folgenden Konferenztage hatte es eine Reihe von Diskussionen über Kompetenz und individuellen Handlungsspielraum in der gehobenen Polizeiarbeit gegeben, und nur wenige Monate nach dem Zwischenfall in Lejnice hatte Van Veeteren in einem Fachblatt gelesen, dass Wilfred Malijsen seinen Dienst als Polizeichef in Sorbinowo angetreten hatte.

Es war nicht auszuschließen, dass es da einen Zusammenhang gab.

Malijsen? dachte Van Veeteren und nahm zwei Oliven. Zeit, eine alte Rechnung zu begleichen?

Dann widmete er seine Gedanken anderen Dingen. Zuerst Kreta und dann einer Variante skandinavischer Verteidigung, über die er gelesen hatte und die es möglicherweise wert war, näher betrachtet zu werden.

Die Vereinsräume am Styckargränd lagen menschenleer und sommeröde da, die Luft war angenehm kühl unter dem hohen Gewölbe, als der Hauptkommissar durch die Tür trat. Mahler saß wie üblich ganz hinten unter dem Dürerstich; überraschenderweise sah er finster drein, und Van Veeteren erinnerte sich daran, dass er direkt aus Chadów kam, von der Beerdigung einer Tante.

»Vermisst du sie?«, fragte er überrascht. »Ich dachte, du hättest behauptet, sie wäre ein Hühnerauge auf deiner Seele gewesen.«

»Erbstreitereien«, erklärte Mahler. »Üble Sache. Bei den Idioten, mit denen ich so verwandt bin, gibt es für mich wohl auch nur wenig Hoffnung.«

»Ich hatte nie viel Hoffnung für deine Person«, sagte der Hauptkommissar, während er sich setzte. »Aber erst mal nehme ich ein Bier, während du die Figuren aufstellst. Ich habe beschlossen, dich heute Abend mit einer neuen Eröffnung um die Ecke zu bringen.«

Mahlers Miene hellte sich auf.

»Wer zuletzt killt, killt am besten«, sagte er und schob das Brett gerade.

Die erste Partie dauerte eineinhalb Stunden, und sie endete mit einem Remis nach fast achtzig Zügen.

»Da, dieser frühe Läufer war stark«, sagte Mahler und zupfte sich am Bart. »Hätte mich fast überrascht.«

»Du hattest Glück«, sagte der Kommissar. »Ich betrachte mich als moralischen Sieger ... apropos Moral, was weißt du über Das Reine Leben?«

»Das Reine Leben?« Mahler sah ihn einige Sekunden lang verständnislos an. »Du meinst doch wohl nicht diese verfluchte Sekte?«

»Doch, ich denke schon«, sagte Van Veeteren.

Mahler überlegte.

»Warum fragst du? Aus dienstlichen Gründen, wie ich hoffe? Oder willst du da etwa eintreten?«

Van Veeteren gab keine Antwort.

»Widerlich«, sagte Mahler nach einer weiteren Denkpause. »Nicht, dass ich besonders viel darüber wüsste, aber meine Freunde würde ich mir nicht unter denen suchen. Ein gerissener Führer, zieht labile und ängstliche Menschen an ... macht sie zu Robotern und hat wahrscheinlich reichlich Dreck am Stecken. Obwohl sie sich nach außen hin gesetzestreu geben und einen sanften Blick haben, wie die reinsten Unschuldsengel. Umso mehr nach dem, was passiert ist.«

»Hm«, sagte Van Veeteren. »Du nimmst mir die Worte aus dem Mund.«

»Worum geht es?«

Der Hauptkommissar zuckte mit den Schultern.

»Weiß ich noch nicht. Vielleicht auch nur falscher Alarm. Auf jeden Fall werde ich für ein paar Tage rausfahren. Nach Sorbinowo.«

»Aha«, sagte Mahler. »Das kann im Augenblick ja sehr angenehm sein. Mit den vielen Seen da und so.«

»Ich reise aus beruflichen Gründen«, unterstrich Van Veeteren.

»Das glaube ich dir ja«, lachte Mahler. »Aber wenn du mal eine halbe Stunde Zeit haben solltest ... ich kenne einen guten Schreiberling dort.«

»Ach ja?«

»Er hat meine ersten Sammlungen besprochen. Positiv und klug. Scheint zu wissen, worum es in diesem verdammten Leben geht. Ich glaube, er ist immer noch Chefredakteur.«

Van Veeteren nickte.

»Wie heißt er? Falls ich einen klaren Kopf brauche.«

»Przebuda. Andrej Przebuda. Ist inzwischen sicher schon in den Siebzigern, aber er harrt bestimmt auf den Kulturbarrikaden aus, bis sie seine Asche in alle Winde verstreuen.«

Van Veeteren schrieb sich den Namen auf und leerte sein Glas.

»Nun ja«, sagte er. »Vielleicht wird es ganz schön, mal rauszukommen.«

»Bestimmt«, sagte Mahler. »Man sollte nur Beerdigungen vermeiden.«

»Ich werde versuchen, sie zu umgehen«, versprach Van Veeteren. »Schaffen wir noch eine?«

Mahler schaute auf die Uhr.

»Müssten wir eigentlich«, sagte er. »Übrigens, hast du nicht bald Urlaub? Oder sind derartige Sozialleistungen bei euch inzwischen gestrichen worden?«

»Am ersten August«, erklärte der Hauptkommissar und drehte das Brett um. »Fahre mit einigen hoffnungsvollen Gefühlen nach Kreta.«

»Verdammt«, platzte Mahler heraus. »Was denn für hoffnungsvolle Gefühle?«

Aber der Hauptkommissar betrachtete nur mit unergründlicher Miene seine schwarze Dame.

»Obwohl, ich habe da so eine üble Vorahnung«, gestand er nach einer Weile.

»Auf Kreta bezogen?«

»Nein, auf Sorbinowo. Es scheint sich um ein verschwundenes Kind zu handeln, und solche Geschichten mag ich nicht.«

Mahler leerte sein Glas.

»Nein«, stimmte er zu. »Kinder sollten nicht verschwinden. Und erst recht nicht sterben. So lange unser Herrgott diese Details nicht im Griff hat, weigere ich mich, an ihn zu glauben.«

»Ganz meine Meinung«, sagte Van Veeteren. »Bitte schön, du bist am Zug.«

III

19. – 23. Juli

7

Elgars Cellokonzert war hundert Meter vor dem Ortsschild zu Ende. Er schaltete den CD-Player ab und fuhr auf einen Parkplatz mit Touristen-Informationstafel und einem schönen Blick über die Landschaft unterhalb der Straße. Wühlte im Handschuhfach und fand das halb volle Päckchen West, an das er sich in der letzten halben Stunde erinnert hatte. Zündete sich eine Zigarette an und stieg aus dem Auto.

Er streckte seinen Rücken und machte ein paar vorsichtige Rumpfbeugen, während er seinen Blick über das Panorama wandern ließ. Die Seenkette – in erster Linie der Fluss Meusel, der sich drei- oder viermal zu lang gestreckten, dunklen Seen ausdehnte – verlief in südöstlicher Richtung durch ein flaches, bewirtschaftetes Tal. Der Ort Sorbinowo breitete sich zwischen Seen Nummer zwei und drei von seiner Perspektive aus gesehen und um diese herum aus. Er schätzte, dass es ein halbes Dutzend Brücken über das Wasser gab, bevor es zwischen bewaldeten Hängen gut fünf Kilometer entfernt aus seinem Blickfeld verschwand. Segelboote, Kanus und alle möglichen anderen Wasserfahrzeuge schaukelten in dem sanften Wind auf dem Wasser; direkt unterhalb von ihm standen ein paar Fischer und warfen ihre Leinen von einer alten gemauerten Brücke aus, und ein paar Kilometer weiter westlich johlten und plantschten Kinder fröhlich an einem angelegten Badeplatz.

Zweifellos ein Idyll, da musste er Hiller und Mahler Recht geben. Glitzernde, dunkle Wasseroberfläche. Reife Kornfelder. Vereinzelter Laubbaumbestand und verstreute Bebauung in halb offener Landschaft. Alles zusammen von lautlosem Nadelwald umzäunt. Den Armeen des Schweigens.

Und eine vibrierende Sommerhitze, die das sich sanft kräuselnde Wasser selbst einem so zögerlichen Badegast wie dem Hauptkommissar Van Veeteren verlockend erscheinen ließ.

Ein Idyll, o ja, dachte er und machte einen tiefen Lungenzug. Aus sicherer Entfernung und bevor man anfing, an der äußeren Hülle zu kratzen, erschien das meiste schön und aufs Beste geordnet. Eine alte Weisheit, wohl bekannt.

Und während er dastand und den üblichen Signalen seines Rückgrats nach einer längeren Autofahrt lauschte, erwachte ein oft durchgekautes Gedankenwirrwarr in ihm – hinsichtlich Entfernung und Alter. Denn wenn er sich eines Tages (im August? Krantzes Antiquariat?) mit dem unbestreitbaren Recht der Jahre zurückzog ... wenn er ein für alle Mal aufhören würde mit seinem trostlosen Wühlen in den Müllhaufen des Daseins, dann war es ja wohl der Abstand – die erhabene Position kühler Distanz –, die einzunehmen und abzustecken er beabsichtigte. Die Perspektive des Betrachters. Sich endlich mit dem Äußeren zu begnügen – ob nun glitzernd oder nicht – und alle Zeichen nur als günstige zu deuten. Oder doch nicht alle. Eher das Muster ein Muster sein lassen. Die Welt und sich selbst in Ruhe lassen.

Nur dazusitzen und vor sich hin zu starren. Mit einem Bier und einem Schachbrett bei Yorrick's oder Winterblatt's. Der Lohn der Tugend nach einem ganzen Leben auf der Schattenseite?

Wer's glaubt, wird selig, dachte er und trat die Zigarette aus. Zu viele Haken überall. Wohin man auch schaute. Wie auch immer, jetzt war es an der Zeit, den Deckel von dem sommerverschlafenen Sorbinowo zu lüften.

Ein Mädchen verschwunden?

Das Reine Leben?

Reiner Quatsch natürlich! dachte er und trank den letzten lauwarmen Rest des Mineralwassers, das viel zu lange auf dem Beifahrersitz gelegen und vor sich hin geschwappt hatte. Die paranoiden Fantasien einer nervösen Urlaubsvertretung und sonst nichts … aber wenn er nun den Fall auf ein paar Tage in die Länge ziehen und gleichzeitig seine Schuld bei dem Schmutzfinken Malijsen abzahlen konnte, dann hatte er eigentlich keinen größeren Grund, sich zu beklagen.

Es gab schlimmere Zeiten als rausgeschmissene Zeit – vielleicht war genau das die Grundlage für die Perspektive des Betrachters? Unter anderem zumindest.

Dachte der Hauptkommissar im Stillen und wischte sich den Schweiß von der Stirn. Dann kletterte er wieder in sein Auto und fuhr gemächlich in den Ort hinunter.

Es waren nur fünf Minuten Fußweg vom Polizeirevier am Kleinmarckt bis zum Wirtshaus Florian's, und Van Veeteren war sofort klar, dass dieses nicht zu den üblichen Speisestätten von Polizeianwärter Kluuge gehörte. Weiße Tischdecken, diskrete Kellner im Pinguinanzug und eine Klimaanlage, die bis auf die offene Terrasse hinaus zu wirken schien, wo Kluuge einen Tisch reserviert hatte.

Und vollkommen menschenleer.

»Na, dann wollen wir mal«, sagte der Hauptkommissar freundlich und setzte sich.

»Ja, die Rechnung geht auf uns«, erklärte Kluuge etwas geniert und vollkommen unnötigerweise. »Da heißt es nur noch aussuchen!«

Van Veeteren schaute übers Wasser, das hinterlistig und immer noch glitzernd zwanzig Meter unter ihnen lag, und er musste wieder an die Sache mit der Oberfläche denken. Dann ging er dazu über, die Speisekarte zu studieren, mit der einer der Pinguine angeschlichen kam.

»Vielleicht sollten wir ein wenig über … über diese Telefonanrufe reden«, sagte Kluuge, als sie ein Stück mit ihren Lachsrouladen weitergekommen waren. »Deshalb sind Sie doch gekommen.«

»Mhm«, nickte Van Veeteren. »Dann schieß mal los. Ich

kann gleichzeitig essen und zuhören, das ist ein Talent, das ich jahrelang gepflegt habe.«

Kluuge lachte höflich und legte sein Besteck hin.

»Ja, es waren also nur diese beiden Anrufe, aber ich hatte so ein Gefühl ... ein Gefühl ...«

Van Veeteren nickte aufmunternd.

»... dass es etwas Ernstes sein könnte. Da war was in ihrer Stimme. Ich denke nicht, dass sie wie eine Verrückte oder so klang.«

Und du hast eine Menge Erfahrung mit Verrückten, ja? dachte Van Veeteren, aber er sagte nichts.

»Ich hab also da draußen angerufen und die Angaben überprüft, doch die schienen von nichts zu wissen. Anschließend habe ich versucht, ein bisschen mehr darüber rauszukriegen, womit die sich da eigentlich beschäftigen, aber besonders viel habe ich nicht erfahren. Waldingen gehört einer alten Stiftung, und die vermietet es an größere Gruppen, meistens natürlich im Sommerhalbjahr. Das Reine Leben war schon im letzten Jahr dort, und dieses Jahr haben sie das Gelände so ziemlich für den ganzen Sommer gemietet. Von Mitte Juni bis zum ersten September, wenn ich es richtig verstanden habe ...«

»Hm«, sagte Van Veeteren und trank einen Schluck Bier.

»Ich war gestern Nachmittag draußen und habe es mir angeguckt. Ungefähr dreißig Kilometer von hier. Bin aber nur vorbeigefahren, ohne anzuhalten. Es ist ziemlich abgelegen, eigentlich gibt's da nur Wald und Seen, und bis zum nächsten Nachbarn ist es bestimmt ein Kilometer ... tja, sicher der ideale Platz, wenn man seine Ruhe haben will, wie ich annehme. Früher hat man, glaube ich, Klassenausflüge dorthin gemacht, aber ich selbst bin nie dort gewesen.«

»Diese Frau«, sagte Van Veeteren, »die angerufen hat. Was meinst du, wer das war?«

Kluuge sah ihn verständnislos an.

»Keine Ahnung.«

»Dann rate.«

Kluuge zuckte mit den Schultern.

»Wenn sie wirklich die Wahrheit gesagt hat«, fuhr der Hauptkommissar fort, während er sich die Mundwinkel mit der Serviette abwischte, »dann müssen wir doch davon ausgehen, dass sie auf irgendeine Weise von der Sache erfahren hat. Oder?«

Kluuge nickte nachdenklich.

»Ja, ich denke schon ...«

»Und ihr habt hier nicht so ein Telefon, auf dem man zurückverfolgen kann, wer angerufen hat?«

Kluuge schüttelte den Kopf und sah wieder peinlich berührt aus.

»Sollen wir nach dem Sommer kriegen. Malijsen hat eins bestellt, aber die Lieferung hat sich wohl etwas verzögert.«

Van Veeteren wechselte das Thema.

»Weißt du, wie viele Leute es in diesem Ferienlager gibt?«

»Nicht genau. Es ist jedenfalls so eine Art Konfirmationsgeschichte. Nur Mädchen, glaube ich ... ja, und dann haben sie da natürlich noch ein paar Erziehungskräfte und den Priester.«

»Priester?«

»Oscar Jellinek. Das ist derjenige, der diese ganze Sekte überhaupt gegründet hat, wenn ich es richtig verstanden habe. Ich habe mich gestern ein bisschen informiert. Vor zehn, zwölf Jahren hat das angefangen, die meisten Mitglieder wohnen in Stamberg. Es gibt insgesamt nicht mehr als neunhundert Mitglieder, und die einzige Kirche oder wie man das nun nennen soll, steht in Stamberg. Eine Zeit lang gab es auch eine in Kaalbringen, aber die ist wieder geschlossen worden. Na ja, stand halt so einiges in den Zeitungen und so, und vor ein paar Jahren war da auch irgend so ein Skandal. Jellinek hat ein paar Monate im Bau gesessen, aber in letzter Zeit ist es ziemlich still um ihn geworden ...«

Van Veeteren spülte seinen letzten Lachsbissen mit einem halben Glas Bier hinunter. Kaalbringen? erinnerte er sich. Kommissar Bausen? Der Axtmörder ...

Er schob die Erinnerung beiseite. Schaute aufs Wasser und

die Kinderschar, die am Ufer spielte und lärmte. Ferienlager, dachte er stattdessen. In der ganzen Region wimmelt es natürlich davon ... einen Moment lang begannen sich ein paar andere Erinnerungen zu regen, aus seiner eigenen Kindheit, aber es gelang ihm, auch diesen den Hals umzudrehen.

»Aber du warst nicht da und hast mal reingeschaut?«, fragte er. »Wenn du sowieso schon vorbeigefahren bist, meine ich?«

»Nein«, sagte Kluuge, »das habe ich nicht gemacht.«

»Warum nicht?«

»Ich wollte lieber auf den Hauptkommissar warten. Ich hatte ja schon dort angerufen, und sie hatten mir gesagt, dass nichts vorgefallen wäre.«

Ausgezeichnet, dachte Van Veeteren. Fantastische Tatkraft.

»Ich verstehe«, sagte er. »Vielleicht ist es dann das Beste, wenn wir rausfahren und mal nachsehen. In der Höhle des Löwen und vielleicht noch dem einen oder anderen Loch.«

Kluuge nickte begeistert. Richtete sich auf und machte Anstalten, sofort loszupreschen.

»Immer langsam mit den jungen Pferden«, sagte der Hauptkommissar. »Alles zu seiner Zeit. Jetzt wollen wir doch erst mal sehen, ob wir hier nicht auch noch einen anständigen Nachtisch kriegen.«

»Und hast du sonst viel zu tun?«, fragte der Hauptkommissar, als sie ins aprikotfarbene Zimmer des Polizeichefs zurückgekehrt waren. (Aprikot? überlegte Van Veeteren. Ich fress einen Besen, wenn er das selbst gestrichen hat!)

»Nun ja«, sagte Kluuge. »Da sind ja so diverse Berichte und so.«

Van Veeteren warf einen Zahnstocher hinter den Heizkörper.

»Ich würde jedenfalls vorschlagen, dass du versuchst, ein bisschen mehr über diese Sekte herauszukriegen. Ruf mal die Polizei in Stamberg an und frag da nach, das ist das Einfachste. Ich werde Waldingen selbst übernehmen, wenn du nichts dagegen hast. Hast du die Nummer, dann kann ich vorher anrufen?«

Kluuge schrieb sie ihm auf.

»Ich glaube, ich werde mich über Nacht im Ort einquartieren. Dann können wir der Sache auf den Grund gehen. Kannst du etwas empfehlen?«

Kluuge überlegte.

»Das Stadthotel oder Grimm's«, sagte er. »Das Stadthotel ist sicher ein bisschen besser, aber das Grimm's liegt direkt am See. Hundert Meter hinterm Florian's ungefähr, da, wo wir gegessen haben. Vielleicht nicht ganz die gleiche Klasse, aber ...«

»Grimm's klingt gut«, entschied der Hauptkommissar und stand auf. »Ruf mich an, wenn es was gibt, ansonsten sehen wir uns morgen Vormittag.«

Kluuge stand auch auf und schüttelte ihm die Hand.

»Danke«, sagte er. »Ich bin froh, dass der Hauptkommissar das hier übernimmt.«

»Keine Ursache«, sagte Van Veeteren und überließ den Polizeianwärter Kluuge seinem Schicksal.

Das Zimmer war eine ziemlich missglückte Mischung aus Alt und Neu, aber dafür gab es eine geräumige Badewanne und einen Balkon mit Blick auf den See und die Häuser, die sich auf der anderen Seite bis zum Waldrand den Hügel empor erstreckten. Van Veeteren nahm das Zimmer in Beschlag, stellte seine Tasche in die schiefe Eichengarderobe und rief in Waldingen an.

Nach zehn Freizeichen hatte sich noch immer keiner gemeldet, und er legte den Hörer auf. Ging dazu über, stattdessen die Karte zu studieren, die er von Kluuge bekommen hatte. Waldingen konnte kaum als Ort bezeichnet werden, wie der Polizeianwärter erklärt hatte, eigentlich war es nur der Name der alten Ferienkolonie – gegründet irgendwann in den Zwanzigern –, aber er war immer noch auf der Karte eingezeichnet. Ein schwarzes kleines Viereck am Ende eines Pfades, der von einem größeren Weg abging, um zwei kleinere Seen lief und dann wieder auf den gleichen größeren Weg traf.

Dreißig, vierzig Kilometer in den Wäldern ungefähr. Damit wusste er also das. Er faltete die Karte zusammen und wählte wieder die Nummer.

Keine Antwort. Er schaute auf die Uhr. Fünf Minuten nach drei. Draußen über dem See brannte die Sonne. Hier drinnen im Zimmer war zwar Schatten, aber trotzdem sicher bis zu dreißig Grad. Er blieb eine Weile zögernd sitzen und überlegte.

Was sollte er verdammt noch mal tun?

Dann fiel ihm ein, dass er so ein Strandcafé mit buckligen Sonnenschirmen am Seeufer gesehen hatte. Er holte Klimkes *Betrachtungen ohne Perspektive* aus der Tasche, steckte die Zigaretten ein und verließ das Zimmer.

Zwei dunkle Biere und vier Zigaretten später unternahm er einen erneuten Versuch mit dem Telefon, wiederum vergeblich.

Was, zum Teufel, treiben die da? dachte er. Wenn sie sich schon um eine ganze Schar Teenager kümmern müssen, sollten sie doch wohl zumindest in der Lage sein, ans Telefon zu gehen.

Aber vielleicht hatte Kluuge ihm ja auch aus reiner Nervosität die falsche Nummer gegeben?

Er rief die Auskunft an und überprüfte die Nummer; sie erwies sich als vollkommen korrekt.

Er schaute auf die Uhr.

Halb fünf. Was war jetzt zu tun?

Eine Dusche und dann ein langer Spaziergang durch Sorbinowo, beschloss er. Am besten durch ein paar schattige Gassen, falls es solche hier gab. Um sich etwas Appetit fürs Abendessen zu holen, wenn es sonst keinen Grund gab. Diesen Besuch bei Gottes auserwählter Schafherde würde er auf den nächsten Tag verschieben. Er hatte keine große Lust, sich in die Wälder zu begeben, ohne vorher einen gewissen Kontakt hergestellt zu haben.

Aber was sollte es. Wenn das nun dieser Zwei-Wochen-Fall war, den er hatte haben wollen, dann erschien er zumindest alles andere als eilig zu sein.

Er zog sich die Kleider aus und betrat das blau-gelbe Badezimmer.

O verdammte Scheiße, dachte er.

Dann duschte er zehn Minuten lang im Dunkeln.

8

Es dauerte fünfunddreißig Minuten bis nach Waldingen. Die letzten fünf Kilometer ging es über enge, unebene Waldwege, die ebenso unbenutzt erschienen wie sein eigener Sexualtrieb. Der Wald war dicht und duftete, die Bebauung war spärlich; er hatte nicht mehr als vier Höfe entdeckt, seit er die große Straße verlassen hatte, und ihm war kein einziges Fahrzeug begegnet, bis er zum See und den Gebäuden gekommen war. Er fuhr zwischen einige sonnenbeschienene Fichtenstämme und parkte dort sein Auto.

Eine Frau in einem grauweißen Sari kam ihm schon entgegen, bevor es ihm gelungen war, aus dem Wagen zu steigen. Jedenfalls sah es so aus wie ein Sari, aber bei näherem Hinschauen erkannte er, dass es sich um ein Stück dicken, ungebleichten Baumwollstoff handelte. Ihre Haut, ihre Haare, ihre Lippen und Augen zeigten ungefähr den gleichen Ton, und Van Veeteren hatte die schnell vorbeihuschende Vision von Milchsuppe, die über Nacht offen gestanden hatte.

Fünfundvierzig, schätzte er. Leichter Wahnsinn. Männerhasserin.

»Hauptkommissar Veeteren?«, fragte sie und streckte ihm eine schlaffe Hand entgegen.

»Van Veeteren. Ja, ich habe gestern Abend angerufen. Es geht um ein Gespräch mit Herrn Jellinek.«

»Folgen Sie mir.«

Sie ging ihm voraus auf die Gebäude zu, die in Hufeisenform

um eine abfallende wild bewachsene Rasenfläche mit Inseln von Blaubeerkraut und wildem Holunder lagen. Dunkelbraune, sorgsam geschnitzte Holzhäuser mit neuem Blechdach, ein größeres zweigeschossiges Gebäude mit Veranda und Schornsteinen und zwei kleinere zu beiden Seiten, einfache, rechtwinklige Schuppen, die deutlich jüngeren Datums waren. Der See fing genau auf der anderen Seite des Weges an, fünfzig Meter hinunter nur, und als er einen Blick dorthin warf, entdeckte er dort die nackten Körper am Ufer.

Ein gutes Dutzend Mädchen, die gemächlich umherschlenderten oder auf ihren Handtüchern saßen und sich von der Sonne trocknen ließen, während sie sich anscheinend leise miteinander unterhielten.

Aber keines plantschte. Es gab keinen Lärm, keine Schreie, kein Wasserspritzen und kein fröhliches Lachen. Mitten in ihrer Runde sah er außerdem zwei Frauen, die genauso gekleidet waren wie die, die vor ihm ging. Er verhielt mitten im Schritt und betrachtete das Gemälde – denn daran erinnerte ihn das Ganze mehr als alles andere –, während die Assoziationen in seinem Kopf vorüberhuschten.

Aber nichts blieb haften, nichts außer einem Gefühl leichter Beunruhigung und Verwunderung. Und als der Mann oben auf der Veranda sich räusperte, drehte Van Veeteren sich um und vergaß es.

»Willkommen bei uns.«

»Danke.«

»Wir sind gegen Ihren Besuch, aber wir empfangen Sie und sind bereit, Ihre Fragen zu beantworten.«

»Ausgezeichnet«, sagte Van Veeteren. »Ich vermute, Sie sind Oscar Jellinek?«

Der Mann senkte seinen Kopf, ohne zu antworten. Er war älter, als Van Veeteren gedacht hatte, vermutlich ungefähr so alt wie er selbst. Jedenfalls nicht viel jünger. Dünn und krummgewachsen. Sein Haar war rattenfarben, schulterlang und mit einem Gummi im Nacken zusammengebunden. Sein Bart hing in Strähnen auf die Brust hinunter, und seine Kleidung stammte vermutlich aus der gleichen Quelle wie die der drei Frauen. Langes, graubleiches Hemd und weite Hose, die ein Stück oberhalb der Knöchel endete. Sandalen.

Zweifellos ein Prophet, dachte Van Veeteren und folgte ihm ins Haus. Sie setzten sich einander gegenüber an einen großen, runden Holztisch mit ungefähr zehn einfachen Stühlen. Jellinek setzte sich eine Brille mit geklebten Bügeln auf und schaute den Hauptkommissar an.

»Sie haben fünfzehn Minuten Zeit«, sagte er. »Wir haben um elf Uhr unsere Gebetsstunde.«

Van Veeteren hob eine Augenbraue und ließ sie dort einige Sekunden verharren.

»Es ist so«, erklärte er, »ich komme von der Kriminalpolizei, und ich werde die Zeit brauchen, die mir notwendig zu sein scheint. Aber wenn Sie bereit zur Zusammenarbeit sind, sehe ich keinen Grund, dass es länger als eine Viertelstunde dauern müsste.«

Oscar Jellinek erwiderte nichts.

»Wie würden Sie Ihre Gemeinschaft beschreiben?«

Jellinek nahm die Brille ab und stopfte sie in ein braunes Lederetui.

»Sie haben sicher nicht die Absicht, Mitglied unserer Kirche zu werden, Herr Kommissar. Dürfte ich deshalb vorschlagen, dass wir die Zeit dazu nutzen, über das zu reden, weshalb Sie hergekommen sind?«

»Sie hatten früher schon Erfahrungen mit der Polizei?«

»Leider.«

»Sie erkennen uns als Obrigkeit an?«

»Nur wenn das nicht im Widerspruch zu Gottes Willen steht. Darf ich Sie darum bitten, zur Sache zu kommen.«

Van Veeteren zuckte mit den Schultern.

»Sie wissen doch, um was es geht. Wir haben Informationen erhalten, dass aus Ihrem Lager ein Mädchen verschwunden ist. Ich möchte die Sache nur überprüfen.«

»Von hier ist niemand verschwunden.«

»Wie viele Teilnehmer haben Sie?«

»Zwölf.«

»Ausschließlich Mädchen?«

»Wir halten nichts von unkontrolliertem Kontakt zwischen den Geschlechtern in jungen Jahren.«

»Das habe ich verstanden«, sagte Van Veeteren. »Sie haben also ein Dutzend Mädchen hier. Wie alt sind sie, und was ist der Zweck ihres Aufenthalts?«

Jellinek faltete seine Hände vor sich auf dem Tisch.

»Zwischen zwölf und vierzehn«, erklärte er. »Der Zweck ist es, sie auf die Aufnahme im Reinen Leben vorzubereiten.«

»Also eine Art Konfirmation?«

»Wenn Sie so wollen.«

»Wie lange bleiben sie hier?«

»Sieben Wochen.«

»Aber Sie haben das Gelände für den ganzen Sommer gemietet?«

»Ja. Wir veranstalten im August noch zwei Andachtswochen für Erwachsene. Unsere Mädchen haben jetzt ungefähr die halb Zeit rum.«

»Zwölf Stück?«

»Ja, zwölf.«

»Was treiben Sie so?«

»Gebet, Entsagung, Reinheit. Das sind die Grundpfeiler, aber ich fürchte, Sie sind an dieser Art Geistigkeit nicht besonders interessiert, Herr Hauptkommissar.«

Sag das nicht, dachte Van Veeteren. Die Frage ist ja wohl eher, was das verdammt noch mal bedeutet und ob ein normal beschaffener dreizehnjähriger Mensch sich für so etwas interessiert.

»Wie viele Erwachsene?«

»Vier. Ich selbst und drei Mitarbeiterinnen, die bei der praktischen Arbeit helfen.«

»Nur Frauen?«

»Ja.«

Van Veeteren dachte nach. »Können Sie mir eine Liste der Mädchen geben, die Sie hier haben?«

Jellinek schüttelte den Kopf.

»Warum nicht?«

»Das ist nicht in unserem Interesse. Weder in dem der Mädchen noch in dem ihrer Eltern.«

»Wie meinen Sie das?«

»Wir haben so unsere Erfahrungen mit der Polizei. Wie Sie ja selbst schon andeuteten.«

»Ihnen ist sicher klar, dass ich Sie zwingen kann?«

Jellinek verzog keine Miene, machte nur eine kleine Pause, während er seine gekreuzten Daumen betrachtete.

»Natürlich. Aber ich werde Ihnen die Namen erst geben, wenn Sie Gewalt anwenden.«

»Sie verstoßen gegen das Gesetz.«

»Es gibt mehr als ein Gesetz, Herr Hauptkommissar.«

»Quatsch.«

Van Veeteren lehnte sich auf seinem Stuhl zurück und suchte in seiner Brusttasche nach einem Zahnstocher. Er fand einen und hielt ihn eine Sekunde lang prüfend ins Licht, bevor er ihn zwischen die Schneidezähne im Unterkiefer schob. Jellinek beobachtete seine Handlungen mit offensichtlicher Skepsis.

»Sie meinen also, dass ich mich mit Ihrem Wort begnügen soll?«

Etwas Gelbes blitzte im Barte des Propheten auf. Es konnte sich um ein Lächeln handeln.

»Ja, das meine ich.«

»Ich möchte gern mit den Mädchen sprechen. Genauer gesagt, mit einigen.«

Jellinek streckte einen abweisenden Finger in die Luft und schüttelte den Kopf.

»Wir lassen sie nicht außerhalb des Geländes gehen. Es ist wichtig, dass sie in diesem Zeitraum in Frieden gelassen werden.«

Van Veeteren zog seinen Zahnstocher heraus.

»Sie meinen, Sie halten sie hier sieben Wochen lang vollkommen isoliert?«

»Das verstehen Sie nicht, Herr Kommissar. In gewissen Situationen ist es notwendig, das Geistige zu schützen. Es keinen Stößen und Dornen auszusetzen. Gerade in diesem Abschnitt ihrer Ausbildung ist das ganz einfach unumgänglich.«

»Sie weigern sich, mich auch nur mit einigen von ihnen sprechen zu lassen? Für zwei Minuten?«

»Das, was über lange Zeit aufgebaut wurde, ist so schnell zerstört. Ich weiß, das mag für Sie schroff klingen, Herr Kommissar, aber Sie müssen verstehen, dass meine Absichten nur die besten sind. Wir glauben an das, was wir tun. Wir üben unsere Religion aus, das kann man leicht verhöhnen und verspotten, aber wir haben unser gesetzlich festgelegtes Recht dazu ... da Sie doch so viel Wert auf Recht und Gesetz zu legen scheinen.«

Er schaute auf die Uhr. Van Veeteren schob seinen Zahnstocher wieder rein. Es vergingen fünf Sekunden.

»Und der Anruf?«, fragte er. »Diese Frau, die behauptet, dass eines der Mädchen ermordet wurde, was halten Sie von der Sache?«

»Böswilligkeit«, antwortete Jellinek wie aus der Pistole geschossen. »Das ist nicht das erste Mal, dass wir so etwas erleben müssen, Herr Hauptkommissar. Wir haben da wie gesagt eine gewisse Erfahrung.«

Van Veeteren dachte nach.

»Und die Damen«, versuchte er es. »Ihre Mitarbeiterinnen, wenn ich einige von ihnen eine Weile befrage, würde das Ihren geistigen Palast ebenfalls zerstören?«

»Natürlich nicht«, erklärte Jellinek. »Ich muss Sie aber jetzt verlassen, es ist Zeit für die Gebetsstunde. Wenn Sie hier bleiben, werde ich eine von ihnen bitten, zu Ihnen zu kommen.«

Er verließ das Zimmer. Van Veeteren schloss seine Augen und ballte die Fäuste. Nach einer Weile faltete er sie stattdessen.

Heilige Einfalt, dachte er. Herr, gib mir Kraft!

Während der Rückfahrt fasste er einen Entschluss.

Nicht dahingehend, die Nachforschungen zu intensivieren, und nicht dahingehend, Jellineks geistiges Fahrzeug in Grund und Boden zu rammen. Sondern dahingehend, noch ein paar Tage in Sorbinowo zu bleiben.

Vielleicht nur einen. Vielleicht mehrere.

Denn da war etwas. Es war nicht klar, was, aber irgendwo in dieser Geschichte – die vermutlich nicht einmal wirklich eine Geschichte war –, gab es etwas, das ihn erinnerte, an … ja, an was eigentlich?

Er wusste es nicht. An ein hinterhältiges und unmotiviertes Bauernopfer? Ein Ungeheuer, verborgen in Dummheit? Warum nicht?

Vielleicht war es ja auch nur Einbildung. Die Frau, mit der er zehn Minuten gesprochen hatte, war dieselbe gewesen, die ihn am Auto abgeholt hatte. Sie hatte sich ihm als Schwester Madeleine vorgestellt und nicht viel anderes zu erzählen gehabt als das, was Jellinek ihm bereits verkündet hatte.

Außer vielleicht der Tatsache, dass sie seit Beginn beim Reinen Leben dabei war. Im Unterschied zu den Schwestern Ulriche und Mathilde, die ein wenig später dazugestoßen waren.

Dass man ein Kollektiv war, aber Jellinek der geistige Führer.

Dass ihr Leben sich damals vor elf Jahren vollkommen verändert hatte und dass sie seitdem in Licht und Reinheit lebte.

Dass die drei Schwestern die Arbeit im Ferienlager untereinander aufteilten, dass die Mädchen – alle zwölf – immer noch in der Finsternis wanderten, aber auf dem Weg ins Licht waren und dass alles in Gottes Händen lag.

Und in denen von Oscar Jellinek.

Sowie dass dies außerdem alles sicher Dinge waren, von denen der Hauptkommissar sich vermutlich keinen Begriff machen konnte, da er ja nicht geweiht war.

Van Veeteren spuckte einen malträtierten Zahnstocher durch das Seitenfenster und fluchte laut und ausführlich vor sich hin. Er versuchte zu begreifen, was das für ein anderes dunkles Gefühl war, das in ihm auf der Lauer lag, seit er zwischen den Fichten hinausmanövriert war.

Eigentlich schon vorher. Während er mit Jellinek gesprochen hatte. Während er gewartet und zugesehen hatte, wie die Mädchen in geordneten Reihen vom Bad heraufkamen. Während er den frommen Ergüssen von Schwester Madeleine gelauscht hatte.

Mit der Zeit wurde ihm klar, dass es sich dabei um eine Frage der Ohnmacht handelte.

Reine, nackte Ohnmacht.

Mit einer geistigen Kraftanstrengung unterdrückte er sie und zündete sich stattdessen eine Zigarette an.

Es gibt viele unbekannte Zutaten in dieser Suppe, stellte er fest. Viel zu viele. Wobei nicht einmal klar ist, ob es wirklich eine Suppe ist.

Was für ein Unsinn, musste er sich ein paar Sekunden später selbst eingestehen. Jetzt füge ich nur noch Worte aneinander. Wie ein dämlicher Fernsehheini oder so.

»Wortwörtlich?«, fragte Kluuge und legte seine Stirn in Falten.

Der Hauptkommissar stellte fest, dass es sich um eine ziemlich hohe Stirn handelte, auf der Platz für eine ganze Reihe von Falten war, und er beschloss, das, was sich dahinter befand, nicht zu unterschätzen.

»Möglichst«, sagte er. »Jedenfalls so genau, wie du es noch weißt.«

»Beim ersten Mal sagte sie nur, dass ein Mädchen verschwunden sei«, erklärte Kluuge. »Und dass wir etwas machen müssten. Beim zweiten Mal war es etwas ausführlicher.«

»Und was?«

»Ja, sie behauptete, wir hätten nichts unternommen. Und dass sie sich wohl lieber an die Zeitungen wenden sollte und dass sie noch eins ermorden könnten ...«

»Ermorden?«

»Ja.«

»Und du bist dir sicher, dass sie das gesagt hat?«

»Absolut.«

Kluuge nickte mehrere Male, um eventuelle Zweifel im Keim zu ersticken.

»Noch mehr?«, fragte der Hauptkommissar.

Kluuge dachte nach.

»Ich glaube nicht.«

»Alter?«

»Schwer zu sagen. Irgendwo zwischen vierzig und fünfzig, aber ich bin mir nicht sicher ... vielleicht auch älter. Ich kann Stimmen schlecht schätzen.«

»Wie klang sie?«

»Wie ich schon sagte. Sie sprach ziemlich leise, vor allem beim ersten Mal ... klang reichlich ernst, nun ja, als ob sie fest von dem überzeugt war, was sie da sagte. Deshalb habe ich das ja auch so ernst genommen und Sie angerufen.«

»Hrrm«, sagte Van Veeteren. »Hast du inzwischen mehr über diese Sekte herausgekriegt?«

Kluuge kratzte sich nervös am Hals.

»Ich habe mit den Kollegen in Stamberg geredet ... Sie wollten einige Informationen zusammenstellen und sie mir rüberfaxen, aber bis jetzt ist noch nichts gekommen.«

Van Veeteren nickte.

»All right«, sagte er. »Ich ziehe mich ins Hotel zurück, du kannst mir dann Bescheid geben, wenn etwas gekommen ist. Ich werde auf jeden Fall noch ein paar Tage hier bleiben.«

»Gut«, sagte Kluuge und sah etwas peinlich berührt aus. »Wie schon gesagt, ich bin Ihnen sehr dankbar.«

»Du brauchst dich nicht die ganze Zeit zu bedanken«, widersprach der Hauptkommissar und stand auf. »Ich habe so eine Ahnung, dass hier etwas faul ist, und außerdem habe ich eine Rechnung zu begleichen.«

»Ich verstehe«, sagte Kluuge.

Als der Hauptkommissar in sein Zimmer im Grimm's zurückgekommen war, zeigte die Uhr bereits halb drei am Nachmittag und die Sonne fiel diagonal durch das offene Fenster herein. Er zog die Gardinen vor und gönnte sich eine lange, kühle Dusche, diesmal ohne sich über die Farbzusammenstellung Gedanken zu machen.

Als er auf eine erträgliche Temperatur abgekühlt war, streckte er sich auf dem Bett aus und rief in der Polizeizentrale von Maardam an. Nach einer Weile bekam er Münster ans Telefon.

»Wie läuft es?«, fragte Van Veeteren.

»Womit?«, gab Münster die Frage zurück.

»Verdammt, das weiß ich doch nicht. Beispielsweise mit diesem Wahnsinnsschützen.«

»Wir haben ihn heute Morgen geschnappt. Hört der Herr Hauptkommissar kein Radio?«

»Ich habe hier so einiges zu erledigen«, erklärte Van Veeteren.

»Ach so«, sagte Münster.

»Dann kann ich vielleicht ein bisschen Unterstützung bekommen?«, fragte Van Veeteren rhetorisch. »Wenn ihr eure Beute geschnappt habt.«

Münster hustete nur nervös, und dem Hauptkommissar fiel der bevorstehende Urlaub ein. Er informierte seinen Kollegen über seine Ermittlungen, und Münster versprach zu tun, was in seiner Macht stand – alles herauszufinden, was überhaupt über Das Reine Leben zu wissen von Wert sein könnte, und das dann ohne zu zögern sofort ins Grimm's Hotel in Sorbinowo zu faxen.

»Je eher, umso besser«, erklärte Van Veeteren und legte den Hörer auf.

Kann ja nicht schaden, ein paar Köder mehr auszulegen, dachte er und zog sich an.

Falls Kluuge nun beim Falschen angerufen hat oder so.

Eine Viertelstunde später saß er wieder im Auto, bewaffnet mit einem neuen Päckchen Zigaretten und einigen Fugen. Ein konkretes Ziel hatte er nicht – es sei denn, man würde eine langsame Fahrt von einer Stunde Dauer um die Seen und durch die duftenden Wälder als ein Fahrtziel ansehen.

Und durch Bachs unendliche logische Variationen.

Er war um fünf Uhr zurück. Duschte noch einmal, und bevor er sich aufmachte, um sich eine passende Speisestelle zu suchen, fragte er in der Rezeption nach, ob dort irgendwelche Mitteilungen für ihn warteten.

Das taten sie nicht.

Nichts von Kluuge.

Nichts von Münster.

Na ja, dachte er. Jeder Tag hat so seine eigenen Mühen.

Und während er zum Ortskern marschierte, überlegte er, was zum Teufel er eigentlich damit gemeint hatte.

<u>9</u>

Trotz des massiven Zustroms von Frischlufttouristen – wahrscheinlich beherbergte der Ort im Augenblick doppelt so viele Menschen wie im Winterhalbjahr, wie Van Veeteren vermutete – hatte Sorbinowo auch seine Grenzen. Die Zahl respektabler Gasthäuser (hierzu zählte er alle Orte, an denen man an einem Tisch sitzen und essen konnte und gleichzeitig nicht gezwungen war, elektronische Musik einer mehr oder minder erträglichen Lautstärke zu hören) belief sich auf genau fünf. Einschließlich des Florian's, in dem er mit Kluuge zu Mittag gegessen hatte, und des Grimm's Hotel, in dem er wohnte.

An diesem zweiten Abend entschied sich der Hauptkommissar für Nummer vier in der Reihenfolge, eine einfache, pseudo-italienische Geschichte in einem der Gässchen, die vom Kleinmarckt zur Kirche und zum Bahnhof hinauf führten. Die Pasta war ein wenig klebrig und das Bier lauwarm, wie sich herausstellte, aber es war ruhig und friedlich hier, und er konnte ungestört seinen Gedanken nachgehen.

Die reichlich fremd waren, das war nicht zu leugnen.

Gebet? dachte er.

Entsagung? Reinheit?

Daran hatte er beim Hören der Fugen im Auto auch schon gedacht.

Und das Bild der schweigenden, nackten Mädchen unten am Seeufer kam zurück. Und das der bleichen Frauen in den Baumwollüberwürfen.

Worum, zum Teufel, ging es hier eigentlich?

Eine berechtigte Frage, kein Zweifel. Es gab Stimmen in ihm – laute Stimmen –, die ihn ganz hartnäckig dazu ermahnten, doch reinen Tisch zu machen. Nicht eine Sekunde länger damit zu warten, sondern sofort wieder nach Waldingen hinauszufahren – möglichst in Kluuges uniformierter Begleitung – und die Leute dort zur Rechenschaft zu ziehen.

Oscar Jellinek die Leviten zu lesen und diese verdammte Frömmelei mit dem Holzhammer zu zerschlagen.

Herauszubekommen, wie jedes einzelne Mädchen hieß und sie dann bei der ersten besten Gelegenheit nach Hause zu schicken.

Laute Stimmen, wie gesagt.

Aber da war auch noch etwas anderes. Er trank einen Schluck Bier und versuchte genauer zu definieren, was es war.

Etwas, das mit Freiheiten und Gerechtigkeiten zu tun hatte anscheinend.

Mit dem Recht, seine Religion in Frieden und ohne Einmischung ausüben zu dürfen. Nicht die Polizei in allen Ecken herumschnüffeln sehen zu müssen und zu befürchten, dass sie sich einmischte, sobald man nicht in die allgemeine Gleichförmigkeit passte.

Damit, eine Minorität zu verteidigen oder zumindest nicht zu zerstören.

Ja, so ungefähr in der Richtung, darum ging's, da gab es keinen Zweifel.

Trotz der intuitiven Abscheu, die er gegenüber Jellinek empfunden hatte, konnte er nicht anders, er musste ihm in der Sache selbst zustimmen. Welches Recht hatte er denn – er, der Ungläubige –, sich über diese durch den Wind getriebenen Sektierer zu stellen?

Zwei anonyme Telefonanrufe. Ein verschwundenes Mädchen? Sollte das Grund genug sein?

Es konnte mit Recht gefordert werden, dass man ein wenig mehr Boden unter den Füßen haben musste. Etwas trockener dastand, nicht im Grundlosen schwamm.

Die weizenblonde Kellnerin brachte seinen Kaffee und seinen Cognac.

Er zündete sich eine Zigarette an.

Ganz zu schweigen von der Mühe!

Er schnupperte an seinem Cognac. Vielleicht war das der Hauptgrund, der ihn zurückhielt. Die Mühe. In der anderen Waagschale lagen die Bequemlichkeit und die Hitze – und wenn er sich wirklich dazu entschloss, etwas zu unternehmen, war dann nicht davon auszugehen, dass Jellinek und seine weibliche Troika ihn die Konsequenzen spüren lassen würden? Ihn dazu zwingen würden, wirklich die Verantwortung für die ganze Mädchenschar zu übernehmen und dafür zu sorgen, dass jede Einzelne sicher nach Hause kam?

Und es sprach wohl auch nicht viel dafür, dass die Eltern der Mädchen eine sehr viel wohlwollendere Einstellung der Polizeimacht gegenüber haben würden, als deren geistiger Führer gezeigt hatte. Schließlich hatte man ja die Sprösslinge selbst in dieses Lager geschickt, und ganz gleich, ob man nun vollkommen ahnungslos war oder nicht, so würden sie dennoch nicht nur freundlich dankend dastehen und ihre halbkonfirmierten Teenager drei Wochen zu früh entgegennehmen. So viel konnte sich jeder ausmalen. Sogar Kluuge. Sogar ein agnostischer Kriminalkommissar, der auf dem letzten Loch pfiff.

Scheiße, fasste Van Veeteren seine Gedanken zusammen und winkte nach der Rechnung. Hier sitze ich wie ein unschlüssiger Esel und brüte vor mich hin!

Bei einem Fall, den es gar nicht gibt!

Höchstwahrscheinlich jedenfalls nicht, fügte er insgeheim für sich hinzu.

Das muss am Wetter liegen.

Das muss an meinem hohen Alter und meiner zunehmenden Trägheit liegen.

Er bezahlte und verließ das El Pino. Vielleicht konnte ein anständiges Glas Wein die Koordinaten ein wenig klären. Ein Weißer natürlich, wenn man an die Temperaturen dachte, es war jetzt kurz nach halb neun, und die Hitze des Tages hing noch über dem Kleinmarckt, auf dem vereinzelte Touristen (vielleicht auch der eine oder andere Einheimische) in der zunehmenden Dämmerung spazieren gingen.

Vielleicht ein Mersault? Oder nur ein einfaches Glas Riesling? Das wäre wahrscheinlich leichter zu bekommen.

Er spürte, wie seine Laune sich bereits hob.

Schließlich war er ja nur hergefahren, um die Wartezeit bis Kreta zu überbrücken. Christos Hotel, die Quelle der Jugend und dieses kastanienbraune Haar.

Sonst nichts.

Das Kino hieß Rymont, und allein die Existenz einer derartigen Einrichtung in Sorbinowo war ebenso überraschend wie die Programmgestaltung. Offenbar fand während des Sommers etwas statt, das unter der Bezeichnung »Qualitätsfilmfestival« fungierte, und als er entdeckte, dass in gut zwei Minuten die Vorführung von *Chaos* der Brüder Taviani stattfinden würde, gab es keinen Grund mehr zum Zögern.

Er betrat den Saal in dem Moment, als das Licht heruntergedreht wurde, aber es blieb noch Zeit, den Rest des abendlichen Publikums zu begrüßen. Es bestand aus fünf Personen, bequem auf die hintersten Reihen verteilt: vier Herren und eine Dame – alle ein wenig in die Jahre gekommen, aber mit dem geläuterten, distinguierten Ausdruck im Gesicht, der bei echten Cineasten zu finden ist, wie Van Veeteren zufrieden feststellte.

Mit einem Seufzer der Zufriedenheit ließ er sich ein paar Reihen weiter vorn niedersinken – eine Befriedigung, die nicht geringer wurde, als sich herausstellte, dass nicht eine Unze Reklame gezeigt wurde und der Hauptfilm exakt zur angegebenen Zeit begann.

Es gibt immer noch Körnchen von Qualität in dieser Welt, dachte er. Sogar für ein blindes Huhn wie mich.

74

Hinterher hatte es keiner der Besucher besonders eilig, den Saal zu verlassen. Zwei der Herren begannen sofort mit einem äußerst angeregten Gespräch über den Film. Sie zogen Vergleiche zu Pirandellos Texten und zu anderen Filmen des italienischen Brüderpaares, und Van Veeteren begriff, dass er nicht in irgendeine zufällige Gesellschaft geraten war. Als er aufstand, kam ein anderer Zuschauer auf ihn zu, ein etwas ergrauter Herr mit einer Aura voller Energie um sich.

»Ein neues Gesicht in unserem Kreis. Meine Verehrung.«

Er streckte die Hand aus, und Van Veeteren ergriff sie.

»Przebuda. Andrej Przebuda. Vorsitzender des Filmclubs von Sorbinowo.«

»Van Veeteren. Ich bin zufällig zu Besuch hier ...«

Er kramte in seiner Erinnerung.

»Das Leben ist eine einzige Aneinanderreihung von Zufällen.«

»Ganz gewiss«, sagte der Hauptkommissar. »Zweifellos, ja ... es freut mich zu sehen, dass die Filmkunst auch außerhalb der großen Metropolen lebt.«

»Tja«, nickte Przebuda, »man tut, was man kann, aber wie Sie sehen, sind wir nicht sehr viele ...«

Er machte eine Geste zu den anderen hin.

»... und ganz blutjung sind wir auch nicht mehr.«

Er lachte laut und strich sich entschuldigend mit der Hand über seinen fast kahlen Schädel.

»Andrej Przebuda?«, kam es dem Hauptkommissar endlich in den Sinn.

»Ja.«

»Ich glaube, wir haben einen gemeinsamen Bekannten.«

»Wirklich? Wen?«

»W. F. Mahler.«

»Den Dichter?«

Van Veeteren nickte.

»Er behauptet, Sie hätten seine Gedichte verstanden.«

Przebuda lachte laut auf und nickte enthusiastisch. Er war sicher schon über die Siebzig, schätzte Van Veeteren. Die Intensität seiner dunklen Augen schien aber zeitlos zwanzigjährig zu sein, und als der Hauptkommissar ihn näher betrachtete, erschien ihm seine Physiognomie ziemlich jüdisch. Ihm wurde klar – oder er ahnte zumindest –, dass er einem dieser seltenen Menschen gegenüberstand, die durch Leiden veredelt werden. Die durchs Feuer gegangen sind und dadurch gehärtet wurden, statt zu zerbrechen.

Obwohl das natürlich nur eine Vermutung war. So eine kurz aufflammende Spekulation, die eine Bestätigung in einem Gespräch brauchte und die beiseite zu schieben er alt genug war.

»Ein verdammt guter Dichter, der Mahler«, sagte Przebuda. »Von erlesenem Geschmack und klar wie ein Gebirgssee. Ja, ich glaube, ich habe jede Sammlung von ihm rezensiert, seit seinem Debüt. Wie kommt es, dass Sie ...«

Es dauerte noch weitere zehn Minuten, bis Van Veeteren das Kino Rymont verlassen konnte und dann nur mit der inständigen Einladung von Andrej Przebuda, zu einen neuen und intensiveren Treffen an einem der folgenden Tage; entweder oben in der Zeitungsredaktion oder in seinem Haus im gleichen Viertel.

Wenn es wirklich der Fall war, dass der Hauptkommissar beruflich – und nicht als Tourist – nach Sorbinowo gekommen war, dann war es – in aller Bescheidenheit – nicht undenkbar, dass er – Andrej Przebuda – ihm vielleicht mit der einen oder anderen Information aushelfen konnte.

Falls das erforderlich sein sollte. Schließlich wohnte er seit vierundvierzig Jahren hier.

Und wenn es sonst nichts gäbe, könnte man sich ja immer noch über Filme und Poesie unterhalten.

Warum nicht? dachte Van Veeteren, nachdem er sich von Przebuda und den übrigen Mitgliedern des Filmclubs von Sorbinowo verabschiedet hatte. Das könnte bestimmt dem einen oder anderen Aspekt interessante Informationen hinzufügen.

Insgesamt absolut kein hinausgeworfener Abend, stellte er fest, als er das Grimm's wieder ansteuerte, aber als er endlich im Bett lag, waren es dennoch die Bilder vom Vormittag, die sich bei ihm einschlichen und sich seines Bewusstseins bemächtigten.

Die ihn bis weit in die Nacht hinein wach hielten.

Diese jungen, nackten Mädchenkörper.

Die bleichen Frauen.

Der Bart des Propheten.

10

Die Informationen über Oscar Jellinek und seine kirchlichen Aktivitäten waren am Sonntagmorgen eingetroffen. Sowohl von Münster als auch aus Stamberg.

Nach einem anständigen Frühstück auf dem Zimmer mit zwei Tageszeitungen widmete Van Veeteren sich eine vormittägliche Stunde lang dem Material, das er, in Sorbinowos Polizeirevier sitzend, durchging.

Gleichzeitig überlegte er, was weiter getan werden sollte.

Soweit überhaupt eine Fortsetzung sinnvoll sein würde. Kluuge hatte er nach Hause geschickt, damit er sich um seine schwangere Ehefrau kümmerte, die nach dessen Angaben in der Nacht etwas unpässlich gewesen war.

Der Hauptkommissar schwitzte. Die Sonne war um eine Ecke gewandert und jetzt langsam dabei, das Dienstzimmer von Polizeichef Malijsen in einem Grad zu erhitzen, der bald so unerträglich sein würde wie eine verdörrte Aprikose. Es gab da kein Pardon, trotz des Schutzes durch Jalousien und Gardinen.

Ob Das Reine Leben nun eine erträgliche Geschichte war, darüber konnte man geteilter Meinung sein.

Oscar Jellinek war 1942 in Groenstadt geboren. Er hatte Theologie studiert und 1971 seine Priesterprüfung in Aarlach abgelegt. Er war als Seelsorger und Hilfsprediger an einem halben Dutzend verschiedener Orte tätig gewesen, bis er sich im August 1984 lossagte und die freie Gemeinde (die alternative Synode) Das Reine Leben gründete. Mit dem Hauptstützpunkt

Stamberg, wo er auch seit Anfang der Achtziger gewohnt und gewirkt hatte.

Das Reine Leben führte in den ersten Jahren ein ziemlich anonymes Dasein. Eigentlich ließ sich gar nichts darüber sagen; die Anzahl Übergetretener (es gab keine wirklich zuverlässigen Zahlen) dürfte nicht mehr als gut dreißig Seelen betragen haben; hauptsächlich Frauen, ein auch weiterhin festzustellender Trend. Die Treffen und Gottesdienste wurden in verschiedenen Lokalitäten abgehalten, die oft nur für einige Wochen oder sogar nur für eine einzige Zusammenkunft gemietet wurden.

Mit der Zeit bekam die Bewegung ein populistischeres Profil. Gemeinsam mit einem früheren Kommilitonen, Werner Wassmann (der jedoch später die Sekte nach einem internen Schisma wieder verließ), begann Jellinek offene Versammlungen abzuhalten und trat in verschiedenen mehr oder weniger öffentlichen Zusammenhängen auf.

Die Botschaft war einfach, der Ton anziehend:

Verlasse die sündige, materialistische Welt! Komm zu uns! Lebe in Reinheit und Harmonie mit dem einzigen Gott!

Die Mitgliederzahl stieg, einiges Geld strömte herein, und 1988 bekam Das Reine Leben sein erstes Kirchengebäude; es wurde später noch erweitert, um unter anderem eigene Schulaktivitäten zu beherbergen, die mit der Zeit so ausufernd waren, dass sie gemäß der staatlichen Schulgesetzgebung sieben Jahreskurse umfassten.

Von Anfang an hatten Gerüchte über Jellineks Person die Runde gemacht, und es hatte Leserbriefe und Debatten in Zeitungen und dem Lokalradio gegeben. Die Angriffspunkte variierten: es tauchte alles auf – von Gehirnwäsche über Faschismus bis zu Frauenverachtung und Sexismus, und im Dezember 1989 erhob die Mutter eines abgesprungenen Mitglieds – eines siebzehnjährigen Mädchens – Anklage gegen Jellinek wegen Unzucht und sexueller Nötigung.

Der Fall weckte große Aufmerksamkeit und hatte zweifellos das Zeug für die Massenmedien: Zungensprechen. Zwangskasteiung. Große Versammlungen, bei denen alle Teilnehmer nackt waren und Jellinek kollektiv aus allen Körpern den Teufel austrieb. Mädchen, die auf den nackten Po gepeitscht wurden. Sowie ein Teil anderer Aktivitäten mit starken sexuellen Untertönen. Oder Obertönen. Das Reine Leben wurde in den Zeitschriften mal als Sex-Sekte, mal als Club von Teufelsanbetern beschrieben, und das Ganze endete damit, dass Jellinek für minderschwere Unzucht und Nötigung zu sechs Monaten Gefängnis verurteilt wurde.

Minderschwere Unzucht? dachte der Hauptkommissar und fächerte sich mit einer alten Tageszeitung Luft zu. Gab es tatsächlich eine derartige Straftatsbezeichnung? Er konnte sich jedenfalls nicht daran erinnern, jemals darauf gestoßen zu sein.

Im Zusammenhang mit dem Urteil und Jellineks Verschwinden hinter Schloss und Riegel war paradoxerweise ein deutlicher Umschwung in der Volksmeinung zu verzeichnen, wie aus Münsters Papieren zu entnehmen war. Dem gefangen genommenen Priester kam eine gewisse Märtyrerrolle zu, und der Ruf des Reinen Lebens schien – zumindest zeitweise – sich ein wenig aus dem Schmutz zu erheben. Während sie auf die Rückkehr ihres geistigen Führers warteten, tauchten die meisten der Mitglieder unter, aber die Sekte löste sich nicht auf, und überraschend wenige entschieden sich dazu, aus der Gemeinschaft auszutreten.

Nach einem halben Jahr in der Diaspora kehrte schließlich der Hirte zu seiner Herde zurück, und die Aktivitäten wurden, soweit das von außen beurteilt werden konnte, im Großen und Ganzen nach dem gleichen Muster wieder aufgenommen. Irgendwelche Erneuerungen waren kaum zu bemerken, höchstens ein deutlich spürbarer Abstand von der Gesellschaft und dem öffentlichen Leben – die klar erkennbare Zielsetzung, für sich zu bleiben und niemandem, weder Journalisten noch anderen, einen Blick ins Innere zu gewähren. Dennoch wuchs die Mitgliederzahl langsam, aber sicher, sie sollte Mitte der neunziger Jahre ungefähr tausend Personen betragen. Oscar Jellineks Position als der alleinige geistige Führer war anscheinend nie stärker gewesen.

Was andere Gemeinschaften betraf, so war Das Reine Leben offenbar hundertprozentig kritisch eingestellt; in Jellineks Lehren hatte ein Interesse für Gemeinsamkeit oder ökumenische Fragen nie einen Platz gehabt, und ernsthafte Betrachter bewerteten die Sekte als ein ziemlich promiskuöses und insgesamt sehr zweifelhaftes Unternehmen.

Unter Kluuges Informationen von der Polizei in Stamberg befanden sich auch einige Andeutungen hinsichtlich des so genannten Abtrünnigensyndroms, die besagten, dass frühere Mitglieder auf unterschiedliche Weise schikaniert wurden, nachdem sie die Sekte verlassen hatten. Das Phänomen war in ähnlichen Zusammenhängen nicht unbekannt, aber was Das Reine Leben betraf, so schien es hier vor allem eine Frage von Gerüchten und vereinzelten Notizen in der Lokalpresse zu sein; in keinem Fall hatte es zu einer Anzeige oder einer anderen Form des Eingriffs der Obrigkeit geführt.

Aber dass es viele kritische Stimmen gab, was Oscar Jellinek und seine Gemeinschaft betraf, daran gab es keinen Zweifel. Die allgemeine Auffassung schien jedoch zu sein, dass es sich um eine ziemlich harmlose Gruppe handelte, eine Zusammenkunft schwankender, verwirrter Grübler, die toleriert werden konnte, solange die normalen ehrlichen Bürger von ihr in Ruhe gelassen wurden.

Was man offensichtlich nach Jellineks Entlassung aus dem Gefängnis auch tat. Keine öffentlichen Versammlungen. Keine Anzeigen in Zeitungen oder an anderen Orten. Keine Missionstätigkeit. Die eventuelle Neurekrutierung fand offenbar intern und via verborgener Netzwerke statt.

Aber niemand konnte behaupten, dass er nähere, zuverlässige Einsichten in die Tätigkeiten des Reinen Lebens und seine Ideen hatte.

Weder Münsters noch Kluuges Gewährsleute.

Das war also das. Van Veeteren schob die Papiere zur Seite und wischte sich die Stirn ab. Schaute sich nach etwas Trinkbarem um, aber offenbar gehörte es nicht zu den Gepflogenheiten von Polizeichef Malijsen, zufällig vorbeikommenden Besuchern etwas zu trinken anzubieten. Oder aber er hatte die Flaschen an irgendeinem sicheren Ort verschlossen, außer Reichweite von Urlaubsvertretungen und anderen mutmaßlichen Schmarotzern.

»Lichtscheu«, brummte der Hauptkommissar.

Ob er damit Jellinek oder Malijsen meinte, war nicht genau zu sagen. Vermutlich beide. Er seufzte. Nahm den Telefonhörer und wählte Kluuges Privatnummer, brach aber mittendrin ab. Der sollte lieber seine Kräfte seiner Familie widmen, entschied er.

Und so könnte Van Veeteren besser die Möglichkeit nutzen, die weiteren Pläne bei einem kalten Bier auf der Terrasse des Stadthotels mit sich selbst auszudiskutieren.

Falls denn überhaupt weitere Pläne notwendig waren.

Und – soweit es notwendig war – bei zwei Bieren. Die Terrasse des Stadthotels war für so einen Tag kein schlechter Ort, das war ihm schon klar geworden, als er morgens auf dem Weg zum Polizeirevier dort vorbeigekommen war. Ganz und gar nicht.

Er stand auf. Reinheit? dachte er – zum fünfzigsten Mal, seit er sich von Jellinek draußen in Waldingen verabschiedet hatte. Das Wort weckte auch an diesem Vormittag keine guten Assoziationen bei ihm.

Ich habe wohl schon zu lange im Schmutz rumgewühlt, dachte Hauptkommissar Van Veeteren.

Die beiden Männer waren dabei, Buschwerk an der Straße zu roden. Der Hauptkommissar hielt an und stieg aus dem Auto.

»Schönen Nachmittag. Heiß heute, nicht wahr?«

Der ältere Mann stellte die Motorsäge ab und bedeutete seinem Kollegen, das Gleiche zu tun.

»Heiß heute«, wiederholte der Hauptkommissar, nachdem ihm klar geworden war, dass sie kaum in der Lage gewesen sein konnten, seinen ersten Gruß zu verstehen.

»Kann man wohl behaupten«, sagte der Mann und legte die Säge ab.

»Mein Name ist Van Veeteren. Ich bin Kriminalbeamter. Ist es vielleicht möglich, Ihnen ein paar Fragen zu stellen?«

»Was? Ja ... ja, natürlich.«

Er streckte seinen Rücken und bedeutete dem Jüngeren, doch näher heranzukommen.

»Mathias Fingher. Das hier ist mein Sohn Wim.«

Beide reichten Van Veeteren die Hand, nachdem sie sie an der Hose abgewischt hatten.

»Worum geht es?«

Van Veeteren räusperte sich.

»Hrrm. Um Das Reine Leben.«

Falls Vater und Sohn Fingher überrascht waren, ließen sie es sich nicht anmerken.

»Ach, ja?«

»Haben Sie irgendwelchen Kontakt zu denen? Sie sind ja sozusagen die nächsten Nachbarn.«

»Tja«, sagte Mathias Fingher und schob seine dünne Schirmmütze in den Nacken. »Wie meinen Sie das?«

Offensichtlich war er derjenige, der dazu ausersehen war, die Konversation zu führen. Sein Sohn hielt sich abwartend im Hintergrund, während er Kaugummi kauend den Hauptkommissar betrachtete.

»Treffen Sie manchmal jemanden von dort?«

Fingher nickte.

»Ja, natürlich. Die kaufen Kartoffeln und Milch bei uns. Ab und zu auch Eier, Karotten und anderes Gemüse. Sie kommen jeden Abend, um es abzuholen.«

Aha, dachte Van Veeteren. Endlich ein direkter Kontakt.

»Und wer kommt?«

»Das ist unterschiedlich.«

»Was heißt das?«

»Es sind jedes Mal vier. Und dann dieser Jellinek.«

»Vier Mädchen jeden Abend?«

»Und Jellinek. Die Mädchen scheinen sich abzuwechseln.«

Van Veeteren überlegte.

»Unterhalten Sie sich manchmal mit ihnen?«

»Nein, nein, es wird nicht viel geredet. Warum fragen Sie das alles?«

Der Hauptkommissar legte einen Finger auf die Lippen, und das schien als Erklärung zu genügen. Wie immer. Auch wenn es möglicherweise mit dem Respekt vor den Vertretern des Gesetzes in Zusammenhang stand, so schienen die Leute das mit der Vertraulichkeit jedes Mal zu akzeptieren, als dürfte man das nicht in Frage stellen. Das war eine Beobachtung, die er schon häufiger gemacht hatte.

Dummheit gedeiht am besten im Geheimen, wie Reinhart zu sagen pflegte.

»Reden Sie über irgendetwas mit den Mädchen?«

Fingher dachte nach und schüttelte den Kopf.

»Nein, sie ... sie halten sich immer irgendwie im Hintergrund.«

»Im Hintergrund?«

»Ja, sie warten immer an der Pforte, während Jellinek regelt, was sie haben wollen. Ganz stille Mädchen, sie wirken irgendwie ...«

»Ja?«

»Nun ja, ich weiß nicht. Aber man macht sich ja schon so seine Gedanken, was die da hinten eigentlich treiben.«

»Ja?«

»Nun ja, ich will auf keinen Fall hier Gerüchte verbreiten. Die Leute haben das Recht, ihre Meinung zu sagen, und sie bezahlen jedes Mal korrekt, was man von gewissen anderen Personen nicht behaupten kann.«

Van Veeteren nickte und überlegte, welche gewisse andere Personen das wohl sein könnten.

»Was haben Sie selbst denn für eine Auffassung davon? Es gibt da ja so einige Gerüchte ...«, versuchte er es aufs Geratewohl.

Fingher kratzte sich im Nacken, wobei ihm die Mütze herunterfiel. Er hob sie auf und stopfte sie in die Gesäßtasche.

»Verdammt, das weiß ich doch nicht. Jedenfalls würde ich meine Kinder denen nicht überlassen, aber mir tun sie nichts Böses, wie schon gesagt.«

»Und Oscar Jellinek?«

Fingher wirkte plötzlich verlegen.

»Ich weiß nichts. Absolut gar nichts.«

»Aber Sie wissen, was so behauptet wird?«

Es war offensichtlich, dass Fingher zwischen seinen eigenen Interessen hin und her gerissen wurde.

»Hrrm«, entschied er sich endlich. »Dass er mit seinen drei Frauen was hat, ja.«

Aha, dachte der Hauptkommissar wieder. Das nimmt ja langsam Formen an.

»Genau«, sagte er. »Und die Mädchen?«

Fingher zuckte mit den Achseln.

»Keine Ahnung. Aber sie baden nackt und treiben auch so einige Sachen ...«

»Ach ja?«

»Ich meine, so wird geredet. Aber ich weiß nichts ... nein, das Beste ist, man lässt sie in Ruhe und kümmert sich um seine eigenen Sachen.«

Kann schon sein, dachte Van Veeteren. Aber wo ich nun schon mal den ganzen Weg hergefahren bin ...

»Wie viele sind dort?«, fragte er.

Fingher sah aus, als würde er nachzählen.

»Ich weiß nicht genau«, sagte er. »Zehn, fünfzehn Stück wohl. Nein, ich weiß es einfach nicht.«

»Fahren Sie auch manchmal nach Waldingen?«

Fingher schüttelte den Kopf.

»Nur selten. Wenn sie bei irgendwas Hilfe brauchen. Da gab es mal Probleme mit der Pumpe, da waren wir vor ein paar Wochen an zwei Nachmittagen dort, aber sonst sind sie es, die zu uns kommen ...«

Van Veeteren holte seine Zigarettenpackung heraus und streckte sie vor, aber sowohl Vater als auch Sohn schüttelten ablehnend den Kopf. Er überlegte, ob er selbst eine nehmen sollte, entschied sich dann aber stattdessen für einen Zahnstocher. »Wie oft kommen die Eltern zu Besuch?«

»Nie«, sagte Fingher. »Ich habe nie einen erwachsenen Menschen dort gesehen ... außer Jellinek und diesen drei Frauenzimmern. Aber wie gesagt, wir können nichts Schlechtes über sie sagen. Sie haben doch wohl nichts angestellt?«

Van Veeteren antwortete nicht. Er überlegte, ob er weiterhin Fragen aufs Geratewohl abfeuern sollte oder ob es klüger wäre, sie für einen späteren Zeitpunkt aufzubewahren. Falls es notwendig sein sollte.

»Ich komme vielleicht noch einmal wieder«, erklärte er. »Vielen Dank für das Gespräch, Herr Fingher.«

Fingher und Sohn nickten und nahmen die Hände aus den Hosentaschen. Alle vier. Van Veeteren kletterte in sein Auto und setzte seine Fahrt auf dem schmalen Waldweg fort. Als er um die erste Ecke gebogen war, konnte er das Geräusch der Motorsäge wieder hören.

Verdammt, dachte er. Mit allen dreien?

Hätte er eigentlich selber drauf kommen können!

Aber es war wohl ganz einfach so, dass seine sexuelle Vorstellungswelt mit den Jahren ein wenig zusammengeschrumpft war. Was wäre wohl natürlicher? fragte er sich selbst mit düsterer Ehrlichkeit.

Nein, jetzt reichte es mit den Fantasien! Es war Zeit für die Höhle des Löwen.

Oder war es eine Schlangengrube?

Mit den Formulierungen klappt es jedenfalls noch! konstatierte er, als er zwischen die gleichen Fichten einbog wie beim letzten Mal. Ein Trost. Wenn es mit Kratzes nicht klappte, konnte er immer noch mit seinen Memoiren anfangen.

Hauptsache, es gab immer noch eine Alternative ... ob man nun einer Dame oder einem hinterhältigen Läufer gegenüber stand.

Alternative Züge?

Ein Stück blasse Leinwand kam auf ihn zu, und er versuchte eilig seine Bildersprache auf Null zu stellen.

11

Auf dem wackligen Nachttisch gab es ausreichend Platz für alles Lebensnotwendige. Zwei Flaschen Bier, Vollkornbrot, eine kleine Plastikschale mit marinierten Knoblauchzehen sowie ein paar gut bemessene Scheiben Wildpastete. All das hatte er bei Kemmelmann & Söhne gefunden, einem kleinen Laden nur fünfzig Meter unterhalb des Hotels. Und nachdem er festgestellt hatte, dass er tatsächlich bereits alle Speisemöglichkeiten des Ortes in Anspruch genommen hatte, hatte er nachgegeben ... ein Abend daheim auf seinem Zimmer war sicher auch keine schlechte Idee. Es war lange her, dass er marinierten Knoblauch gegessen hatte, und es gab ja nichts, was ihn daran hindern würde, etwas später noch auszugehen, um sich ein Glas Wein oder Bier zu gönnen.

Nach beendeter Arbeit natürlich.

Zufrieden mit diesem substanziellen Gedankengang lehnte er sich auf dem Bett zurück und schob sich eine Zehe in den Mund. Komplettierte sie mit einem Stückchen Brot, einem Happen Paté und einem ansehnlichen Schluck Bier, bevor er auf den Kassettenrekorder drückte und sich das Ergebnis der Mühen des Nachmittags anhörte.

Zuerst Jellinek.

VV: Ihr Name bitte.

OJ: Oscar Jellinek natürlich. Warum sind Sie plötzlich so formell?

VV: Können Sie etwas lauter sprechen, Herr Jellinek? Je undeutlicher der Inhalt, umso wichtiger die Formen. Ich dachte, darin wären wir uns einig.

OJ: Worte, Herr Hauptkommissar. Sie leben in einer Welt hohler Worte.

VV: Dummes Gerede. Meine Bedingungen sind ganz einfach. Ich will eine Liste der Namen, Adressen und Telefonnummern sämtlicher Teilnehmer des Lagers haben. Ich will mit Ihren drei Helferinnen und zwei der Mädchen sprechen. Wenn ich nichts Auffälliges finde, verspreche ich, Sie danach in Ruhe zu lassen.

(Fünf Sekunden Schweigen.)

VV: Darf ich Sie darum bitten, mir zu erklären, ob Sie die Bedingungen verstanden haben, Herr Jellinek. Sie wollen sich doch wohl nicht weiterhin wie ein störrischer Esel aufführen?

(Wie komme ich bloß auf das alles? dachte Van Veeteren zufrieden und nahm sich ein weiteres Stück Pastete.)

OJ: Sie sind ein Werkzeug der herrschenden Klasse, Herr Hauptkommissar, nicht der Gerechtigkeit. Sie sind es, der das Schwert in der Hand hält, nicht ich. Eines Tages werden Sie …

VV: Danke, das reicht. Predigen Sie lieber Ihrer Herde. Ich möchte Ihnen im Übrigen vorher noch ein paar Fragen stellen … in Ihrer Eigenschaft als Verantwortlicher für das Waldingenlager und geistiger Führer des Reinen Lebens sozusagen. Stimmt es, dass Sie sexuelle Beziehungen zu allen drei Ihrer Mitarbeiterinnen unterhalten?

(Keine Antwort.)

VV: Möchten Sie, dass ich die Frage wiederhole?

OJ: Ich möchte, dass Sie sich schämen und von hier verschwinden. Sie haben doch gar keine Ahnung, wovon …

VV: Ist eine derartige Verbindung denn mit der Moralauffassung und der Rolle der Frau in Ihrer Kirche vereinbar?

OJ: Sie repräsentieren eine pervertierte und dekadente Gesellschaft, Herr Hauptkommissar, und lassen Sie mich jetzt ausreden. Wenn Sie Einblicke in eine andere Art zu leben und eine Anleitung dafür suchen, dann können Sie an unsere Gemeinde in Stamberg schreiben, dort wird Ihr Gesuch wie alle anderen behandelt werden.

VV: Das würde mir nicht im Traum einfallen.

OJ: Ich bestehe nicht darauf.

VV: Viele Leute sehen Sie als einen Scharlatan an, Herr Jellinek.

OJ: Es gibt einen Unterschied zwischen der Zahl der Vielen und der Zahl der Gerechten, Herr Hauptkommissar. Es ist Gottes Stimme, die mich leitet, sonst nichts. Wenn Sie mich weiter beleidigen wollen, stehe ich Ihnen zu Diensten, ansonsten gibt es andere Pflichten, die mich rufen.

VV: Wie viele Mädchen nehmen hier am Lager teil?

OJ: Zwölf, das habe ich Ihnen schon gesagt.

VV: Wie viele waren anfangs dabei?

OJ: Zwölf.

VV: Danke. Ich glaube, dass Sie lügen, aber das ist meine Sache. Darf ich Sie jetzt bitten, Ihre Arbeit zu tun und dafür zu sorgen, dass Ihre Mitarbeiterinnen zu mir kommen?

OJ: Mein Gewissen ist rein, Herr Hauptkommissar. Es wird Sie noch verfolgen. Glauben Sie meinen Worten.

VV: Blödsinn. Ach ja, noch eine Sache. Kam es eigentlich 1990 im Zusammenhang mit der Anklage gegen Sie zu einer Untersuchung Ihrer Zurechnungsfähigkeit?

OJ: Natürlich nicht.

VV Entschuldigen Sie, nein, sonst würden wir ja nicht hier sitzen.

OJ: Sie überschreiten Ihre Kompetenzen, Herr Hauptkommissar.

VV: Ich habe eben keine innere Stimme, die mich leitet.

OJ: Vergessen Sie nicht, ich habe Sie gewarnt.

VV: Nun verschwinden Sie schon. Aber sorgen Sie dafür, dass die herkommen, mit denen ich reden will.

OJ: Am Jüngsten Tag wird ...

VV: Danke, das genügt fürs Erste.

Der Hauptkommissar stellte den Kassettenrekorder ab und nahm sich zwei weitere Knoblauchschnitze mit Pastete. Spülte mit Bier nach, mit dem er sich schon vorher sorgfältig den Mund ausgewaschen hatte – mit dem Nachgeschmack von Oscar Jellinek war nicht zu spaßen. Dann spulte er ein kurzes Stück vor und drückte wieder auf den Play-Knopf.

VV: Ihr Name?

UF: Ulriche Fischer.

VV: Alter, Wohnort und Beruf?

UF: 41 Jahre. Ich wohne in Stamberg und arbeite in der Kirche Das Reine Leben.

VV: Was tun Sie da?

UF: Alles Mögliche, vor allem praktische Dinge.

VV: Sind Sie verheiratet?

UF: Nein.

VV: Welche Aufgaben haben Sie hier im Lager?

UF: Wir teilen uns alle Arbeiten. Kochen, abwaschen, putzen und aufräumen ... Wir helfen Jellinek.

VV: Nehmen Sie auch am Unterricht der Mädchen teil?

UF: Ja, das kommt vor.

VV: In welcher Form?

UF: Ich habe nicht vor, mit Ihnen über solche Sachen zu reden.

(Fünf Sekunden Schweigen.)

VV: Hat Jellinek das verboten?

(Schweigen.)

VV: Wie lange sind Sie schon bei der Sekte?

UF: Ich bin seit 1987 bei dem Reinen Leben.

VV: Haben Sie eine sexuelle Beziehung zu Jellinek?

(Schweigen.)

VV: Wenn Sie sich weiterhin weigern, auf meine Fragen zu antworten, werde ich Sie von hier fortschaffen lassen und einer ganz anderen Form von Verhör unterziehen. Glauben Sie mir!

UF: Das ist Ihre Entscheidung, Herr Hauptkommissar.

VV: Stimmt es, dass Sie Teufelsaustreibung ausüben?

UF: Das sind Ihre Worte, nicht meine.

VV: Was, zum Teufel, meinen Sie damit?

UF: Ich wäre Ihnen dankbar, wenn Sie in meiner Anwesenheit nicht fluchen würden.

VV: Jellinek ist vor sechs Jahren wegen Unzucht und Nötigung verurteilt worden. Was haben Sie dazu zu sagen?

UF: Das war ein ungerechtes Urteil. Aber es gibt eine höhere Instanz.

VV: Können Sie mir dieses Prinzip der Reinheit erklären?

UF: Ich fürchte, Sie sind nicht gerade empfänglich für Unterweisungen dieser Art.

VV: Aber Ihre kleinen Mädchen sind empfänglich? (Schweigen.)

VV: Ist es nicht so, dass Jellineks Ideen so infantil sind, dass sie sich am besten für Kinder und Schwachsinnige eignen?

UF: Sie sind unverschämt. Ich hatte von Ihnen ein korrekteres Auftreten erwartet.

VV: Jetzt hören Sie mal zu. Ihre Gemeinschaft beruht auf drei Prinzipien: Gebete, Entsagung und Reinheit. Ich bitte Sie, mir eines dieser Prinzipien zu erklären, und Sie entscheiden sich dafür, nur zu schweigen. Was, zum Teufel, soll ich denn davon halten?

UF: Sie können glauben, was Sie wollen. Es ist ganz allein die Sache jedes Einzelnen, wie er sich gegenüber den großen Fragen verhält und was er aus seinem Leben macht.

Der Hauptkommissar streckte die Hand aus und stellte den Rekorder aus.

Warum verliere ich nur so schnell die Beherrschung? dachte er. Hatte das nur etwas mit der Ohnmacht und der Hitze zu tun?

Er spulte das Band vor; der Rest des Gesprächs mit Ulriche Fischer war unter dem Zeichen gegenseitigen Misstrauens verlaufen, das wusste er genau, und nichts war zum Vorschein gekommen, das die These, wonach ein Mädchen verschwunden war, in irgendeiner Weise hätte untermauern können.

Es dauerte eine Weile, bis er die richtige Stelle auf dem Band fand. Bevor er weitermachte, beendete er seine einfache Mahlzeit und zündete sich eine Zigarette an. Er richtete die Kissen und lehnte sich zurück, um sich besser auf das Verhör von

Mathilde Ubrecht konzentrieren zu können. Das war ein wenig gehaltvoller, zumindest in den Nuancen.

Das lag natürlich auch daran, worauf es einem ankam.

MU: Ich heiße Mathilde Ubrecht. 36 Jahre. Arbeite in der Kirche Das Reine Leben.

VV: Danke. Wissen Sie, warum ich mit Ihnen sprechen möchte?

MU: Ich glaube schon.

VV: Die Polizei hat Informationen bekommen, wonach ein Mädchen aus dem Lager verschwunden sein soll. Haben Sie Verständnis dafür, dass wir diesen Informationen nachgehen müssen?

MU: Ja. Aber es ist keines verschwunden.

VV: Sie sind sich Ihrer Sache sicher?

MU: Ja.

VV: Darf ich eine hypothetische Frage stellen?

MU: Bitte schön.

VV: Wenn es Ihrer Gemeinschaft nützen würde, könnten Sie sich dann vorstellen, bei einem Polizeiverhör oder vor dem Richter zu lügen?

MU: Ich verstehe Ihre Frage nicht.

VV: All right, sagen wir es anders. Wenn Oscar Jellinek sie ermahnt hätte, mir bestimmte Sachen zu sagen, würden Sie das dann tun, auch wenn Sie wüssten, dass es gelogen ist?

MU: Ich glaube nicht, dass Jellinek so etwas tun würde.

VV: Was halten Sie von Oscar Jellinek?

MU: Er ist ein großer Mensch.

VV: Was meinen Sie damit?

MU: Er hat Kontakt mit dem GANZEN und dem EINZIGEN GOTT. Es ist eine Gnade, ihm nahe sein zu dürfen.

VV: Empfinden Ihre Mitschwestern genauso?

MU: Ja, natürlich.

VV: Ich verstehe. Und Ihre Konfirmandinnen?

MU: Auch, davon bin ich überzeugt. Man merkt das, sobald man in seiner Nähe ist.

VV: Ach, wirklich? Können Sie mir erzählen, wie der Unterricht verläuft?

MU: Jellinek spricht mit den Mädchen. Wir beten zusammen. Wir versuchen die bösen Gedanken zu verscheuchen und uns zu reinigen.

VV: Wie?

MU: Auf unterschiedliche Art. Durch verschiedene Übungen. Durch Gebete. Dadurch, dass wir uns hingeben ...

VV: Was tut ihr, wenn ihr euch hingebt?
(Einige Sekunden Schweigen.)

MU: Ich möchte mit Außenstehenden nicht darüber reden. Das ist so leicht misszuverstehen. Man muss eingeweiht sein, um das richtig zu sehen, es erfordert Übung ...

VV: Schlafen Sie mit Oscar Jellinek?

MU: Wir leben in großer Harmonie und Nähe.

VV: Auch sexuell?

MU: Wir sind biologische Wesen, Herr Kommissar. Wir ziehen nicht die gleichen Grenzen wie Sie, das ist es, was den Unterschied zwischen dem Reinen Leben und der Anderen Welt ausmacht.

VV: Der Anderen Welt?

MU: Der Welt, in der Sie leben.

VV: Was sagen Sie dazu, dass Jellinek wegen Unzucht und einigem anderen im Gefängnis war?

MU: Jesus Christus ist für uns Sünder gekreuzigt worden.

VV: Vergleichen Sie Oscar Jellinek mit Jesus Christus?

MU: Ja, natürlich.
(Erneutes, ziemlich langes Schweigen, abgesehen von einem Geräusch, als würde jemand einen schweren Sack über den Boden schleifen. Es dauerte eine Weile, bis Van Veeteren erkannte, dass es sich um keinen Sack handelte, sondern um ein Seufzen. Sein eigenes Seufzen.)

VV: Leben Ihre Konfirmandinnen auch in großer Nähe und Harmonie zu Oscar Jellinek?

MU: Natürlich nicht. Nicht in gleichem Maße.

VV: Aber es kommt vor, dass die Mädchen in seiner Anwesenheit nackt sind.

MU: Es ist nicht so, wie Sie glauben, Herr Kommissar. Wir sind umgeben von Boshaftigkeit und Verleumdung, genau wie ...

VV: Ja?

MU: Genau wie die ersten Christen.

VV: Sie vergleichen sich also mit den ersten Christen?

MU: Es gibt viele Ähnlichkeiten.

(Schweigen. Dann Stühlescharren. Ein Zündholz wird entzündet und dann ausgeblasen.)

VV: Vielen Dank, Fräulein Ubrecht. Ich glaube nicht, dass ich noch weitere Fragen an Sie habe.

»O verdammte Scheiße«, brummte der Hauptkommissar und spulte über das Gespräch mit Madeleine Zander weiter vor, der Frau, mit der er bereits bei seinem ersten Besuch gesprochen hatte. Nicht noch einmal das gleiche hohle Geschwätz! dachte er. Das Einzige, was sie von den anderen beiden unterschied, war die Tatsache, dass sie von Anfang an dabei war und dass sie verheiratet war. Madeleine Zander war die Älteste in der Troika – sechsundvierzig Jahre, und sie hatte eine erwachsene Tochter aus einer Ehe, die anscheinend genauso lange gedauert hatte, wie nötig war, sie zu empfangen und zur Welt zu bringen.

Später – im Auto auf dem Weg zurück nach Sorbinowo – hatte er versucht, Zeichen von Zwietracht zwischen den drei Frauen zu rekapitulieren und zu deuten – Eifersucht, Neid und Ähnliches –, aber wie gern er es auch gehabt hätte, er konnte sich an nichts dergleichen erinnern.

Andererseits hatte er sich auch kaum darum bemüht, sie in derartige Aussagen zu verstricken. Im Gegenteil. Er war die ganze Zeit freundlich und gentlemanlike aufgetreten. Genau wie immer. Also besser, es nicht schriftlich festzuhalten.

Das gilt übrigens für die ganze verfluchte Geschichte, dachte er. Wenn es hier um einen Kriminalroman ginge, würde er sich sicher am besten in ungeschriebener Form machen. Es gab irgendwie keine Substanz.

Obwohl da natürlich viel war, was man über diese Sache sagen konnte.

Jetzt saß er jedenfalls erst einmal hier. Zweihundertzehn Kilometer von Maardam und zwölf Tage von Kreta entfernt.

Es gibt solche und solche Wartezimmer, das hatte er gerade in Klimkes Betrachtungen gelesen. Aber von den meisten Bahnhöfen fährt kein Zug mehr ab.

Er beschloss herauszufinden, wie das eigentlich in Sorbinowo war. Er hatte das Bahnhofsgebäude bisher nur aus der Entfernung gesehen, aber es war ihm nicht besonders lebendig in Erinnerung geblieben.

Nur so als Zeichen gesehen.

Es waren zwei Mädchen gewesen, mit denen er geredet hatte, und nach einiger Überlegung hatte er sich dazu entschieden, sie gemeinsam zu befragen. Vielleicht war das ein Zeichen von Müdigkeit, und vielleicht deutete es darauf hin, dass er schon dabei war aufzugeben, aber nach Jellinek und seinen drei bleichen Sklavinnen – was konnte man da noch begehren?

Er fand die richtige Stelle auf dem Band und drückte auf den Knopf.

VV: Erzählt ihr mir bitte, wie ihr heißt. Und sprecht so laut, dass es auf dem Band zu verstehen ist.

BM: Belle Moulder.

CH: Clarissa Heerenmacht.

VV: Wisst ihr, warum ich mit euch sprechen möchte? (Schweigen. Van Veeteren erinnerte sich daran, dass die Mädchen einen Blick ausgetauscht hatten, bevor sie beide den Kopf schüttelten.)

VV: Ich komme von der Polizei. Es geht um das Mädchen, das aus dem Lager verschwunden ist. Könnt ihr mir erzählen, wie das passiert ist?

BM: Es ist keine verschwunden.

CH: Alle waren die ganze Zeit hier.

VV: Wie viele seid ihr?

CH: Zwölf Stück.

VV: Aber ihr wart doch am Anfang dreizehn?
(Kurze Pause.)

BM: Wir waren die ganze Zeit zwölf. Versuchen Sie nicht, uns zu überrumpeln.

VV: Nun gut, dann sagen wir, dass es so war. Könnt ihr mir erzählen, was ihr den ganzen Tag so macht?

CH: Wir machen verschiedene Dinge.

VV: Und was?

BM: Baden, spielen. Wir haben Gesprächsstunden und Gruppenarbeit und so.

VV: Gefällt es euch hier?

BM: Ja.

CH: Das ist ein prima Ferienlager.

BM: Viele glauben, dass wir viele merkwürdige Sachen hier in Waldingen machen, aber das stimmt nicht.

VV: Was glauben die?

BM: Ich weiß nicht. Hier ist es jedenfalls ganz prima. Wir lernen eine Menge ganz tolle Sachen.

VV: Aha. Kannst du mir ein paar Beispiele sagen?

BM: Ja, wir lernen, was wichtig ist im Leben ... wie man miteinander leben soll und solche Sachen.

CH: Wie man ein guter Mensch wird und rein in der Seele.

VV: Und wie wird man rein in der Seele?

CH: Man löscht alle bösen Gedanken.

VV: Und wie geht das?

CH: Da gibt es unterschiedliche Wege. Man muss dabei sehr sorgsam vorgehen, das Böse gibt es überall ...

BM: Wir sollen mit Ihnen über so was nicht reden.

CH: Nein ...

VV: Aber es interessiert mich, ich möchte das lernen.

BM: Dann müssen Sie mit Jellinek reden.

VV: Warum?

BM: Es ist nicht gut für uns, darüber zu sprechen. Wir sind dabei, hier wichtige Sachen zu lernen, und Sie kommen aus der Anderen Welt.

VV: Der Anderen Welt?

BM: Ja.

VV: Was ist das?

BM: Die Andere Welt ist alles, was nicht Das Reine Leben ist.

VV: Ach so. Und wie lange seid ihr schon in dieser Kirche?

CH: Wie lange? Ja, immer schon ...

BM: Jedenfalls seit wir noch sehr klein waren.

VV: Eure Eltern sind also auch Mitglieder?

BM: Natürlich. Unsere Geschwister auch. Wir sind sozusagen auserwählt.

VV: Ich verstehe. Wie alt seid ihr?

BM: Vierzehn.

CH: Zwölf ... fast dreizehn.

VV: Geht ihr auch in die Schule des Reinen Lebens?

BM: Bin ich gegangen. Jetzt gehe ich seit einem Jahr in eine normale Schule.

CH: Ich soll im Herbst in der normalen Schule anfangen.

BM: Sie glauben, dass wir nicht ganz richtig im Kopf sind, das ist immer so. Aber was wollen Sie eigentlich?

CH: Uns geht es hier ganz prima in Waldingen.

VV: Das habe ich begriffen. Es muss doch schwer sein, in eine Schule in der Anderen Welt zu gehen, nicht wahr?

CH: Wir müssen ja auch lernen, wie man sich in der Anderen Welt verhält. Wie man sich dort benimmt.

BM: Aber ich glaube, dass wir auch darüber nicht reden sollten.

VV: Ist euch gesagt worden, worüber ihr mit mir sprechen dürft und worüber nicht?
(Schweigen. Ein warnender Blick des älteren Mädchens zu dem jüngeren hinüber, wenn er sich noch recht erinnerte.)

CH: Nein ...

VV: Du klingst aber unsicher.

BM: Das hat uns niemand gesagt. Das wissen wir einfach.

VV: Ich verstehe. Aber es gibt doch sicher ein paar Mädchen bei euch, denen es nicht ganz so gut gefällt wie euch?

BM: Allen gefällt es ganz prima.

VV: Allen?

BM: Warum fragen Sie? Es ist doch klar, dass man zwischendurch mal traurig wird. Oder ist das so merkwürdig?

CH: Ich weiß, dass es alle hier gut finden. Es sind ja auch wichtige Dinge, die wir machen ... und die wir lernen.

VV: Könnt ihr mir ein bisschen über eure drei Grundpfeiler erzählen. Gebete, Reinheit und Entsagung?

CH: Ja, das sind eben unsere Grundpfeiler. Auf denen baut sich alles auf ...

VV: Was ist denn mit Reinheit gemeint?

CH: Man muss rein sein, wenn man seinem Gott entgegentreten will, aber ich glaube ...

BM: Das verstehen Sie nicht. Wenn man nicht Mitglied der Gemeinschaft ist, soll man nicht alle möglichen Fragen stellen.

VV: Muss man nackt sein, um rein zu sein?

CH: Ja ... nein.

BM: Nein, das muss man nicht, und das geht Sie gar nichts an.

VV: Bekommt ihr hier Besuch?

BM: Nein, Besuch ist nicht gut, wenn wir dabei sind, alles zu lernen.

VV: Aber ihr ruft sicher ab und zu zu Hause an?

CH: Wir rufen nicht an, weil ...

BM: Wir schreiben Briefe, das geht genauso gut.

VV: Dürft ihr nicht telefonieren?

CH: Das dürften wir wohl schon, aber wir tun es nicht.

VV: Wie heißt das Mädchen, das nur am Anfang hier war?

CH: Wer? Was meinen Sie damit?

BM: Ich finde, Sie sollten aufhören, so frech zu sein. Sie verdächtigen uns nur wegen allem Möglichen, von dem Sie gar keine Ahnung haben. Es ist feige, so mit uns umzugehen.

VV: Warum sind keine Jungen in der Kirche?

BM: Natürlich gibt es auch Jungen in dem Reinen Leben, aber nicht hier im Lager. Die haben ihr eigenes Lager. Ich glaube, jetzt wollen wir nicht länger mit Ihnen sprechen. (Fünf Sekunden Schweigen. Stühlescharren.)

VV: In Ordnung. Dann hören wir auf. Lauft davon und reinigt eure Seele und grüßt euren Jellinek und sagt ihm, er soll Jesaja 55:8 aufschlagen.

BM: Was?

VV: Es gibt ein Buch, das heißt die Bibel. Ich dachte, das kennt ihr.

CH: Jesaja ...?

VV: 55:8, ja. So, und nun lauft und reinigt euch!

Er stellte das Band ab und lehnte sich schwer in die Kissen zurück. Blieb ein paar Minuten vollkommen unbeweglich liegen, während er versuchte, die Gefühle zu definieren, die in ihm wühlten.

Oder zumindest eine Metaphorik dafür zu finden.

Aber es gab keine. Nichts tauchte auf, und kein Gedanke kristallisierte sich heraus. Nur dieses Wort »Ohnmacht«, das ihm so langsam wie ein alter Bekannter erschien. Ein untröstlicher uralter Verwandter, der nicht sterben wollte und den man nicht hinauswerfen konnte – vielleicht gerade wegen der engen Beziehung nicht.

Er seufzte. Stellte fest, dass die Bierflaschen bis auf den Grund geleert waren, und stieg aus dem Bett. Ging zum Fenster und schaute auf den See, auf dem die letzten Kanuten des Tages gerade dabei waren, am Steg anzulegen. Die Uhr zeigte ein paar Minuten nach halb zehn, und die Blautöne waren dabei, das Abendlicht in eine weiche Sommerfinsternis zu transponieren.

Julinacht, dachte Van Veeteren. Wie hieß es noch in dem Lied? Man soll eine Sommernacht nicht verschlafen?

Vielleicht nicht ganz dumm, der Gedanke, wenn man es recht bedachte. Ein kleiner Abendspaziergang und ein Glas Weißwein durfte er sich ja wohl gönnen.

Und wenn es zu nichts anderem gut war, als dieses alte Gefühl hinunterzuspülen.

Und um den Beschluss aufzuschieben, von hier wegzufahren.

Denn eigentlich gab es natürlich keinen vernünftigen Grund mehr für ihn, diese vermeintliche Untersuchung fortzusetzen. Und seine Schuld gegenüber Malijsen konnte sicher hiermit als abgetragen angesehen werden – wie man es auch drehte und wendete. Irgendein rationaler Grund, weitere Attacken gegen das Waldingenlager anzuzetteln, war wohl kaum aufzutreiben. Wie sehr man es auch versuchte.

Obwohl, da gab es diese Sache, auf die der alte Borkmann immer gern hinwies:

Die Vernunft hat eine ältere Schwester, vergiss das nicht. Sie heißt Intuition.

12

Als sie den Körper schließlich fand, war die Sonne schon lange untergegangen. Die Dunkelheit zwischen den Nadelbäumen war immer dichter geworden, und einen verwirrenden Augenblick lang überlegte sie, ob es sich nicht vielleicht um eine Art optische Täuschung handelte. Eine bizarre Luftspiegelung, dieses plötzlich zum Vorschein kommende weiße Mädchenfleisch, das ihr unter dem Gestrüpp entgegenleuchtete – und das vielleicht gleich wieder verschwunden war, wenn sie nur einmal mit den Augen zwinkerte.

Aber sie zwinkerte nicht mit den Augen. Die innere Stimme, die sie hierher geführt hatte, ließ es nicht zu, dass sie die Augen schloss. Sie ließ nur zu, dass sie handelte und das Unbegreifliche ausführte, das ihr aufgetragen worden war.

Das absolut Zwingende.

Woher kam sie eigentlich, diese Stimme, die sie immer weitertrieb? Sie wusste es nicht, aber vermutlich war sie die einzige Kraftquelle, die sie in diesem Albtraumspiel, in dem sie verfangen war, besaß. Das Einzige, was sie auf den Beinen hielt und was sie dazu brachte, die notwendigen Schritte zu tun. Es musste sich um etwas handeln, das tief in ihrer Seele verankert war, eine Seite an ihr, die sie im Alltag oder früher nie hatte benutzen müssen, die aber jetzt bereit stand und dafür sorgte, dass das, was getan werden musste, auch wirklich ausgeführt wurde. Eine Art Reserve, dachte sie, ein unbekannter Brunnen, aus dem sie Kraft schöpfen konnte, auf den sie aber später – irgendwann in ferner Zukunft, gebe Gott, dass sie sie bald erreicht hatte! – unbedingt den schweren Deckel des Vergessens legen musste. Sollte das Gras der Zeit doch dicht und üppig darüber wachsen, wie es in dem Lied hieß – verdammt noch mal, wie konnte sie jetzt an Lieder denken? Weder sie noch sonst ein Mensch sollte auch nur ahnen können, wozu sie dieses Wasser benutzt hatte. Oder dass es überhaupt existierte.

In einer weit entfernten Zukunft.

Die Quelle. Ihre Kraft. Die innere Stimme.

Es war jetzt wirklich dunkel geworden. Sie musste eine ganze Weile dagestanden und auf das Unbegreifliche gestarrt haben, ohne sich dessen bewusst zu sein. Sie schaltete für einen Moment die Taschenlampe ein, begriff aber schnell, dass das Licht nicht ihr Bundesgenosse war, und knipste sie wieder aus. Schob einige Zweige zur Seite und zog den mageren, nackten Körper ganz hervor. Hockte sich hin und ergriff ihn unter dem Rücken und im Kniegelenk, für einen kurzen Augenblick überrascht über die Starre der Muskeln und Glieder, und es durchlief sie schnell ein Erinnerungsbild einer missglückten Pferdegeburt, bei der sie vor vielen Jahren dabei gewesen war.

Der Körper war nicht schwer; auf jeden Fall deutlich unter fünfzig Kilo, und sie trug ihn ohne größere Anstrengung. Eine Weile schwankte sie zwischen verschiedenen Alternativen hin und her, bevor sie schließlich an die Stelle kam, an der sie von neuem ihre innere Stimme hörte. Vorsichtig platzierte sie den Körper in halb sitzende Position gegen eine Espe, eine riesige Espe mit einem Himmel flüsternden Laubs, und begann sie mit dem zuzudecken, was sie an Zweigen, Gestrüpp und Vorjahreslaub fand.

Nicht um sie zu verstecken natürlich. Sondern nur, um sie im Namen des Anstands ein wenig zu bedecken.

Als sie fertig war, war es so dunkel, dass sie ihr Werk gar nicht richtig sehen konnte, aber mit einem Gefühl der gleichen sonderbaren Ehrfurcht blieb sie noch eine Weile davor stehen, mit gesenktem Kopf und gefalteten Händen.

Vielleicht betete sie ja. Vielleicht waren es auch nur ein paar unzusammenhängende Worte, die sie durcheilten.

Dann durchfuhr sie ein weiß glühender Schreck wie ein unverhoffter Flügelschlag. Eilig zog sie sich zurück und holte den Spaten, wo sie ihn abgelegt hatte. Ging zurück auf den Weg und rannte davon, so schnell sie nur konnte.

13

»Intuition?«, fragte Przebuda und schmunzelte über den Rand seines Weinglases hinweg. »Und du meinst nicht, dass du hinsichtlich der Intuition in eine Sackgasse geführt worden bist? Ich persönlich vertraue ihr ja. Ich glaube ganz einfach, dass es sich um eine Fähigkeit handelt, die ein paar Stufen übersprungen hat ... in der Ursache-Wirkung-Kette, meine ich. Oder sie übersprungen zu haben meint. Sie ist ein wenig allem voraus, aber das ist nicht so wichtig. Wir besitzen sie, aber begreifen nicht, warum wir sie eigentlich besitzen können. Trotz allem nehmen wir ja jede Sekunde enorme Mengen an Informationen auf ... alles wird gespeichert, aber nur ein Bruchteil davon gelangt in das aktive Bewusstsein ... meistens vollkommen nutzlos, weil wir so schrecklich rezeptiv sind. Wir sind ja nun einmal auch nicht mehr als Menschen.«

Van Veeteren nickte und streckte zufrieden seine Beine unter dem Tisch aus. Es war Montagabend, und er saß zusammengesunken in einem alten Ledersessel in Andrej Przebudas großem Arbeits- und Wohnzimmer. Das tat er schon seit einer geraumen Weile. Schnupperte an einem außerordentlichen 81er Chateau Margeaux und kaute Birnenscheiben mit Camembert. Geräucherten. Das Essen hatten sie in der Gesellschaft von Eisenstein, de Sica, Bergman und Tarkowskij eingenommen, und erst als sie die Tafel aufgehoben und zu den Sesseln gewechselt hatten, war das Gespräch zu der Frage nach dem eigentlichen Motiv des Hauptkommissars für seinen Sorbinowobesuch übergegangen.

Der jetzt also um einen weiteren Tag verlängert worden war.

»Wahrscheinlich ist es das gleiche Phänomen wie bei neuen Entdeckungen in der Naturwissenschaft«, fuhr Przebuda fort.

»Der Forscher weiß bereits die Antwort, er hat die endgültige Lösung schon gesehen, bevor er überhaupt zu ihr gelangt ist. Hat sie zumindest erahnt. Wenn dem nicht so wäre, wäre er vermutlich gar nicht in der Lage, sie zu entdecken. Wir müssen ganz einfach schon ein Bild im Voraus haben, ich glaube, Rappaport hat darüber geschrieben, Sartre natürlich auch … Pierre und das Café und so weiter, du weißt schon. Das ist einfach nur eine andere Seite des Kognitiven. Eine Art … ja, wie soll man es nennen? Avantgarde des Wissens vielleicht?«

»Hm«, brummte Van Veeteren. »Eine Kette, die hält, obwohl mehrere Glieder fehlen. Ich möchte den Staatsanwalt sehen, der das gelten lässt. Aber im Prinzip hast du Recht. Natürlich glaube ich verflucht noch mal an die Intuition.«

»Und wie schaut das Bild aus, das du vom Waldingenlager hast?«, fragte Przebuda und zündete seine Pfeife an, die immer wieder ausging.

Der Hauptkommissar seufzte.

»Ich weiß nicht«, gab er zu. »Du kannst mich verfluchen, aber ich kann dir nicht sagen, was ich eigentlich glaube. Das sind ja reichlich debile Gestalten, mit denen wir es hier zu tun haben, und das überdeckt irgendwie die Sachfrage an sich und steht ihr im Weg. Vielleicht wäre irgendeine Form des Eingreifens so oder so berechtigt; wer weiß, was sie diesen armen Mädchen da eintrichtern … aber trotzdem bedeutet das noch nicht, dass sie eine davon umgebracht haben. Ich kann nicht einmal behaupten, dass ich irgendwelche Hinweise dahingehend gefunden habe, wonach eine verschwunden sein soll.«

Przebuda war immer noch mit seiner Pfeife beschäftigt.

»... abgesehen von einer leisen Ahnung.«

Der Hauptkommissar lehnte sich zurück und verschränkte die Hände im Nacken. Er ließ den Blick über die mit Büchern vollgestellten Wände gleiten und hatte plötzlich die Vision, sich inmitten einer Enzyklopädie zu befinden. Przebudas Interessenfeld schien alles von der Konjunkturentwicklung der Stahlindustrie in den Achtzigern über die Fischereiquoten im Nordischen Eismeer bis zur Kulturanthropologie und provençalischen Liebeslyrik zu umfassen. Offenbar ein Zeitungsmann der alten Schule, ein unbestechlicher Schreiber, der – soweit es seine Zeit erlaubte – in der Lage war, zu welchem Themenbereich auch immer einen Artikel zu verfassen. Obwohl er das Bild zu verdrängen versuchte, musste Van Veeteren sich eingestehen, dass der abendliche Rahmen auch noch eine andere Assoziation in ihm wachrief. Die des klassischen Detektivhelden – der lautere Kriminalbeamte, der alle Fakten in seinem zermarterten Kopf sammelt und später den Fall löst, während er mit einer Pfeife im Ohrensessel in seiner Bibliothek sitzt ...

Aber hier war es Przebuda, der die Pfeife rauchte. Er selbst bevorzugte Zigaretten.

Dann sollte es vielleicht eher sein Gastgeber sein, der die Lösung hatte, und nicht er selbst.

Das heißt, wenn überhaupt nach einer Lösung gefragt wurde.

Vielleicht gab es ja, wenn man alles bedachte, gar keine Gleichung zu lösen, hatte er sich nicht bereits für diesen Schluss entschieden? Kein verschwundenes Mädchen und kein eigentlicher Fall. Wie auch immer, dieses Zimmer hatte etwas an sich. Das Einzige, was noch fehlte, war natürlich ein Schachbrett, aber Przebuda hatte bereits gestanden, dass dieser Zeitvertreib nie sein Interesse hatte wecken können.

Was zweifellos das Spiel noch einzigartiger macht, als es bereits ist, dachte Van Veeteren. Aber: Zeitvertreib! Das war ja schon fast eine Lästerung.

»Ich habe natürlich ein paar Notizen«, erklärte Przebuda nach einigen Sekunden Schweigen. »Ich meine, wenn es dich interessiert. Ich hatte im letzten Sommer die Idee, ich sollte eine halbe Seite darüber schreiben, als sie letztes Mal hier waren. Das Reine Leben ... der Hintergedanke dabei war wohl, der Sekte selbst auf den Pelz zu rücken, wenn man so will. Nicht dem Lager in erster Linie ... ich habe jedenfalls den Hirten interviewt und ein paar Fotos gemacht, aber dann habe ich mich doch dafür entschieden, das Projekt erst mal auf Eis zu legen.«

»Warum?«

Przebuda zuckte mit den Achseln.

»Kann ich nicht genau sagen. Einige Jobs lässt man eben fallen, das ist einfach so. Ich glaube, es hatte etwas mit dem Image zu tun, ehrlich gesagt, es war mir etwas zuwider. Ich nehme an, du verstehst, was ich damit meine ...«

Van Veeteren nickte.

»... dieser Jellinek und seine vier Weiber.«

»Vier?«

»Ja natürlich. Es waren vier Frauen, die sich um alles da draußen im Wald kümmerten. Um einiges jünger als er selbst. Nun ja, ich bekam einfach kalte Füße, oder wie immer man es ausdrücken will. Ich hatte keine Lust, für solche Figuren auch noch kostenlose Reklame zu machen. Ist er dieses Jahr nicht mehr vom gleichen Harem umgeben?«

»Drei«, sagte Van Veeteren. »Nur noch drei.«

Przebuda lachte auf.

»Na ja«, sagte er. »Vielleicht lässt seine Kraft ja nach. Wenn sie diese muslimischen Traditionen haben, vielleicht haben sie dann auch das Recht, befriedigt zu werden. Wie läuft das? Zwei von drei Nächten?«

»Ich glaube, eine von zweien«, bemerkte der Hauptkommissar. »Es gibt da unterschiedliche Richtungen. Aber du hast nicht zufällig die Namen der Frauen, die letztes Jahr dabei waren?«

Andrej Przebuda hob eine Augenbraue. Und danach sein Weinglas.

»Warum fragst du?«

»Ach, nur so eine Idee«, antwortete der Hauptkommissar.

»Na gut, sehen wir mal nach«, sagte Przebuda. »Aber erst einmal Prost.«

»Prost«, sagte Van Veeteren.

Przebuda stand auf und ging zu dem riesigen Schreibtisch hinüber, der eine Ecke des Zimmers umfasste und sicher bis zu vier Quadratmeter einnahm. Er schaltete eine weitere Lampe ein und begann in einem Haufen roter und grüner Mappen zu suchen, die meterhoch an der Wand gestapelt waren. Nach einer Weile kam er mit einer Mappe zurück und zog ein Bündel ungeordneter Papiere aus ihr hervor.

»Jetzt werden wir mal sehen«, sagte er und holte eine Brille aus seiner Brusttasche. »Ich glaube, ich hatte kein großes Interesse an ihnen, aber ich habe ein paar Fotos von ihnen gemacht ... ja, da haben wir sie.«

Er zog ein Foto aus dem Stapel. Betrachtete es ein paar Sekunden lang kritisch, bevor er es Van Veeteren reichte. Der Hauptkommissar sah sich das Foto an. Es war offensichtlich draußen auf der Terrasse vor dem Hauptgebäude des Ferienlagers gemacht worden. In der frühen Abendsonne, nach Licht und Schatten zu urteilen. Oscar Jellinek lehnte sich leicht gegen das Geländer und war umgeben von vier Frauen – zwei auf jeder Seite. Trotz ihrer relativen Unscheinbarkeit konnte er problemlos drei davon als jene identifizieren, mit denen er sich am gestrigen Tag unterhalten hatte. Aber links von Mathilde Ubrecht, eine Hand auf Jellineks Schulter gelegt, stand eine dunkelhaarige, unbekannte Frau. Sie erschien etwas jünger als die anderen, und im Unterschied zum Rest der Gruppe erlaubte sie sich, direkt in die Kamera zu lächeln. Ohne Frage war sie außerdem die Schönste in der Gruppe.

»Hm«, sagte der Hauptkommissar. »Ihre Namen hast du nicht?«

»Vielleicht doch«, erwiderte Przebuda. »Steht denn nichts auf der Rückseite?«

Van Veeteren drehte das Foto um und las:

»V. l.: Ulriche Fischer, Madeleine Zander, OJ., Ewa Siguera, Mathilde Ubrecht«.

Ewa Siguera? dachte er und trank von seinem Wein. Das klingt ja wie eine Romanfigur.

Przebuda hatte seine Pfeife wieder zum Brennen gebracht und stieß ein paar schwere Rauchwolken aus.

»Tja«, sagte er. »Ich habe wohl damals schon beschlossen, das nicht zu verwenden. Wonach fischst du eigentlich?«

Der Hauptkommissar dachte eine Weile nach, während er blinzelnd das Foto weiter studierte.

»Keine Ahnung«, sagte er. »Es ist wohl nur so eine Art avantgardistisches Wissen, wie ich annehme.«

»Ja, ja«, lachte Przebuda. »Aber vielleicht sollten wir auch noch einen Blick auf die Papiere werfen. Ich habe da einiges über Jellinek, wenn ich mich recht erinnere. Obwohl ich nicht glaube, dass ich mir irgendwelche Notizen hinsichtlich Menschenraub gemacht habe. Aber das Ungeschriebene ist sicher das Beste … übrigens, wollen wir uns nicht noch eine Flasche Wein genehmigen?«

»Bei dieser Hitze wird man wirklich durstig«, stimmte Van Veeteren zu.

»Religion ist eine Sache mit vielen Facetten«, stellte Andrej Przebuda nach einer Weile fest. »Ich persönlich habe sie hinter mir gelassen, aber ich kann nicht behaupten, dass sie nicht ihre Spuren hinterlassen hat …«

Van Veeteren wartete.

»… meine Eltern, meine ganze Familie bestand aus bekennenden Juden. Als sie Unheil witterten und begriffen, was wirklich auf sie wartete – mein Vater war vermutlich der Klarsichtigste in der gesamten mosaischen Versammlung –, haben sie mich und meine Schwester bei einer katholischen Familie in einem kleinen Dorf draußen auf dem Lande untergebracht. Die haben uns dort auf ihrem Bauernhof vier Jahre lang versteckt, wir waren die einzigen beiden Überlebenden unserer gesamten Familie ... ironischerweise nicht einmal fünfzig Kilometer von Auschwitz entfernt. Ja, und später habe ich eine Frau aus Indien geheiratet, sie ist vor sechs Jahren gestorben und liegt auf dem protestantischen Friedhof hier in Sorbinowo begraben.«

Der Hauptkommissar nickte.

»Kinder?«, fragte er.

»Eine Hand voll«, erklärte Przebuda. »Nicht mehr und nicht weniger. Elf Enkelkinder. Aber wie gesagt, mit der Religion habe ich nichts mehr am Hut.«

»Und du bist nicht dazu angeregt worden, das wieder aufzufrischen, nachdem du Das Reine Leben kennen gelernt hast?«

Przebuda lachte.

»Nein, aber die sollte man vielleicht dennoch dafür loben, dass sie sich um einige Menschen kümmern, die sonst in einer Anstalt sitzen würden. Und dann auf Kosten der Gesellschaft ... aber die Sache hier mit den Kindern ist natürlich etwas anderes. Vermutlich wäre ein bisschen Wallraff-Spiel notwendig, um ihnen richtig auf den Zahn zu fühlen. Man müsste eine kecke Dreizehnjährige mit einem Handy einschleusen ... aber ich nehme an, es gibt wichtigere Dinge, um seine Zeit totzuschlagen.«

Van Veeteren nickte zustimmend.

»Das stimmt«, sagte er. »Was mich betrifft, so werde ich in einer guten Woche in Urlaub gehen. Wenn also niemand innerhalb der nächsten zwölf Stunden ein verschwundenes Mädchen anschleppt, werde ich abfahren. Und ich kann nicht behaupten, dass ich bisher besonders viel ausgerichtet habe ... der Filmclub und dieser Abend hier sind eigentlich die einzigen Ergebnisse, wenn ich ehrlich sein soll. Was ja an sich auch nicht schlecht ist.«

»Nun, nun«, sagte Przebuda.

»Könnte ich mir für alle Fälle die Papiere über Jellinek als Nachtlektüre mitnehmen?«, fragte der Hauptkommissar. »Ich kann sie dir morgen in die Redaktion zurückbringen, bevor ich abfahre.«

»Aber natürlich«, sagte Przebuda und breitete die Arme aus. »Dann lässt du den Faden doch noch nicht fallen?«

Van Veeteren drückte die letzte Zigarette des Abends aus.

»Nein«, sagte er. »Ich möchte ihm so lange nachgehen, bis er von allein reißt. Das ist eine alte schlechte Angewohnheit von mir.«

Er schälte sich aus dem Sessel und merkte sofort, dass der abschließende Bourgogne doch schwerer gewesen war als gedacht.

Das mit dem Lesen heute Abend wird wohl doch nicht so einfach werden, dachte er. Ist eher die Frage, ob ich mich so lange wach halten kann, bis ich mein Bett erreiche.

Was natürlich nur ein frommer Wunsch war – besonders im Lichte dessen betrachtet, was ihn im Laufe der Nacht noch erwarten sollte.

Aber davon hatte er zu diesem Zeitpunkt nicht den Schatten einer Ahnung – weder empirisch noch intuitiv.

14

Normalerweise – das heißt, als er noch nicht der stellvertretende Polizeichef für den Distrikt Sorbinowo war – hätte er natürlich in so einem Fall den Anrufbeantworter alle Gespräche entgegennehmen lassen. Daran bestand gar kein Zweifel. Deborah und er selbst waren gerade jeder in seine Ecke des neuen Wassmeyersofas gesunken, eine Pralinenschachtel auf dem Tisch vor sich, der Film mit Clint Eastwood war noch nicht bis zum ersten Reklameblock gekommen, und ein angenehmer warmer Luftzug zog durch die offene Terrassentür herein. Mit zärtlicher Hingabe massierte er ihre nackten Füße.

Rein physisch betrachtet, war es ein fast perfekt zu nennender Abend.

»Telefon«, sagte Deborah und schob sich eine Praline zwischen die roten Lippen.

Kluuge seufzte und schob sich vom Sofa hoch. Das nächststehende Telefon befand sich im Schlafzimmer, und er zog die Tür hinter sich zu, um seine Ehefrau nicht beim Fernsehen zu stören.

Typisch, dachte er, als er den Hörer aufnahm. Aber wenn man eine Verantwortung trägt, dann muss man sie halt tragen.

»Polizeichef Kluuge.«

»Hallo?«

Das genügte, damit er die Stimme wiedererkannte. Innerhalb dem Bruchteil einer Sekunde waren Clint, seine Ehefrau und die Pralinen wie weggeblasen aus seinen Gedanken.

»Ja, Kluuge am Apparat.«

»Ich bin es wieder.«

»Das höre ich. Was wollen Sie?«

»Ich möchte Ihnen einen Tipp geben.«

»Einen Tipp?«

»In Waldingen gibt es ein totes Mädchen.«

»Wir sind dabei, die Sache zu untersuchen ...«

»Das weiß ich. Aber Sie kommen ja nicht weiter. Wenn Sie dorthin fahren und die Leiche finden, vielleicht glauben Sie mir dann.«

»Ich glaube nicht, dass es eine Leiche gibt«, erwiderte Kluuge. »Sie rufen doch nur immer wieder an, um sich wichtig zu machen. Wir haben wirklich ...«

»Fahren Sie an der Kolonie vorbei ...«

»Was?«, fragte Kluuge.

»Ich beschreibe Ihnen den Weg dorthin.«

»Wohin?«

»Zur Leiche. Ich sage Ihnen, wo Sie sie genau finden, dann können Sie hinfahren und sie angucken. Und dann begreifen Sie vielleicht, dass ich die Wahrheit sage.«

Kluuge schluckte.

»Jaha?«, war alles, was er herausbrachte.

»Hundert Meter nach der Kolonie geht ein kleiner Weg nach

rechts ab. Schlagen Sie den ein, und wenn Sie linker Hand einen Findling passiert haben, finden Sie dort eine riesige Espe. Nur ein paar Meter hinter dem Stein, da liegt sie. Es ist nicht mehr als zwanzig Meter vom Weg entfernt ...«

»Warten Sie«, sagte Kluuge. »Ich muss mir einen Stift holen.«

»Nicht nötig«, widersprach die Frau. »Hundert Meter nach der Kolonie. Rechts in den Pfad. Bei der Espe hinter dem Findling. Sie werden sie schon finden.«

Eine Unmenge von Fragen ballten sich plötzlich im Hals des Polizeianwärters Kluuge, aber bevor es ihm auch nur gelang, eine Einzige davon loszuwerden, hörte er, wie sie den Hörer auflegte.

Verdammt, dachte er. Verdammt, verdammt, verdammt.

Anschließend überlegte er fünfzehn Sekunden, dann wählte er die Nummer des Grimm's Hotels. Zwölfmal ertönte das Freizeichen, bevor jemand in der Rezeption abhob, und das Einzige, was er erfuhr, war, dass Herr Van Veeteren vor ein paar Stunden fortgegangen war, ohne zu hinterlassen, wohin. Oder wann er zurück sein wollte.

Kluuge legte den Hörer auf. Starrte durch das offene Fenster. Das Abenddunkel schwebte leicht und sommerwarm dort draußen. Die Grashüpfer zirpten. Auf dem Nachttisch zeigte die Digitaluhr 22.20 Uhr.

Was, zum Teufel, soll ich tun? dachte er. Und irgendwo tief in seinem Inneren hörte er eine leise Stimme, die ihm zuflüsterte, er solle einfach zurück aufs Sofa gehen. Zu Deborah und ihren warmen Patschefüßchen zurückkehren. Das Einfachste wäre natürlich, alles ganz schlicht und einfach zu vergessen und so zu tun, als hätte niemand angerufen ... als hätte er nie etwas von einem toten Mädchen, irgendeinem Pfad oder Findling gehört – aber die Scham darüber, dass ein derartiger Gedanke ihm überhaupt gekommen war, gewann schnell die Oberhand. Wurde groß und rot.

Niemals, dachte er. Niemals im Leben. Ich muss jetzt die volle Verantwortung übernehmen.

Er dachte noch ein paar Minuten nach, dann rief er noch einmal im Grimm's an und hinterließ eine Nachricht für den Hauptkommissar:

Heiße Spur im Waldingenfall. Bin rausgefahren. Kluuge.

Fünf Minuten später hatte er seiner Frau bereits einen Abschiedskuss gegeben und war in die Nacht hinausgefahren.

Um keinen unnötigen Verdacht zu wecken, hatte er das Auto bereits ein gutes Stück vor dem Ferienlager abgestellt. Er löschte das Licht und trat hinaus auf den Kiesweg. Ein großer Mond war über den See herangesegelt gekommen und machte die Dunkelheit licht. Langsam lief er den schmalen Weg entlang, äußerst vorsichtig und ganz am Rand, wo das Geräusch seiner Schritte von Gras und Erde gedämpft wurde.

Als er am Ferienlager vorbei kam, war es fünf Minuten nach elf, und bis auf zwei Fenster waren alle dunkel. Aber er sah keinen einzigen Menschen und hörte nichts, was darauf hingedeutet hätte, dass jemand im Freien unterwegs war. Also schritt er zügig die leichte Steigung auf der anderen Seite des Grundstücks hinauf. Er zählte seine Schritte, und nach schätzungsweise achtzig Metern knipste er seine Taschenlampe an und begann nach der Abzweigung zu suchen.

Er fand sie problemlos. Als er in sie einbog, schaltete er die Lampe aus. Blieb ein paar Sekunden lang regungslos in der Dunkelheit stehen und lauschte von neuem, aber das Einzige, was zu hören war, war das leise Säuseln der Baumkronen, das eindringliche Zirpen der Grillen sowie vereinzelte liebeskranke Unken unten vom See. Entschlossen machte er die Lampe wieder an und folgte dem Pfad.

Die Angst traf ihn in dem Moment, als er den Lichtkegel auf den großen Steinblock richtete. Plötzlich wurde ihm bewusst, dass die verrückte Frau am Telefon vielleicht gar nicht so verrückt war, wie er annahm, und dass es gleich so weit sein könnte ... dass es vielleicht nur noch eine Frage von Sekunden war, bis er vor seiner ersten Leiche stand. Er spürte, wie sein Mund bei dem Gedanken an diese Eventualität auf einen Schlag austrocknete und der Puls an seinen Schläfen plötzlich so laut pochte, dass er sein eigenes Blut hören konnte.

Er hob die Taschenlampe und ließ das Licht über die Bäume gleiten.

Es gab nicht viel Grund zum Zweifeln. Eigentlich gar keinen, genau genommen. Als er seine Lampe zu den Baumkronen hob, sah er deutlich, dass es sich um eine Espe handelte, eine riesige Espe, die nur wenige Meter hinter dem Findling wuchs und deren flüsternde Krone dort oben in der Nacht hoch über ihm wie ein Vorbote der bösen Tat, der Verbrechen des Finsteren und Gott weiß was schwebte. Ein Schauder durchlief ihn, und er schüttelte den Kopf. Reine Einbildung, dachte er. Nichts anderes als Einbildung. Heuchelei, Aberglauben und Altweibergeschwätz. Er ging um den Stein herum und beleuchtete den unteren Teil des Stamms. Schob vorsichtig mit dem Fuß einen Teil des heruntergefallenen Laubs und der Zweige zur Seite, und als er sich tiefer hinunterbeugte, sah er ganz deutlich – so deutlich, wie es nur möglich war –, dass das Bleichweiße, das aus den Zweigen hervorstach, eine Hand war.

Eine ganz normale, ziemlich dünne und blutleere kleine Mädchenhand, und er hatte noch genügend Reaktionsvermögen, um sich schnell ein paar Meter seitwärts ins Gebüsch zu schlagen, bevor er sowohl Deborahs Broccoli-Pie als auch die acht Schokoladenpralinen erbrach, die er vor dem Fernseher noch hatte essen können.

Und Polizeianwärter Kluuge begriff, dass er gerade jetzt – während dieses einsamen, eine Ewigkeit anhaltenden Augenblicks draußen im Wald – eine Erfahrung durchmachte, die ihren Schatten auf alle anderen Erfahrungen werfen würde. Sowohl gute wie schlechte. Vergangene wie zukünftige.

Ich bin erwachsen geworden, dachte er verwundert. Erwachsen. Es war ein Gefühl, als wäre er in ein fremdes, ödes Land gestoßen worden, eine harte, unwirtliche Wirklichkeit, von der er wusste, dass er sie nie wieder zur Seite schieben, hinter sich lassen oder vergessen könnte.

Doch da war noch etwas anderes: eine Art bitterer Befriedigung, an der nicht zu rütteln war und über die er sich nicht so recht klar werden konnte.

Aber das war jetzt gewiss auch nicht der richtige Zeitpunkt für derartige Überlegungen. Mit der Innenseite seiner Hand wischte er sich den Mund ab, löschte dann das Licht und begab sich eilig zurück zum Auto.

15

Reinhart behauptete immer, dass es eigentlich nur eine einzige perfekte Methode gab, wenn es darum ging, festgefahrene Ermittlungen wieder in Schwung zu bringen: Man kippt einen halben Liter Whisky und vier Bier, legt sich anschließend ins Bett, und dann dauert es garantiert nicht länger als zwanzig Minuten, bis das Telefon klingelt und man eine neue Leiche am Hals hat.

Ganz so schlimm sah es an diesem lauwarmen Abend in Sorbinowo wohl nicht aus, aber nachdem Van Veeteren beide Mitteilungen von Kluuge gelesen hatte, beschloss er dennoch, zunächst eine lange kalte Dusche zu nehmen, bevor er sich in die Finsternis hinaus aufmachte.

Man soll eine Sommernacht nicht verschlafen! kam ihm wieder in den Sinn. Vielleicht sollten gewisse Gedanken lieber zum Platzen gebracht werden, bevor sie an die Oberfläche gelangten, dachte er, während er unter der Dusche stand und versuchte, sich den Bourgogne aus dem Gesicht zu spülen. Sie hatten so eine verdammte Tendenz dazu, sich zu bewahrheiten!

Aber mit der Zeit fand sich die Konzentration wieder ein:

Was, zum Teufel, war da draußen eigentlich passiert?

Kluuges Mitteilungen waren im Grunde genommen klar wie Kloßbrühe gewesen. Vor allem die zweite:

Totes Mädchen in Waldingen, Verstärkung unterwegs. Kluuge.

Möchte wissen, ob die Presse auch schon da ist, dachte Van Veeteren, während er aus der Dusche stieg. Das aufmerksame Mädchen in der Rezeption zumindest schien den Inhalt der Bulletins nicht missverstanden zu haben. Er spielte eine Weile mit dem Gedanken, Przebuda anzurufen, vielleicht lag der ja noch nicht im Bett, aber nach reiflicher Überlegung ließ er es dann doch bleiben. War besser, barmherzig zu sein und ihm einen friedlichen Nachtschlaf zu gönnen; seine Zeit als Frontreporter hatte er mit Sicherheit schon hinter sich.

Als er in das wartende Taxi stieg, war es ein paar Minuten nach eins; laut dem Mädchen an der Rezeption war Kluuges zweite Mitteilung kurz vor Mitternacht eingetroffen. Es gab also gute Gründe davon auszugehen, dass sowohl die Spurensicherung als auch der Gerichtsmediziner bereits am Fundort draußen in Waldingen waren. Wenn er sich nicht irrte, sollten es Leute aus Rembork sein, das lag am nächsten, aber in der Beziehung kannte sich Kluuge natürlich besser aus.

Er ließ sich auf den Rücksitz fallen und gab bekannt, wohin er gefahren werden wollte.

»Was, zum Teufel, wollen Sie denn da mitten in der Nacht?«, fragte der fettleibige Fahrer und gähnte so ausgiebig, dass sich sein Nacken in Falten legte.

»Fahren Sie«, sagte Van Veeteren. »Schalten Sie das Radio aus und halten Sie den Mund.«

Außer Kluuges Wagen waren noch drei andere vor Ort. Zwei kamen ganz richtig aus Rembork und hatten neben den Technikern noch zwei Kriminalbeamte mitgebracht. Im dritten Auto saß – was Van Veeteren erkannte, als er herantrat und hineinschaute – ein junger Mann mit Bart, Brille und einem Handy in voller Aktion. Der Hauptkommissar schob seine Hand durch das offene Fenster und befreite ihn mit einem kurzen Ruck von dem Apparat.

»Was zum Teufel …?«

»Van Veeteren, Kriminalhauptkommissar. Sie legen unsere Ermittlungen lahm. Für wen schreiben Sie?«

»Die Allgemejne.«

»All right. Wenn Sie sich eine Stunde lang ruhig verhalten, dann verspreche ich Ihnen, Ihnen dafür korrekte Informationen zu liefern.«

Der junge Reporter zögerte.

»Woher weiß ich, dass Sie mich nicht anschmieren?«

»Ich schmiere niemals jemanden an«, erklärte Van Veeteren. »Fragen Sie Ihren Chefredakteur, der kennt mich.«

Kluuge tauchte aus der Dunkelheit auf.

»Sie liegt da oben«, erklärte er und zeigte den Weg entlang.

»Einer von denen aus Rembork ist bei ihr und sieht sie sich an … und dann natürlich die von der Spurensicherung. Sie ist … sie ist jedenfalls erwürgt und vergewaltigt worden, so viel ist schon klar.«

»Wie lange seid ihr schon da?«, fragte der Hauptkommissar.

Kluuge schaute auf die Uhr.

»Knapp eine halbe Stunde. Ich habe sie ungefähr zwanzig nach elf gefunden.«

Van Veeteren nickte zum Ferienlager hinüber. Im großen Haus brannte in einigen Fenstern Licht, während die Flügelgebäude im Dunkel lagen.

»Und wie steht es mit denen da drinnen?«

»Ich weiß nicht so recht«, sagte Kluuge. »Der zweite Beamte ist dort, aber ich habe noch nicht nachfragen können. Soll ich dich zum … zum Fundort bringen?«

Van Veeteren zündete sich eine Zigarette an.

»Lass nur. Die sollen erst mal in Ruhe ihre Arbeit tun. Ich glaube, ich würde mir vorher lieber die Lage bei dem Verein ansehen. Wenn du im Wagen wartest, kannst du mir die Stelle später zeigen …«

Kluuge nickte und öffnete die Autotür. Der Hauptkommissar setzte sich in Bewegung, hielt dann aber inne.

»Wie geht es dir?«, fragte er.

»Es geht«, sagte Kluuge.

»Ich weiß, wie du dich fühlst. Bleib im Auto, und halt dich warm. Ich werde sehen, ob ich einen Kaffee für dich organisieren kann.«

Er verließ den Polizeianwärter und die Autos und machte sich auf den Weg auf die Häuser zu. Stolperte ein paar Mal über Wurzeln und wäre fast hingefallen, kam aber schließlich trotzdem mit heiler Haut auf der Terrasse an. Er klopfte an eines der erleuchteten Fenster und wurde von einer mürrischen Schwester Madeleine hereingelassen, die mit einem großen, unförmigen Bademantel von gewohnter Qualität bekleidet war. Sie würdigte ihn weder eines Blickes noch eines Wortes, eskortierte ihn nur wortlos und barfuß zu einem kleinen Zimmer, das allem Anschein nach als Büro diente. Papiere, ein paar Ordner und ein Stapel Bibeln lagen auf einem Schreibtisch verstreut. Ihre Mitschwestern saßen in ähnlichen Bademänteln wartend auf ihren Stühlen, und vor dem Fenster stand der zweite Polizeibeamte aus Rembork. Es war ganz offensichtlich, dass er dabei war, die drei Frauen zu verhören.

Es war auch ganz offensichtlich, dass er damit nicht weiterkam.

Van Veeteren schaute sich in dem erbärmlichen Zimmer um. Dann bat er seinen Kollegen um ein kurzes Einzelgespräch und zog ihn mit sich auf den Flur hinaus.

»Wie heißt du noch?«

»Servinus. Ich bin Kriminalinspektor.«

»Van Veeteren«, sagte der Hauptkommissar. »Lass uns ein bisschen leiser reden, die da drinnen brauchen nicht alles zu hören.«

Er deutete zu der geschlossenen Tür. Servinus nickte.

»Wie lange hast du sie schon in der Mache?«

Servinus schaute auf die Uhr.

»Na, ob man das in der Mache haben nennen kann. Höchstens fünf Minuten, sie haben ja geschlafen, deshalb dauerte es eine Weile ... obwohl ich glaube, dass wir hier ein kleines Problem haben.«

»Ach ja«, sagte Van Veeteren. »Was für ein Problem?«

»Sie schweigen.«

»Was meinst du damit?«

Servinus kratzte sich irritiert am Nacken.

»Nun ja, es sieht so aus, als hätten sie beschlossen, nicht mit uns zusammenzuarbeiten.«

»Was zum Teufel...?«

»Ja, genau. Sie antworten einfach auf keine Frage. Hast du eine Ahnung, was für ein Ort das hier ist, ich meine, eigentlich... die wirken ein wenig, ja, wie soll ich sagen...«

»Ich weiß«, unterbrach ihn der Kommissar. »Aber das besprechen wir ein andermal. Wo ist Jellinek, das ist doch im Augenblick das Wichtigste.«

»Wer?«

»Oscar Jellinek. Wo hält er sich auf?« Servinus trat von einem Fuß auf den anderen und sah ziemlich bedrückt aus.

»Wer ist dieser Jellinek? Ich bin ja verdammt noch mal ganz frisch hier.«

Van Veeteren spürte, wie ihm etwas Unheil verkündendes Kaltes den Rücken hinunterzulaufen begann. Das darf doch nicht wahr sein, dachte er.

»Du willst sagen, du hast Jellinek gar nicht angetroffen?«

Servinus schüttelte den Kopf.

»Und die haben auch nichts über ihn gesagt?«

»Kein Wort. Sie machen ja verdammt noch mal kaum das Maul auf.«

Der Hauptkommissar faltete die Hände und brummte einen langen, derben Fluch vor sich hin.

»Komm«, sagte er dann. »Das muss ich mit eigenen Augen sehen.«

Er ging mit schnellen Schritten zurück zur Tür. Riss sie auf, trat ein und stellte sich breitbeinig mitten ins Zimmer.

»Okay«, knurrte er. »Wo ist euer Goldjunge?«

Die Schwestern drängten sich mit ihren Stühlen näher aneinander und betrachteten ihre nackten Füße. Der Hauptkommissar wartete fünf Sekunden, während er die Kiefer zusammenpresste, dass es in den Zähnen knackte. Dann ging er zum Schreibtisch und schlug mit der Faust darauf.

»Wo ist Oscar Jellinek?«, schrie er. »Verdammt noch mal, beantwortet endlich meine Frage! Da draußen im Wald liegt ein ermordetes Mädchen, sie ist vergewaltigt und erwürgt worden, und ihr könnt davon ausgehen, dass eure verdammte Sekte von diesem Moment an aufgelöst ist. Also?«

Madeleine Zander hob langsam den Kopf und erwiderte seinen Blick.

»Hören Sie genau zu, Herr Hauptkommissar«, sagte sie mit leiser Stimme. »Wir sind ohne jede Schuld, und Sie haben kein Recht, uns grundlos zu beschuldigen. Wir haben beschlossen, nicht mit Ihnen zusammenzuarbeiten.«

»Wir werden Ihre Fragen nicht beantworten«, unterstrich Ulriche Fischer.

»Wo ist er?«, unterbrach Van Veeteren sie. »Ihr habt drei Sekunden Zeit für eine Antwort!«

Madeleine Zander räusperte sich und faltete ihre Hände im Schoß. Die anderen beiden Schwestern folgten ihrem Beispiel. Sie senkten ihre Blicke und schienen ganz in sich selbst versunken. Wahrscheinlich beten sie jetzt zu ihrem zweifelhaften Herrn, dachte der Hauptkommissar. Hol ihn der Teufel!

»Ihr versteckt ihn.«

Keine Reaktion.

Van Veeteren biss sich auf die Zunge und überlegte. Er schaute auf die Uhr. Es war zehn Minuten vor zwei.

»Ich dachte, ihr wechselt euch damit ab, wer mit ihm ins Bett geht. Wer war heute Abend dran?«

Madeleine Zander hob ihren Blick und schnaubte verächtlich.

»Oder liegt ihr alle zusammen in einem Bett?«

Er warf Inspektor Servinus einen Blick zu, der immer verblüffter dreinschaute. Plötzlich spürte er, wie die Hitze des Bourgogne wieder in seine Wangen stieg. Oder waren das nur die Wut und der Blutdruck?

»Ihr meint also, er ist verschwunden?«, fragte er.

Keine der Frauen antwortete. Van Veeteren brach einen Zahnstocher durch und warf ihn auf den Boden.

»Jetzt hört mal zu! Eines von euren Mädchen liegt ermordet draußen im Wald. Euer verdammter Oberpriester ist auf der Flucht. Ich scheiße drauf, was für fromme Schlüsse ihr daraus zieht, aber ich weiß, welche ich ziehe ... Servinus!«

Der Inspektor zuckte zusammen.

»Ja.«

»Bleib hier und bewache die drei Grazien. Wir werden sie in einen Einsatzbus sperren, sobald einer kommt. Die armen Mädchen lassen wir lieber noch schlafen. Weißt du, ob auch weibliche Kollegen auf dem Weg hierher sind?«

»Ich denke doch«, sagte Servinus. »Kluuge hat sicher nach welchen geschickt.«

»Gut«, sagte der Hauptkommissar.

Er hielt kurz inne. Versuchte durch das rabenschwarze Fenster hinauszusehen und holte drei- bis viermal hörbar Luft. Dann wandte er sich wieder den drei Frauen zu.

»Es ist meine Pflicht, Ihnen mitzuteilen, dass Sie verhaftet sind, dass Sie unter dem Verdacht verschiedener Straftaten stehen, die ich jetzt gar nicht alle herunterleiern will. Mord, Beihilfe zum Mord, Vertuschung eines Verbrechens sind nur einige Beispiele ...«

»Sie haben kein Recht ...«, wollte Madeleine Zander einwerfen.

»Ich hatte es so verstanden, dass Sie sich dazu entschlossen haben zu schweigen«, unterbrach Van Veeteren sie. »Darf ich Sie dann darum bitten, sich an das zu halten, was Sie sagen. Und die Schnauze zu halten!«

Servinus hustete unschlüssig. Der Hauptkommissar holte noch einmal tief Luft, dann machte er auf dem Absatz kehrt und verließ das Zimmer.

Verdammte Scheiße, dachte er, als er wieder in der Dunkelheit stand. Das ist ja wie im Film ... wie in einem richtig schlechten B-Movie mit schlampigem Schnitt und nicht synchronisiertem Ton. So eine Scheiße!

Möglicherweise war auch der Wein mit Schuld daran, aber obwohl es schon nach zwei Uhr war, fühlte er sich in keiner Weise müde. Ganz im Gegenteil. Eher energiegeladen. Voller Tatkraft.

Dann fiel ihm ein, worum es eigentlich ging.

Es war höchste Zeit, sich das Elend anzusehen, beschloss er, als er wieder bei den Autos angekommen war. Er hatte ja sowieso keine andere Wahl.

Wie immer.

Der Reporter von der Allgemejnen machte offensichtliche Anstalten mitzukommen, aber der Hauptkommissar drückte ihn entschlossen wieder zurück in sein Auto. Stattdessen war es Kluuge, der ihn führen und mit seiner Taschenlampe leuchten musste. Dem Hauptkommissar fiel ein, dass er die Sache mit dem Kaffee völlig vergessen hatte. Hoffentlich hatten es schon das Versprechen und sein Zeichen der Fürsorge getan. Der Polizeianwärter war von den Erlebnissen ein wenig schockiert gewesen, das hatte er auf den ersten Blick gesehen. Was ja auch kein Wunder war.

Die Techniker – zwei junge Männer in grünen Overalls – hatten die Stelle mit rotweißem Band abgesperrt, und ein paar große Stableuchten standen auf Stativen und warfen grelles Flutlicht über den Platz. Van Veeteren blieb in ein paar Metern Entfernung stehen, wo er nicht alles sehen musste. Ein Mann in den Fünfzigern mit schütterem Haar trat zu ihm und stellte sich als Suijderbeck vor, Kriminalkommissar aus Rembork.

»Van Veeteren. Wie schaut's aus?«

Suijderbeck zuckte mit den Schultern.

»Schrecklich. Ein Mädchen von dreizehn, vierzehn. Vergewaltigt. Eingedrückter Kehlkopf, wie ich annehme. Wenn sie Glück hatte, ist es in umgekehrter Reihenfolge passiert.«

»Und was sagt die Wissenschaft noch?«

»Ist wahrscheinlich nach der Tat hierher gebracht worden«, sagte Suijderbeck. »Es gibt nichts, was darauf hindeutet, dass es hier passiert ist. Aber die Kollegen sind noch nicht fertig.«

»Sperma?«

Suijderbeck schüttelte den Kopf.

»Offensichtlich nicht.«

»Aber trotzdem vergewaltigt?«

»Auf jeden Fall penetriert«, seufzte Suijderbeck. »Womit auch immer. Und hier und da geschlagen.«

Van Veeteren schüttelte sich. Ein älterer, buckliger Mann tauchte hinter dem Kommissar auf. Er stellte sich als Doktor Monsen vor und kam dem Hauptkommissar vage bekannt vor. Und das war er offensichtlich auch.

»Van Veeteren?«, rief er aus, als er sah, wen er da begrüßte. »Was, zum Teufel, machen Sie denn hier? Sind Sie versetzt worden?«

Der Hauptkommissar ignorierte den leutseligen Ton.

»Wissen Sie, womit wir es hier zu tun haben?«, fragte Monsen. »Ich meine, der Fundort und so …?«

»Dazu kommen wir später.«

»Das denke ich mir. Wollen Sie einen Blick drauf werfen?«

Van Veeteren seufzte und schob die Hände in die Taschen.

»Dazu sind wir wohl gezwungen.«

Er ging um den Stein und einen der hockenden Techniker herum. Richtete seinen Blick auf den Lichtkegel.

An den Stamm einer großen Espe gelehnt, lag – grotesk von den kräftigen Lampen angestrahlt – ein dünner Mädchenkörper. Van Veeteren hatte genug Zeit gehabt, sich auf diesen Anblick vorzubereiten, aber die unretuschierte Wirklichkeit traf ihn dennoch wie ein Faustschlag im Magen. Immer der gleiche alte Faustschlag. Dieser bleiche Körper war hier und da – vor allem im Leistenbereich und um Hals und Brust – marmoriert von großen, dunklen Flecken, und die Schenkel waren gestreift von eingetrocknetem Blut. Der Kopf war ganz zur Seite abgeknickt, die Zunge ragte ein Stückchen zwischen den dünnen Lippen hervor, und die Augen waren in verständnisloser Angst erstarrt.

Clarissa Heerenmacht. Er erinnerte sich sogar noch an ihren Namen.

Er rechnete nach und kam zu dem Schluss, dass es ungefähr eineinhalb Tage her sein musste, seit er sich mit ihr in dem großen Raum hinten in der Kolonie unterhalten hatte.

Dann spürte er einen Moment lang einen kräftigen Schwindel, worauf die Galle in ihm hochstieg und deren bitterer Geschmack ihn in die Wirklichkeit zurückholte.

Da stimmt etwas nicht, dachte er und zog sich wieder in die Dunkelheit zurück.

IV

23. – 28. Juli

16

Der Wald war dicht und verwachsen.

Weder Mensch noch Tier kam ihm in die Quere, aber aus der Ferne konnte er die Kirchenglocken läuten hören. Vielleicht sollte das dazu dienen, ihm die Orientierung zu geben, die er brauchte. Obwohl der Klang weit entfernt und brüchig war und ihm schien, als würde er sich von Zeit zu Zeit verändern. Außerdem drohten seine eigenen geräuschvollen Schritte und sein keuchender Atem den Ton zu überdecken. Ab und zu war er gezwungen stehen zu bleiben, die Hand hinters Ohr zu legen und den Tönen nachzulauschen. Und jedes Mal, wenn er anhielt, fiel es ihm wieder genauso schwer, dieses Gefühl abzuschütteln, dass er im Kreis gegangen war, dass er erneut am gleichen Fleck stand, an dem er sich erst vor ein paar Minuten befunden hatte.

Unter der gleichen Espe; dieser bleiche Mädchenkörper mit den dunklen Flecken erschien ihm zumindest bekannt. Oder aber der ganze Wald war voll mit ermordeten Teenagern, was ihm gelinde gesagt ein wenig übertrieben erschien. Er wischte sich mit dem Jackenärmel den Schweiß vom Gesicht und hastete weiter, stolperte über Äste, Steine und Wurzeln, und endlich war der Glockenklang ein wenig deutlicher zu hören. Nach wenigen Augenblicken erreichte er den Waldrand und konnte die Kirche unten im Tal sehen. Die letzten Besucher strömten gerade hinein. Er rannte das letzte Stück den Abhang hinunter und schaffte es gerade noch, ins Innere zu gelangen, bevor die schweren Türen sich schlossen.

Schließlich war es seine eigene Hochzeit; und trotzdem empfand er keine Dankbarkeit dafür, dass er es geschafft hatte und noch rechtzeitig gekommen war. Eher eine Art trauriger Resignation, die wie ein Druck auf seinen Schultern und Schläfen lastete, während er ganz hinten in dem Dämmerlicht stand und versuchte, seinen Atem zu normalisieren. Seine Braut befand sich bereits auf ihrem Platz vor dem Altar. Sie trug ein Gewand aus gebleichtem Baumwollstoff, aber ihr Haarschopf war von viel versprechendem Kastanienbraun, und er wusste nicht, ob das gut oder schlecht war. Insgesamt gesehen. Die Gemeinde war offenbar in eine Art Gebet versunken, und die Glocken dröhnten weiterhin, während er – nicht ohne eine gewisse Würde – sich den Mittelgang entlang auf seine ihm zugedachte Ehefrau zubewegte. Als er vorsichtig nach rechts und links spähte, konnte er außerdem feststellen, dass sich keine irgendwie Bekannten unter den Menschen auf den Bänken zu befinden schienen. Nur fremde, verkniffene Gesichter überall, in einer Reihe nach der anderen, und niemand, der seinem Blick auch nur mit einem kurzen Seitenblick begegnete.

Endlich war er vor dem Altar angekommen und legte zögernd seine Hand auf die Schulter der Braut. Sie drehte sich mit einem Ruck um – sodass die billige Perücke verrutschte –, und er konnte sehen, dass es Renate war. Die gleiche verfluchte Renate wie immer, und mit einem bösartigen Lächeln auf den Lippen zischte sie: »Jetzt habe ich dich! Diesmal kommst du mir nicht davon!« Und als er sich voller Verwirrung und rechtschaffener Wut an den Pfarrer wandte – der gerade seine Hände in einem Becken geäderten Marmors gereinigt hatte und sich anschickte, mit der Zeremonie zu beginnen –, sah er, dass dieser lange, rattenfarbene Haare hatte, ein geflicktes Brillengestell trug und dass er mit der Braut unter einer Decke steckte. Daran konnte kein Zweifel bestehen. Sie lächelten sich schamlos an, der Priester und die Braut, und ihm war klar, dass er das Spiel verloren hatte. Der ganze Wald war voll mit toten Mädchen, er sollte unter der Aufsicht dieses verfluchten Sektenführers Renate noch einmal heiraten, und wie sehr er auch seine Anzugtaschen durchsuchte, er konnte nirgends seine Dienstwaffe finden. Die Wahrheit war natürlich, dass er sie in irgendeiner Schreibtischschublade in seinem Dienstzimmer im Maardamer Polizeihaus vergessen hatte, genau wie immer, und während er resigniert – und in einer bis ins Unendliche erweiterten Zeitlupe – neben seiner triumphierenden Braut auf die Knie sank, wurde der Glockenklang lauter.

Stieg an und verzerrte sich in polyphone Variationen, die den alten Meister Bach in den Wahnsinn getrieben hätten, und schließlich wurde alles so bizarr und unerträglich, dass ihm klar wurde, dass er diesem Elend ein Ende bereiten musste, wenn er nicht noch die allerletzten Tropfen seiner gesunden Flüssigkeiten verlieren wollte.

Er streckte den Arm aus, hob den Hörer und meldete sich.

Es war Kluuge.

Der Hauptkommissar rappelte sich hoch und räusperte sich so laut und intensiv, dass er den ersten Satz des Polizeianwärters nicht mitbekam.

»Was hast du gesagt?«

»Guten Morgen, Hauptkommissar«, wiederholte Kluuge.

»Habe ich dich geweckt?«

»Ganz und gar nicht«, antwortete Van Veeteren routiniert und suchte nach seiner Armbanduhr auf dem Nachttisch.

»Es ist halb zwölf«, informierte Kluuge ihn. »Ich dachte, wir sollten langsam in Gang kommen, ich habe die anderen für zwei Uhr bestellt ... zu einer kleinen Besprechung, meine ich.«

Die anderen? dachte Van Veeteren, aber dann erinnerte er sich langsam wieder an die Geschehnisse der Nacht und ihre Akteure. Eine hastige Subtraktion gab ihm außerdem die Gewissheit, dass er höchstens vier Stunden geschlafen haben konnte. Wie Kluuge es schaffte, so verdammt frisch und erholt zu klingen, war ihm ein Rätsel. Dass das etwas mit dem Alter und der allgemeinen Kondition zu tun haben könnte, darüber wollte er lieber gar nicht erst nachdenken. Zumindest nicht jetzt. Er räusperte sich noch einmal.

»Das ist gut«, sagte er.

»Dann also auf dem Polizeirevier«, fuhr Kluuge fort. »Da ist noch eine Sache ... die würde ich gern vorher mit dem Hauptkommissar besprechen.«

»Ja?«, fragte Van Veeteren.

Ein paar Sekunden lang blieb der Hörer stumm.

»Ich weiß nicht so recht, wie ich es sagen soll, aber es geht um die Verantwortung und so ...«

»Die Verantwortung?«

»Ja, ich meine, wer die Ermittlungen leiten soll ... es ist ja klar, dass du die meiste Erfahrung und so hast, aber ich habe mir überlegt, trotzdem vorzuschlagen, dass ich das übernehmen soll. Schließlich bin ich der stellvertretende Polizeichef, und es fällt in mein Gebiet, sozusagen ...«

Ausgezeichnet, dachte der Hauptkommissar. Nur weiter so, junger Mann!

»Deshalb – wenn der Hauptkommissar nichts dagegen hat?«

»Natürlich nicht«, sagte Van Veeteren.

»Und ich denke, es wäre doch zu schade, Malijsen mitten in seinem Urlaub zu stören.«

»Der Meinung bin ich auch«, sagte der Hauptkommissar.

Hundertprozentig, dachte er.

»Aber ich bin natürlich dankbar, wenn der Hauptkommissar hier bleibt und mir hilft ... mit deiner Erfahrung und allem.«

»Selbstverständlich«, sagte Van Veeteren. »Wir brauchen nicht weiter darüber zu reden. Wann hast du gesagt, zwei Uhr?«

»Um zwei«, bestätigte Kluuge. »Außerdem habe ich eine Pressekonferenz um halb fünf angesetzt. Ich wäre dankbar, wenn der Hauptkommissar auch daran teilnehmen könnte.«

»Wir werden sehen«, sagte Van Veeteren. »Und im Laufe des Vormittags ist nichts Wesentliches passiert?«

»Nicht viel«, erklärte Kluuge. »Die Frauen sind wie geplant im Wolgershuus getrennt voneinander untergebracht, und die Kinder sind noch draußen in Waldingen. Die Beamtinnen sind abgelöst worden, und gegen eins werden zwei Psychologinnen hinfahren.«

»Und niemand hat etwas gesagt?«

»Nein. Bis jetzt schweigen sie. Wir sollten uns vielleicht darauf verständigen, wie wir die Verhöre weiter führen wollen. Oder was meint der Hauptkommissar? Es scheint ja ziemlich verzwickt ...«

»O ja«, seufzte Van Veeteren. »Aber hoffen wir, dass es nur eine Frage der Zeit ist.«

»Mag sein«, sagte Kluuge. »Wahrscheinlich wird es einfacher sein, ein Teenagermädchen zu knacken als eines dieser verrückten Weiber.«

»Sei vorsichtig mit deinen Worten«, warnte ihn der Hauptkommissar. »Auf jeden Fall solltest du gegenüber den Journalisten auf der Hut sein. Sie zitieren nur zu gern. Schweigen kann manchmal Gold sein, nicht nur für Sektierer.«

»Okay«, sagte Kluuge. »Ich werde es mir merken. Dann sehen wir uns also in ein paar Stunden.«

»Das tun wir«, sagte Van Veeteren.

»Danke«, sagte Kluuge noch einmal.

Verrückte Weiber? dachte der Hauptkommissar, als er aufgelegt hatte.

Es gefiel ihm nicht. Aber ob es die Tatsache an sich war oder die Wortwahl des Polizeianwärters, die ihm nicht behagte, wusste er selbst nicht so genau.

Das Gewitter kam von Südwesten, aus Richtung Waldingen, und während er sein kombiniertes Frühstück-Mittagessen draußen auf der Terrasse zu sich nahm, konnte er beobachten, wie es schnell über dem Waldrand auf der anderen Seeseite anwuchs. Die Blitze und das Donnern waren schon eine Weile zu beobachten, bevor die ersten schweren Tropfen auf dem gewellten Plastikdach landeten und die Temperatur mit einem Schlag um gut und gern zehn Grad sank.

Der Wolkenbruch währte dann nur knapp fünfzehn Minuten, aber auf seinem Höhepunkt schien es Van Veeteren, als hätte sich der vorher so verführerisch ruhige Wasserspiegel unterhalb des Hotels in einen Hexenkessel verwandelt, und das gegenüberliegende Seeufer verschwand hinter einer Wand aus schäumenden und hochpeitschenden Wassermassen.

Die Elemente wüten, dachte der Hauptkommissar. Oje.

Als es vorbei war, hatte er gerade die Rechnung unterschrieben und stellte erfreut fest, dass die Luft plötzlich wieder leichter zu atmen war. Im Großen und Ganzen. Nach dem Übelkeit erregenden Sauerstoffmangel im Gehirn, der eine Woche angehalten hatte, erschien es plötzlich wieder möglich, einen klaren Gedanken zu fassen und ihm nachzugehen.

Möglicherweise bin ich doch nicht so fürs Mittelmeer geschaffen, stellte er mürrisch fest und erhob sich vom Tisch.

Was dieser schwere Regeneinbruch für die Spürhunde draußen in Waldingen bedeutete, darüber konnte wohl kaum ein Zweifel bestehen. Falls dort draußen im Wald überhaupt irgendwelche Spuren zu finden gewesen waren, so war es nach einem Regen wie diesem sicher nicht einfacher geworden, sie zu deuten.

Die Götter treiben ihr Spiel mit uns, kam ihm in den Sinn. Die ziehen an den Fäden, damit die Marionetten auch gehorchen. Spülen alles sauber mit dem Regen, und wir stehen wie begossene Pudel da. Seine henkellose Aktentasche unterm Arm und zwei Zahnstocher im Mund, begab er sich auf den Weg in den Ort, zum Kleinmarckt. Er versuchte den Rinnsalen und Pfützen auszuweichen, aber das Sielsystem hatte nicht die Dimensionen, um so große Wassermassen aufzunehmen, und als er am Florian's vorbei kam, war er bereits weit bis über die Knöchel nass. Was gar kein so unangenehmes Gefühl war, wie er überrascht feststellte – sondern fast erfrischend. Und mit einem Gefühl der Klarheit und Konzentration schaffte er es ein paar Minuten später, die Polizeiwache von Sorbinowo zu betreten. Bereit für alles, was auf ihn zukommen würde.

Wir werden diesen Mist schon entwirren, dachte er. Früher oder später.

17

Servinus und Suijderbeck hatten offenbar ihre Order für Sorbinowo verlängert bekommen. Sie saßen nebeneinander unter dem Ölgemälde des Vorgängers von Malijsen, eines gewissen J. Stagge, und Van Veeteren konnte gleich sehen, dass ihnen noch weniger Schlaf vergönnt gewesen war als ihm selbst. Vielleicht gar keiner. Man hatte sich irgendwann gegen sechs Uhr draußen bei der Kolonie voneinander verabschiedet, und es war nicht ausgeschlossen, dass sie seitdem zugange gewesen waren. Kommissar Suijderbeck hing in seiner Ecke, das eine Bein in einem eigenartigen, lang gestreckten Winkel von sich gestreckt, und erst jetzt bemerkte der Hauptkommissar, dass er eine Art Prothese trug. Die wahrscheinlich an einem Punkt kurz unter dem Knie ansetzte. Dass ihm das im Laufe der Nacht nicht aufgefallen war, musste man wohl als eine gewisse Unkonzentriertheit deuten.

Außerdem konnte er sich nicht daran erinnern, jemals zuvor auf einen Kriminalbeamten mit einem Holzbein gestoßen zu sein. Er überlegte vage, welche Umstände wohl dazu geführt haben mochten. Vermutlich keine besonders schönen, und jetzt war wohl kaum der richtige Zeitpunkt, ihn darauf anzusprechen.

Am anderen Ende des Tisches saß Kluuge, einen großen Notizblock vor sich aufgeschlagen. Er sah genauso fit aus, wie er schon am Telefon geklungen hatte, und Van Veeteren begriff, dass die Metamorphose anhielt. Er nickte einen Morgengruß und setzte sich auf den einzigen freien Stuhl.

»Mahlzeit«, sagte Kluuge. »Ja, dann können wir anfangen.«

»Ist das das gesamte Team?«, fragte der Hauptkommissar.

Kluuge schüttelte den Kopf.

»Nein. Wir haben noch zwei Kollegen draußen in Waldingen. Weibliche Inspektoren aus Haaldam. Und dann ist da Matthorst im Wolgershuus, der die Frauenzimmer im Blick hat ... ja, und die Patrouille ist wohl immer noch draußen und durchsucht den Wald, aber die werden wahrscheinlich heute Abend fertig sein.«

»Wahrscheinlich, ja«, sagte Van Veeteren und betrachtete seine nassen Schuhe.

»Wollen wir den Fall einmal durchgehen«, schlug Suijderbeck vor und unterdrückte ein Gähnen. »Ich brauche so schnell wie möglich eine Mütze Schlaf. Ich nehme an, dass wir noch ein paar Tage hier bleiben werden, oder was denkst du?«

Er warf seinem Kollegen auf dem Sofa einen Blick zu.

»Mmh«, sagte Servinus und gähnte auch. »Ich habe jedenfalls vor, mich umgehend ins Auto zu setzen und zurück nach Rembork zu fahren. Üble Geschichte, das Ganze, nicht wahr?«

»Ganz meine Meinung«, stimmte Kluuge zu. »Ich denke, wir sollten mit den Tatsachen anfangen, oder was meint ihr? Das Mädchen heißt also Clarissa Heerenmacht und wurde soweit wir bis jetzt wissen, irgendwann am Sonntagabend ermordet ... vorgestern also mit anderen Worten. Alle Spuren von rigor mortis waren schon verschwunden, als ich sie gefunden habe, also nicht später als zweiundzwanzig Uhr, meint der Arzt. Vermutlich auch nicht vor sechs, aber das wissen wir noch nicht sicher. Um wie viel Uhr hat der Hauptkommissar mit ihr geredet?«

»Gegen zwei«, sagte Van Veeteren.

»Äußerst grobe sexuelle Gewaltanwendung gegen den Unterleib«, fuhr Kluuge fort. »Erwürgt durch festen und lang anhaltenden Druck auf den Kehlkopf, wahrscheinlich an einem anderen Ort als dem Fundplatz. Es wurde keinerlei Kleidung gefunden. Auch kein Fingerabdruck auf dem Körper ... tja, das ist wohl im Großen und Ganzen alles, was wir bis jetzt haben. Irgendwelche Kommentare dazu?«

»Gewaltanwendung gegen den Unterleib ...?«, wiederholte Suijderbeck. »Dann ist es mit anderen Worten nicht sicher, ob wir es hier mit einer gewöhnlichen Vergewaltigung zu tun haben. Ich denke, das sollten wir im Hinterkopf behalten.«

Van Veeteren nickte. Kluuge schrieb etwas auf seinen Block.

»Was willst du damit sagen?«, wunderte Servinus sich und schaute ihn skeptisch an.

»Ich weiß nicht«, sagte Suijderbeck. »Ich dachte nur, es könnte nützlich sein, sich das zu notieren.«

Er zog ein Päckchen Zigaretten hervor und schaute sich fragend um. Kluuge nickte und zog einen Aschenbecher heran. Van Veeteren machte deutlich, dass er nichts dagegen hätte, wenn ihm eine angeboten würde.

»Hast du schon die Eltern erreicht?«, fragte der Hauptkommissar, nachdem er einen tiefen Lungenzug gemacht hatte.

»Nein«, erklärte Kluuge. »Einen Papa gibt es übrigens nicht. Jedenfalls nicht mehr. Die Mutter befindet sich auf einer Busreise durch Indien, das kann noch dauern, bevor wir zu ihr Kontakt kriegen. Aber eine Tante ist auf dem Weg hierher, wir hatten das Glück, wenigstens sie zu erwischen.«

»Glück?«, fragte Suijderbeck. »Wieso ist das ein Glück?«

Gute Frage, dachte Van Veeteren. Kluuge zögerte.

»Nun ja, zumindest kann sie bei der Identifizierung helfen ... es muss ja wohl ein Angehöriger sein, damit alles rechtens ist.«

»Ja, ja«, sagte Servinus und schob sich im Sofa hoch. »Dieses Detail kann sicher geregelt werden. Aber ist es nicht langsam an der Zeit, dass ihr uns mal über diese ganze Brühe in Kenntnis setzt? Ich habe das Gefühl, reichlich im Trüben zu fischen, muss ich sagen ...«

»Ja, natürlich«, sagte Kluuge. »Aber so viel gibt es da gar nicht. Nun ja, wie soll ich sagen? Es fing also vor einer Woche damit an, dass ein anonymer Anruf von einer Frau hier einging ...«

Van Veeteren lehnte sich zurück und schloss die Augen, während Kluuge den Kollegen aus Rembork die Vorgeschichte erzählte. Er versuchte seinen Hörsinn abzuschalten und dachte stattdessen darüber nach, wie oft er eigentlich im Laufe seiner Jahre bei der Kriminalpolizei in solchen Runden gesessen hatte.

Im Laufe all dieser Jahre.

Es mussten Hunderte und Aberhunderte solcher Sitzungen gewesen sein, trotzdem musste er sich eingestehen, dass es nicht unmöglich sein würde, sich wieder jede Einzelne von ihnen ins Gedächtnis zurückzurufen. Fall für Fall. Zumindest wenn ihm die Zeit dafür geschenkt würde ... denn es lag etwas ganz Besonderes über diesen Spieleröffnungen, etwas fast Einzigartiges ... in diesem frühen Stadium, in dem das meiste der logischen Struktur, die sich immer hinter jedem Verbrechen versteckte – und hinter den meisten anderen menschlichen Handlungen natürlich auch –, noch verborgen und in weiter Ferne lag. Getarnt und verkleidet.

Aber vielleicht war der Begriff Spieleröffnung in diesem Zusammenhang auch das absolut falsche Wort. War es nicht eher das Gegenteil? Das Einzige, was man in den Händen hielt, war doch der letzte Zug. Und worum es eigentlich ging, das war doch, die ganze Partie zu rekonstruieren – von der Endaufstellung aus, mit dem eingekreisten und matt gesetzten König (dem ermordeten Studienrat, dem vergifteten Restaurantbesitzer, dem erwürgten und vergewaltigten Mädchen ...) im Mittelpunkt ...

Bis es einem schließlich gelang, den Pulverdampf und die Nebelschwaden so weit vom Brett zu vertreiben, dass man klarer sah, dass man begriff, was verdammt noch mal passiert war. Und warum es passiert war.

Um dann – letztendlich – den Blick zu heben und den Gegner auf der anderen Seite des Bretts zu identifizieren.

Den Täter.

Hm, dachte er. Vielleicht ein wenig zu konstruiert, aber trotzdem kein schlechtes Bild dafür, wie man das beschreiben könnte, was seine Berufung auf dieser Welt war. Er machte sich im Stillen eine Notiz, diesen Gedankengang später noch einmal weiterzuverfolgen und abzuwägen, wann es denn an der Zeit sein sollte für diese ... diese Memoiren, die er ganz offensichtlich immer schwerer aus seinen Gedanken verbannen konnte. Es war zweifellos sonderbar, wie oft sie in letzter Zeit aufgetaucht waren. War das nur ein Zufall, oder war es mehr? Ein Fingerzeig? Zeit, zum Rückzug zu blasen, wie gesagt?

»Aber, verdammt noch mal«, unterbrach Servinus seine Gedanken. »Das könnte ja bedeuten, dass es noch eine gibt!«

Van Veeteren öffnete die Augen. Servinus hatte die Schultern hochgezogen. Es sah aus, als würde er frieren.

Suijderbeck starrte an die Decke.

Kluuge hatte sich zurückgelehnt und schien fertig mit seinem Bericht zu sein.

»Genau«, sagte der Kommissar und räusperte sich. »Es spricht so einiges dafür, dass sie sich in guter Gesellschaft befindet.«

»O Scheiße«, sagte Suijderbeck.

»Und die schweigen immer noch?«, fragte Van Veeteren und zerbrach einen seiner Zahnstocher.

Kluuge nickte.

»Sowohl die Schwestern als auch die Mädchen. Es ist offenbar genauso, wie der Hauptkommissar gesagt hat, man hat ihnen eingeimpft, dass es eine Art Probe ist, die sie da durchlaufen. Um in die Gemeinde, in den Himmel oder weiß der Teufel wohin zu kommen ... Es geht darum, dass sie ihre Stärke beweisen und in keiner Weise mit uns zusammenarbeiten. Offensichtlich haben sie eine anständige Gehirnwäsche hinter sich, und ihnen ist alles Mögliche versprochen worden, wenn sie sich nur am Riemen reißen und die Klappe halten.«

»Vielleicht ewiges Leben«, schlug Servinus vor.

»Wir oder sie?«, fragte Suijderbeck.

Kluuge nickte wieder.

»So ungefähr«, sagte der Hauptkommissar. »Das hier ist der entscheidende Kampf. Das Reine Leben gegen Die Andere Welt.«

»Was?«, fragte Servinus.

Van Veeteren zuckte mit den Schultern.

»Nun ja, die leben in ihren eigenen Kategorien. Die schlimmsten Grillen haben sie vermutlich in ein paar Tagen überstanden... mangels Nachschub zumindest, aber das ist nur meine persönliche Meinung.«

»Dann meint der Hauptkommissar also, wir sollten uns damit begnügen zu warten?«, fragte Kluuge.

Van Veeteren kratzte sich am Kopf und dachte ein paar Sekunden nach, bevor er antwortete.

»Ich weiß nicht«, sagte er. »Vielleicht gibt es ja auch den ein oder anderen Einpeitscher unter ihnen. Wir müssen auf jeden Fall die Augen offen halten und diese Anführertypen isolieren. Wie diese Belle Moulder zum Beispiel.«

Kluuge machte sich Notizen. Servinus seufzte schwer und rieb sich den Schlaf aus den Augen.

»Ist es eigentlich so geschickt, sie dort draußen zu lassen?«, überlegte er. »Oder überhaupt möglich? Die ganze Geschichte wird doch heute Abend und morgen früh in allen Zeitungen stehen, und dann werden sofort die Eltern hier sein... es ist doch schon was im Radio gelaufen, oder?«

»Das ist ein Problem«, gab Kluuge zu. »Aber das Praktische haben wir erst einmal geregelt. Sie können dort noch für ein paar Tage bleiben, Essen und so ist genug da...«

»Das sind natürlich auch solche Wackoos«, fuhr Servinus fort. »Die Eltern, meine ich.«

»Wackoos?«, wiederholte Kluuge.

»Schafe«, verdeutlichte Servinus. »Blöken lieber statt zu denken.«

»Es liegt doch wohl auf der Hand, dass die bald anfangen werden zu reden«, sagte Suijderbeck irritiert. »Schließlich wissen sie, dass eine ihrer Freundinnen ermordet worden ist... vielleicht sogar zwei. Die sind doch wohl nicht so dumm, dass sie nicht begreifen, dass... dass...«

»Ja, was?«, soufflierte der Hauptkommissar.

»Ach, Scheiße«, sagte Suijderbeck. »Ich bin so müde, dass ich langsam alles doppelt sehe. Ihr meint also ernsthaft, dass dieser Jellnek...«

»Jellinek«, korrigierte Kluuge.

»... dass das Charisma dieses Jellinek so verdammt stark ist, dass er drei Liebhaberinnen und einem Dutzend Teenagermädchen einen Maulkorb verpassen kann, während er selbst ganz einfach vom Tatort verschwindet und sich in Sicherheit bringt? Unglaublich, und das werde ich auch noch so sehen, wenn ich wieder munter bin!«

»Hm«, sagte Kluuge. »Ja, ich weiß nicht. Aber das scheint eine sehr sonderbare Sekte zu sein, da machen wir uns am besten nichts vor.«

»All right«, seufzte Suijderbeck. »Vielleicht ist es ja so, wie ihr sagt. Was sollen wir dann tun?«

»Hm«, wiederholte Kluuge und schaute auf die Uhr. »Erst einmal müssen wir die Pressekonferenz hinter uns bringen, und anschließend haben wir wohl nicht so viele andere Möglichkeiten, als sie zu verhören und weiter zu verhören, bis sie den Mund aufmachen, sowohl die Mädchen als auch die Damen im Wolgershuus ... oder bis zumindest eine von ihnen den Mund aufmacht. Oder was meint der Hauptkommissar?«

Van Veeteren stand auf und trat ans Fenster. Er drehte den anderen den Rücken zu, während er auf den unruhigen Himmel schaute und auf Fersen und Hacken hin und her wippte.

»Nun ja«, sagte er nach einer Weile. »Natürlich müssen wir sie verhören, während wir warten. Aber daneben dürfen wir nicht vergessen, uns zu fragen, was da draußen eigentlich vor sich gegangen ist. Oder was wir zumindest glauben, was passiert sein könnte. Ich persönlich habe so meine Zweifel.«

»Was?«, fragte Kluuge. »Was meinst du damit?«

Aber er bekam keine Antwort. Der berühmte Kriminalhauptkommissar blieb auf seinem Fleck stehen und schaukelte hin und her, die Hände auf dem Rücken. Suijderbeck zündete sich seine vierte Zigarette innerhalb der letzten halben Stunde an, und Servinus hatte sich zurückgelehnt und schlief mit offenem Mund.

O Mann, dachte Polizeianwärter Kluuge. Kein leichter Job, so eine Mordermittlung zu leiten. Das erfordert den ganzen Mann, so viel stand fest.

18

Er hatte eine gewisse Sorgfalt auf seine Ausrüstung verwandt, trotzdem war sie offensichtlich nicht ganz zufrieden stellend. Zumindest nicht in den Augen aller.

»Wollen Sie das mitnehmen?«, fragte der junge Mann mit den Bartstoppeln, der mit einem buttergelben Trainingsanzug bekleidet war.

»Ja, natürlich«, sagte Van Veeteren. »Gibt es da irgendwelche Einwände?«

»Nein, natürlich nicht. Aber Kissen und ein Regenschirm ...?«

»Ein Sonnenschirm«, verbesserte ihn der Hauptkommissar.

»Ein Schutz gegen die Sonne. Wie Sie vielleicht sehen, verspricht es auch heute wieder ein heißer Tag zu werden. Die Kissen sind für meinen Rücken und Nacken. Ich weiß, wie verdammt unbequem es ist, aufrecht in einem Kanu zu sitzen, und ich plane, den ganzen Tag unterwegs zu sein. Also, vermieten Sie mir jetzt eins oder nicht?«

»Aber selbstverständlich«, nickte der Jüngling, während eine kleidsame Rötung aus dem Buttergelben aufstieg.

»Entschuldigen Sie ... ja, welches möchten Sie? Der Preis ist dreißig Gulden plus hundert Gulden Pfand.«

Van Veeteren zückte seine Brieftasche und bezahlte.

»Das da«, sagte er und zeigte auf einen der roten Kanadier, die ordentlich gestapelt neben dem Bootshaus lagen. »Je breiter, umso besser.«

Der junge Mann brachte das Fahrzeug zu Wasser und hielt es dann am Anleger fest, während der Hauptkommissar Kissen, Aktentasche und Schirm verstaute. Und schließlich sich selbst. Eine wacklige Sekunde lang, als er auf den Boden plumpste, glaubte er umzukippen, aber als er sich zurechtgesetzt hatte, die Kissen im Rücken, nickte er zufrieden dem Bootsverleiher zu und bekam einen angenehmen Schubs, der ihn über die spiegelblanke Wasseroberfläche gleiten ließ. Nicht schlecht, dachte er und begann vorsichtig den leeren Strand entlangzupaddeln. Wirklich nicht schlecht.

Nach Osten hin, wie er geplant hatte. Gegen die Strömung hinaus, mit der Strömung zurück. Obwohl das Kanu in diesen ruhigen Morgenstunden so ohne jeden Widerstand vorwärtsglitt, dass er daran zweifelte, ob es hier überhaupt irgendwelche Strömungen gab. Nun ja, das würde er wahrscheinlich erst dann merken, wenn er in etwas schmaleres Fahrwasser kam.

Er paddelte hundert Schläge, dann machte er eine Pause und schaute auf die Uhr. Viertel vor neun. Carpe diem! dachte er. Ließ die Hand in das kühle Wasser gleiten und wusch sich das Gesicht. Zog Hemd und Schuhe aus und paddelte weiter. Ruhig und rhythmisch. Noch lag die Temperatur erst so um die zwanzig Grad, schätzungsweise, aber es bestand natürlich kein Zweifel daran, dass es ein heißer Tag werden würde. Noch einer. Aber eine angenehmere Art, ihn zu verbringen, konnte man sich ja wohl kaum wünschen?

Armer Kluuge, dachte er in einem Anfall von Großzügigkeit und Mitleid.

Aber wenn man halt nur ein Berater ist, dann muss man sich auch wie einer verhalten.

In der Aktentasche hatte er, neben Zeitungen und Zahnstochern, zwei Flaschen Mineralwasser, eine Tüte mit frischen Brötchen (aus der Bäckerei, die direkt neben Grimm's lag) sowie ein paar Tomaten. Das war alles. Kein Bier, keine Zigaretten.

Denn es war geplant, dass es genau so ein Tag werden sollte. Ein Tag, an dem man Sachen und Dinge machte und sich dennoch jünger fühlte, wenn man sich abends ins Bett legte, als man es morgens beim Aufstehen getan hatte. Wie es eine gewisse Person – vermutlich nicht Reinhart – einmal ausgedrückt hatte.

Es war auch als ein Tag geplant, an dem er in Ruhe und Frieden – und noch dazu in splendid isolation – die Möglichkeit haben sollte, genauer zu durchdenken, was es eigentlich war, das dort in Waldingen passiert war.

So ein Tag sollte es werden.

Um die Prämissen abzuwägen, welche auch immer es waren, und um zu sehen, welche Schlussfolgerungen daraus zu ziehen waren. Oder welche Wege einzuschlagen sich lohnen würde.

Sich bescheiden zurückzuhalten und der Stimme der Intuition zu lauschen vielleicht. Die aber ehrlich gesagt bis jetzt nicht besonders deutlich gesprochen hatte; aber wie auch immer: Wenn er den Montag, an dem die Leiche von Clarissa Heerenmacht gefunden worden war, als Tag Nummer eins betrachtete, dann war im Augenblick ja auch erst der Morgen des dritten Tags angebrochen. Wenn er andererseits von seiner eigenen Ankunft in Sorbinowo ausging, dann musste er natürlich zugeben, dass schon fast eine Woche vergangen war.

Dann war es vielleicht nicht viel mehr als ein frommer Wunsch, dass er an diesem Tag auf dem dunklen Wasser auf irgendetwas stoßen würde. Einen Zugang finden und die Gedanken von unnützem Gerümpel und Vorurteilen reinigen.

Das dachte der Hauptkommissar, während er mit dem Paddel arbeitete. Abwechselnd links und rechts. Er war gezwungen zu wechseln, denn der Ruderschlag, den er früher mal gelernt hatte, war dann doch etwas zu anstrengend. Außerdem war das ja wohl keine Unterrichtsstunde hier, oder?

Erst als er ein gutes Stück den Fluss hinauf gekommen war und die Strömung deutlich zu spüren war, konnte er langsam seine ungeteilte Aufmerksamkeit nach innen richten. Auf den Fall. Clarissa Heerenmacht. Waldingen.

Das Reine Leben. Die anonyme Frau.

Der Mörder?

Er zog den Takt immer mehr in die Länge, begnügte sich mit vereinzelten Paddelschlägen, um zumindest nicht zurück an die bewaldeten Strände getrieben zu werden. Hier war nichts als Natur, keinerlei Bebauung. Nur Nadelwald voller Gestrüpp mit einzelnen Erlen und Espen dazwischen, der sich bis ans Ufer erstreckte. Wurzelfäden und Lehmklumpen hingen ab und zu über den schmaler werdenden Fluss, nur ganz selten tauchte eine Brücke auf ... in weniger als einer Stunde war er in eine Landschaft geraten, die fast die Bezeichnung Urwald verdiente, und ihm wurde noch deutlicher, welche Verlockung die Sorbinowogegend für Frischluftanhänger aller Kategorien bedeuten konnte.

Aber genug jetzt von Waldluft und Naturromantik! Der Fall. Konzentration.

Er begann mit dem gestrigen Tag. Zwang seine Gedanken zurück zur Pressekonferenz, die, wie er zugeben musste, Kluuge elegant gemeistert hatte. Die Verbindung zwischen dem Mord und dem Reinen Leben hatte er bis auf ein Minimum reduziert – Clarissa Herrenmacht war eines der Mädchen, die in dem Lager ihre Ferien verbrachten, sie hatte unter unbekannten Umständen das Lager verlassen und war später tot im Wald aufgefunden worden. Das war alles.

Keine Spur. Kein Hinweis. Nicht ein Wort von irgendwelchen anonymen Telefonanrufen.

Und keine konkreten Anhaltspunkte oder Theorien, nach denen man arbeiten konnte. Bisher jedenfalls nicht. Aber großes Personalaufgebot, und man tat, was man konnte... und für eine gewisse Verschwiegenheit hatten die Herren Journalisten in dieser Anfangsphase ja wohl Verständnis? Verzeihung, die Damen unter ihnen natürlich auch.

Etcetera. Nach fünfundzwanzig Minuten war alles vorbei, und er selbst hatte nur zweimal das Wort ergreifen müssen. Zweifellos ein gutes Zeugnis für Kluuge, und das insbesondere, wenn man bedachte, dass Servinus und Suijderbeck beide viel zu müde waren, um überhaupt den Mund zu öffnen. Es sei denn, sie mussten gähnen.

Bevor er sich an diesem Morgen auf den Weg gemacht hatte, hatte er noch zwei Zeitungen durchgeblättert, die er dann auch in seine Tasche gepackt hatte. Natürlich nahm der Mord seinen Platz ein – die Konstellation Sommer-Mord-junges-Mädchen hatte nun einmal ein gewisses Gewicht, aber dennoch war deutlich eine moderate Gangart festzustellen. Man hielt sich ganz einfach zurück. Das würde natürlich in der

Abendpresse schon anders aussehen, aber er hatte so seine Zweifel, ob ihm das, was Kluuge da gemacht hatte, selbst so viel besser gelungen wäre.

Und vermutlich das Wichtigste von allem: Nicht ein Wort über Jellineks Verschwinden, über die schweigenden Frauen und die zwölf Mädchen – aus dem einfachen Grund, dass Kluge nichts davon berichtet hatte. Natürlich war es nur eine Frage der Zeit, wann diese Dinge durchsickern würden, aber es galt, so viele Stunden, gern sogar Tage, wie möglich Vorsprung zu bekommen.

Und am allerwichtigsten: das Schweigen zu brechen, bevor die Zeitungen von allem Wind bekamen.

Als er darüber nachdachte, merkte er, dass er eigentlich gar nicht so genau wusste, warum ihm diese Überlegung so wichtig erschien: diesen verdammten Propheten und seine schweigende Gemeinde vor den Augen der Welt zu schützen.

Warum?

Eine einigermaßen haltbare Antwort auf diese Frage tauchte nicht auf, nur ein intuitiv ihn dazu auffordernds Pflichtgefühl, das sicher nicht einen Deut mit dem zusammenpasste, was er eigentlich von der ganzen Bagage hielt, das er aber dennoch nicht in Frage stellen wollte.

Eine Art Zwickmühle wahrscheinlich. Zu vergleichen mit der schrecklichen Falle, in der die Polizei saß, wenn es darum ging, diese Naziwelpen gegen Gegendemonstranten zu schützen. Denn es war natürlich nicht in Ordnung, wenn die Glatzköpfe misshandelt und möglicherweise sogar erschlagen wurden, während die Polizei hinter der Ecke stand und an den Nägeln kaute.

Oder?

Auf jeden Fall dachte er nicht gern an Das Reine Leben. Sobald er anfing über diese Sachen wie Entsagung und Reinheit und über diese ahnungslosen Mädchen nachzudenken, spürte er Ekel in sich aufsteigen und wollte am liebsten gar nichts mehr davon wissen. Geschweige denn hören.

Warum also nicht die Zeilenschinder darauf ansetzen? Warum diese frömmelnden Scharlatane nicht an den Pranger stellen?

Na gut, dachte er. Das muss mein Mutterinstinkt sein, der hier zum Tragen kommt.

Oder verhielt es sich nur so, dass ihm schon im Voraus klar war, dass durch die Einmischung der Allgemeinheit und der Massenmedien dieses religiöse Brackwasser noch trüber werden würde? Sowohl in moralischer als auch in ermittlungstechnischer Hinsicht. Vielleicht kam diese Erklärung der Wahrheit näher, wenn man es genau nahm.

Nach diesen humanistischen Überlegungen – und gestärkt durch eine bis dahin fast klinische Systematik – beschloss er zum Hauptproblem an sich überzugehen.

Wer hatte Clarissa Heerenmacht ermordet? Und warum?

Plötzlich tauchte das Bild ihrer Leiche wieder vor ihm auf. Das Scheinwerferlicht in dem dunklen Wald. Ihre blasse Haut. Die Marmorierungen und das Blut. Er musste daran denken, dass sie nicht einmal mehr ihren dreizehnten Geburtstag erlebt hatte, und spürte, wie die Hilflosigkeit wieder in ihm erwachte.

Scheiße, dachte er und kühlte sein Gesicht mit dem klaren, kalten Wasser. Ich hätte sie gar nicht erst ansehen sollen. Hätte es lieber bleiben lassen sollen. Meine Quote an Leid – an dem Leid anderer – ist erfüllt.

Vielleicht war es an der Zeit, eine Weile zu verharren, um die finsteren Gedanken zu vertreiben. Ich muss ja wohl nicht bis ins Herz der Dunkelheit vordringen.

Mit einiger Mühe gelang es ihm, den Kanadier zu verzurren, indem er ihn unter einen heraushängenden Wurzelteil schob. Er schaukelte zwar noch ab und zu in der Strömung, schien aber ansonsten einigermaßen fest zu sitzen. Er öffnete den Schirm gegen die immer heißer brennende Sonne. Trank eine halbe Flasche Mineralwasser und aß ein Brötchen. Schob die Kissen in die richtige Position und legte sich zurecht. Wartete dann einige Minuten darauf, dass eine einigermaßen genaue und ausbaufähige Fragestellung auftauchen würde, aber das

Einzige, was sich einstellte, war die immer gleiche alte Verwunderung:

Worum, zum Teufel, ging es hier eigentlich?

Nicht besonders präzise. Er wäre der Letzte, der das nicht unterschrieben hätte.

Also, nun einmal der Reihe nach:

Zum Ersten: Eine unbekannte Frau ruft an und berichtet von einem Verschwinden. Als sie meint, die Polizei kümmere sich nicht genug darum, ruft sie noch einmal an.

Frage: Wer ist sie?

Weitere Frage: Warum ruft sie an?

Er blieb eine Weile still liegen, ohne auch nur einen Finger zu rühren, während er diese Fragen in seinem Kopf hin und her wandern ließ. Vor allem die zweite – Welches Motiv hatte sie, die Polizei anzurufen? –, gab dann aber schließlich auf. Keine Antwort weit und breit. Auch keine unerwarteten Assoziationen stellten sich ein.

Zum Zweiten: Vier Tage später lässt die gleiche Frau wieder von sich hören. Gibt detaillierte Angaben darüber, wo ein ermordetes Mädchen zu finden ist. Anwärter Kluuge folgt ihren Anweisungen und findet die arme Clarissa Heerenmacht, knapp dreizehn Jahre alt, Teilnehmerin am Waldingenlager … vergewaltigt, erwürgt, tot (Aber am Tag zuvor noch am Leben. Am Sonntagnachmittag. Er selbst hatte ihr gegenüber gesessen und sie nach Sitten und Gebräuchen bei der Sekte Das Reine Leben ausgefragt.).

Schlussfolgerung eins: Wenn die anonyme Frau auch bei den ersten beiden Anrufen die Wahrheit gesagt hatte, konnte sie nicht Clarissa Heerenmacht gemeint haben.

Schlussfolgerung zwei: Es erscheint nicht gänzlich unwahrscheinlich, dass es noch eine Mädchenleiche in den Wäldern um Waldingen gibt.

Hol's der Teufel, dachte der Hauptkommissar und nahm sich eine Tomate. Das muss ich im Hinterkopf behalten. Weiter?

Zum … er rechnete nach … Dritten: Oscar Jellinek – Prophet

und geistiger Hirte dieser Höllensekte – löst sich in Zusammenhang mit Clarissa Heerenmachts Tod in Rauch auf, nachdem er vorher seine gesamte Schafsherde, Mutterschafe wie Lämmer, zum Schweigen verdonnert hat. Schlussfolgerung?

Schlussfolgerung? dachte Van Veeteren. Ja, welche denn, verdammt noch mal?

Er schloss die Augen und versuchte sich ein weiteres Mal für alle Gedanken bereitzuhalten, die auftauchen könnten, aber das Einzige, was sich einstellte, war ein Fragezeichen.

Aber schließlich immerhin noch zwei stark vereinfachte Alternativen.

Nummer eins: Oscar Jellinek hatte Clarissa Heerenmacht vergewaltigt und ermordet (sowie eventuell noch eine weitere oder mehrere weitere seiner jungen Konfirmandinnen) und war dann geflohen, um der Gerechtigkeit zu entgehen.

Nummer zwei: Jellinek hatte nichts mit dem Tod des Mädchens zu tun, hatte aber beschlossen, lieber unterzutauchen, statt sich den Verhören und Verdächtigungen auszusetzen, die natürlich unweigerlich in dieser Lage auf ihn zugekommen wären.

Kommentar zu Nummer zwei: Jellinek ist ein feiger Stinkstiefel. Was übrigens ausgezeichnet zu seinen früheren Beobachtungen passte.

Schlussfolgerung aus Nummer zwei: Dann musste Jellinek von dem Mord an Clarissa Heerenmacht gewusst haben, bevor die Polizei es erfahren hatte!

Der Kommissar öffnete die Augen, schloss sie aber gleich wieder. Falsch, dachte er. Es genügte natürlich, wenn er wusste, dass sie verschwunden war.

Obwohl diese ganzen Überlegungen bisher wie gesagt stark vereinfacht waren. Zart und zerbrechlich wie eine Seifenblase. Er seufzte. Beschloss dann, eine andere Spur zu verfolgen. Systematisch natürlich, aber vielleicht war es dennoch an der Zeit, etwas freier zu fantasieren.

Aber bevor der Hauptkommissar sich dieser Tätigkeit widmen konnte, spürte er, dass er in kürzester Zeit vor einem ganz anderen Problem stehen würde:

Wie? dachte er. Wie um alles in der Welt pinkelt man in einem Kanu? Verfluchtes Mineralwasser!

Während des restlichen Tages – vor allem während seiner Rückfahrt – dachte Hauptkommissar Van Veeteren vor allem über die Frage der inneren Landschaft nach.

Darüber, was sich hinter den ausdruckslosen Gesichtern dieser Frauen – Madeleine Zander, Ulriche Fischer und Mathilde Ubrecht – verbarg. Und was wohl hinter denen der verkniffenen Teenagermädchen zu finden war.

Und darüber, wie lange sie es durchhalten würden.

Am gestrigen Abend hatte er sowohl das Ferienlager als auch die Einrichtung des psychiatrischen Krankenhauses aufgesucht, in der die Frauen getrennt voneinander untergebracht waren. Er selbst hatte gar nicht erst versucht, die Mauer des Schweigens zu brechen, nur dabeigesessen und beobachtet, wie Kluuge und die Beamten aus Rembork versuchten, einen Durchbruch zu erreichen. Das lag nicht vollkommen im Bereich des Unmöglichen, aber es stimmte schon, was der Polizeianwärter bemerkt hatte – dass wahrscheinlich eines der Mädchen als Erste umfallen würde.

Dennoch war es schwer, das Unästhetische der ganzen Situation zu verdrängen. Zumindest er selbst hatte Probleme damit ... das Gefühl von schmutzigem und zweifelhaftem Handwerk war intensiv und nicht zu leugnen. Was die Mädchen betraf. Natürlich gehörte es zur Rolle der Polizei, sich ab und zu in die verschiedensten Dinge einzumischen, aber Minderjährige einem regelrechten Verhör auszusetzen mit dem Ziel, sie dazu zu bringen, ein heiliges Versprechen zu brechen und sich mehr oder weniger von ihrem Glauben loszusagen, nun ja, das bedeutete schon, das Recht doch bis an seine Grenzen auszureizen.

Angenommen, Jellinek war verrückt. Angenommen, Das Reine Leben vertrat obskure Lehren. Und dazu der Mord. Und trotzdem gab es eine innere Landschaft, die zu betreten man sich scheute, und wenn man es dennoch tat, brauchte man auf jeden Fall ein Sicherheitsnetz.

Falls all diese verirrten Seelen erwachten. Denn irgendwann würden sie ja wohl erwachen?

Vielleicht war das nicht zu Papier Gebrachte immer noch am besten, versuchte er sich selbst zu rechtfertigen.

Mit den eingesperrten Frauen verhielt es sich natürlich etwas anders. Er hätte nichts dagegen, sie ein wenig zu zwicken, und es war nicht ausgeschlossen, dass er heute Abend die Möglichkeit dazu erhalten würde. Servinus und Suijderbeck hatten die Verhöre tagsüber übernommen, und je weniger Verschnaufpausen man den Frauen gestattete, umso besser.

Ein noch verlockenderer Gedanke war es natürlich, Jellinek selbst Aug in Aug gegenüberzusitzen. Und diesmal unter vom Hauptkommissar bestimmten Bedingungen. Sozusagen mit Heimvorteil – an einem zerkratzten Pressspantisch in der dreckigsten und steinigsten Zelle, die überhaupt aufzutreiben war. Den Blick in ihn bohren und ihn mit harten Bandagen bearbeiten.

Aber das war im Augenblick ja nicht möglich. Es stand kein Jellinek zur Verfügung. Es gab nur vierzehn mucksmäuschenstille Zeuginnen. Keine Lösung in Sicht. Keine Hinweise.

Auf jeden Fall würde er sich dazu entschließen, in dieser inneren Landschaft herumzuwandern. Dabei würde er sicher einiges lernen.

Der Mensch ist unergründlich, dachte er.

Und deshalb können wir ihn verstehen, fügte er nach einigen Paddelschlägen hinzu.

Als der Hauptkommissar elegant und geschickt am Steg unterhalb von Grimm's Hotel anlegte, war er mehr als sieben Stunden fort gewesen, und was die Grundfragen betraf – Was? und Warum? – so war er im Großen und Ganzen auch in dieser Beziehung wieder an dem gleichen Punkt angelangt.

Aber er hatte sich für eine gewisse Strategie entschieden. Oder eher für bestimmte Gespräche, mit Menschen, mit denen er gern einige Worte wechseln und denen er einige spezifische Fragen stellen wollte.

Unter der Voraussetzung, dass es möglich war, sie zu dieser Jahreszeit zu erwischen. Das war ganz und gar nicht selbstverständlich.

Der Jüngling mit den Bartstoppeln hatte inzwischen zu einem grünen Strampelanzug gewechselt, vielleicht war es auch ein ganz anderer Jüngling. Der Hauptkommissar kam trockenen Fußes an Land und erklärte sich mit Fahrzeug und der Route äußerst zufrieden. Anschließend ging er direkt hinauf in den Restaurantbereich und bestellte sich ein dunkles Bier.

Ich will mich nicht um Jahrzehnte jünger fühlen als heute Morgen, dachte er und kaufte sich auch noch eine Packung West.

Frau Wandermeijk – die Verlobte des jungen Herrn Grimm, wenn er es richtig verstanden hatte – brachte ihm nicht nur das Bier. Es gab außerdem eine Mitteilung von Kluuge. Sie war vor zehn Minuten hereingekommen und ließ verlauten, dass ein kleiner Durchbruch stattgefunden habe.

Mehr war daraus nicht zu ersehen. Kluuge hatte offenbar gelernt, in seiner Korrespondenz ein wenig zurückhaltender zu sein, was natürlich – auch das – als ein Schritt in die richtige Richtung anzusehen war. Der Hauptkommissar stopfte das Fax in seine Gesäßtasche, beschloss aber, das Bier und eine Zigarette zu genießen, bevor er im Polizeirevier anrief.

»Kluuge am Apparat.«

»Ich bin's«, erklärte der Hauptkommissar. »Also?«

»Eins der Mädchen hat angefangen zu reden«, sagte Kluuge.

»Ausgezeichnet«, sagte der Hauptkommissar. »Was sagt sie?«

»Ich weiß nicht«, antwortete Kluuge. »Sie ist gerade mit Inspektorin Lauremaa auf dem Weg hierher.«

»Ausgezeichnet«, sagte Van Veeteren. »Ich komme. Verpatzt das nicht.«

19

Als Van Veeteren ins Zimmer des Polizeichefs trat, war der Transport aus Waldingen immer noch nicht eingetroffen. Kluuge saß in hellblauem Polohemd und mit braun gebrannten Armen hinter dem Schreibtisch, aber es entging dem Hauptkommissar nicht, dass er älter und müder aussah als noch vor kurzem.

»Ein harter Tag?«, fragte er und ließ sich aufs Sofa fallen.

Kluuge nickte.

»Verdammter Zirkus da draußen«, erklärte er. »Diese Psychologinnen müssen wir uns bald mal vornehmen. Die tun so, als wären sie Anwälte und Bodyguards in einem, sobald wir nur in die Nähe der Mädchen kommen ... Langsam fragt man sich, auf wessen Seite die eigentlich stehen.«

»Das Phänomen kenne ich«, sagte Van Veeteren. »Und was ist mit den Eltern? Trudeln sie so langsam ein?«

»Nein, ganz und gar nicht.« Kluuge stand auf und wischte sich mit einem feuchten Tuch die Stirn ab. »Jedenfalls bis jetzt noch nicht. Vier Stück haben von sich hören lassen, aber wir erklären immer, dass die Sache unter Kontrolle ist und dass wir die Mädchen gern noch ein paar Tage hier behalten würden ... außerdem wollen sie gar nicht nach Hause.«

»Ach?«

»Anscheinend haben sie so eine Art heiliges Gelöbnis abgelegt oder wie immer man das bezeichnen will ... dass sie bleiben. Ja, ich weiß ja auch nicht, aber wir werden sehen, was passiert, wenn eine anfängt zu reden.«

»Mhm«, brummte der Hauptkommissar und schaute prüfend einen Zahnstocher an. »Wie heißt sie?«

Kluuge warf das Tuch in den Papierkorb und schaute in einer Mappe nach.

»Marieke Bergson. Ich war nicht da, als Lauremaa anrief ... so ungefähr vor einer Stunde.«

Er schaute auf die Uhr.

»Ich begreife nicht, warum das so lange dauert.«

»Du weißt nicht, was sie gesagt hat?«

Kluuge schüttelte den Kopf.

»Keine Ahnung. Soll ich uns schon mal einen Kaffee besorgen?«

»Ich denke schon«, sagte der Hauptkommissar. »Eine Coca Cola und so wäre sicher auch nicht schlecht. Oder was Die Andere Welt so zu bieten hat.«

Kluuge nickte und verließ das Zimmer, um die Getränkefrage an Frau Miller weiterzugeben. Van Veeteren schob den Zahnstocher zwischen die Zähne und wartete.

Das Mädchen mit Namen Marieke Bergson war blass und hatte verweinte Augen.

Als sie zusammen mit Inspektorin Elaine Lauremaa von der Haaldamer Polizei den Raum betrat – sowie einer grimmigen, aber gut gekleideten Kinderpsychologin, die ihren Namen, Hertha Baumgartner, auf der Brust festgeklebt hatte –, hatte der Hauptkommissar kurz die Assoziation eines Eierdiebs, der auf frischer Tat ertappt worden war.

Möglicherweise fühlte sich Marieke Bergson ja auch so. Sie setzte sich vorsichtig auf die äußerste Kante des ihr zugewiesenen Stuhls, legte die gefalteten Hände in den Schoß und betrachtete eingehend ihre roten Turnschuhe.

Frau Lauremaa setzte sich neben Van Veeteren. Die Psychologin stellte sich hinter das Mädchen, legte die Hände auf deren Stuhllehne und ließ ihren Blick über die übrigen Anwesenden schweifen, wobei sie skeptisch blinzelte und die Lippen zu einem dünnen Strich zusammenkniff.

Kluuge räusperte sich zweimal und stellte dann alle einander vor. Das dauerte zehn Sekunden. Anschließend blieb es noch weitere fünf Sekunden still.

Es müsste jetzt jemand etwas sagen, dachte Van Veeteren, aber stattdessen klopfte es an der Tür und Frau Miller tauchte mit Kaffee, Erfrischungsgetränken, Chips und einigen anderen Kleinigkeiten auf.

»Ich möchte, dass Sie sich genau überlegen, was Sie sagen«, erklärte die Psychologin, als Frau Miller verschwunden war.

»Eine gute Idee«, sagte Van Veeteren.

»Marieke hat eine schwere Entscheidung getroffen, sie steht unter starkem Druck, und eigentlich bin ich gar nicht damit einverstanden, dass sie einem Verhör unterzogen wird. Das möchte ich nur gesagt haben.«

Lauremaa seufzte. Sie war eine ziemlich kräftige Frau um die fünfundvierzig, und der Hauptkommissar spürte eine gewisse spontane Sympathie für sie. Vermutlich eine Frau mit drei Kindern und gesundem Menschenverstand. Vielleicht nicht besonders diplomatisch.

Kluuge hatte noch keine eigenen Kinder, aber er goss erst einmal Kaffee ein und schien ein wenig in seine alte Unsicherheit zurückgefallen zu sein.

Also bleibt es an mir hängen, dachte Van Veeteren. Wahrscheinlich auch nicht schlecht.

»Vielleicht wäre es etwas einfacher, wenn wir nicht so viele sind«, schlug er vor.

»Ich bleibe an Mariekes Seite«, erklärte die Psychologin. Lauremaa und Kluuge warfen sich einen Blick zu. Dann nickte Kluuge zustimmend und stand auf.

»Ich denke, wir werden es aufnehmen«, sagte der Hauptkommissar.

Kluuge und Lauremaa verließen das Zimmer. Nach einer Minute kam Kluuge mit einem Kassettenrekorder zurück.

Dann ist es also wieder einmal soweit, dachte der Hauptkommissar.

»Wie heißt du?«, begann er.

»Marieke«, antwortete das Mädchen, ohne aufzusehen.

»Marieke Bergson?«

»Ja.«

»Hast du einen trockenen Mund?«

»Ja.«

»Trink ein bisschen Coca Cola. Das hilft meistens.«

Die Psychologin warf ihm einen scharfen Blick zu, aber Marieke Bergson tat, wie ihr geheißen, und streckte ihren Rücken ein wenig.

»Wie alt bist du?«

»Dreizehn.«

»Wo wohnst du?«

»In Stamberg.«

»Und du gehst in die sechste Klasse?«

»Ich komme jetzt in die siebte.«

»Aber im Augenblick hast du Sommerferien?«

»Ja.«

»Und bist im Ferienlager draußen in Waldingen?«

»Ja.«

»Wenn ich es recht verstanden habe, dann willst du uns etwas erzählen.«

Keine Antwort.

»Stimmt das?«

»Ja. Vielleicht ...«

»Soll ich dir Fragen stellen, oder willst du lieber allein erzählen?«

»Lieber Fragen ... glaube ich.«

»Okay. Nimm dir ein Brötchen, wenn du möchtest.«

Der Hauptkommissar trank selbst einen Schluck Kaffee. Die Gesichtsfarbe des Mädchens war etwas kräftiger geworden, wie ihm schien, aber die Psychologin sah immer noch genauso käsig aus. Hat bestimmt selbst so ihre Probleme, entschied er und nahm einen erneuten Anlauf.

»Du weißt, was mit einer deiner Freundinnen passiert ist?«

Marieke Bergson nickte.

»Clarissa Heerenmacht«, sagte der Hauptkommissar. »Sie ist tot.«

»Ja ...« Die Stimme zitterte ein wenig.

»Jemand hat sie getötet. Du verstehst sicher, dass wir versuchen müssen, denjenigen zu finden, der das getan hat?«

»Ja. Das verstehe ich.«

»Willst du uns dabei helfen?«

Wieder ein Nicken und ein wenig Coca Cola.

»Kannst du mir sagen, warum die anderen Mädchen nicht dabei helfen wollen?«

»Sie haben uns das befohlen.«

»Wer?«

»Die Schwestern.«

»Sie haben euch gesagt, ihr sollt euch weigern, die Fragen der Polizei zu beantworten?«

»Ja, wir sollten nichts sagen.«

»Haben sie euch auch gesagt, warum?«

»Ja. Das war eine Probe. Gott wollte uns prüfen, ob wir stark genug wären ... um weiterzumachen.«

»Womit weiterzumachen?«

»Nun ja ... ich weiß nicht.«

»Vielleicht weiter im Lager zu bleiben?«

»Ich denke schon.«

Marieke Bergson durchfuhr ein Schluchzen. Ihren roten Augen nach zu schließen hatte sie schon ziemlich viel geweint, und er hoffte nur, es reichte aus, damit sie es schaffen würde, das hier ohne Tränen durchzustehen. Vermutlich waren weder er selbst noch diese Psychologin besonders geschickt im Umgang mit einer zusammengebrochenen Jugendlichen. Er erinnerte sich kurz an den einen oder anderen missglückten Versuch aus seiner Laufbahn.

»Sie haben euch also gesagt, dass ihr nach Hause geschickt würdet, wenn ihr uns helft, den Mörder zu schnappen?«

»Ja ... nein, so war das nicht gemeint. Aber irgendwie wurde alles so verkehrt irgendwie ... die wussten bestimmt noch nicht, was da am Montag passiert ist ...«

»Aber sie änderten ihre Meinung nicht, als sie es erfuhren?«

»Nein.«

»Und willst du wieder zurück zu ihnen?«

»Nein.«

Die Antwort kam so leise, dass er sie nur mit Mühe und Not verstehen konnte. Ein Flüstern, so zart, dass es nicht einmal Gott hören sollte, dachte er.

»Wie hast du erfahren, dass Clarissa tot ist?«

Sie zögerte.

»Das war ... wir wussten natürlich am Sonntagabend, dass sie nicht da war. Sie war bei der gemeinsamen Zusammenkunft und auch beim Essen nicht da, aber sie haben nichts dazu gesagt.«

»Gar nichts?«

»Erst am Montagmorgen. Da erzählte Schwester Madeleine, dass sie nach Hause gefahren wäre.«

»Moment mal. Kannst du dich daran erinnern, wann du Clarissa das letzte Mal gesehen hast?«

Marieke Bergson dachte nach. Sah ihn zum ersten Mal direkt an, ohne seinem Blick auszuweichen, während sie sich auf die Lippen biss und nachzurechnen schien.

»Das war am Sonntag«, sagte sie. »Nachmittags ... wir hatten eine Stunde frei, um vier Uhr glaube ich, und ich weiß, dass sie mit ein paar anderen Mädchen den Weg hinunter gegangen ist ... ja, vielleicht auch gegen halb fünf.«

»Ihr hattet eine Stunde frei?«, hakte Van Veeteren nach. »Aber eigentlich hättet ihr etwas anderes machen sollen, oder?«

»Ja, wir sollten eigentlich Gruppenspiel haben.«

»Gruppenspiel?«

»Ja. Über die Gebote.«

Van Veeteren nickte. Programmänderung, dachte er. Warum? Das war weniger als zwei Stunden, nachdem er sich von dort verabschiedet hatte und weggefahren war.

»Und du bist dir sicher, dass du sie danach nicht noch einmal gesehen hast?«

Wieder dachte sie nach.

»Ja. Ich habe sie danach nicht mehr gesehen.«

»Weißt du, wer mit ihr gegangen ist?«

»Ja ... ich denke schon.«

»Dazu kommen wir später«, sagte Van Veeteren. »Du wusstest also, dass Clarissa am Sonntagabend nicht mehr im Lager war ... oder zumindest nicht mehr am Montagmorgen. Und wann hast du dann erfahren, dass sie nicht nach Hause gefahren, sondern getötet worden war?«

»Das war ... ja, als die Polizei gekommen ist und uns geweckt hat. Die haben uns das gesagt. Und wir mussten sie uns ansehen und so. Weil wir doch ...«

»Ja?«

»Wir haben der Polizei nicht geglaubt ... davon sind wir doch ausgegangen, dass die lügt.«

»Aber ihr habt sie dann gesehen?«

»Ja.«

»Das verstehe ich nicht. Kannst du mir das näher erklären, was du damit meinst?«

»Wir haben ja erwartet, dass ihr aus der Anderen Welt zu uns kommen und uns schreckliche Sachen erzählen würdet, das war doch eigentlich die Prüfung.«

»Aber du hast begriffen, dass Clarissa wirklich tot ist, nicht wahr?«

Marieke Bergson schluchzte auf.

»Ja, als ich sie gesehen habe, wusste ich das natürlich ...«

Der Hauptkommissar nickte. Er selbst hatte ja darauf bestanden. Und auch wenn er eigentlich ein wenig an der Notwendigkeit gezweifelt hatte, so sah er jetzt ein, dass es wohl doch genau die richtige Entscheidung gewesen war.

So brutal, wie es die Situation erforderte.

Aber es war total unbegreiflich, dass keines der Mädchen bei der Konfrontation zusammengebrochen war. Um fünf Uhr morgens, aus der Bettwärme herausgescheucht, um mit dem Anblick einer ermordeten Freundin konfrontiert zu werden.

Andererseits hatte er sich damit zufrieden gegeben, sie am Krankenwagen vorbeiziehen und einen Blick durch die Türen hineinwerfen zu lassen. Und man hatte auch nicht sofort mit der Befragung der Mädchen begonnen. Hatte ihnen vorher noch eine Stunde Frühstückszeit gegönnt. Wenn er ehrlich war, musste er zugeben, dass die Veranstaltung auch eine Art Racheaktion gegen die verkniffenen Schwestern gewesen war, aber vielleicht hätte man sich einen Tag erspart, wenn man gleich mit härterer Hand zugepackt hätte?

Härtere Hand? dachte er. Was für Ideen ich bloß habe.

»War das dann alles?«, fragte die Psychologin und riss ihn aus seinen Gedanken.

»Nein, natürlich nicht. Da ist noch eine ganze Menge mehr.«

»Gibt es hier eine Toilette?«, fragte Marieke Bergson. »Ich müsste mal ...«

»Da draußen«, nickte Van Veeteren zur Tür hin und stellte den Kassettenrekorder ab.

Als sie zurückkam, übernahm sie sofort die Initiative.

»Und dann ist da noch das mit Katarina«, sagte sie.

»Katarina?«, wiederholte der Hauptkommissar.

»Ja, sie war anfangs auch mit im Lager, aber dann ist sie eines Morgens nach Hause gefahren. Sie hat irgendwas Dummes gemacht. Wir waren seit dem Frühling gut befreundet ...«

»Wie heißt sie weiter?«

»Katarina Schwartz. Sie hatte ihr Bett neben meinem.«

»Katarina Schwartz«, wiederholte der Hauptkommissar und machte sich Notizen. »Kommt sie auch aus Stamberg?«

»Ja.«

»Wie alt?«

»Dreizehn, fast vierzehn. Sie ist im Frühling nach Stamberg gezogen, vorher hat sie in Willby gewohnt.«

»Ihre Adresse und Telefonnummer weißt du nicht?«

»Doch.«

»Kannst du sie mir hier aufschreiben?«

Er schob Block und Stift über den Tisch. Marieke Bergson schrieb mit der Zunge im Mundwinkel. Als sie fertig war, schob sie den Block zurück. Der Hauptkommissar betrachtete die runden, schulmädchenhaften Buchstaben eine Weile, bevor er fortfuhr.

»Also. Sie hat etwas Dummes gemacht, hast du gesagt. Kannst du mir erzählen, was?«

Marieke Bergson zögerte und biss sich auf die Lippen.

»Sie hat über Jellinek geflucht. Sie hatte den Teufel im Leib … Ich fand sie etwas merkwürdig, obwohl ich sie doch kannte, und die anderen fanden das auch. Wir sollten so tun, als wenn sie nie dort gewesen wäre.«

»Warum denn?«

»Ich weiß nicht, aber das war schon in Ordnung. Sie hatte sich dumm verhalten, sie hatte den Teufel in sich, und da war es das Beste, wenn wir sie vergaßen. Wir … ja, wir haben sie wirklich vergessen. Mir ist eigentlich erst gestern wieder eingefallen, dass sie auch im Lager war, gestern, als …«

Sie verstummte. Der Hauptkommissar wartete ab, aber es kam nichts mehr.

»Kannst du mir sagen, wann Katarina Schwartz verschwunden ist?«

Marieke Bergson dachte nach.

»Vor zwei Wochen, glaube ich. Vielleicht nicht ganz … man verliert irgendwie das Gefühl für die Tage, die Zeit läuft in Waldingen anders als sonst …«

Van Veeteren kam plötzlich der Gedanke, dass er das Verhör mit diesem Teenagermädchen am liebsten noch stundenlang weitergeführt hätte, aber ihm war klar, dass das nicht ging. Er musste Prioritäten setzen, das Wichtigste zuerst bedenken – später würde er sicher Gelegenheit dazu haben, in aller Ruhe die Schattenseiten des Reinen Lebens aufzudecken, wenn es dazu Zeit und Gelegenheit gab.

»Jellinek«, sagte er stattdessen. »Weißt du, wo Oscar Jellinek ist?«

Das Mädchen schüttelte den Kopf.

»Du weißt es nicht?«

»Nein.«

»Wann ist er verschwunden?«

»Vorgestern.«

»Bist du dir sicher?«

»Ja. Er war Montagmorgen nicht mehr da. Er ist abberufen worden.«

»Abberufen?«

»Ja.«

»Was meinst du damit?«

»Der Herr hat ihn zu sich gerufen, und er musste das Lager für ein paar Tage verlassen.«

Sie trank ein wenig Coca Cola, und der Hauptkommissar schloss für zwei Sekunden die Augen.

»Wann am Montag?«

»Morgens. Er war beim Morgengebet nicht dabei. Schwester Ulriche leitete es stattdessen. Und dann haben sie erzählt, dass ihm nachts Gott erschienen ist und ihm einen Auftrag erteilt hat. Dass es wichtig wäre, dass wir stark in unserem Glauben waren und uns als rein und würdig erwiesen, solange er fort war ...«

»Rein und würdig?«

»Ja.«

»Aha ...«, Van Veeteren horchte den Worten nach. »... und was bedeutet das?«

»Ich verstehe nicht«, sagte Marieke Bergson.

»Ich auch nicht«, sagte der Hauptkommissar. »Was tut man, um sich rein und würdig zu erweisen?«

Die Psychologin hob warnend einen Finger, und Marieke Bergson sah plötzlich so aus, als wenn sie kurz vorm Weinen wäre. Sie knetete ihre Finger und betrachtete wieder ihre Schuhe. Van Veeteren wechselte eilig das Thema.

»Wann hast du Jellinek das letzte Mal gesehen?«

»Sonntag ... ja, Sonntagabend.«

»Was habt ihr da gemacht?«

»Das Abendgebet gebetet. Bevor wir ins Bett gegangen sind.«

»Er hat nichts davon gesagt, dass er danach weg sein würde?«

Marieke Bergson schaute auf, senkte aber gleich wieder ihren Blick.

»Nein, es war mitten in der Nacht, dass er Gott traf, das habe ich doch gesagt ... aber Clarissa war ja verschwunden. Wir haben uns etwas gewundert, aber er hat kein Wort über sie gesagt. Hat uns nur gesagt, dass der letzte Kampf begonnen hätte und dass wir uns als stark und rein erweisen sollten.«

»Der letzte Kampf?«

»Ja.«

»Was hat er damit gemeint?«

»Ich ... ich weiß nicht.«

»Dann habt ihr also am Montagmorgen sowohl von Clarissa Heerenmacht als auch von Jellineks Berufung erfahren?«

»Ja ... obwohl, von Clarissa wussten wir ja schon. Dass sie nicht da war ...«

»Findest du das nicht ein bisschen merkwürdig? Ich meine, dass das gleichzeitig passiert ist?«

»Nein ...«

»Aber ihr habt doch sicher darüber geredet?«

»Nein, wir kriegten ...«

»Was?«

Plötzlich brach alles zusammen. Marieke Bergson rutschte vom Stuhl und kauerte sich auf dem Boden zusammen. Sie schlug sich die Hände vors Gesicht und zog ihre Knie bis zum Kinn in einer Art verzerrter Fötusstellung hoch. Und langsam stieg ein unterdrücktes, jammerndes Weinen in ihr hoch, ein Wimmern – eine unartikulierte Verzweiflung, die, wie ihm klar wurde, aus tief verborgenen Abgründen ihrer dreizehnjährigen Seele hervorbrechen musste. Einen Moment lang überlegte er, ob sie nicht Theater spielte, schob diesen Gedanken aber gleich beiseite.

Armes Kind, dachte er. Was haben sie nur mit dir gemacht? Die Psychologin zögerte nicht, sich über sie zu werfen. Sie strich ihr mit langen, beruhigenden Zügen über die Arme, den Rücken und das Haar. Als das Mädchen sich ein wenig beruhigt hatte, aber immer noch zusammengekauert und verschlossen in ihrer eigenen, persönlichen Hölle dalag, hob die professionelle Frau ihren Blick zum Hauptkommissar.

»So«, sagte sie. »Sind Sie jetzt zufrieden?«

»Nein«, antwortete Van Veeteren. »Womit, zum Teufel, soll ich denn zufrieden sein?«

Am Abend aß er mit Suijderbeck.

Servinus war nach Rembork zurückgefahren, um die Nacht mit seiner Frau und seinen vier Kindern zu verbringen, aber Suijderbeck hatte keine derartigen Bindungen und zog es deshalb vor, das Zimmer im Stadthotel zu behalten, in dem er bereits eine Nacht verbracht hatte.

Es war auch im Speisesaal des Stadthotels, wo sie beisammen saßen. Ganz hinten in einer verrauchten Ecke des gut besuchten, sepiabraunen Lokals mit Tischdecken, die früher einmal weiß, und Kristallleuchtern, die immer schon aus Glas gewesen waren. Suijderbeck erschien möglicherweise noch etwas verbissener als sonst, und der Hauptkommissar musste zugeben, dass er eine gewisse Wahlverwandtschaft zu ihm verspürte.

»Wie war es im Irrenhaus?«, fragte er, als die Bestellungen abgegeben worden waren.

»Lustig«, sagte Suijderbeck und zündete sich eine Zigarette an. »Wenn ich das Sagen hätte, dann würden diese Weiber dort ihr ganzes Leben lang bleiben. Kein Zweifel, dass sie sich dafür qualifizieren würden.«

»Hm«, bemerkte Van Veeteren. »Und sie schweigen immer noch?«

»Der reinste Autismus«, nickte Suijderbeck. »Aber das Schlimmste ist, dass sie so verflucht überheblich sind ... auserwählte Märtyrer, und alle anderen sind nur einen Dreck wert. Sie strahlen ihre Verachtung direkt aus.«

»Das vom Herrn auserwählte Dutzend?«

»So was in der Art. Sie wissen schon alles, brauchen sich nicht herabzulassen ... und das, obwohl sie untereinander keinen Kontakt haben. Ich wette, die haben irgend so eine Art telepathische Verbindung. Und wie läuft es mit den Mädchen?«

»Eine hat angefangen zu reden.«

»Habe ich gehört. Und hat uns das was gebracht?«

Van Veeteren zuckte mit den Schultern.

»Eigentlich ungefähr das, was wir uns gedacht haben. Das

Mädchen scheint irgendwann am Sonntagnachmittag verschwunden zu sein ... Jellinek anscheinend in der gleichen Nacht. Dann haben sie den Kindern Maulkörbe verpasst. Die große Frage ist natürlich, was da eigentlich passiert ist, und in der sind wir um keinen Schritt weiter gekommen. ... Es scheint übrigens noch ein Mädchen verschwunden zu sein, genau wie wir angenommen haben.«

»Der Herr gibt und der Herr nimmt«, sagte Suijderbeck. »Und was glaubst du?«

Der Kellner kam mit zwei Bieren zurück.

»Ich weiß nicht«, sagte der Hauptkommissar. »Hol mich der Teufel, wenn ich es weiß. Prost.«

»Prost«, sagte Suijderbeck.

Nachdem sie getrunken hatten, saßen sie eine Weile schweigend da. Dann holte Suijderbeck tief seufzend Atem und sagte: »Da gibt's wohl nur eins.«

»Und was?«, fragte der Hauptkommissar.

»Wir müssen wohl herauskriegen, ob er sich auch das Mädchen geschnappt hat.«

Der Hauptkommissar wischte sein Besteck an der Tischdecke ab.

»Ja«, sagte er. »Das müssen wir wohl.«

»Was ist eigentlich mit deinem Bein?«, fragte er, als sie ihre Teller schon halb geleert hatten.

Suijderbeck schaute auf.

»Willst du das wirklich wissen?«

»Warum fragst du das?«

Suijderbeck nahm einen Schluck von seinem Bier.

»Weil die meisten Leute es so schlecht verkraften.«

»Ach so«, sagte der Hauptkommissar und dachte kurz nach. »Doch, ich möchte es wissen.«

»Wie du willst«, sagte Suijderbeck. »Aber bitte erst nach dem Essen.«

»Nun ja, ich war ein paar Jahre lang bei der Drogenfahndung«, erklärte Suijderbeck.

»In Rembork?«

»Nein, in Aarlach. Wie auch immer, jedenfalls war ich ein paar dicken Fischen auf der Spur. Habe einen Abend vom Auto aus observiert, als sich herausstellte, dass sie mir auch auf der Spur waren ...

»Ach so«, sagte Van Veeteren.

»Äußerst dumm, so allein im Auto zu sitzen, oder was meinst du?«

Van Veeteren antwortete nicht. Nahm eine Zigarette und ließ sie sich von Suijderbeck anzünden.

»Sie brachten mich außerhalb der Stadt irgendwo hin. Sie wollten mir eine Lektion erteilen. Damit ich meine Nase nicht mehr in ihre Sachen steckte. So nannte der eine das. Schweigsame Burschen. Ja, und dann fesselten sie mich und stellten die Kreissäge an.«

Er machte eine kurze Pause.

»Es ging verflucht schnell. Nicht mehr als eine halbe Sekunde, aber das war die längste beschissene halbe Sekunde in meinem Leben ... und sie kommt immer wieder zu mir zurück.«

Er verstummte. Van Veeteren starrte auf seine Hand, die die Zigarette hielt. Er spürte, wie sich etwas in seinem Unterbewusstsein regte und wieder erstarb. Er nahm einen Zug und strich die Asche ab.

»Wollen wir bezahlen?«, fragte er.

»Können wir«, sagte Suijderbeck.

Suijderbeck wollte vor dem Schlafengehen noch ein wenig spazieren gehen, und als sie ein Stück weit gekommen waren, fragte der Hauptkommissar: »Wie lange ist das jetzt her?«

»Fünf Jahre.«

»Und warum bist du immer noch bei dem Verein?«

Suijderbeck ließ ein kurzes Lachen hören.

»Ein Fünfzigjähriger mit einem Holzbein«, sagte er. »Hast du schon mal was vom Arbeitsmarkt gehört?«

20

Als der stellvertretende Polizeichef Kluuge gegen ein Uhr am Donnerstag in sein heißes Auto draußen in Waldingen stieg – um zurück nach Sorbinowo zu fahren und am Nachmittag auf dem Polizeirevier zur Verfügung zu stehen (vielleicht auch noch eine halbstündige Mittagspause mit Deborah einzulegen) –, konnte er feststellen, dass sich zumindest etwas bewegte. Jedenfalls ein ganz klein wenig. Nach Marieke Bergson war noch eine Hand voll Mädchen bereit gewesen, über die letzten Tage im Lager zu reden. Gemeinsam mit den Kolleginnen aus Haaldam, Lauremaa und Tolltse, hatte Kluuge einige Stunden am Morgen damit zugebracht, diese tränengetränkten Bekenntnisse entgegenzunehmen. Aber etwas Konkretes und für die Ermittlungen Entscheidendes war dabei nicht zu Tage getreten. Zumindest nicht soweit er es so auf die Schnelle beurteilen konnte. Die Mädchen hatten den Befehl bekommen – mehr oder weniger ausdrücklich – zu schweigen, worauf sie geschwiegen hatten.

So einfach war es vermutlich.

Immer noch gab es eine Gruppe, die an dieser stummen Vorschrift festhielt, und es gab genügend Gründe davon auszugehen, dass es auch genau diese Gruppe war, die die anderen, die jetzt in ihrem Glauben unsicher geworden waren, unter einen gewissen Druck setzten. Außerdem hatte sich ein Trio von Mädchen herauskristallisiert, anscheinend mit Belle Moulder an der Spitze (das war zumindest Lauremaas Vermutung), die vermutlich Clarissa Heerenmacht als Letzte lebend gesehen hatten.

Wenn man den Mörder nicht mitrechnete, natürlich. Irgendwann gegen fünf, halb sechs am Sonntagabend waren diese Mädchen zusammen mit Clarissa unten an der »Klippe« gewesen, einer flachen, sonnenbeschienenen Felsplatte einige hundert Meter westlich der Kolonie, und hatten dort gebadet. Es war immer noch unklar, wie sich das Quartett aufgeteilt hatte, aber auf jeden Fall waren sie nicht mehr gemeinsam zur Kolonie zurückgekehrt.

Clarissa Heerenmacht war überhaupt nicht mehr zurückgekehrt.

Clarissa Heerenmacht hatte stattdessen ihren Mörder getroffen. Wie auch immer. Wann und wo auch immer.

Die Angehörigen waren ein weiteres Problem. Kluuge schaltete den Blinker ein und bog auf die Hauptstraße ein. In den gestrigen Abendzeitungen – wie auch im Fernsehen und Rundfunk – war dem Fall ziemlich viel Aufmerksamkeit geschenkt worden (Kluuge hoffte inständig, dass Malijsen sich wirklich so isoliert hielt, wie er versprochen hatte; das plötzliche Auftauchen des eigentlichen Polizeichefs auf der Bühne würde wohl kaum einen positiven Einfluss auf die Arbeit haben, darin waren sich alle Beteiligten einig, auch wenn es niemand offen aussprach), und die meisten Eltern hatten sofort reagiert.

Gleich nachdem Kluuge Waldingen an diesem heißen Tag verlassen hatte, waren vier Mädchen von beunruhigten Müttern und Vätern abgeholt worden – natürlich erst, nachdem sie eine gehörige Zeit bei Lauremaa und den Psychologinnen verbracht hatten. Zwei der Mädchen waren übrigens Schwestern, ein Detail, das man vorher gar nicht bemerkt hatte.

Blieben noch sechs. Drei, die bisher noch nichts ausgesagt hatten, zwei, die offenbar kurz davor waren, zu reden und eine, die ihr Gewissen bereits erleichtert hatte und jetzt darauf wartete, abgeholt zu werden.

Und dann war da natürlich noch Marieke Bergson. Sie befand sich immer noch auf dem Polizeirevier, betreut von Frau Miller und einer katholischen Schwester. Letztere war ganz von selbst am gestrigen Abend aufgetaucht und hatte ihre Hilfe angeboten (die Psychologinnen hatten zu diesem Zeitpunkt aus berufsethischen und fachlichen Gründen schon lange das Feld geräumt). Sie hieß Vera Saarpe und hatte das Mädchen auch die Nacht über bei sich schlafen lassen.

Was Mariekes Eltern betraf, so war es erst am heutigen Morgen gelungen, sie zu informieren, und sie wollten nunmehr am

Nachmittag eintreffen, um sich um ihre verstörte Tochter zu kümmern. Kluuge persönlich hatte die Mutter am Telefon gehabt und feststellen können, dass auch hier der Apfel nicht weit vom Stamm gefallen zu sein schien.

Er seufzte schwer. Es war wirklich nicht einfach, alles im Griff zu behalten, dachte er.

Wirklich nicht einfach.

Dann seufzte er noch schwerer, als er über Katarina Schwartz nachdachte, das Mädchen, das nach allem zu schließen vor zehn, zwölf Tagen aus dem Lager verschwunden war.

Marieke Bergsons Zeugenaussage, ihr plötzliches Verschwinden betreffend, war von allen anderen, die bis jetzt den Mund aufgemacht hatten, bekräftigt worden, und es schien durchaus angebracht, davon auszugehen, dass es genau diese Katarina war, auf die sich die anonyme Frau in ihren beiden ersten Telefonanrufen bezogen hatte.

Zu allem Überfluss war es ihm auch noch nicht gelungen, einen Kontakt mit den Eltern herzustellen. Offenbar waren sie irgendwo in Frankreich mit dem Auto unterwegs – aber falls Katarina einfach nur aus dem Lager weggelaufen war, konnte es natürlich auch sein, dass sie ganz einfach im gleichen Auto wie ihre Eltern saß. Oder in einem Haus oder einem Liegestuhl. In Brest, in Marseille oder wo verdammt noch mal auch immer. Vielleicht ja auch in Lourdes, warum eigentlich nicht?

Servinus hatte Kontakt mit der französischen Polizei aufgenommen, die versprochen hatte, nach dem betreffenden Paar und dem dazugehörigen Auto Ausschau zu halten, aber Servinus hatte schon früher mit den gallischen Kollegen zu tun gehabt und war nicht besonders optimistisch hinsichtlich der Ergebnisse.

Auf jeden Fall gab es Hinweise, die darauf hindeuteten, dass das Mädchen durchaus Gründe gehabt haben könnte, wegzulaufen. Aber wie schlagkräftig diese Hinweise eigentlich waren, das hatte Kluuge bis jetzt noch nicht für sich entscheiden können. Und sonst auch niemand. Vermutlich handelte es sich hierbei auch nur um reines Wunschdenken – sowohl die Nachbarn als auch die Bekannten und Verwandten der Familie Schwartz waren fest davon überzeugt gewesen, dass sich keine Katarina im Auto befunden hatte, als es letzte Woche Richtung Südwesten losgefahren war.

Aber rein zeitlich wäre es natürlich möglich gewesen. Und wenn die Tochter plötzlich und vollkommen unverhofft am Abend vor der Abreise daheim aufgetaucht war, ja, dann war es natürlich nicht undenkbar, dass sie mitgefahren war, ohne dass jemand Außenstehendes davon etwas mitbekommen hatte.

Und dann wäre also nur ein Mord aufzuklären.

Was weiß Gott schlimm genug war.

Während er im Auto saß, schwitzte und viel zu schnell auf der kurvigen Straße fuhr, kam ihm auch der Gedanke, dass all diese Verhöre, die vielen Telefongespräche und Maßnahmen hier und da nur eine Art sich selbst befriedigende Funktion zu haben schienen. Sie belegten einfach ungemein viele Ressourcen und Energie und führten eigentlich nirgendwo hin.

Eher im Kreis herum. Das Wenige, was man herausfand, war meist etwas, was man sich schon vorher gedacht hatte. Wann und wie er Zeit und Kraft finden sollte, sich hinzusetzen und über das Mordrätsel an sich nachzudenken, das konnte er überhaupt noch nicht sehen.

War das immer so? wunderte er sich im Stillen. Bei allen Ermittlungen?

Merwin Kluuge seufzte noch einmal und schaute auf die Uhr.

Viertel vor zwei.

Es blieben noch zwanzig Minuten Zeit für Deborah. Höchstens eine halbe Stunde.

Freitag muss ich Blumen kaufen, dachte er. Heute schaffe ich es jedenfalls nicht mehr.

Ungefähr zum gleichen Zeitpunkt, als Merwin Kluuge behutsam – aber vielleicht nicht ganz so behutsam wie sonst – über den Bauch seiner Ehefrau und seinen noch ungeborenen Sohn strich, verließ Van Veeteren Elizabeth Heerenmacht, damit sie von ihrer ermordeten Nichte unten im Kühlraum des Sorbinowoer Krankenhauses Abschied nehmen konnte, wohin der übel zugerichtete Körper erst vor kurzem nach zweieinhalb Tagen in der Gerichtsmedizin von Rembork gebracht worden war.

Elizabeth Heerenmacht gehörte nicht zur Kirche Das Reine Leben, doch nachdem der Hauptkommissar eine halbe Stunde in ihrer Gesellschaft zugebracht hatte, verstand er nicht mehr so recht, warum eigentlich nicht. Zumindest schien sie die geeignete Kandidatin dafür zu sein, das war der düstere Schluss, zu dem er leider kam.

Aber vielleicht war er an diesem finsteren und heißen Tag auch nicht sehr gerecht. Es war nicht einfach, keine Vorurteile zu bekommen, wenn zuerst der Schweiß nur so in Strömen floss, dann unten im Leichenkeller zu Eis gefror und dann wieder zu dampfen begann, als er sich erneut in die Sonne begab.

Früh am Morgen hatte er einen Teil seiner Zeit für eine andere Frau verwandt – die rätselhafte Ewa Siguera. Zumindest wollte er sich einreden, dass sie ein Rätsel war ... dass über ihr tatsächlich so viel Mystik lag wie über ihrem Namen und ihrem Lächeln auf dem Foto, das Przebuda von ihr letzten Sommer gemacht hatte.

Was Quatsch war, wie er später in einem Augenblick harter Selbstkritik eingesehen hatte. Das klang wie aus einem schlechten Roman.

Aber das war ja auch kein Wunder, dachte er weiter. Je weniger Kontakt man mit dem anderen Geschlecht hatte, umso schneller verfiel man ihm – zumindest gewissen Exemplaren. Das war auch nichts Neues.

Beim Einwohnermeldeamt hatte er zumindest erfahren, dass Ewa Siguera nicht in Stamberg gemeldet war. Er hatte Lauremaa und Tolltse außerdem gebeten, den Konfirmandinnen ihr Bild zu zeigen, aber soweit er gehört hatte, war auch aus dieser Richtung keine Hilfe gekommen.

Das Mystische nimmt immer breiteren Raum ein, dachte er

mit bitterer Selbstzufriedenheit. Dann holte er einen zerkauten Zahnstocher hervor und schüttelte den Kopf. Verdammte Scheiße, stellte er fest, ich bin die Karikatur eines Kriminalbeamten! Ein Schatten meiner selbst. Ist es nun ein Mörder oder eine Frau, hinter der ich her bin? Im wieder erhitzten kalten Schweiße meines Angesichts? Eine mit kastanienbraunem Haar?

Nach einigen Stunden nutzloser Suche hatte er Reinhart angerufen und ihm die Arbeit übertragen. Ihn gebeten, Ewa Siguera ausfindig zu machen, und ihn umgehend zu informieren, wenn er sie aufgetrieben hatte. Natürlich hätte es andere Möglichkeiten gegeben, aber da er den Verdacht hatte, dass der Kommissar sowieso nur dasaß, Däumchen drehte und auf seinen Urlaub wartete – oder sich seiner schönen, frisch angetrauten Ehefrau widmete –, war es wohl genauso gut, ihn etwas für sein Geld tun zu lassen.

Reinhart hatte auch nicht viel dagegen einzuwenden gehabt. Loyal hatte er versprochen, von sich hören zu lassen, sobald er etwas fand. Spätestens nach vierundzwanzig Stunden.

Dann musste die Vermutung mit den Daumen und der Ehefrau wohl genau ins Schwarze getroffen haben.

»Und wie geht es dem Bluthund selbst?«, hatte Reinhart noch gefragt. »Sonne, Baden und Angeln, den ganzen Tag lang?«

»Du hast den Wein und die Weiber vergessen«, erwiderte Van Veeteren.

Er fing bei den Finghers an, nachdem er festgestellt hatte, dass sie zu Hause waren.

Frau Fingher, eine sehnige Bäuerin in den Fünfzigern, konnte er gerade noch begrüßen, sie war soeben auf dem Weg zu einem Enkelkind, wie sie mitteilte und dann an ihm vorbeihuschte, hinaus zu einem selbst gestrichenen alten Trotta, der draußen auf dem Weg parkte, aber sowohl Herr Fingher als auch der Sohn Wim schienen genügend Zeit für eine Plauderstunde zu haben.

»In erster Linie bin ich diesmal an dem Sonntagabend interessiert«, erklärte der Kommissar, nachdem sie sich unter dem Schatten einer Kastanie auf die Gartenmöbel gesetzt hatten.

»Sonntagabend?«, wiederholte Fingher. »Wim, lauf doch mal und hol ein paar Biere. Der Kommissar trinkt doch auch ein Pils?«

»Da sage ich nicht nein«, erklärte Van Veeteren, und der Sohn schlurfte zurück ins Haus.

»Und warum?«, fragte Fingher. »Was wollen Sie denn vom Sonntagabend wissen?«

»Können Sie mir sagen, wann die aus Waldingen hier bei Ihnen waren und ob etwas anders war als sonst?«

Fingher dachte nach, und der Sohn kam mit dem Bier.

»Nein, alles war genauso wie immer, jedenfalls soweit ich mich erinnere. Oder was meinst du?«

Er schaute Wim an, der aber nur mit den Schultern zuckte.

»Und wann?«, fragte Van Veeteren.

»So gegen sieben, halb acht. Wie immer.«

Wim Fingher nickte bestätigend, und alle drei nahmen einen Schluck Bier. Es war unerwartet süß, und Van Veeteren überlegte, ob es sich vielleicht um selbstgebrautes handeln könnte. Den Flaschen auf dem Tisch fehlte das Etikett, also war der Gedanke nicht vollkommen unbegründet.

»Gut«, sagte er. »Und war Jellinek dabei?«

»Was? Ja, natürlich.«

»Und vier Mädchen?«

»Vier Stück.«

»Kannten Sie das Mädchen auch, das ermordet wurde?«
Fingher nickte ernst.

»Ja, natürlich. Sie war ja ein paar Mal hier, genau wie die anderen. Es ist einfach schrecklich, wenn man nur eine Ahnung gehabt hätte, dann …«

»Was dann?«, fragte Van Veeteren.

»Ach, Scheiße, was weiß ich. Kastrieren sollen hätte man diesen verfluchten Schwarzrock oder so. Ich kann verflucht noch mal nicht begreifen, wie jemand sein Kind an solch einen Ort schicken kann. Wir haben ja nur Wim, aber wenn ich eine Tochter hätte, dann würde ich zusehen, dass sie im Haus bleibt, wenn so einer in der Nähe wäre ....«

Plötzlich schienen sich Wut und Verdruss über seine Worte zu legen, und er verstummte. Van Veeteren trank einen Schluck und ließ einige Sekunden verstreichen, bevor er fortfuhr:

»Ist Ihnen am Sonntag irgendwas an Jellinek aufgefallen?«

»Scheiße«, fluchte Fingher. »Nein, keine Ahnung. Was meinst du, Wim?«

Mathias Fingher leerte sein Glas in einem Zug.

»Nein«, sagte Wim. »Ich hab ihn auch nur ganz kurz gesehen. War bestimmt wie immer.«

»Und auch an den Mädchen war nichts Auffälliges?«

Wim schüttelte den Kopf. Sein Vater rülpste.

»Nein«, sagte er. »Die warteten wie immer an der Pforte.«

»Hm«, sagte Van Veeteren. »Versprechen Sie mir, uns Bescheid zu geben, wenn Ihnen noch etwas einfällt? Jede Kleinigkeit kann von Nutzen sein.«

Von Nutzen? überlegte er. Die Worte lassen mich auch schon im Stich.

»Ja, natürlich«, sagte Fingher und kratzte sich am Kopf. »Ist doch klar, dass wir helfen. Obwohl ich sagen muss, ich verstehe nicht ganz, wohinter ihr eigentlich her seid.«

Van Veeteren ignorierte die Kritik.

»Und Montag?«, fragte er stattdessen. »Ich gehe davon aus, dass Jellinek da nicht dabei war.«

»Das stimmt«, sagte Fingher. »Am Montag kam nur eine von diesen Frauen.«

»Keine Mädchen?«

»Keine Einzige.«

»Hat sie erklärt, warum?«

»Erklärt? Hol's der Teufel, die doch nicht. Stand nur einfach da und guckte uns scheißvornehm an, als ob sie die Cousine der Muttergottes wäre oder etwas in der Art.«

Van Veeteren räusperte sich.

»Sie selbst sind nicht gläubig, Herr Fingher?«

»Nicht die Bohne«, sagte der Bauer und rülpste wieder.

»Ich auch nicht«, erklärte sein Sohn.

Der Hauptkommissar trank sein Glas aus.

»Tja, na gut«, sagte er. »Ich will auch nicht länger stören. Aber lassen Sie von sich hören, wenn Ihnen noch etwas einfällt – wie gesagt.«

»Aber natürlich«, sagte Fingher und brachte den Hauptkommissar noch bis zur Pforte.

»Sonntagabend«, sagte er und bohrte seinen Blick in den der Zwölfjährigen.

Das Mädchen, das Joanna Halle hieß, schaute auf den Tisch und rieb sich nervös über die Handrücken.

»Vielleicht ein bisschen freundlicher«, flüsterte die junge Psychologin ihm ins Ohr.

»Kannst du mir erzählen, was ihr am Sonntagabend gemacht habt?«, passte Van Veeteren sich an. »Als ihr da unten am Fels wart und gebadet habt.«

»Wir haben gebadet«, erklärte Joanna Halle.

»Ja, ja. Wer ist wir?«

»Das waren ich und Krystyna und Belle. Und natürlich Clarissa.«

»Und ihr habt gebadet?«

»Ja«, antwortete das Mädchen.

Intelligentes Gespräch, dachte Van Veeteren. Läuft ja wie geschmiert.

»Wart ihr Freundinnen, ihr vier?«

»Ja ... nein, nicht direkt ...«

»Wie meinst du das?«

Lernt man heutzutage in der Schule eigentlich nicht mehr reden? dachte er.

»Wir waren nur so ... na, so ungefähr.«

»Ach ja? Und wie spät war es, als ihr da wart, so ungefähr?«

»Ich weiß nicht, aber auf jeden Fall waren wir um sechs Uhr wieder zurück, denn dann gibt es Abendessen.«

»Ist etwas Besonderes passiert, als ihr da unten beim Felsen wart?«

»Nein, was sollte denn passiert sein?«

»Ich weiß nicht. Worüber habt ihr geredet?«

»Über nichts Besonderes.«

»Ihr habt euch nicht gestritten?«

»Gestritten?«

»Ja. Weißt du nicht, was das bedeutet?«

»Doch, aber in dem Reinen Leben streitet man sich nicht. Das tun nur andere.«

»Sagst du jetzt die Wahrheit?«

»Natürlich.«

Natürlich? dachte der Hauptkommissar. Ich sollte häufiger Kinder verhören, dann lerne ich auch noch, mit ihnen zu kommunizieren.

Obwohl, Marieke Bergson und die anderen waren nicht so schwere Brocken gewesen, also nahm er erst einmal an, dass es wohl Joanna Halle war, die das Problem darstellte. Und es nicht an ihm selbst lag.

»Wart ihr vier die ganze Zeit zusammen?«, versuchte er es wieder.

»Weiß ich nicht mehr.«

»Weißt du noch, wie ihr von dort weggegangen seid?«

Joanna Halle sah aus, als würde sie zum ersten Mal nachdenken. »Ich bin mit Krys gegangen«, sagte sie.

»Krystyna Sarek?«

»Ja.«

»Dann sind Clarissa und Belle Moulders nach euch gegangen?«

»Ich denke schon.«

»Aber du weißt es nicht?«

»Doch, die waren noch da, als wir gegangen sind. Zumindest Belle.«

»Aber Clarissa hast du nicht gesehen, als ihr von dem Badefelsen aufgebrochen seid?«

»Doch, sie war auch da.«

»Jetzt musst du dich entscheiden. War Belle nun allein, oder waren die beiden da, als Krystyna und du aufgebrochen seid?«

»Die waren alle beide da.«

»Sicher?«

»Natürlich.«

Der Hauptkommissar seufzte und warf der Psychologin einen Blick zu, aber sie sah ebenso unergründlich aus wie eine Sphinx. Das Ding an und für sich, dachte er finster.

»Und hinterher hast du Clarissa nicht mehr gesehen?«

»Nein ... nein, habe ich nicht.«

»Kannst du dich erinnern, ob du Jellinek irgendwo gesehen hast, nachdem ihr zurückgekommen seid?«

»Jellinek?«

»Ja. Ist es für dich einfacher, wenn ich jede Frage zweimal stelle?«

Das brachte ihm einen scharfen Blick von der Psychologin ein.

»Nein, das ist nicht nötig«, sagte Joanna Halle. »Nein, ich habe Jellinek erst gesehen, als wir zum Hof gegangen sind.«

»Du meinst damit, du bist am Sonntagabend mitgegangen, Milch zu holen?«

»Ja, natürlich. Ich war doch dran.«

Sie betrachtete ihn mit einem Blick, der leichte Verachtung ausdrücken sollte, wie ihm bewusst wurde.

»Wer war noch dabei?»

Sie dachte nach.

»Krys und die Schwestern.«

»Die Schwestern?«

»Ja, Lene und Tilde.«

Van Veeteren nickte.

»Wenn wir noch mal zurück zum Badefelsen gehen ... habt ihr andere Menschen gesehen, während ihr dort wart?«

»Nein, wir waren ganz allein da.«

»Auch keine anderen Erwachsenen?«

»Nein.«

»Und auch niemand, den ihr nicht kanntet?«

»Nein, ich habe doch gesagt, dass wir da ganz allein waren.«

»Wie lange wart ihr dort?«

»Ich weiß nicht ... nicht so lange.«

»Hattest du den Eindruck, dass Clarissa aus irgendeinem Grund vielleicht traurig war?«

»Nein ... nein, sie war wie immer.«

»Und es gab auch sonst nichts, was dir an ihr aufgefallen wäre?«

»Nein.«

»Sie hat nicht gesagt, sie möchte allein sein, oder so?«

»Nein.«

»Und es gab auch niemanden, der sie geärgert hatte oder etwas in der Art?«

»Wir ärgern einander nicht, das habe ich doch gesagt.«

Nein, nein, du kleine Gans, dachte der Kommissar, während kurz die Wut in ihm aufstieg. Aber schließlich ist es so, dass Clarissa ihren Mörder getroffen hat, während du nach Hause getrottet bist, und vermutlich hättest du genauso gut an ihrer Stelle sein können.

»Willst du jetzt aus dieser Kirche austreten?«, fragte er.

Joanna Halle wurde plötzlich ganz rot im Gesicht, und er konnte nicht ausmachen, ob sie nun wütend oder beschämt war. Das konnte sie offensichtlich selbst nicht, also fing sie stattdessen an zu weinen.

»Danke, das war alles«, erklärte er und eilte hinaus in den Sonnenschein, den Blick der Psychologin im Rücken.

Als er fünfundvierzig Minuten später auf die Tankstelle an der Ortseinfahrt von Sorbinowo fuhr, um zu tanken, begriff er, dass die vierte Staatsmacht die Polizeimacht mal wieder eingeholt hatte.

SEXPRIESTER AUF DER FLUCHT!

stand in fetten schwarzen Buchstaben auf den Titelseiten:

NEUE SPUR IM MÄDCHENMORD!

Er überlegte eine Weile, ob jemand geplaudert haben könnte, aber dann wurde ihm klar, dass die Information über die Mädchen gekommen sein musste, die Waldingen bereits verlassen hatten – und vielleicht auch Das Reine Leben. Ja, ja, dachte er. Zeit, sich den falschen Bart anzukleben und in den Wäldern zu verstecken.

Alles hat seine Zeit.

21

Während der Besprechung des Falls Clarissa Heerenmacht am Freitag war die Temperatur im Dienstzimmer von Polizeichef Kluuge bereits auf 33 Grad Celsius angestiegen. Obwohl es erst Vormittag war – außerdem war es das erste Mal, dass das gesamte Fahndungsteam unter einem Dach versammelt war.

»Wir sind vermutlich die einzigen Idioten im ganzen Ort, die drinnen sitzen«, sagte Suijderbeck.

»Ist gut möglich«, bestätigte Servinus.

Außer dem Paar aus Rembork waren die beiden weiblichen Inspektoren aus Haaldam anwesend – Elaine Lauremaa und Anja Tolltse –, der Leiter der Ermittlungen Kluuge sowie der beratende Hauptkommissar Van Veeteren von der Kriminalpolizei Maardam. Insgesamt also sechs Leute; der Teamleiter trug kurze Hosen, was aber nicht zu sehen war, da er hinter dem Schreibtisch saß.

»Da ist einiges los in den Medien«, stellte Suijderbeck fest und legte das Neuwe Blatt hin, das den Geschehnissen draußen in den Wäldern von Sorbinowo neben der Titelseite noch zwei weitere ganze Seiten widmete. Und dem Reinen Leben. Die Spekulationen um den verschwundenen geistigen Führer und die Ziele der Sekte im Großen und Ganzen waren in den meisten Medien reichlich aufgebauscht worden. Der alte Prozess war ausgegraben worden, abgesprungene Mitglieder schilderten unverblümt ihre Erfahrungen, und einer der Fernsehkanäle hatte seine selbst aufgestellten Anstandsregeln gebrochen, indem er eine Reportage über eines der heimgekehrten Mädchen brachte – ein äußerst realistisches Interview der Revolverpresse mit stammelnden, verängstigten Eltern und einer verheulten Dreizehnjährigen, die gerade versuchten, sich aus ihrem Auto in ihr rechtmäßig erworbenes Reihenhaus am Rande von Stamberg zu begeben.

»O verdammt«, sagte Servinus. »Ist ja logisch, dass sie drüber schreiben! Was kann man sonst erwarten? Sommer. Mord. Junges Mädchen, wahnsinniger Priester! Wenn sie mit dieser Mischung keine Sondernummer verkaufen, können sie gleich das Handtuch werfen und sich stattdessen einer Heimatkundezeitschrift widmen.«

»Wann ist die Fahndung nach Jellinek rausgegangen?«, fragte der Hauptkommissar.

»Gestern Nachmittag«, antwortete Kluuge. »Wir dachten, das würde auch nichts mehr ändern, wenn es sowieso schon bekannt ist.«

»Richtige Entscheidung«, meinte Suijderbeck. »Eigentlich habe ich den Nornen ja gestern damit gedroht, ihn der Meute auszuliefern ... wenn sie heute um zwölf Uhr immer noch schweigen, aber die lesen ja keine Zeitungen, also ist mein Gewissen rein.«

»Du meinst das mit der Kondomspur?«, wollte Tolltse von Kluuge wissen. »Wie hat man das eigentlich zu verstehen?«

»Hm, ja«, sagte Kluuge. »Vielleicht sollten wir erst einmal versuchen, eins nach dem anderen zu behandeln. Als Erstes die Lage draußen in Waldingen, denke ich. Das Lager ist ja wohl bald leer, oder?«

Anja Tolltse schaute auf die Uhr.

»Noch ein Mädchen und eine Psychologin. Und zwei Polizisten, die Wache halten. Das Mädchen wird in einer halben Stunde abgeholt, wenn die die Zeit einhalten. Ja, dann können wir wohl unsere Zelte da draußen abbrechen, denke ich.«

»Viele Journalisten?«, fragte Servinus.

Tolltse nickte.

»Einige Autos, als ich von dort weggefahren bin. In erster Linie schleichen sie herum und machen Fotos. An das Mädchen kommen sie nicht ran – aber es hindert sie natürlich nichts daran, sich an die Eltern zu hängen, wenn sie es abholen. Wenn sie unbedingt einen dreckigen Schnappschuss haben wollen ...«

»Gut«, sagte Suijderbeck. »Ein ehrenwertes Gewerbe, wirklich. Eines Tages werde ich noch aufhören, überhaupt Zeitungen zu lesen.«

»In Ordnung«, sagte Kluuge. »Jedenfalls ist der Suchtrupp auch heute im Wald unterwegs ... um nach dem anderen Mädchen zu suchen. Wir können nur hoffen, dass sie nichts finden.«

»Und dass sie den Schmierfinken nicht erzählen, wonach sie suchen«, sagte Lauremaa. »Wenn wir nicht selbst bekannt geben wollen, dass noch eine vermisst wird, meine ich.«

»Ich begreife nicht, warum wir nicht auch nach ihr fahnden«, bemerkte Tolltse. »Das wäre doch wohl das Beste, oder?«

Niemand antwortete. Suijderbeck zuckte mit den Schultern, und Kluuge versuchte Augenkontakt mit Van Veeteren aufzunehmen, aber der saß mit geschlossenen Augen da und ließ einen Zahnstocher aus einem Mundwinkel hängen.

»Tja«, sagte der Hauptkommissar nach einigen Sekunden Schweigen. »Ich glaube, das ist jetzt nicht wichtig. Denn auf jeden Fall wird sie nicht ermordet werden, während wir hier sitzen und uns über ihr Verschwinden unterhalten.«

»Wenn sie tot ist, dann ist sie es«, sagte Suijderbeck.

»Zweifellos«, sagte der Hauptkommissar. »Nein, wir müssen zuerst einmal die Eltern zu fassen kriegen. Wollen wir weitermachen?«

»The Weird Sisters?«, fragte Kluuge und sah ungewöhnlich verständnislos drein.

»Entschuldige«, sagte Van Veeteren. »Das war nur eine Anspielung. Macbeth. Wie läuft es also in Wolgershuus?«

»Na ja«, sagte Suijderbeck. »Im Westen nichts Neues, wenn wir es literarisch benennen wollen. An die ist einfach nicht ranzukommen. Vielleicht gibt es noch eine geringe Hoffnung für Mathilde Ubrecht, aber das ist reine Spekulation. Sollten wir uns überlegen, eine herauszunehmen für eine etwas ... außergewöhnliche Behandlung, ja, dann würde ich jedenfalls sie empfehlen.«

»Immerhin etwas«, sagte Van Veeteren. »Nun gut, ich werde heute Nachmittag wohl mal hinfahren.«

»Ich habe gelesen, man könne Leute, die so widerspenstig sind, Alkohol einflößen«, schlug Servinus vor. »So bis zu anderthalb, zwei Promille ... dann fällt es ihnen schwerer, die Klappe zu halten.«

»Ich denke, ich werde erst einmal die nüchterne Variante versuchen«, sagte der Hauptkommissar. »Das erscheint mir ein wenig ethischer.«

»Ethisch?«, brummte Servinus. »Ich wusste gar nicht, dass wir hier Cricket spielen.«

»Wie lange dürfen wir sie unter diesen Umständen noch festhalten?«, wollte Lauremaa wissen. »Müssten wir sie nicht bald verhaften?«

»Bis Montag«, antwortete Servinus. »Wenn nichts Neues auftaucht. Aber keine von ihnen hat bis jetzt nach einem Anwalt verlangt, und keine hat mit einem Wort den Wunsch geäußert, rauskommen zu wollen, deshalb weiß ich nicht ...«

»Trotzdem besser, wenn wir uns an die Regeln halten«, meinte Suijderbeck. »Dann haben sie zumindest nichts, was sie uns später vorwerfen können.«

»Genau«, stimmte der Hauptkommissar zu. »Wir müssen sie am Wochenende knacken. Wäre das nicht etwas, an dem die Damen Interesse hätten ...?« Er zeigte mit dem Zahnstocher zuerst auf Tolltse und dann auf Lauremaa.

»... ich habe nämlich so das Gefühl, dass es da eine kleine Geschlechtsbarriere gibt.«

»Und tschüß dann«, sagte Lauremaa.

»Ich hätte nichts dagegen, erst einmal für eine Weile wieder nach Hause zu kommen«, erklärte Tolltse. »Wir sind jetzt schon seit vier Tagen hier.«

»Was meint der Leiter der Ermittlungen?«, fragte Van Veeteren und fuchtelte wieder mit dem Zahnstocher herum.

»Tja ...«, sagte Kluuge. »Ich weiß nicht so recht.«

»Dann Sonntag«, entschied der Hauptkommissar. »Bis dahin werde ich wie gesagt noch einen Versuch wagen, aber wenn ich keinen Stich mache, dann müsst ihr das übernehmen.«

»Danke«, sagte Lauremaa. »Das ist in Ordnung.«

»Weiter«, sagte der Hauptkommissar. »Was haben wir noch?«

Zum ersten Mal seit langem war eine Spur von Ungeduld aus seiner Stimme herauszuhören. Er bemerkte es selbst und wunderte sich leicht darüber, überlegte, ob es an der Hitze lag oder an der Umgebung. Wahrscheinlich an beidem; jedenfalls hätte er nichts dagegen gehabt, Münster oder Reinhart für einen kleinen Gedankenaustausch zur Verfügung zu haben.

Man wird mit den Jahren verwöhnt, musste er zugeben. Erschöpft und desillusioniert und Gott weiß was, aber außerdem auch verwöhnt. Vielleicht gar nicht schlecht, das im Hinterkopf zu behalten.

»In letzter Zeit ist kein bekannter Gewaltverbrecher freigekommen«, las Servinus von einem Zettel ab. »Einer ist gerade aus Ulmenthal entlassen worden, aber er hält sich nachgewiesenermaßen weit von hier entfernt auf ... ja, wir haben es anscheinend mit einem neuen Namen in der Branche zu tun. Ob er nun Jellinek heißt oder nicht ...«

Der Hauptkommissar nickte.

»Weiter«, wiederholte er.

»Das war's dann schon fast«, sagte Kluuge. »Ein bisschen mehr steckt natürlich noch in dem Bericht der Gerichtsmedizin ...«

Er blätterte in einer Mappe, die auf dem Schreibtisch lag.

»... das mit dem Gummifragment könnte wert sein, näher betrachtet zu werden ... von einem Kondom oder so.«

»Darüber habe ich nachgedacht«, sagte Tolltse. »Benutzen Vergewaltiger denn Kondome? Jedenfalls habe ich noch nie davon gehört.«

Ein paar Sekunden lang herrschte Schweigen. Suijderbeck kratzte sich am Holzbein.

»Es gibt alle möglichen Varianten«, sagte Van Veeteren. »Glaubt mir ... wirklich alle.«

»Muss auch kein Kondom sein«, bemerkte Servinus. »Sie betonen ja, dass es sich um ein äußerst winziges Fragment handelt und dass es ebenso gut etwas anderes sein könnte.«

»Und was beispielsweise?«, fragte Kluuge, erhielt aber keine Antwort.

Und für eine Sekunde war ganz offensichtlich, dass das gesamte Fahndungsteam dasaß mit dem gleichen Bild im Kopf.

Dem gleichen teuflischen, nicht fassbaren Bild.

Nach der Pressekonferenz, die diesmal mehr als eine Stunde in Anspruch nahm und auf der in erster Linie der Hauptkommissar und Inspektorin Lauremaa dem reichlich erschöpften Kluuge die schwerste Bürde abnahmen, aß Van Veeteren gemeinsam mit Suijderbeck im Florian's zu Mittag. Es war jetzt genau eine Woche vergangen, seit er hier das erste Mal gegessen hatte und in Anbetracht der Lage gab es Grund genug, sich etwas zu gönnen.

Vielleicht sogar zu verwöhnen.

»Verdammter Zirkus«, sagte Suijderbeck. »Ich glaube, ich nehme Aal.«

»Nun ja«, sagte Van Veeteren, »irgendwie haben Aal und Wasserleichen ja was gemeinsam, wenn du entschuldigst ... was meinst du mit Zirkus?«

»Na, natürlich Medienclowns. Aber du bist diesen Dreck wahrscheinlich gewohnt, oder?«

Van Veeteren zuckte mit den Schultern.

»Schwer, sich daran zu gewöhnen«, erwiderte er. »Aber jedenfalls besteht eine gewisse Diskrepanz.«

»Diskrepanz?«, wiederholte Suijderbeck und schnupperte an seinem Bierglas.

»Na, zwischen dem, was geschrieben, und dem, was getan wird. In den Zeitungen passiert sehr viel mehr als bei den Ermittlungen.«

Suijderbeck probierte sein Bier und nickte.

»Richtig«, sagte er. »Was wirklich geschieht und was zu geschehen scheint. Was meinst du, laufen wir gegen eine Wand?«

»Was meinst du?«, gab der Hauptkommissar die Frage zurück. »Die Mädchen sind in alle Winde zerstreut. Die Frauen schweigen. Jellinek ist verschwunden.«

Suijderbeck dachte nach.

»Katarina Schwartz«, sagte er.

»Nicht die geringste Spur«, konterte der Hauptkommissar. »Weder von ihr noch von ihren Eltern.«

Suijderbeck saß eine Weile schweigend da und nippte an seinem Bier.

»Okay«, sagte er schließlich. »Wir haben uns festgefahren. Was sollen wir machen?«

»Schwer zu sagen«, meinte der Hauptkommissar. »Aber nimm du erst mal deinen Aal, dann fange ich mit einem kleinen Krebs an.«

Doch als sie ihr Essen auf dem Tisch hatten, wusste er, dass alles vergeblich war. Alles hat seine Zeit, wie gesagt, und an diesen Tagen an seinen eigenen Hunger zu denken, erschien ihm fast unanständig. Er schielte verstohlen über den Tisch, wo Suijderbeck sich mit gutem Appetit seinem triefend fetten Fisch widmete.

Trotz aller marmorierten Mädchenkörper. Trotz aller infinitesimalen Gummifragmente. Trotz aller Kreissägen.

Pervers, dachte er. Eines Tages halte ich es hier auf der Welt einfach nicht mehr aus.

Es ist nur eine Frage der Zeit.

22

Er wartete eine leichte Abendbrise ab, bevor er sich auf den Weg machte. Die Sonne wollte gerade hinter dem Waldrand im Westen untergehen, und es gelang ihm, den ganzen Weg im Schatten und in relativer Kühle zurückzulegen.

Wolgershuus lag ein paar Kilometer außerhalb des Ortes, in angenehmer Abgeschiedenheit draußen im Wald, ein gutes Stück von der großen Straße entfernt. Ein lang gestreckter, von einer Mauer umgrenzter Park mit einem halben Dutzend verschiedener Gebäude aus dem frühen 20. Jahrhundert, alle im gleichen sanften, blassgelben Kalksandsteinton. Van Veeteren hatte die Genealogie gelesen; anfangs Sanatorium und Kurheim für die wohlhabenden Gesellschaftsklassen, später – während des Krieges – Lehranstalt für Krankenschwestern und anderes freiwilliges Personal und noch später – seit den Fünfzigern bis heute – Therapiestätte und Verwahrungsort für Menschen mit verschiedenen psychischen und psychosomatischen Krankheitsbildern. Wenn er zwischen den Zeilen richtig gelesen hatte, war mit der Zeit der Gefängnischarakter immer ausgeprägter geworden.

Schon von weitem, als er gerade erst die Straße verlassen und seine Wanderung das schmale Asphaltband durch den Wald hinauf begonnen hatte, konnte er eine Stimme hören. Ein eintöniges Klagen, das aus dem Parkgelände kam. Eine einsame, anonyme Stimme, die offenbar durch ein offenes Fenster drang, über dem Wald im Sommerabend schwebte als Ausdruck dafür und Erinnerung daran, dass das Leiden seinen festen Platz in der Welt hat.

Der traurige Ruf eines Zugvogels kam ihm in den Sinn. Ein Zugvogel, der hier geblieben war. Der vergebliche Kontaktversuch eines sprachlosen Tiers in einer kalten und verständnislosen Umgebung. Im gleichen Moment, als er vor dem verschlossenen Tor stand, verstummte der Vogel. Schien aber weiterhin wie ein unerfülltes Schweigen unter den Bäumen zu hängen, und er wartete, bis es verklungen war.

Wolgershuus-Heim
Geschlossene psychiatrische Anstalt

stand auf einem blauweißen Emailleschild, direkt an der massiven Ziegelmauer festgeschraubt.

Gefährliche Idioten! dachte Van Veeteren. So hätte es früher geheißen, und so hieß es vielleicht immer noch im Volksmund. Aber heutzutage gab es natürlich Medizin gegen die Gefahr. Er trat an ein Glashäuschen im Portal und erklärte den Grund seines Kommens. Der junge, Kreuzworträtsel lösende Pförtner drückte auf einen Knopf und ließ ihn durch eine Gittertür hinein. Dann musste er sich an eine neue Wache in einem neuen Häuschen wenden, von der er die Wegbeschreibung bekam sowie eine kleine weiße Plastikkarte, die ihm freien Durchgang ermöglichte.

Die gleiche Karte, die man ihm das letzte Mal gegeben hatte – als er nur hier gewesen war, um Zeuge von Servinus' und Suijderbecks vergeblichen Versuchen zu sein, aus den drei Nornen etwas herauszupressen.

Diesmal war er an der Reihe, und er hatte nicht die Absicht, mit leeren Händen zurückzukehren.

Er folgte weiter dem sorgfältig geharkten Kiesweg. Das Abendlicht würde noch eine gute Stunde anhalten, und hier und da konnte er kleine Menschengruppen erkennen. Weiß gekleidete Pfleger und Wächter, dunkelgrüne Interne – mit großen, weiten Jacken und unförmigen Hosen, die ihn an diese Tarnausrüstung erinnerten, die zu tragen er während seines Militärdienstes im Frühling seiner Jahre gezwungen gewesen war.

Unter den Grünen gab es auch vereinzelte Sonderlinge. Einen Mann, der auf einer Bank saß und rauchte, eine leere Hundeleine in der Hand. Ein anderer lag auf dem Rasen und schien zu schlafen. Unter einem Baum ein Stück weit entfernt stand eine Frau, die Stirn an den Stamm gelehnt, und wiegte sich hin und her, wobei sie mit den Armen langsame, schwebende Schwimmbewegungen ausführte.

Über allem – dem Park, den Gebäuden und dem umgebenden Wald – hing Stille.

Eine dumpfe, fast drückende Stille, die nicht nur die Illusion eines anderen Lands in sich zu tragen schien, sondern noch etwas anderes.

Eine Dimension mit einer gefährlichen Anziehungskraft, das wusste er; einen Sog, gegen den er sich in gewissen Situationen – wenn bestimmte rudimentäre Schutzmechanismen außer Kraft gesetzt waren – nur schwer zur Wehr setzen konnte.

Tief in seinem Unterbewusstsein gab es außerdem das dunkel leuchtende Bild seines eigenen Vaters. Und er erinnerte sich wieder an ein Gespräch zwischen diesem, sich selbst und dem Bruder des Vaters. Die Worte seines Vaters und dessen unverständliches Abstandnehmen. Entschlossene Schritte, die über den Kies hasteten, und ein schweres Tor, das zuschlug.

Seine eigenen kindlichen Beine, vier oder fünf Jahre alt, die zunächst nicht wussten, welche Richtung sie einschlagen sollten, dann aber um ihr Leben liefen, um nicht innerhalb der Mauern zurückbleiben zu müssen. Zusammen mit dem Onkel Bern.

Unbegreiflich damals. Unbegreiflich jetzt. Aber dennoch ein Stückchen des Musters, des Erklärungsrasters, dass er geerbt hatte. Sein privates Muttermal. Eines von vielen.

Er bog rechts vom Hauptgebäude ab, folgte dem ausgetretenen Pfad hinunter in die Mulde und erreichte das gleiche lang gestreckte Gebäude unter den Ulmen wie letztes Mal. Zeigte seine Plastikkarte einem bärtigen jungen Mann in einem neuen gläsernen Häuschen und wurde hereingelassen.

Polizeianwärter Matthorst saß im Aufenthaltsraum, rauchte und guckte Fernsehen. Es schien ihm fast peinlich, unter derart trivialen Umständen ertappt worden zu sein, und er sprang umgehend auf, um den Hauptkommissar zu einem der Zimmer in einem der Flure zu bringen, in dem Mathilde Ubrecht seit dreieinhalb Tagen verwahrt wurde. Er schloss auf, und Van Veeteren trat ein.

Sie saß zusammengekauert auf dem Bett und las in der Bibel. Im gleichen bleichen Baumwolltuch wie immer. Das gleiche strähnige, farblose Haar. Wie immer vollkommen in sich gekehrt. Der Hauptkommissar zögerte eine Weile, ging dann zum Schreibtischstuhl und ließ sich ihr gegenüber nieder, mit weniger als einem Meter Abstand.

Er wartete. Holte einen Zahnstocher aus der Brusttasche

und wog ihn in der Hand. Fand ihn zu leicht und schob ihn wieder zurück. Schaute durch das vergitterte Fenster. Ein dichter, ziemlich buschiger Fliederbusch verdeckte fast die ganze Aussicht. Er ging wieder dazu über, die Frau auf dem Bett zu betrachten.

Wartete. Lauschte der Stille und dem ganz leisen Geräusch irgendeiner Klimaanlage. Nach vielleicht fünf Minuten schlug sie die Bibel zu. Hob ihren Blick und erwiderte seinen.

»Ich würde einen Spaziergang im Park vorschlagen«, sagte Van Veeteren. »Es ist so ein schöner Abend.«

Sie antwortete nicht. Verharrte mit ihrem Blick bei ihm, während sie über die Bibel strich und mit halb offenem Mund atmete. Er überlegte, ob sie wohl an Asthma oder einer Art Allergie litt, es schien so. Nach einer Weile nickte sie knapp und stand auf. Matthorst, der offenbar vor der Tür gewartet hatte, folgte ihnen durch den Flur hinaus, und als sie am Fernsehzimmer vorbeikamen, gab ihm der Hauptkommissar mit einem Nicken zu verstehen, dass er weitergucken konnte.

Oder sich edleren Interessen widmen, falls er welche hatte.

Die letzten Sonnenreste waren verschwunden, als sie draußen waren, und die Gruppen grüner und weißer Menschen hatten sich zur Nachtruhe begeben. Van Veeteren ließ Mathilde Ubrecht den Weg wählen, und langsam bewegten sie sich auf den Teich in dem abgelegensten Teil des Parks zu. Nach Nordwest, wenn er sich nicht irrte. Die Abendbrise, das sanfte Flüstern, das im Wald zu hören gewesen war, als er zum Wolgershuus hinaufwanderte, hatte sich jetzt vollkommen gelegt; der einzige Laut, der noch zu hören war, das waren ihre eigenen Schritte auf dem Kies und Mathilde Ubrechts leicht angestrengtes Atmen. Es lag eine leichte Aura der Anspannung über ihren Bewegungen, und er achtete darauf, sich einen halben Meter hinter ihr zu halten, damit er auf keine Weise ihre Schritte und eventuellen Beschlüsse beeinflusste.

Gab kein Wort von sich, bis sie an dem künstlich angelegten Teich mit Wasserrosen und dem leise plätschernden Wasser aus einer pathologischen Bronzefigurine angekommen waren. Sie setzten sich auf eine der braun gebeizten Bänke, und Van Veeteren zündete sich eine Zigarette an.

»Ich habe drei Fragen«, erklärte er. »Ihr Schweigen schützt einen Mörder. Ich gehe davon aus, dass Sie mir ehrlich antworten.«

Mathilde Ubrecht antwortete nicht. Gab in keiner Weise zu verstehen, dass sie überhaupt gehört hatte, was er gesagt hatte. Er zog an seiner Zigarette und begann.

»Frage Nummer eins«, sagte er. »Wissen Sie, wer Clarissa Heerenmacht ermordet hat?«

Schweigen. Er hob seinen Blick und betrachtete den dunklen Wald über der Mauerkrone. Sie wird nicht antworten, dachte er.

»Nein«, sagte sie.

Van Veeteren nickte. Ließ eine Minute verstreichen. Drückte seine Zigarette aus.

»Nummer zwei«, sagte er. »Wissen Sie, was mit Katarina Schwartz passiert ist?«

Das gleiche Abwarten. Dann holte sie tief Luft, er konnte das unregelmäßige Pfeifen in ihren Bronchien hören.

»Nein.«

»Danke«, sagte der Hauptkommissar. »Meine letzte Frage betrifft Oscar Jellinek. Wissen Sie, wo er ist?«

Diesmal zögerte sie noch länger, aber als die Antwort kam, war sie genauso eindeutig wie die vorherigen.

»Nein.«

Er blieb noch eine Weile sitzen und ging mit sich selbst zu Rate.

»Gibt es sonst noch etwas, was Sie mir sagen wollen?«

Statt zu antworten, erhob sie sich und bedeutete ihm, dass sie zurück ins Haus wollte. Er nickte, und sie gingen durch das immer blauere Schweigen zurück.

Matthorst fing sie bereits am Hauseingang ab, und Van Veeteren war klar, dass er sie durchs Fenster beobachtet hatte.

Er ging nicht mehr mit hinein. Überließ sie der Verantwortung des Assistenten, hatte aber noch eine Sekunde lang Augenkontakt mit ihr, bevor sie durch die Tür verschwand, und es war dieser Abschiedsblick, den er während des ganzen Rückwegs in sich trug.

Durch den Krankenhauspark. Durch den dunklen Wald. Den spärlich erleuchteten Weg entlang hinunter in den Ort.

Drei negative Bescheide auf seine drei Fragen hatte er bekommen. Sowie einen Blick, der besagte ... ja, was denn?

Intuitiv – bevor er zu analysieren und abzuwägen begann – war die Antwort für ihn klar gewesen:

Ich habe die Wahrheit gesagt. Glaube mir.

Aber dann kamen die Zweifel. Konnte er sich darauf verlassen? Traute er sich wirklich zu, einer dieser verrückten Priesterinnen zu glauben – oder welches Epitheton man ihnen nun anhängen wollte? Hielt sie wirklich keine näheren Angaben zurück, die sie ihm hätte mitteilen können?

Was den Mord betraf, das Mädchen, das verschwunden war, oder die Herde, das war das Gleiche.

Er wusste, dass alles von seiner Beurteilung dieser Fragestellung abhing, und außerdem war es ja auch nicht ausgeschlossen, dass sie ihm ein Gebräu serviert hatte ... zwei Wahrheiten und eine Lüge – oder umgekehrt –, und als er dem Ort langsam näher kam, erschien es ihm, als könnte er seinen Spaziergang als die übliche alte Balanceprobe ansehen. Auf der unscharfen, besudelten Klinge zwischen wahr und falsch.

Wie sehr konnte er ihr vertrauen? Ihren drei Nein. Wie viel war seine Intuition in diesem Fall wert?

Auch als er sich eine Weile später an einem leeren Tisch in Grimm's Speisesaal niederließ, wusste er es noch immer nicht. Hatte aber trotzdem so manchen Beschluss gefasst.

Denn jemand musste ja trotz allem die Sache in die Hand nehmen und die Körner abwägen, die ihnen in den Weg gestreut worden waren. Mene tekel.

Mene mene tekel.

23

Suijderbeck kümmerte sich nicht um das Warnschild, stattdessen riss er die Pforte so weit auf, dass sie in den Angeln kreischte. Eine halbe Sekunde später kamen ganz richtig zwei fünfzig Kilo schwere Schäferhunde um die Hausecke geprescht. Suijderbeck blieb stehen.

»Platz!« dröhnte er, als die Bestien sich auf zwei Meter Abstand von ihm befanden, und das Adrenalin stand wie eine Dampfwolke um ihre Mäuler.

Es hatte die gleiche Wirkung wie immer. In Sekundenschnelle verwandelten sich die Hunde in zwei phlegmatische schwarze Schafe, deren einziges Streben nur darin zu bestehen schien, sich vor den Füßen ihres neu gewonnenen Herrschers in die Erde zu bohren.

»Memmen«, brummte Suijderbeck und ging weiter den Kiesweg entlang.

Eine Frau in abgeschnittenen Jeans und kariertem Herrenhemd kam auf die Terrasse, die Fäuste in die Seite gestemmt. Suijderbeck blieb stehen und betrachtete sie einen Augenblick lang. Ihm war klar, dass es in ihrem Fall mit einem einfachen Befehl wahrscheinlich nicht getan wäre.

Obwohl es lustig wäre, das mal auszuprobieren. Zweifellos.

»Frau Kuijpers?«, fragte er stattdessen.

»Und wer zum Teufel sind Sie?«

»Suijderbeck, Polizei«, sagte Suijderbeck und kletterte die Treppe mit artig ausgestreckter Hand hinauf.

»Ihren Ausweis«, sagte die Frau statt einer Begrüßung.

Suijderbeck zog ihn aus der Innentasche. Er hielt ihn zehn Zentimeter vor das Gesicht der Frau, wobei er ihre Schnapsfahne riechen konnte. Er beschloss, die Samthandschuhe auszuziehen.

»Ich habe Ihnen ein paar Fragen zu stellen«, sagte er. »Wollen Sie mit ins Auto, oder können wir das hier erledigen?«

»Was zum Teufel soll das?«, brauste die Frau auf. »Einfach herkommen und ...«

»Es geht um den Mord unten im Ferienlager«, schnitt Suijderbeck ihr das Wort ab und zeigte mit der Hand zum Wald und dem Weg, auf dem er gerade gekommen war. »Ich nehme an, Sie wissen, was da passiert ist.«

»Ja, natürlich ...« Sie schien gleich ein wenig zahmer zu werden. »Äh ... bitte, setzen Sie sich doch.«

Sie selbst ließ sich auf einem der Plastikstühle draußen auf der Terrasse nieder, und Suijderbeck setzte sich ihr gegenüber.

»Aber wir haben nichts gemacht ...«, fuhr sie ungefragt fort. »Ich meine, Henry ist doch im Frühling rausgekommen, und seitdem sind wir lammfromm hier draußen.«

»Wirklich?«, fragte Suijderbeck.

»Wer zum Teufel ist das?«, war eine grobe Männerstimme aus dem Haus zu vernehmen.

»Die Polizei!«, rief die Frau in einem gebrochenen Versuch zwischen Hoffnung und Verzweiflung.

Der Mann trat durch die Tür. Fast eine Kopie seiner Frau, registrierte Suijderbeck. Groß, kräftig, heruntergekommen. Wahrscheinlich knapp fünfzig.

Aber nur die Frau hatte blondiertes Haar und trug einen Nasenring.

»Kuijpers«, sagte der Mann und streckte eine behaarte Faust vor. »Ich bin unschuldig wie ein Säugling.«

Er lachte scheppernd, und Suijderbeck zündete sich eine Zigarette an. Was für Schwachköpfe, dachte er. Wenn ich jetzt einfach nur die Schnauze halte, haben sie in weniger als einer Viertelstunde Schwarzbrennerei und Hehlerei gestanden.

»Ja, ja«, sagte Kuijpers. »Es geht also um die Mädchen, wie ich gehört habe.«

»Genau«, sagte Suijderbeck. »Wissen Sie etwas?«

Beide schüttelten den Kopf. Die Frau bekam einen Schluckauf und hielt sich die Hand vor den Mund.

»Das ist einfach nur schrecklich«, sagte Kuijpers. »Nein, wir haben keinen Kontakt mit denen gehabt. Und dieser Schwarzrock auf der Flucht ... nein, mir fehlen einfach die Worte.«

»Vor ein paar Tagen war schon ein anderer Polizist hier«, warf die Frau ein.

»Ich weiß«, sagte Suijderbeck. »Ich wollte nur ein paar Aussagen noch einmal überprüfen.«

»Ach?«, sagte der Mann und kratzte sich im Schritt.

Suijderbeck zog seinen Block heraus und blätterte einige Seiten darin um.

»Wir wissen nichts«, sagte die Frau nervös.

»Nun meckere nicht«, sagte der Mann.

»Hm«, sagte Suijderbeck. »Sie haben also nie mit jemandem von denen geredet? Weder mit den Mädchen noch mit ihren Begleiterinnen ... den ganzen Sommer lang? Schließlich ist es nur einen Kilometer von hier.«

Der Mann schüttelte wieder den Kopf.

»Es war ein paar Mal eine kleine Gruppe hier«, sagte die Frau. »Die haben wohl Blaubeeren gepflückt oder so, aber die Hunde halten die Leute ja auf Abstand ...«

Sie nickte mit dem Kopf zum Hof hin, wo die Schäferhunde in großen, zögerlichen Kreisen herumliefen.

»... jedenfalls die meisten«, fügte sie vorsichtig hinzu.

»Wir sind nur dran vorbeigekommen, wenn wir in die Stadt wollten«, erklärte der Mann. »Aber mit denen reden? Nein, vielen Dank ... wundern tut mich das Ganze ja nicht. So ein Geheimniskrämer von Priester, ja, so einer kann doch auf die idiotischsten Gedanken kommen.«

Suijderbeck zeichnete einen fetten Priester auf seinen Notizblock.

»Was haben Sie Sonntagnacht gemacht?«, fragte er. »Ich meine den vorigen Sonntag, die Nacht, in der das Mädchen ermordet wurde?«

»Was?«, fragte der Mann. »Die ganze Nacht? Na, wir waren natürlich zu Hause. Wie immer ...«

»Und Sie hatten auch keinen Besuch?«

Kuijpers schüttelte den Kopf und schaute zu seiner Ehefrau.

»Nein«, bestätigte die Frau. »Wir waren allein.«

»Können Sie sich daran erinnern, ob Sie vielleicht in der Nacht ein Auto haben vorbeifahren hören?«

»Nein«, sagte der Mann. »Der vorige Bulle hat das Gleiche gefragt, aber wir haben nichts gehört. Schließlich haben wir ja geschlafen ...«

»Aber es kommen sicher nicht besonders viele Autos hier vorbei?«, fragte Suijderbeck und schaute sich nach einer Möglichkeit um, seine Zigarette auszudrücken. Schließlich entschied er sich für eine ausgetrocknete Topfpflanze, die direkt neben seinem Holzbein stand.

»Zwei, drei in der Woche«, sagte der Mann und zeigte seine Zähne. Offensichtlich sollte das ein Lächeln sein.

»Und sonst nichts, was Ihnen zu dieser Nacht einfällt?«

»Nicht einen Pups«, sagte der Mann.

»Haben Sie Kinder?«

»Was?«, fragte der Mann.

»Wir haben eine Tochter«, erklärte die Frau. »Sie heißt Ewa, und sie ist von zu Hause ausgezogen vor ... Wie lange ist das jetzt schon her?«

»Vier Jahre«, sagte der Mann. »Sie ist jetzt vierundzwanzig. War zwanzig, als sie abgehauen ist.«

»Mit einem Ausländer«, präzisierte die Frau.

»Ich bin nicht ihr richtiger Vater«, fügte Kuijpers hinzu.

Suijderbeck machte sich Notizen.

»Jaha«, sagte er und dachte eine Weile nach. »Gibt's noch irgendetwas, von dem Sie glauben, es könnte uns weiterhelfen?«

Kuijpers runzelte die Stirn, und seine Frau zog nachdenklich an ihrem Nasenring.

»Nein ... nein, ich wüsste nichts.«

»Was arbeiten Sie?«

»Bin krankgeschrieben«, sagte der Mann und fasste sich an den Rücken.

»Keramik«, sagte die Frau. »Ich habe eine kleine Werkstatt. Und ich male auch.«

Suijderbeck nickte und steckte den Block ein. Blinzelte zum Himmel.

»Ganz schön heiß«, sagte er. »Muss schön sein, es so nah zum See zu haben. Ich nehme an, Sie haben auch ein Boot?«

»Ja, natürlich«, sagte der Mann. »Angel auch ein bisschen, aber früher brachte es mehr. Jetzt gibt's zu viele Abwässer und Dreck ...«

»Es gibt wirklich zu viel Dreck heutzutage«, bestätigte Suijderbeck. »Nun will ich Sie aber nicht länger stören.«

Er stand auf.

»Jedenfalls vielen Dank«, sagte er. »Weswegen haben Sie eigentlich gesessen?«

»Bankraub«, sagte der Mann und zupfte sich am Bart. »Aber ich bin damit fertig. Ab jetzt gibt's nur noch saubere Geschäfte.«

»Das hoffe ich«, sagte Suijderbeck. »Vielleicht komme ich sonst wieder.«

»Hehe«, lachte der Mann, aber auch diesmal blieb das Lächeln nicht haften.

»Vielen Dank für Ihren Besuch«, sagte die Frau.

»Adieu«, sagte Suijderbeck.

Sobald er auf dem Hof war, verschwanden die Hunde unter einem Wellblechdach auf der Stirnseite des Hauses. Memmen, dachte Suijderbeck. Wie der Herr, so's Gescherr.

Er konnte nicht behaupten, dass dies eine äußerst sinnvoll verbrachte Nachmittagsstunde gewesen war.

Wobei sie jedoch ausgezeichnet in diese verfluchte Geschichte passte, das war nicht zu leugnen. Ganz ausgezeichnet.

»Von wo aus rufen Sie an?«, fragte Kluuge.

»Aus Stamberg«, sagte der Mann. »Das habe ich doch schon gesagt.«

»Ja, ja«, sagte Kluuge und wischte sich den Schweiß von der Stirn. »Und was möchten Sie?«

»Das habe ich doch schon dem Mädchen in der Zentrale gesagt.«

»Aber jetzt reden Sie mit mir. Sagen Sie es bitte noch einmal.«

»In Ordnung«, sagte der Mann. »Ich heiße Tomasz Wack, und ich glaube, ich kann Ihnen helfen.«

»Wobei?«

Er notierte sich den Namen.

»Na, bei dem Mord natürlich. Dem Waldingenmord. Sie sind es doch, der dafür zuständig ist, oder muss ich das gleich alles noch jemandem erzählen?«

»Nein, nein, bei mir sind Sie richtig«, erklärte Kluuge.

»Gut. Es ist also so …« Kluuge konnte fast hören, wie der andere sich aufrecht hinsetzte und Anlauf nahm. »… Ich glaube, ich weiß, was da passiert ist, es ist nämlich so, dass ich …«

Es wurde still.

»Ja?«, fragte Kluuge nach.

»Glauben Sie an die Vorsehung, Herr Kommissar?«

»Ich bin noch kein Kommissar … aber ist ja auch egal. Was meinen Sie mit Vorsehung?«

»Wissen Sie nicht, was die Vorsehung ist? Na, die, die herrscht und bestimmt. Die alles richtet und auf die wir uns vollkommen blind verlassen können, ganz gleich, was …«

»Ich verstehe«, sagte Kluuge. »Aber möchten Sie jetzt bitte zur Sache kommen, Herr …«, er schaute auf seinen Notizblock, »… Herr Wack. Wir haben so einiges zu tun, und die Zeit ist knapp.«

»Ja, hm, das kann ich mir denken. Ich kann Ihnen also erklären, wie der Mord sich zugetragen hat und was der Zweck war …«

»Der Zweck?«

»Ja, der Zweck. Die Wege des Herrn können uns normalen Menschen ja unergründlich erscheinen, aber es gibt immer einen Zweck … einen Plan und einen Grund. Bei allem, Herr Kommissar, und damit meine ich wirklich alles …«

»Hören Sie auf«, unterbrach Kluuge. »Und seien Sie so gut und erzählen Sie mir endlich, was Sie zu sagen haben, statt die ganze Zeit über alle andere herumzuschwadronieren, sonst lege ich den Hörer auf.«

»Ich habe eine Vision gehabt«, erklärte der Mann. »Und in dieser Vision sah ich, wie alles zugegangen ist und wie alles zusammenhängt ...«

»Warten Sie«, sagte Kluuge, »warten Sie einmal! Wie halten Sie es mit der Religion, Herr Wack, können Sie mir das sagen?«

»Ich glaube an unseren alleinigen Gott.«

»Sind Sie Mitglied in Das Reine Leben?«

»Von Anfang an«, erklärte Tomasz Wack stolz. »Ganz von Anfang an.«

Kluuge stöhnte und schleuderte seine Schuhe unter den Tisch. Verfluchte Schafsköpfe, dachte er.

»Wissen Sie, wer Clarissa Heerenmacht ermordet hat?«, fragte er dann.

Herr Wack räusperte sich feierlich.

»Niemand hat Clarissa Heerenmacht ermordet«, erklärte er ernsthaft. »Absolut niemand. Sie ist von unserem Herrn heimgeholt worden. Das war ein Versprechen und eine Strafe, die gleichzeitig erfüllt werden sollten ... und eine große Gnade.«

»Danke, Herr Wack«, sagte Kluuge und bemerkte, dass es wie ein idiotischer Vers aus einem Kinderbuch oder ähnlichem klang.

»Ich habe mir alles notiert, was Sie gesagt haben.«

Er warf den Hörer hin und rief nach Frau Miller. Nach einer halben Minute tauchte sie in der Türöffnung auf, ebenso kühl und unberührt wie immer.

»Ja?«

»Frau Miller, habe ich Ihnen nicht gesagt, dass Sie keine Verrückten am Telefon durchstellen sollen? Das ist jetzt der dritte heute, und ich habe wirklich noch andere Aufgaben zu erledigen als ...«

»Ich verstehe«, sagte Frau Miller, bevor er überhaupt zum Punkt kommen konnte. »Sonst noch etwas?«

»Nein, das war alles«, seufzte Kluuge. »Ach doch, ja, haben wir eigentlich noch Selters im Kühlschrank?«

»Ich werde nachsehen«, sagte Frau Miller, und nach einer weiteren halben Minute war sie zurück.

»Nein, die ist aufgebraucht«, stellte sie gleichgültig fest und verließ ihn wieder.

Ja, verdammt, wer ist hier nicht aufgebracht, dachte Kluuge und zog sich auch noch die Strümpfe aus.

24

»Aber was ist denn deiner Meinung nach wirklich passiert?«, fragte Przebuda und zündete sich die Pfeife an. »Wenn wir mal wieder ein wenig in die Wirklichkeit zurückkehren wollen.«

Van Veeteren nippte an seinem Weinglas und betrachtete die Reste der Mahlzeit, die sie beide die letzte Stunde beschäftigt hatte. Es war Samstagabend, die Dunkelheit senkte sich langsam herab, und Andrej Przebuda hatte gerade ein paar Kerzen geholt, deren flackernde Flammen jetzt einen unruhigen Schein auf den Tisch warfen. Für einen Moment spürte der Hauptkommissar, wie seine Wahrnehmung sich zu verschieben schien ... wie er plötzlich mitten in einem Film zu sein meinte – als er langsam seinen Blick über die Dinge im Zimmer schweifen ließ, ihre dunklen Konturen und das sparsam beleuchtete Äußere, wurde ihm klar, was für ein Gefühl es sein musste, für einen Kieślowski oder einen Tarkowskij die Kamera zu führen. Oder sogar das Kameraauge selbst zu sein. Wobei der Rahmen hier natürlich alles andere als zufällig anzusehen war. Przebuda war keiner, der mit Details schlampte. Wieder hatten sie sich über Filme unterhalten, über deren Ausdrucksmittel und deren Voraussetzungen, wenn es darum ging, unsichtbare Dinge sichtbar zu machen und sie zu gestalten. Oder sie jedenfalls wahrnehmbar zu machen. Dieses besondere Raster, das die vieldeutige und irrationale Welt auf einer einfachen zweidimensionalen Leinwand vollkommen klar und begreiflich erscheinen ließ. In den rechten Händen natürlich, es gab da auch so viele Pfuscher ... so unglaublich viele.

»Die Wirklichkeit?«, wiederholte der Hauptkommissar, nachdem er die Fantasiebilder weggezwinkert hatte. »Ach so, die ... ja, vermutlich glaube ich viel zu viel. Es gibt so viele sonderbare Dinge in dieser Geschichte, und es ist so schwer, die herauszuhalten ... zu viele sonderbare Dinge in dieser Sekte, genauer gesagt. Ihre verfluchten Dummheiten und kranken Ideen verdrehen sozusagen die ganze Perspektive. Weg von dem Wesentlichen, ich dachte, wir hätten schon letztes Mal darüber geredet.«

»Und was ist das Wesentliche?«, fragte Przebuda und blies eine dicke Rauchwolke aus, die den Tisch und die Überreste für einen Augenblick wie ein Schlachtfeld en miniature erscheinen ließ.

»Das Wesentliche«, wiederholte der Hauptkommissar, als der Rauch sich verzogen hatte, »ist, dass ein Mädchen am Sonntagabend in Waldingen draußen ermordet wurde. Wenn wir uns allein darauf konzentrieren und das weitere Vorgehen des Reinen Lebens einmal außer Acht lassen, ja, dann kommen wir vielleicht weiter.«

»Ich verstehe«, sagte Przebuda. »Nun, dann rekonstruieren wir doch den Sonntagnachmittag, dann werden wir ja sehen. Ich bin ganz Ohr.«

»Hm«, sagte Van Veeteren. »Ich kann ja wohl schlecht zulassen, dass du mir erst diese außerordentliche Tafel hier auftischst und dich dann auch noch um meine Angelegenheiten kümmerst ...«

»Ach Quatsch«, unterbrach ihn sein Gastgeber. »Glaubst du, ich bin so erpicht darauf, dass hier in unseren Wäldern ein Verbrecher herumläuft? Außerdem darf ich dich daran erinnern, dass ich eine kleine Zeitung habe ... also, um wessen Arbeitsbereich es hier geht, das sei noch dahingestellt.«

Der Hauptkommissar gab sich damit zufrieden und nahm eine neue Zigarette. Das war auch wieder so eine Gewohnheit geworden, mehrere Tage hatten sie ihm nicht mehr geschmeckt. Aber wenn die ganze Sache hier endlich vorbei wäre, würde er sich schon neue und klarere Grenzen setzen. In so mancher Beziehung.

»All right«, sagte er und streckte sich. »Wenn du darauf bestehst! Hmm! Der Sonntagnachmittag, fangen wir also mit dem Sonntagnachmittag an ... Ich verbringe dort draußen so ungefähr zwei Stunden. Rede mit Jellinek, mit allen drei Frauen und mit zweien der Mädchen. Ich möchte nicht behaupten, dass ich da draußen in größerem Maße Umstände bereite, aber als ich gegen drei Uhr wegfahre, habe ich anscheinend für einige Unruhe gesorgt ... einiges offensichtlich in Bewegung gesetzt, die Frage ist nur, was.«

Er machte eine Pause, aber Przebuda saß weiterhin zurückgelehnt auf seinem Stuhl auf der anderen Seite des Tisches und betrachtete ihn über den Rand seiner Brille.

Mit konzentriertem Ernst, wie es schien. Vielleicht gewürzt mit einem Tropfen milder Nachsicht. Der Kommissar holte tief Luft und fuhr fort.

»Wie dem auch sei, jedenfalls hat das anscheinend die Pläne für den Nachmittag gestört. Die Aktivitäten, die anvisiert waren – irgend so eine Art Gruppenarbeit um die Gebote anscheinend – wurden abgesagt, und die Mädchen bekamen stattdessen ein paar Stunden frei. Sie durften mehr oder minder tun, was sie wollten, ein ziemlich ungewöhnlicher Einschub im Programm, soweit ich es verstanden habe; normalerweise waren die Erwachsenen darauf bedacht, sie von morgens bis abends mit irgendwelchen Frömmeleien zu beschäftigen. Stunde um Stunde ... ohne die Möglichkeit, einmal nachzudenken, das ist ja wohl der Sinn des Ganzen. Ich weiß absolut nicht, was Jellinek und seine Weibsen in diesen Nachmittagsstunden ausheckten, aber vermutlich haben sie alle vier irgendwo zusammengehockt und heiß diskutiert. Die Lage oder so. Um sechs Uhr wurde jedenfalls wie immer das Essen serviert, nur dass Jellinek schon nicht mehr dabei war. Gemüsesuppe mit Nudeln ... Brot, Butter und Käse. Das kann ein wenig spartanisch wirken, aber es war in keiner Weise ungewöhnlich.«

»Jellinek ...?«, setzte Przebuda an.

»Nimmt nicht an der Mahlzeit teil und auch nicht an dem davor stattfindenden Gebet. Aber er geht wie immer zusammen mit einem Mädchenquartett ungefähr zwischen sieben und viertel vor acht Milch bei den Finghers holen. Dann taucht er kurz nach neun auf, das wissen wir auf jeden Fall. Da leitet er die Abendversammlung genau wie immer ... zuvor haben jedoch die Mädchen durch die Frauen erfahren, dass Das Reine Leben vom Feind bedroht wird und dass sich große und entscheidende Dinge anbahnen.«

»Verdammte Scheiße«, sagte Przebuda und legte seine Pfeife hin. »Reden die wirklich so?«

Van Veeteren nickte.

»Aber ja«, sagte er, »aber wenn wir noch einmal zurückspulen und uns auf die Mädchen konzentrieren – die nutzen ihre Freiheit am Nachmittag auf unterschiedliche Weise. Einige baden unten am See, einige lesen – drinnen oder draußen, und natürlich nur diese blassen Traktate, die vor Ort zu kriegen sind. Heiligengeschichten, Gemeindeblätter und all so ein Schund – einige wandern im Wald, und vier gehen zu einer Stelle, die sie den Badefelsen nennen. Zwei davon sind identisch mit den Mädchen, mit denen ich ein paar Stunden vorher geredet habe – Belle Moulder und Clarissa Heerenmacht. Alle vier baden und sind eine Weile zusammen, aber um etwa kurz vor halb sechs gehen die anderen beiden allein zurück zum Ferienlager ... es handelt sich da um knapp vierhundert Meter, mehr nicht. Zurück bleiben Belle und Clarissa, vierzehn beziehungsweise zwölf Jahre alt.«

Er machte eine kurze Pause, während sein Gastgeber keine Miene verzog.

»Eine halbe Stunde später sitzt das ältere Mädchen im Speisesaal und spricht sein Tischgebet ... das jüngere ... Clarissa ... tja, sie ist wahrscheinlich noch am Leben, hat aber wohl bereits ihren Mörder getroffen. Auf jeden Fall hat sie nicht mehr viele Stunden zu leben.«

»O Gott«, sagte Przebuda und nahm seine Brille ab. »Nein,

den Job möchte ich nicht mit dir tauschen, wenn du entschuldigst. Aber was sagt diese Belle denn? So hieß sie doch, oder?«

Der Hauptkommissar nickte.

»Belle Moulder. Ja, da liegt der Hase im Pfeffer. Zum einen sagt sie überhaupt nicht besonders viel. Sie ist diejenige in der Gruppe, die am längsten ausgehalten hat ... die das Schweigen als allerletzte gebrochen hat. Offenbar ist sie so eine Art Anführerin und nicht gerade eine besonders gute, wenn ich die Zeichen richtig deute. Zum anderen glaube ich, dass sie lügt, wenn sie doch einmal den Mund aufmacht. Sie behauptet, dass sie zusammen mit Clarissa von dem Felsen aufbrechen wollte, aber dass Clarissa eine Weile für sich sein wollte, um über etwas nachzudenken. Deshalb hat sie sie dort allein gelassen.«

»Aha«, sagte Przebuda. »Und du, was glaubst du, was passiert ist? Denn diesmal kann ich sehen, dass du da so eine Theorie hast.«

»Ich glaube, sie hat sie ausgeschimpft«, sagte Van Veeteren.

»Ausgeschimpft?«, wiederholte Przebuda und kratzte seine Pfeife mit einem Zahnstocher aus. »Warum denn?«

»Weil sie ein wenig zu offenherzig war, als ich mit den beiden geredet habe.«

»Ach so«, sagte Przebuda. »Und, war sie das?«

Der Hauptkommissar seufzte. »Absolut nicht. Aber so sind die nun mal.«

Przebuda dachte eine Weile nach.

»Na gut«, sagte er schließlich. »Ich denke auch nicht, dass das kriegsentscheidend sein könnte. Das ältere Mädchen lässt das jüngere allein, entweder nach einem Streit oder einfach nur so. Was spielt das für eine Rolle?«

»Ich weiß nicht«, sagte Van Veeteren. »Vielleicht gar keine, aber es gibt da noch ein kleines Detail. Es deutet einiges darauf hin, dass Belle Moulder am späten Abend noch ein Vier-Augen-Gespräch mit Jellinek hatte ... irgendwann nach der Versammlung, aber noch bevor es Zeit zum Schlafengehen war. Ungefähr um halb zehn. Ein paar der Mädchen haben angedeutet, dass sie die beiden zusammen gesehen haben ... aber nur ganz vage, es wissen also die Götter, und sie selbst leugnet das.«

»Und was könnte das bedeuten, wenn sie mit Jellinek geredet hat?«

»Schwer zu sagen. Das Wahrscheinlichste ist natürlich, dass er Informationen über Clarissa Heerenmacht haben wollte. Er musste zu diesem Zeitpunkt ja auch bemerkt haben, dass sie verschwunden war. Und wenn er sie selbst umgebracht hat, dann weiß er das natürlich nur umso besser.«

Przebuda nickte und stopfte seine Pfeife neu.

»Ich verstehe«, sagte er. »Ja, ich glaube, ich sehe das Bild ziemlich klar vor mir. Willst du noch ein Glas?«

»Meinst du, das muss sein?«, fragte der Hauptkommissar. »Na gut, aber nur ein paar Tropfen.«

Andrej Przebuda stand auf und ging zum Eckschrank.

»Und dann?«, fragte Przebuda. »Ich meine, da unten am Felsen.«

»Gute Frage«, sagte der Hauptkommissar. »Ja, dann – vermutlich nur eine Viertelstunde nachdem Belle Moulder sie verlassen hat – kommt der Mörder ins Bild. Entweder er taucht bereits unten am Felsen auf oder irgendwann, als sie auf dem Weg zurück zum Ferienlager ist. Ich glaube nicht, dass das Mädchen beschlossen hatte, das Essen zu schwänzen, obwohl das natürlich nicht ausgeschlossen ist.«

»Du sagst es«, bemerkte Przebuda.

»Lass uns davon ausgehen, dass es ein Mann ist«, nickte der Hauptkommissar. »Er vergewaltigt sie und bringt sie um, indem er sie erwürgt, und dann haben wir die nächste Komplikation.«

»Welche?«

»Der Ort«, erklärte der Hauptkommissar. »Ich möchte ja gern glauben, dass es auch noch in den perversesten Handlungsmustern eine Art Logik gibt, darüber haben wir ja schon mal gesprochen. Der Mörder bringt sie irgendwo um, und das Einzige, was wir mit Sicherheit sagen können, ist, dass es nicht dort geschehen ist, wo wir sie später gefunden haben. An dem Fundplatz gibt es keinerlei Zeichen von Streit oder Gewalttaten, was bedeutet, dass sie später dorthin transportiert worden sein muss. Direkt nach der Tat oder später. Vom Mörder oder von jemand anderem.«

»Vom Mörder oder von jemand anderem …?«, wiederholte Przebuda mit leicht hochgezogenen Augenbrauen.

»Der Grund, den Körper zu transportieren, ist auch ein wenig verzwickt«, fuhr Van Veeteren fort. »Normalerweise transportiert man tote Körper, um sie zu verstecken, aber hier scheint es genau umgekehrt gewesen zu sein – um uns zu helfen, ihn zu finden.«

Andrej Przebuda nickte.

»Du denkst an diese Telefonfrau …«

»Ja«, bestätigte der Hauptkommissar. »Aber bitte vergiss nicht, dass du nichts über sie schreibst, da wäre ich dir sehr dankbar. Vielleicht ist das total verkehrt, aber der Leiter der Ermittlungen hat beschlossen, dass ihre Existenz bis auf weiteres geheim gehalten wird. Also, welche Schlussfolgerungen ziehst du?«

Eine Zeit lang blieb es still. Van Veeteren betrachtete das Zigarettenpäckchen vor sich auf dem Tisch, ließ es aber dort liegen. Er verschränkte stattdessen seine Hände hinter dem Nacken und lehnte sich zurück. Überlegte, ob er alles Wesentliche erzählt hatte oder ob noch irgendwelche Details fehlten.

Wenn es überhaupt möglich war, irgendwelche sinnvollen Schlüsse zu ziehen.

»Zwei«, erklärte Przebuda schließlich. »Zwei Schlussfolgerungen. Sie scheint zu wissen, wovon sie redet, und sie will der Polizei helfen. Diese Frau, meine ich.«

Van Veeteren sagte nichts.

»Und zwei Fragen«, fuhr Przebuda fort. »Warum? Und wer zum Teufel ist sie?«

»Der Redakteur sprudelt ja nur so vor intelligenten Fragestellungen«, stellte der Hauptkommissar fest. »Aber es gibt noch eine.«

»Ich weiß«, stimmte Przebuda zu. »Wieso? Wieso kann sie nur so viel wissen?«

»Genau«, sagte Van Veeteren. »Ich starre diese Ungereimtheiten jetzt schon seit ein paar Tagen an: Wer ist sie? Woher kann sie das wissen? Warum will sie uns helfen?«

»Nun ja, es ist wohl so, dass ...«, setzte Przebuda an, brach dann aber ab.

»Was?«

»Ja, es ist wohl so, dass es genügt, wenn du nur eine dieser Fragen beantwortet bekommst. Dann ergeben sich die anderen von allein. Oder?«

Der Hauptkommissar seufzte.

»Vermutlich«, sagte er. »Und – irgendwelche Vorschläge in der Richtung? Eine von drei Fragen wird ein routinierter alter Schriftsteller ja wohl hinkriegen?«

Przebuda lachte laut auf. Dann räusperte er sich und wurde wieder ernst.

»Nein«, sagte er. »Aber wäre es nicht auch möglich, dass die Intuition des Herrn Hauptkommissars sich seit einer Woche schlafen gelegt hat? Glaubst du, es ist eine von den dreien? Ich meine, von den drei Frauen da aus der Kolonie?«

Van Veeteren betrachtete zehn Sekunden lang die flackernden Kerzenflammen.

»Ich weiß es nicht«, sagte er dann. »Aber ich glaube, ich kann zumindest eine ausschließen.«

»Das ist doch schon was«, sagte Przebuda.

Über den Friedhof am westlichen Rand des Ortes und dann über einen verschlungenen Fahrrad- und Fußweg durch das Villengelände Kaasenduijk – in dem übrigens der stellvertretende Polizeichef Kluuge mit seiner Deborah wohnte – gingen sie in einem wohl abgewogenen Halbkreis vom Norden aus wieder zurück auf Sorbinowo zu. Insgesamt eine Stunde Fußweg, drei, vier Kilometer durch einen intensiv duftenden Sommerabend in gemächlichem Tempo. Anfangs unterhielt Przebuda seinen Gast noch mit einzelnen Bemerkungen zu Verschiedenem, was ihnen so in den Weg kam, Häuser, lokale Kuriositäten, Flora und Fauna (vorwiegend Mücken und Rindviecher in schwarz-weiß gefleckter Version), aber mit der Zeit wurde er es leid, und die beiden gingen wieder zu der Tagesordnung über, über die sie anscheinend einig geworden waren und die nicht ad acta zu legen war.

»Dieser Jellinek ... er verschwindet also irgendwann im Laufe der Nacht?«

»Hier haben wir's wieder«, brummte der Hauptkommissar. »Wir wissen es nicht. Keines der Mädchen hat ihn am Sonntagabend nach Viertel vor zehn noch gesehen, deshalb gehen wir davon aus, dass er auf jeden Fall vor dem Morgengrauen abgehauen ist. Es gibt ein Mädchen – aber nur ein einziges, nota bene – das glaubt, in der Nacht ein Auto gehört zu haben, das den Motor anließ.«

»Ein Auto?«

»Ja, die hatten da draußen ein Auto. Einen alten Vauxhall, angemeldet auf Madeleine Zander. Jellinek hat nicht einmal einen Führerschein.«

»Aber der war noch da?«

»Ja, genau. Stand am Montagmorgen an seinem üblichen Platz. Sie – oder eine von den anderen – kann Jellinek natürlich nachts irgendwohin gefahren haben, aber dafür gibt es keinerlei Hinweis.«

»Wie soll er denn sonst weggekommen sein?«

Van Veeteren zuckte mit den Schultern.

»Verdammt, was weiß ich? Klar, das Logischste ist, dass er mit Hilfe des Autos weggekommen ist, aber was bringt uns das?«

»Und wie ist es mit Nachbarn da draußen?«, fragte Przebuda.

»Finghers auf der einen Seite«, sagte Van Veeteren. »Mit denen hatten sie ein bisschen Kontakt. Ein Paar, das Kuijpers heißt, ein bisschen weiter im Wald. Sowohl im einen wie auch im anderen Fall diese Nacht zu Hause, haben aber kein Auto gehört. Obwohl das natürlich überhaupt nichts sagt. Man darf wohl annehmen, dass Jellinek sich bei irgendeinem Untertan seiner Gemeinde verborgen hält ... das sind so gut tausend Stück, da brauchen wir also reichlich Kräfte, wenn wir ihn dort ernsthaft aufstöbern wollen. Die Polizei in Stamberg ist natürlich dabei und krallt sich alle, die sie zu fassen kriegt, aber das scheint nicht besonders viel zu bringen. Außerdem ist ja Urlaubszeit ... abgesehen von dem mangelnden Willen zur Zusammenarbeit.«

»Ja, ja«, sagte Przebuda und wehrte einen Mückenschwarm ab. »Ihr habt nicht gerade den Wind im Rücken.«

Sie gingen ein paar Minuten schweigend weiter.

»Warum?«, nahm der Redakteur den Faden wieder auf, nachdem er in seiner Gedankenkette zum nächsten Knoten gekommen war. »Warum ist er abgehauen, wenn er unschuldig ist? Deutet das nicht darauf hin, dass er es war?«

»Schon möglich«, sagte der Hauptkommissar. »Aber er kann ja auch sonst gute Gründe dafür haben unterzutauchen. Die Polizei hat sich schon früher mit ihm befasst, und wenn nun Mädchen aus seinem Lager verschwinden, dann kann er sich ausrechnen, dass er schlecht dasteht. Es ist natürlich total bescheuert, das Feld zu räumen, aber nicht ganz unerklärlich. Wir dürfen nicht vergessen, dass wir es hier mit einem Stinkstiefel zu tun haben. Einem richtigen Stinkstiefel.«

»Dann hat es also eine gewisse Logik, meinst du?«

»Zweifellos«, stimmte der Hauptkommissar zu. »Ich habe darüber nachgedacht, und es wäre eigentlich sehr viel sonderbarer, wenn er dageblieben wäre. Vor allem, wenn man dabei noch das andere Mädchen berücksichtigt, das verschwunden ist – aber vergiss nicht, das bleibt unter uns, du bist der einzige Journalist im ganzen Land, der davon weiß – ganz besonders, wenn man dabei bedenkt, aus welchem Schrot und Korn Jellinek gemacht ist, wie schon gesagt.«

»Ich verstehe«, sagte Przebuda. »Obwohl ich nicht so ganz begreife, was denn jetzt das Ergebnis dieser ganzen Überlegungen ist ... es gibt also nichts, was Jellinek und seinen Anhang direkt mit den Geschehnissen verbindet?«

»Nein«, seufzte Van Veeteren. »Zumindest kein besonders starkes Band. Soweit ich sehen kann, ist es gut möglich, dass wir es mit einem total unbekannten Wahnsinnigen zu tun haben, der sich da draußen in den Wäldern herumtreibt.«

»Ohne Verbindung zu dem Reinen Leben?«

»Ohne die geringste.«

»Das wäre ja schrecklich«, sagte Przebuda.

»Andererseits können die genauso gut dahinter stecken.«

»Natürlich«, sagte Przebuda. »Zumindest der eine oder die andere.«

Er blieb stehen und zündete sich seine Pfeife an, dann versanken er und der Hauptkommissar erneut für eine ganze Weile in ihre Überlegungen, während sie äußerst gemächlich Seite an Seite den Bereich durchschritten, auf dem Kluuge seine Joggingbahnen zog. Aber von diesen geographischen Tatsachen hatte nicht einmal der Redakteur eine Ahnung.

»Tja«, seufzte Przebuda, als sie wieder zwischen die Häuser kamen. »Entweder oder ... auf jeden Fall eine vertrackte Geschichte. Ich hoffe, ihr könnt sie aufklären. Und ich muss wohl eingestehen, dass ich nicht gerade viel dazu beigetragen habe ... Ich denke übrigens, dass sich hier unsere Wege trennen. Da unten ist das Grimm's, wie du siehst ... aber wenn du wieder einmal einen Doktor Watson brauchst, stelle ich natürlich gern mein kleines Gehirn zur Verfügung.«

»Man dankt«, sagte Van Veeteren. »Ja, zwei kleine Gehirne sind auf jeden Fall besser als eins.«

Die beiden verabschiedeten sich, aber noch bevor Andrej Przebuda fünf Schritte zum Kleinmarckt getan hatte, hielt er noch einmal inne.

»Ach übrigens, glaubst du, dass du den Fall lösen kannst?«, fragte er. »Löst du eigentlich immer deine Fälle?«

»Die meisten«, sagte Van Veeteren.

»Aber es gibt ungelöste?«

»Einen«, erklärte der Hauptkommissar. »Lass uns lieber nicht darüber reden. Jeder Tag bringt neue Sorgen ... wie gesagt.«

»Natürlich«, sagte Przebuda, und Van Veeteren meinte hören zu können, wie er im Dunkeln lachte. »Gute Nacht, Herr Hauptkommissar. Mögen die Engel dich in den Schlaf singen.«

Nein, dachte dieser verbissen, als der Redakteur verschwunden war. Jetzt bloß nicht auch noch über den Fall G nachdenken. Es ist nun mal so, wie es ist.

Als er durch die milchweißen Glastüren von Grimm's Hotel trat, hatte ihn die schlechte Laune eingeholt.

Ich hätte andere Sachen ansprechen sollen, dachte er. Hätte mein Augenmerk auf etwas anderes richten sollen.

Auf Katarina Schwartz zum Beispiel. Oder Ewa Siguera. Oder potenzielle Gewalttäter in der Umgebung. Verdammt, er hatte doch trotz allem einiges vorzubringen!

Aber vielleicht war seine Selbstkritik auch gar nicht berechtigt. Schließlich war das Verschwinden des Schwartz-Mädchens bis jetzt – nach fast einer Woche im Rampenlicht – immer noch eine Tatsache, die den Journalisten verborgen geblieben war. Das hatte vermutlich mehr mit Glück als mit Geschick zu tun, und außerdem stellte sich natürlich die Frage, ob es eigentlich viel Sinn hatte, es nicht bekannt werden zu lassen. Konnte sein, konnte aber auch nicht sein.

Und von der französischen Polizei hatte er nichts gehört.

Flaute, dachte der Hauptkommissar (der nur zweimal in seinem Leben in einem Segelboot gesessen hatte – beide Male zusammen mit Renate). Während dieses ganzen Samstags hatte es nicht die geringste kleine Brise in Sorbinowo gegeben, und der Fall hatte sich auch keinen Millimeter weit bewegt.

Flaute, wie gesagt.

Er erinnerte sich an die suggestive Stille gestern draußen bei Wolgershuus und begriff, dass die Frage nach Aufhören und Tod mehr Aspekte in sich barg, als man sich normalerweise eingestand.

Madeleine Zander und Ulriche Fischer! dachte er dann voller Abscheu, während er vor der Rezeption stand und auf seinen Schlüssel wartete. War es wirklich so schlimm bestellt, dass er sich mit denen auch noch beschäftigen musste?

Und als der junge Nachtportier endlich auftauchte, stellte sich heraus, dass es noch einen Frauennamen gab, der seine Pläne durchkreuzte.

Wenn auch auf ein wenig andere Art und Weise.

Reinhart hatte nämlich eine Mitteilung geschickt. Sie lautete kurz und präzise:

> *Es gibt nicht eine einzige Ewa Siguera im ganzen Land.*
> *Soll ich mit dem Rest der Welt weitermachen?*

Van Veeterens Antwort war im Großen und Ganzen genauso stringent:

> *Europa reicht. Schon mal danke im Voraus.*

Nun ja, dachte er, als er ins Bett gekommen war. Eigentlich kann ich genauso gut weitermachen wie geplant.

25

Das zweite Opfer des Sektenmörders – wie ihn mehrere Zeitungen später bezeichnen würden – wurde am Sonntagmorgen gegen sechs Uhr von zwei Pfadfindern gefunden, einem sechzehnjährigen Jungen und einem fünfzehnjährigen Mädchen, die sich auf einem größeren Marsch durch die Wälder nordwestlich von Sorbinowo befanden. Auf den eindringlichen Wunsch der beiden hin wurde nie bekannt, warum sie sich eigentlich zu diesem Zeitpunkt mehr als vier Kilometer vom Lager entfernt aufgehalten hatten, aber Polizeichef Kluuge – der wiederum als Erster am Ort eintraf – hatte natürlich so seine Vermutungen.

Die Leiche des jungen Mädchens lag unter einem Berg von Gestrüpp und trockenen Ästen ungefähr zwanzig Meter von dem kleinen Pfad entfernt, der von Waldingen nach Limbuis und Sorbinowo führte, und der Abstand zum ersten Gebäude des Ferienlagers betrug nicht mehr als gut hundertfünfzig Meter. Die Entfernung zwischen dem neuen und dem alten Fundort wurde später als ungefähr das Dreifache vermessen. Vielleicht konnte man mit Fug und Recht behaupten, dass der Suchtrupp, der nach dem ersten Mord zwei Tage lang die Gegend durchkämmt hatte, den Körper eigentlich hätte finden müssen – und vielleicht, so dachte Kluuge übergangslos, vielleicht hatte die ungewöhnlich blasse Gesichtsfarbe des Pfadfindermädchens ihren Grund darin, dass sie nur schwer vergessen konnte, was sie da vor sich gehabt hatte im Schutz des betreffenden Gestrüpphaufens.

Dieser Eindruck drängte sich ihm jedenfalls auf, als er sie ansah, und er wusste auch, während sie alle drei auf einem Stapel Baumstämmen saßen und darauf warteten, dass das Ärzte- und Spurensicherungsteam ankommen würde, und Zeugen wurden, wie die Sonne über dem Wald für einen neuen Tag aufging, dass diese vollkommen unwichtigen Spekulationen nur in seinem Kopf auftauchten, um andere Gedanken in Schach zu halten. Wenn er Katarina Schwartz, die fast zwei Wochen in Form eines toten Körpers, reduziert auf chemische Prozesse, hier im Wald zugebracht hatte, mit dem Bild des lachenden jungen Mädchens mit blonden Zöpfen verglich, das er in seiner Brieftasche hatte, dann gab es keinen Zweifel, dass seine Gedanken alle Ablenkung der Welt brauchten, die sie nur finden konnten.

Ich werde alt, dachte er. Obwohl es noch nicht einmal eine Woche her ist, seit ich erst erwachsen geworden bin.

Die ersten Informationen aus einem einigermaßen zusammengefassten Gutachten waren kurz nach ein Uhr am Nachmittag zu lesen. Sie gaben bekannt, dass es sich bei der Toten um eine gewisse Katarina Emilie Schwartz handelte, dreizehn Jahre alt und wohnhaft in Stamberg. Sie war vergewaltigt (keinerlei Spuren von Sperma) und erwürgt worden, wies ungefähr die gleiche Art von Misshandlungen wie das erste Opfer, Clarissa Heerenmacht, auf und hatte wahrscheinlich ihren Mörder vor zwölf bis sechzehn Tagen getroffen. Am Fundort oder in dessen Nähe war keine Kleidung – auch keine Reste – gefunden worden, und es wurde als sehr wahrscheinlich angesehen, dass das Mädchen an einem anderen Ort umgebracht worden war als dort, wo es gefunden wurde. In der Pressemitteilung, die am Nachmittag verschickt wurde, wurden alle bekannten Umstände des tragischen Funds mitgeteilt – abgesehen von der Tatsache, dass die Polizei bereits früher gewisse Kenntnisse hinsichtlich des Verschwindens des Mädchens gehabt hatte.

Zeitgleich mit der Pressemitteilung wurden zwei Suchmeldungen herausgegeben.

Eine erneute nach dem Sektenführer Oscar Jellinek.

Eine neue nach den Eltern des Mädchens.

Zufällig traf am gleichen Nachmittag zu einem etwas späteren Zeitpunkt auch noch ein Fax der französischen Polizei ein – man hatte Herrn und Frau Schwartz in einem so genannten gîte auf einem Bauernhof in der Bretagne gefunden –, und bevor die Sonne an diesem langen Sonntag über Sorbinowo unterging, hatte das arme Paar bereits seine Heimreise angetreten, um so bald wie möglich den irdischen Überresten seiner Tochter gegenüberzustehen.

Und als die alte Frau Grimm – Hotelbesitzerin und eigentlich gleichgültig gegenüber allem, was nicht mit Königlichen Hoheiten oder böhmischem Porzellan zu tun hatte – noch später am Abend ihre Gästeliste durchging, konnte sie zum einen feststellen, dass das Haus voll belegt war, zum anderen, dass die Anzahl der Übernachtenden, die »Journalisten« oder verwandte Berufsbezeichnungen in der Rubrik des Berufs angegeben hatten, auffallend groß war.

Was Herrn Van Veeteren betraf (Uhrmacher und Horologe), der seit zehn Tagen in Zimmer Nummer 22 wohnte, so war er auch um Mitternacht noch nicht von seinem Ausflug wiedergekehrt, auf den er sich am Vormittag begeben hatte.

Aber da er den größten Teil seiner Habe im Zimmer zurückgelassen zu haben schien, hegte sie keine Befürchtungen, er könnte stiften gegangen sein und würde nicht zurückkommen, um seine Rechnung zu bezahlen.

Überhaupt hatte er auf sie den Eindruck gemacht, doch ein ehrenhafter Bursche zu sein.

V

28. – 31. Juli

26

Die ersten zehn Kilometer fühlte er sich fast wie ein glücklicher Flüchtling.

Sein schlechtes Gewissen war nicht besonders groß. So ähnlich hatte er sich gefühlt, als er auf dem Gymnasium gewesen war, erinnerte er sich, wenn er an einem Vorsommertag Französisch oder Physik geschwänzt hatte und stattdessen mit ein paar Gleichgesinnten an den Kanal geradelt war, um den Mädchen beim Schwimmtraining zuzugucken. Oder nach Oudenzee hinaus, um dort einfach nur am Strand zu liegen und heimlich zu rauchen.

Schwänzen, also. Kein Zweifel, er hatte Kluuge und die anderen im Stich gelassen. Und folglich gab es auch keinen Zweifel, dass Krantze weiß Gott eine ziemlich gute Alternative war, wenn man es recht betrachtete.

Schon komisch, dass es ihm gelungen war, das so auf Distanz zu halten. Zumindest hatte er dieses Gefühl, als er hinter dem Steuer saß in dem spärlichen Vormittagsverkehr. Servinus hatte ihn bereits um acht Uhr per Telefon über den neuen Fund informiert. Über die neue Mädchenleiche. Nachdem er seinen ersten Ekel niedergekämpft hatte, hatte er mehrmals im Laufe des Vormittags abwechselnd mit Kluuge, Lauremaa und Suijderbeck gesprochen, ihnen aber nichts von seinen Plänen verraten.

Er war nicht nach Waldingen hinausgefahren, um sich selbst ein Bild zu machen, und er hatte noch nicht einmal ein schlechtes Gewissen … oder nur ein ganz klein wenig, wie gesagt.

Hatte er doch gespürt, wie die Müdigkeit in ihm wuchs, und es ging darum, ihr gewachsen zu sein ... dieser Wolkenbank, die sich über seine Seelenlandschaft legte und sie in tödliche Schatten versenkte, dachte er in einem weiteren Anfall von Fabulierfreude ... der dunkle Himmel der Müdigkeit und der Trauer. Er hatte es ja gewusst. Hatte all die Tage doch nur auf den Fund gewartet, und jetzt war die Bestätigung da.

Deshalb war das mit der Distanz vielleicht auch nicht mehr als eine Mauer gegen die Hilflosigkeit, wenn er es genau besah. Er war vorbereitet und zur Verteidigung bereit. Schließlich war er ja kein Jüngling mehr. Hatte schon einiges mitgemacht.

Hatte schon einiges zu viel mitgemacht.

»Ich habe da ein paar Spuren«, hatte er erklärt. »Vermutlich nichts von Bedeutung, aber ich glaube, ich verfolge sie trotzdem. Ihr kommt schon allein zurecht. Schließlich haben wir doch nur darauf gewartet, oder?«

Kluuge hatte sich nicht getraut zu protestieren. Er hatte angedeutet, dass weitere Verstärkung auf dem Weg war und dass er hoffte, der Hauptkommissar würde bald zurück sein.

»Wir werden sehen«, hatte Van Veeteren geantwortet. »Wenn es nichts bringt, bin ich heute Abend schon wieder da.«

Was eine glatte Lüge war. Er hatte die Absicht, mindestens zwei Nächte in Stamberg zu verbringen, und nur aus Scham hatte er nicht endgültig sein Zimmer im Grimm's aufgegeben.

Aber lieber ein paar doppelte Übernachtungen, die sicher einen Kommentar in der Abrechnungsstelle provozieren würden, als noch einmal einer neuen, geschundenen Mädchenleiche gegenüberzustehen.

Oder zu erklären, warum er diesen Gedanken nicht mehr ertragen konnte. So war es nun einmal. Aus, basta.

Er wunderte sich zwar ein wenig über sich selbst, als er diese Überlegungen anstellte und seinen Beschluss näher betrachtete – während gleichzeitig die Kilometer unter ihm dahinrollten und Boccherini aus den Lautsprechern scholl –, aber es war eine Verwunderung, die den Stempel resignierter Sättigung trug. Genau diese. Nichts, über das er sich erregte, und nichts, an dem er etwas machen konnte.

Ich habe die Schnauze voll, dachte er. Ich will nicht dastehen und noch eine tote Dreizehnjährige angucken. Ich bin an einem bestimmten Punkt angekommen. Endlich. Entschieden. Und nun hat er mich eingeholt.

Der Entschluss ist gefasst.

Er hielt ungefähr auf halber Strecke an, nach gut achtzig Kilometern, an einer Raststätte in Höhe von Aarlach. Die Wolkendecke war während des ganzen Vormittags dichter geworden, ein ziemlich kräftiger Nordwestwind zog über das offene Land, und er nahm an, dass noch vor dem Abend Regen einsetzen würde. Trotzdem ließ er sich mit Kaffee, Mineralwasser und den ersten Ausgaben der Abendzeitungen draußen an einem Tisch nieder. Er bekam die Poost und die Neuwe Gazett.

Es stand nichts über den neuen Mord in Waldingen drin, noch nicht, aber es würde nicht mehr lange dauern, bis die ersten Schlagzeilen ihn verkündeten. Es war auch nicht schwer, sich die Formulierungen vorzustellen. Und die aufgeheizte Stimmung im Ermittlungsteam.

Oder den Hunger bei den Horden von Journalisten, die gerade zu dieser Stunde auf dem Weg in die Wälder um Sorbinowo waren, um ihre Zähne in neues, frisches Mädchenfleisch zu schlagen.

Falsch, korrigierte er sich. Frisch konnte man es nicht mehr nennen. Eher im Augenblick so ein paar Wochen alt.

Was die Sache kaum besser machte.

Er schüttelte sich vor Widerwillen und trank die Wasserflasche leer.

Dann zündete er sich eine Zigarette an und versuchte sich lieber auf das zu konzentrieren, was ihn wohl in Stamberg erwartete.

Genug mit den Fluchtgedanken.

Das Gespräch mit Kommissar Puttemans dauerte gut eine Stunde, und während der ganzen Zeit saß er da und betrachtete die Regentropfen, die langsam das leicht gewellte Fensterglas hinunterliefen. Er wusste selbst nicht, warum, aber da war etwas an diesen dünnen, unregelmäßigen Strömen, das ihm gefiel und das er nur ungern aus den Augen ließ. Er wartete auf den unvorhersehbaren Augenblick, wenn alle diese unzähligen Tropfen plötzlich genug hatten und beschlossen, stattdessen aufwärts zu fließen; ja, vermutlich war es etwas in der Art, was ihm vorschwebte. Etwas, das mit Revolte und Seelenverwandtschaft zu tun hatte.

Oder dem ersten Anzeichen von Alzheimer, dachte er erschrocken.

Als sie fertig waren, schüttelten sie sich die Hand. Puttemans ging zurück zu seiner Familie und der wartenden Sonntagsente (die Van Veeteren freundlich, aber entschieden abgelehnt hatte), während er selbst noch eine Weile im Polizeirevier blieb und einige Personen anrief, die der Kollege für ihn herausgesucht hatte.

Er verabredete Treffen für den folgenden Tag, und als er nach dem letzten Gespräch den Hörer auflegte, konnte er feststellen, dass es immer noch regnete.

Und dass die Tropfen ihre senkrecht fallende Richtung beibehielten.

Er blieb noch weitere zwanzig Minuten so sitzen, während er seine Notizen des Gesprächs mit Puttemans durchging. Dann rauchte er eine Zigarette, und schließlich hörte auch der Regen auf. Er verließ das Polizeirevier. Lief eine Weile unschlüssig in der Innenstadt herum. Kehrte zweimal auf der Türschwelle einer Bar um, die ebenso armselig aussah wie sein Motiv, dort hineinzuschlüpfen, bis er kurz nach fünf Uhr ein Hotel fand, das ungefähr das Kaliber hatte, das ihm vorschwebte.

Glossmann's hieß es. Versteckt gelegen. Klein. Hatte sicher so seine fünfzig Jahre auf dem Buckel.

Ein diskreter Speisesaal mit weißen Tischdecken und Fernseher in den Zimmern.

Letzteres ein Zugeständnis an die Situation natürlich. Er nahm ein Zimmer und erklärte, dass er für zwei Nächte bleiben wollte. Vielleicht noch ein oder zwei weitere. Ließ sich in der Rezeption zwei Bier geben und gönnte sich ein langes, erquickendes Bad in Gesellschaft immer wiederkehrender Gedankenreihen mehr oder minder martialischer Natur.

Kraft ihres Alters und ihrer Bedeutung besaß die Stadt Stamberg eine Anzahl von Kirchen aus den verschiedensten Jahrhunderten und Baustilen (unter anderem die so genannte Moriske Basilika im Zentrum der Altstadt mit einem Altar von Despré oder einem seiner Schüler), aber als Van Veeteren endlich das Heiligtum des Reinen Lebens gefunden hatte, musste er erkennen, dass es sich hier um eine andere Art Geistigkeit handelte.

Eine ganz andere. Späte Sechziger-Jahre-Architektur offenbar – soweit es zu der Zeit überhaupt Architekten gegeben hatte. Schmutzig grauer Beton mit Einschüben billiger, rotbrauner Ziegel. Unproportionierte Fenster in waagerechten, nach Gutdünken ausgeschnittenen Segmenten. Eine Turnhalle oder ein Gymnasium, das den Sommer über geschlossen war, das waren die ersten Assoziationen, die dem Hauptkommissar durch den Kopf schossen. Der Eindruck von Verlassenheit und Tristesse war überwältigend, die vernachlässigten Rabatten und der Löwenzahn in den Spalten zwischen den Gehwegplatten gaben deutliche Hinweise darauf, dass der Betrieb eingestellt war. Reichlich eingestellt. Dass es Sommer war und der Acker des Geistes brachlag.

Gottverlassen! stellte er fest und trat eine Bierdose in die schüttere Spiräehecke. Abgelegen lag es auch noch. Weit draußen in einem Gebiet, das fast aussah wie ein Industriegelände, mit stummen, viereckigen Fabrikkomplexen und menschenleeren Straßen ohne Fußwege. Nicht gerade die Kirche im Dorf. Als er um das lang gestreckte Gebäude herumging, war ihm auch klar, dass es außerdem externe Kräfte gab, die sich zur Aufgabe gemacht hatten, die Gläubigen fern zu halten.

»Mordteufel«, stand da mit zittrigen, einen halben Meter hohen Buchstaben diagonal über die Eingangstür an der Stirnseite gesprüht. »Tod dem Schwein« konnte man ein wenig weiter unten lesen – was zusammen mit einer größeren Anzahl von »Fuck« und anderen allgemein bekannten Obszönitäten einen ziemlich beklemmenden Gesamteindruck abgab. Das meiste davon war offensichtlich neueren Datums, die jungen, anonymen Al-Fresco-Künstler waren ihrer Arbeit mit größter Wahrscheinlichkeit erst in den allerletzten Tagen nachgegangen.

Oder Nächten, besser gesagt.

Die Andere Welt, dachte er und machte sich von diesem Ort des Elends auf und davon.

Wenn es wirklich stimmte, dass diese Parallele zu den ersten Christen und ihrer Verfolgung eine Art Dogma in dem Katechismus des Reinen Lebens ausmachte, dann hatten sie zumindest in dieser Beziehung Wasser auf ihre Mühlen bekommen.

Was vermutlich, unter den vorherrschenden Bedingungen, kaum ein Trost war.

Nach einem ausgedehnten Essen in dem kaum bevölkerten Speisesaal war er gerade rechtzeitig zu den Zehn-Uhr-Nachrichten in sein Zimmer zurückgekehrt. Er schaltete den Fernseher ein und lehnte sich auf dem Bett zurück.

Die Sendung dauerte zwanzig Minuten, und mit unverhohlenem Ekelgefühl konnte er feststellen, dass fast die Hälfte der Zeit den Entwicklungen in der Sorbinowogegend gewidmet wurde.

Bilder von den Fundplätzen – sowohl dem neuen als auch dem alten. Bilder von den Lagergebäuden und von den beiden toten Mädchen – diesmal jedoch in lebendigem, fröhlich lachendem Zustand. Informationen über Alter, Wohnort und Interessen. Pädagogisch angelegte Karten mit deutlichen Kreuzen und Pfeilen. Umständliche Zusammenfassungen der Ermittlungsarbeiten bis zum heutigen Tag und dann die Interviews.

Zunächst Kluuge, der verschwitzt und angestrengt aussah

und kaum einen glaubwürdigen Eindruck machte, wie der Hauptkommissar leider feststellen musste. Dann Suijderbeck, dem es gelang, innerhalb einer halben Minute viermal zu fluchen, und dem es offensichtlich große Mühe bereitete, den gestriegelten Reporter nicht gleich zur Hölle zu wünschen.

Dann zum Schluss ein Ausschnitt aus der Pressekonferenz, und hier konnte man nach langer Zeit zum ersten Mal etwas Licht am Horizont erkennen.

Zumindest, wenn man es mit Van Veeterens Augen sah. Denn auf den beiden Plätzen ganz rechts auf dem Podium saßen niemand anders als Kommissar Reinhart und Assistent Jung – Verzeihung, Inspektor Jung, wie es ja jetzt richtig heißen musste. Und auch wenn keiner der beiden zum Lächeln aufgelegt schien (Reinhart sah eher so aus, als kaute er auf einer zerbrochenen Glasflasche), so entging es dem Hauptkommissar nicht, wie es ein paar Mal in den Wangenmuskeln zuckte. In seinen eigenen, den rechten.

Das ging zwar vorbei, sobald die Kollegen vom Bildschirm verschwunden waren, aber ihr unerwartetes Auftauchen auf der Bühne brachte unweigerlich ein leichtes Gefühl des Trostes und des vorsichtigen Optimismus mit sich. Zum ersten Mal seit langem.

Ob die wohl auch im Grimm's abgestiegen sind, überlegte Van Veeteren. Vielleicht sollte ich mal anrufen?

Aber nach näherem Nachdenken ließ er es bleiben. Widmete sich stattdessen zwei Stunden lang allem Handschriftlichen über Das Reine Leben und seinen Anhängern, was er von Puttemans bekommen hatte, und als er fertig war, musste er sich eingestehen, dass dieses Treffen vermutlich nur hinausgeworfene Zeit gewesen war.

Wieder einmal.

27

Trotzdem rief er am nächsten Morgen an.

»Wir haben nichts mit den Ermittlungen zu tun«, erklärte Reinhart. »Wir sind gekommen, um einen alten Kriminalhauptkommissar zu finden, der verschwunden ist.«

»Ich bin ihm auf den Fersen«, sagte Van Veeteren. »Macht euch keine Sorgen.«

»Wie schön«, sagte Reinhart. »Wo zum Teufel treibst du dich herum?«

»Ich folge nur einigen ungewissen Spuren.«

»Das klingt wie ein Zitat.«

»Kann schon sein. Nun gut, ich werde jedenfalls morgen oder übermorgen zurück sein. Wie schaut es aus?«

»Einfach schrecklich«, sagte Reinhart. »Das musst du doch wissen. Wer ist der Täter? Etwa diese Witzfigur von Messias?«

»Gut möglich«, sagte Van Veeteren. »Ich weiß es nicht.«

»Wo versteckt er sich denn?«

»Keine Ahnung. Vielleicht hier. Es gibt ungefähr fünfhundert Haushalte in Stamberg, die bereit wären, ihn zu verbergen. Die meisten sind zwar überprüft worden, aber man kann ja nie wissen.«

»Nein, das kann man nicht«, sagte Reinhart und ließ seinen Morgenhusten hören. »Ich habe einige Probleme, mir vorzustellen, wie du von Tür zu Tür läufst, aber das ist ja nicht mein Problem. Aber wenn er es nun nicht ist, wer ist es dann?«

»Dann ist es jemand anders«, sagte Van Veeteren.

»Das werde ich mir aufschreiben«, bemerkte Reinhart. »Und was würde der Herr Hauptkommissar mir empfehlen, wozu ich meine kleinen grauen Zellen an einem Tag wie heute verwenden sollte?«

Van Veeteren dachte einen Moment lang nach.

»Finde den Mörder«, sagte er dann entschlossen. »Ja, das würde deine Position um einiges verbessern.«

»Werde ich mir auch aufschreiben«, sagte Reinhart. »Wenn

du heute Abend wieder anrufst, werde ich Bericht erstatten. Aber, mal im Ernst gesprochen ...«

»Ja?«

Es vergingen drei Sekunden.

»Mir gefällt diese Geschichte nicht.«

»Mir auch nicht«, stimmte Van Veeteren zu.

Neue Pause, in der Reinhart vermutlich nach Pfeife und Tabak suchte.

»Solche Kindermörder sind verflucht noch mal das Schlimmste, was ich mir denken kann.«

»Noch ein Grund mehr, ihn zu schnappen«, sagte der Hauptkommissar.

»Genau«, sagte Reinhart. »Ich werde tun, was ich kann. Ach übrigens, wie sind denn die Kollegen so?«

»In Ordnung«, sagte Van Veeteren. »Suijderbeck ist wohl der Beste.«

»Der mit dem Holzbein?«

»Ja.«

»Ja, das wär's dann wohl«, sagte Reinhart und legte den Hörer auf.

Die Frau betrachtete ihn zunächst eine ganze Weile durch den Spion in der Tür. Ließ ihn auch seinen Ausweis vor das kleine Loch halten, bevor sie umständlich aufschloss. Diese Prozedur dauerte noch eine weitere halbe Minute, und so langsam überlegte er, ob sie eigentlich ganz richtig im Kopf war.

Aber vielleicht ist das bei denen allen so, überlegte er weiter, als sie endlich soweit war und er in den engen Flur treten konnte.

Bei allen Schafsköpfen in dieser ahnungslos dahinfrömmelnden Herde.

Andererseits, wenn man an gewisse Zeitungskritzeleien und gewisse Wandschmierereien dachte, gab es vielleicht ja auch gute Gründe, sich in diesen Tagen ein wenig zu verbarrikadieren. Wenn man allzu engen Kontakt mit der Anderen Welt vermeiden wollte. Wer war er, das entscheiden zu wollen?

Ihr Handschlag war kalt und feucht. Sie ging vor ihm ins Wohnzimmer und führte ihn zu einem geblümten Sofa vor einem ovalen Tisch, auf dem sie Tee und Kekse angerichtet hatte.

»Bitte schön«, sagte sie, und ihre Stimme trug nicht so recht.

»Danke«, sagte Van Veeteren.

Sie goss blassen Tee aus der Kanne ein, und er betrachtete sie verstohlen. Eine dünne, leicht anämische Frau. Etwas über vierzig schätzungsweise. Der gleiche Hauch von Blutarmut wie bei den Nornen draußen in Sorbinowo, stellte er fest und überlegte, woran das wohl liegen konnte.

Eine Vergeistigung, die dabei war, alle körperlichen Funktionen und Bedürfnisse zu ersticken? Der Triumph des Willens?

Oder waren das nur seine üblichen Vorurteile und das traditionelle Geschlechterrollenverständnis? Schwer zu sagen. Renate tauchte jedenfalls vor seinem inneren Auge für einen kurzen Moment auf. Zwinkerte ihm vorwurfsvoll zu und verschwand wieder.

»Können Sie mir ein wenig über Ihre Versammlungen erzählen«, bat er. »Was Sie dort so machen, wodurch sie sich von anderen unterscheiden ... solche Dinge.«

Sie klapperte mit der Tasse auf der Untertasse.

»Ja ...«, begann sie und räusperte sich ein paar Mal, »... wir glauben an den lebendigen Gott.«

»Ja?«, nickte der Hauptkommissar aufmunternd.

»An den lebendigen Gott ...«

Van Veeteren nahm einen Keks.

»Jesus befindet sich unter uns.«

»Davon habe ich auch schon gehört.«

»Wer einmal das Licht des Glaubens erblickt hat ...«

»...?«

»... es ist eine Gnade, dabei sein zu dürfen.«

»Das ist mir klar«, sagte der Hauptkommissar. »Und wie lange dürfen Sie beim Reinen Leben schon dabei sein?«

»Seit zwei Jahren«, antwortete sie sofort. »Zwei Jahre, zwei Monate und elf Tage ... es war bei der Frühlingskampagne, da hat Christus sich mir offenbart.«

Van Veeteren nahm einen Schluck von dem Tee, der wie warmes Wasser mit einem leichten Hauch von Pfefferminze schmeckte. Er schluckte ihn mit einiger Mühe hinunter. Hob dann seinen Blick und betrachtete das Gemälde hinter der Frau. Ein ziemlich großes Ölgemälde mit ein paar weiß gekleideten Gestalten vor hellen Birkenstämmen und einem bleichen, leicht weiß schimmernden Himmel. Milchsuppe, dachte er. Im Gegenlicht. Also, nun red schon weiter, in Gottes Namen!

»Sie können sich das nicht vorstellen«, erklärte die Frau, jetzt mit einer frischen Prise Salbung in der Stimme. »Das können Sie nicht! Wenn Sie wirklich wüssten, was es bedeutet, im Licht zu leben, dann würden Sie heute noch mit Ihrem alten Leben brechen.«

»Hallelujah«, sagte Van Veeteren.

»Wie bitte?«

»Entschuldigen Sie. Können Sie mir lieber etwas über Oscar Jellinek erzählen? Sie wissen doch, was draußen in Waldingen passiert ist.«

Die Frau faltete ihre Hände, legte sie in den Schoß, antwortete aber nicht. Ihr frischer Optimismus war wie weggeblasen. Ihm war klar, dass er sie verletzt hatte. Jetzt schon.

»Waren Sie einmal dort?«

Sie schüttelte den Kopf.

»Was können Sie mir also über Jellinek sagen?«

»Oscar Jellinek ist unser Führer.«

»Das weiß ich.«

»Er ist das Verbindungsglied zu dem lebendigen Gott.«

»Wie geht das?«

»Wie das geht? Ja, er hat dank seiner Reinheit und seiner Erhabenheit den Kontakt.«

»Ich verstehe«, sagte Van Veeteren. »Wissen Sie, wo er sich jetzt befindet?«

»Nein.«

»Aber Sie wissen, dass er aus dem Lager in Waldingen geflohen ist?«

»Ja ... nein, nicht geflohen.«

»Wie wollen Sie es denn sonst nennen?«

»Er folgt nur Gottes Stimme.«

»Gottes Stimme?«

»Ja.«

»Haben Sie gelesen, was in den Zeitungen geschrieben wird? Es gibt viele, die glauben, dass Jellinek hinter diesen Morden steckt.«

»Das ist unmöglich. Das ist nur Lüge und Verleumdung. Die Leute sind voller Neid und Bosheit, deshalb sagen sie solche Sachen. Christus ist auch verfolgt worden ...«

Die Rosen der Empörung begannen auf ihrem Hals und ihren Wangen aufzublühen. Der Hauptkommissar wartete noch einige Sekunden, bevor er versuchte, ihren flackernden Blick wieder einzufangen.

»Und dessen sind Sie sich ganz sicher?«

»Oscar Jellinek ist ein heiliger Mann.«

»Und das gibt ihm das Recht, einen Mörder zu schützen?«

»Ich verstehe nicht, was Sie damit sagen wollen.«

»Sie verstehen das nicht? Nun, das ist doch wohl die einfachste Sache der Welt. Sie geben mir doch Recht, dass diese Mädchen tot sind?«

»Ja, ich nehme an ...«

»Dass sie brutal misshandelt und ermordet wurden?«

»Ja, aber ...«

»Und meinen Sie, es ist rechtens, ihren Mörder frei herumlaufen zu lassen?«

»Nein, das meine ich natürlich nicht ...«

»Wie können Sie es dann verteidigen, dass die Einzigen, die uns Informationen geben könnten, beschlossen haben, nichts zu sagen? Bitte schön, ich hätte gerne eine Erklärung von Ihnen.«

Sie antwortete nicht.

»Wissen Sie, wo sich Oscar Jellinek befindet?«

»Ich?«

»Ja.«

»Natürlich nicht.«

»Und finden Sie, dass es richtig ist zu schweigen?«

»Ich will nicht darüber reden. Ich glaube ...«

»Der Mörder läuft frei herum, weil Das Reine Leben die Zusammenarbeit mit der Polizei verweigert hat«, fuhr der Hauptkommissar unverdrossen fort. »Sie machen gemeinsame Sache mit Verbrechern, Kriminellen und ... ja, und mit dem Teufel selbst. Es gibt übrigens Leute, die glauben, Sie wären Satanisten. Wussten Sie das?«

Auch jetzt gab sie keine Antwort. Van Veeteren verstummte. Er lehnte sich zurück und betrachtete eine halbe Minute lang ihre stumme Verwirrung. Er sah ein, dass er zu weit gegangen war, aber es war nicht immer einfach, in dieser Situation den richtigen Ton zu treffen. Er wechselte das Thema.

»Kennen Sie die drei Frauen, die im Lager dabei waren, Ulriche Fischer, Madeleine Zander und Mathilde Ubrecht?«

Sie zuckte leicht mit den Achseln.

»Ein wenig.«

»Was heißt das?«

»Wir alle leben in der gleichen Familie.«

»In dem Reinen Leben?«

»Ja.«

»Aber die drei gehören nicht zu Ihren engsten Freunden?«

»Ich habe mit einigen der anderen mehr Kontakt.«

»Haben Sie auch Freunde, die nicht zu der Gemeinde gehören?«

Sie zögerte einen Moment.

»Nicht direkt Freunde.«

»Dann haben Sie sich also von Ihrem gesamten Bekanntenkreis losgesagt, als Sie vor zwei Jahren Jesus begegnet sind?«

»Nein, Sie verstehen das nicht ...«

Zöllner und Sünder, dachte Van Veeteren.

»Warum ist Ihre Kirche leer, können Sie mir das sagen? Ich war gestern draußen. Haben Sie im Sommer keinerlei Zusammenkünfte?«

»Wir haben ... wir haben eine Periode.«

»Eine Periode?«

»Ja.«

»Was für eine Periode?«

»Eine Periode der Einsamkeit und Reinigung.«

»Gebet, Entsagung und Reinheit vielleicht?«

»Ja, obwohl das ja unsere Grundpfeiler sind. Die gelten immer.«

»Dann finden also keine Gottesdienste statt, wenn der Hirte weg ist?«

»Nein. Warum …?«

»Ja?«

»Warum sind Sie so böse auf mich?«

Weil ich die ganze Zeit sauer aufstoßen muss, dachte der Hauptkommissar.

»Ich bin nicht böse. Könnten Sie nicht trotzdem versuchen, mir zu erklären, warum die Frauen beschlossen haben, nicht mit der Polizei zusammenzuarbeiten?«, versuchte er es noch einmal. »Wenn Jellinek nun unschuldig ist.«

Wieder zuckte sie mit den Achseln.

»Ich weiß es nicht.«

»Weil Jellinek es ihnen gesagt hat?«

Sie antwortete nicht.

»Wissen Sie, dass alle drei eine sexuelle Beziehung zu ihm unterhalten?«

Sie reagierte nicht, wie er gedacht hatte.

Sie reagierte überhaupt nicht. Saß nur auf diesem hellblauen Sessel, die Teetasse auf den Knien und den Mund zusammengekniffen wie eine Rasierklinge.

»Oder soll ich davon ausgehen, dass alle Frauen der Gemeinde etwas mit ihm haben?«

Vielleicht ist das so eine Art Initiationsritual? durchfuhr es ihn. Aber, mein Gott, es mussten ja mehrere Hundert sein! Und wie dem auch sei, immerhin gab es ja auch noch andere Männer in der Versammlung, wenn auch nicht viele. Die Frau ließ ihren Blick mehrmals zwischen ihrer Teetasse und seinem Schlipsknoten hin und her wandern. Dann sagte sie:

»Darf ich Sie bitten, mich jetzt in Ruhe zu lassen. Ich glaube nicht, dass Sie ein guter Mensch sind.«

Van Veeteren räusperte sich.

»Danke«, sagte er. »Ich kann Ihnen versichern, dass ich nichts lieber täte, als von hier abzuhauen. Aber ich habe nun einmal meine Arbeit zu machen. Und meine Aufgabe ist es, einen Mörder zu finden, und wenn Sie es so lieber haben, dann können wir ebenso gut aufs Revier fahren und unser Gespräch dort fortsetzen.«

Sie zuckte zusammen und stellte ihre Teetasse ab. Faltete ihre Hände noch fester und schloss die Augen. Er ignorierte diese Geste.

»Ich habe nur noch ein paar Fragen«, erklärte er. »Haben Sie Kinder?«

Sie schüttelte den Kopf.

»Waren Sie verheiratet?«

»Nein.«

»Meinen Sie etwas zu wissen, was uns in dieser Geschichte vielleicht von Nutzen sein könnte? Was immer das auch ist.«

Erneutes Kopfschütteln. Er stand auf. Hast du überhaupt schon mal einen Kerl gehabt? dachte er.

Erst als er draußen auf dem Flur stand, schoss er seine letzte Frage ab:

»Ach, übrigens, Ewa Siguera. Wer ist das?«

»Siguera?«

»Ja.«

»Ich habe keine Ahnung. Können Sie mich nicht endlich in Ruhe lassen. Ich möchte allein sein.«

Er sah, dass sie inzwischen kleine Ticks bekommen hatte. Leichte Zuckungen um die Augen und den Mund, und er überlegte, ob sie nicht vielleicht auch noch an irgendeiner psychosomatischen Krankheit litt, zu allem anderen.

»In Ordnung«, sagte er. »Ich will Sie nicht länger stören. Vielen Dank für ein äußerst aufklärendes Gespräch.«

Er versuchte die Tür zu öffnen, aber erst mit Hilfe seiner Gastgeberin, die zwei der Schlösser öffnen musste, konnte er in die frische Luft des Treppenhauses entfliehen. Er hörte, wie hinter ihm die Riegel wieder vorgeschoben wurden, einer nach dem anderen, und er holte zweimal tief Luft.

Verdammte Scheiße, dachte er. Gibt es denn nicht einen einzigen Menschen in diesem Club, der klaren Geistes ist?

Oder zumindest schulreif?

Dann erinnerte er sich daran, dass ausgerechnet die Frau, die er eben verlassen hatte, im Telefonbuch als Beruf Grundschullehrerin angegeben hatte, und eine Sekunde lang wurde es ihm schwarz vor Augen.

Lehrerin?

Aber man konnte vielleicht ein wenig Hoffnung dahingehend hegen, dass sie ihre Diensttätigkeit in die sekteneigene Lehranstalt verlegt hatte. In die private Aufzuchtstation der Versammlung. Das würde zumindest die schädlichen Auswirkungen ein wenig begrenzen.

Aber dennoch – die Kinder? Er ging die Treppe in lang ausholenden, fast verzweifelten Schritten hinunter. Ob sie nun im Licht oder in der Anderen Welt lebten – mit welchem Muttermal waren sie nach so einer Schulkarriere behaftet? Gebrandmarkt für ewige Zeiten.

Ohnmacht, nimm mich in deinen Schoß! dachte Van Veeteren und beeilte sich, auf die Straße zu kommen. Verdammte Scheiße!

Und von dieser liberalen religiösen Toleranz, mit der er noch vor ein paar Tagen geflirtet hatte, war in dem Moment nicht einmal mehr ein Hauch zu spüren.

Rotwein, beschloss er stattdessen. Es war erst elf Uhr am Vormittag, aber wahrlich keine Minute zu früh für ein Glas und eine Zigarette. Oh, mein Gott.

28

Die Bar hieß Platons Grotte, und während er dort drinnen im Schatten saß, widmete er sich vor allem den Fragen, die bei seinem letzten Gespräch mit Andrej Przebuda aufgetaucht waren.

Dass so ein Übergriff auf Kinder – sie allem Möglichen auszusetzen, sie auf die eine oder andere Art und Weise ihrer Kindheit zu berauben – eigentlich das einzige Verbrechen war, die einzige Tat, die niemals verziehen werden konnte.

Abgesehen vielleicht davon, jemanden ohne jeden Grund dessen anzuklagen.

Welch Balanceakt, dachte er. Welch verflucht delikater Balanceakt! In der einen Waagschale alle Kinder, die einem Inzest ausgesetzt wurden, ohne dass der Täter seine Strafe erhielt.

In der anderen alle, die eine Strafe bekommen haben, obwohl sie unschuldig waren.

Denn natürlich hatte es Hexenprozesse gegeben. Überall.

Das war zwar keine neue Problematik, aber diese Paradoxie, die sowohl in ihm selbst als auch in diesem Fall zu herrschen schien, erschien ihm mit jeder Stunde, die verging, umso abstoßender.

Mit jeder Stunde und jedem neuen sinnlosen Verhör.

Wenn man doch nur ein Schatten wäre, dachte er und schaute sich die Wände an.

Oder man unter einer Platane in Spili säße.

Am Nachmittag sprach er mit zwei weiteren Erleuchteten. Einem Mann und einer Frau, nacheinander. Beide waren um die fünfunddreißig, allein stehend und gehörten seit vier beziehungsweise sechs Jahren zu der Sekte. Der Mann – ein gewisser Alexander Fitze – sah aus, als hätte er bis weit über zwanzig noch in seiner Kindheit verbracht. Er redete mit einer ausgesprochenen Vorsicht, als wären die Buchstaben aus Porzellan, konnte aber trotzdem forciert und nervös auftreten. Er erinnerte den Hauptkommissar an seinen alten Sprachlehrer, den er in seiner frühen Jugend genossen hatte und der sich ungefähr in der gleichen Art und Weise benommen hatte, zumindest in den Monaten, bevor er endgültig zusammenbrach und sich auf dem Dachboden erhängte.

Die Frau hieß Marlene Kochel und hatte eine deutlich phlegmatische Ausstrahlung – mit seehundartigem Körperbau und lispelnder, feuchter Aussprache –, aber was die Zeugenaussagen selbst betraf, die sich anzuhören der Hauptkommissar während dieser immer heißer werdenden Nachmittagsstunden gezwungen war, so zeigte sich dennoch eine auffallende Übereinstimmung.

Die gleiche, im Großen und Ganzen klinische Unfähigkeit, über die Lehren und die Botschaft des Reinen Lebens Rechenschaft abzulegen.

Die gleichen verlogenen Phrasen über das Licht, die Reinheit und das Erhabene Leben.

Die gleichen devoten Angaben über Oscar Jellinek, über seine göttlichen Gaben und seine herrliche Heiligkeit.

Der gleiche selige Sermon. Immer wieder ertappte Van Veeteren sich dabei, wie er an etwas anderes dachte, während sich die Tiraden stapelten und sich selbst in den Schwanz bissen. Manchmal saß er auch einfach nur da und beobachtete seine Interviewopfer von einem ganz anderen Gesichtspunkt aus, als es der Situation eigentlich angemessen gewesen wäre. Oder erwartet werden konnte. Ein unkonzentrierter und ermüdeter Zuhörer, der sich in erster Linie damit beschäftigte, sich darüber zu wundern, was für ein sonderbares Geschöpf ihm eigentlich auf dem Stuhl gegenübersaß und plapperte (oder lispelte), statt wirklich zuzuhören und sich ein Bild von dem zu machen, was da gesagt wurde (und wie weit es mit dessen Glaubwürdigkeit überhaupt her war). Diese Geschöpfe, die ihre sinnlosen Litaneien herunterleierten, die nicht die geringste Verankerung in der Wirklichkeit oder irgendwelchen logischen Strukturen aufweisen konnten. Worte, Worte, Worte. In einer Sprache, die er nicht verstand.

Wie eine fremde Art fast. Etwas im Grunde Unbegreifliches. Obwohl er ebenso gut selbst das eingesperrte Tier sein mochte. Das Beobachtungsobjekt. Einsam und ausgeliefert und durch die Gitterstäbe auf eine ganze Welt von ... ja, genau, von Unbegreiflichkeiten spähend. Folie à deux, dachte er. Es gibt keine objektive Wirklichkeit.

»Was halten Sie von dem Theodizeeproblem?«, fragte er einmal.

»Wie hieß der?«, fragte Herr Fitze nervös lachend zurück.

Was die eher handgreiflichen Fragen betraf – die Nacktheit, die Teufelsaustreibung, den Konfirmationsunterricht und ähnliches – so gelang es, im Gespräch ein wenig den Nebel zu lichten, aber bei weitem nicht vollkommen. Natürlich gab es Zusammenkünfte in nacktem Zustand. Seinem Gott in dem gleichen freien und ungezwungenen Zustand zu begegnen, in dem man auf die Welt gekommen war, das war offenbar einer von Jellineks Lieblingsgedanken. Und was das Auspeitschen von Sünden oder des Teufels selbst betraf, so war das natürlich sehr viel einfacher, wenn der betreffende Sünder so wenig Kleidung wie möglich trug. Das drang einfach besser durch, das musste doch wohl selbst ein verweltlichter Kriminalkommissar verstehen?

Stellte Marlene Kochel mit einem listigen Lächeln fest.

Dass sowohl die Engel wie Gott Vater selbst nackt über die himmlischen Wiesen zu wandern pflegen, war auch eine Tatsache, die mit dogmatischem Selbstverständnis hingenommen wurde. Warum also nicht schon auf dieser Seite des Scheidewegs anfangen, sich daran zu gewöhnen, wenn man doch sowieso zu den Auserwählten gehörte? Kinder wie Erwachsene.

Ja, warum eigentlich nicht?

Aber fleischliche Lust? O nein. Erotik und Ausgelassenheit und unkontrolliertes Durcheinanderbumsen (ein Begriff des Hauptkommissars, nicht ausgesprochen)? O nein, keinen Millimeter weit. Diese Sache wurde entschieden verneint, und das so prompt und wütend lispelnd, dass er umgehend begriff, dass er auf diesem Weg nicht weiterkommen würde. Es stand hier also doch nicht alles so tadellos zum Besten, wie es behauptet wurde.

Und was den Propheten und seine Lagerkonkubinen betraf, so hatten weder Alexander Fitze noch Marlene Kochel dazu einen Kommentar abzugeben. Die Frage schien ihrer Ansicht nach weit über das Fassungsvermögen eines Kriminalkommissars zu gehen; eine Vergeistigung von so einer Potenz, dass einem schwindelte. Es schwindelte einem, und man hielt die Klappe. Um es prosaisch auszudrücken.

Also: insgesamt gesehen fühlte Van Veeteren sich nicht sehr viel schlauer, als er schließlich nach dem letzten Gespräch wieder ins befreiende Menschengewimmel tauchen durfte. Aber auch nicht sehr viel dümmer, und was lag da näher, als den ganzen Nachmittag einfach in Klammern zu setzen und ihn zu den Akten zu legen. Eine unter vielen.

Vor allem, da auch hier keine Hilfe in der Frage nach Ewa Siguera zu finden gewesen war.

Nun ja, dachte der Hauptkommissar mit klarsichtiger Schärfe. So ist man also mit einer gewissen Würde wieder um ein paar Stunden gealtert.

Dann sah er jedoch, dass es schon fast sechs war und nicht mehr viel Zeit übrig blieb, wenn er den Signalen seines Körpers nach einem guten Essen folgen wollte.

Das Treffen mit Uri Zander war auf halb acht Uhr festgesetzt, und soweit er es verstanden hatte, befand sich die Adresse irgendwo in den Vororten.

Essenfassen, also. Und kein großes Zögern über der Speisekarte.

Er brauchte auch wirklich nicht mehr als fünf Minuten, sowohl sich hinzusetzen als auch ein großes, anständiges Fleischstück in einem der Restaurants gegenüber dem Bahnhof zu bestellen.

Genug von Äther und Entrücktsein, dachte er und zog einen Zahnstocher hervor, während er wartete. Mein Bedarf an durchgeistigten Wesen ist für die nächsten zwei Jahre jedenfalls gedeckt.

Seinen guten Vorsätzen zum Trotz gestaltete sich sein zweiter Abend in Stamberg etwas anders als gedacht.

Das etwas zähe Steak verbündete sich hinterlistig mit dem dunklen Wein und seiner eigenen Müdigkeit, und statt sich in unbekannte Vororte zu begeben, rief er Herrn Zander vom Telefon im Entree an und verschob das Gespräch auf den folgenden Tag. Blieb dann noch eine Stunde mit einem Käseteller und ein paar schrillen Abendzeitungen sitzen, bevor er sich in der blauen Dämmerung auf den Rückweg zum Hotel machte.

Zwei Bier, die Zehn-Uhr-Nachrichten im Fernsehen (an diesem Abend waren die Geschehnisse in Sorbinowo auf eineinhalb Minuten zusammengeschrumpft) sowie vier Kapitel aus Klimkes *Betrachtungen* begleiteten ihn bis nach Mitternacht, und dann schlief er mit einem vagen, aber vertrauten schlechten Gewissen ein, ohne sich die Zähne geputzt zu haben.

Ein Zeichen von Verfall, daran bestand kein Zweifel, und den ganzen Tag hatte er kaum einen Gedanken an Ulrike Fremdli oder Krantzes Antiquariat verschwendet. Sobald sich die Träume über ihn hermachten, waren es jedoch diese beiden Größen, die um Aufmerksamkeit baten. Und mit einem Rest von Klarsicht dachte er, dass es vielleicht genau das war, worum es eigentlich ging.

Träume.

29

Reinhart leerte sein Glas mit Zitronenwasser und winkte dem Kellner, ein neues zu bringen.

Nachdem er zehn Stunden mehr oder weniger kontinuierlicher Information ausgesetzt gewesen war (unterbrochen von ein paar Stunden Nachtschlaf sowie vereinzelten Toilettenbesuchen), hatten er und Jung sich in einen abgelegenen und einigermaßen kühlen Winkel des Speisesaals im Hotel Grimm's zurückgezogen. Es war elf Uhr vormittags, und bis jetzt hielten sich die Mittagsgäste noch fern. Ein paar Journalisten vom

Fernsehen saßen zwar an einem Fenstertisch und tranken ihr Morgenbier, aber es war offensichtlich, dass sie noch nicht so den rechten Biss hatten.

»Ja, ja«, sagte Reinhart. »Und was hältst du davon?«

»Keine besonders schöne Geschichte«, sagte Jung.

»Nicht die Bohne«, stimmte Reinhart zu. »Nicht einmal, wenn wir sie mit unserem Maß messen.«

»Nein«, bestätigte Jung. »Und was glaubst du selbst?«

Reinhart zuckte mit den Schultern.

»Keine Ahnung. Aber wenn VV sich auf den Weg nach Stamberg gemacht hat, ist es nicht ausgeschlossen, dass die Lösung dort liegt. Er stolpert doch immer über irgendwas, wenn er auf Dienstreise geht.«

Jung nickte.

»Oder er hat nur einen Sonnenstich gekriegt«, fuhr Reinhart fort und nahm die nächste Zitronenwasserflasche entgegen.

»Oder es ist ihm scheißegal.«

Reinhart zog Pfeife und Tabak heraus.

»Hmm, ja«, brummte er. »Es sieht ihm zwar nicht ähnlich, sich so was entgehen zu lassen, aber es gibt da so einige Gerüchte.«

»Genau«, nickte Jung gähnend. »Also, was machen wir jetzt? Es hatte nicht gerade den Anschein, als würde dieser Kluuge mit Befehlen nur so um sich schmeißen. Er schien eher zu hoffen, dass wir das hier für ihn in Ordnung bringen ... ich meine, wir und VV. Oder aber die anderen, aber – ehrlich gesagt – da habe ich so meine Zweifel.«

»Fromme Wünsche«, sagte Reinhart. »Wie dem auch sei, ich denke, wir sollten loslegen. Genau wie der stellvertretende Polizeichef habe ich zu Hause eine schwangere Ehefrau, und ich habe absolut keine Lust, länger als unbedingt notwendig weg zu bleiben.«

»Das wusste ich gar nicht«, sagte Jung. »Darf man gratulieren?«

»Dann weißt du es jetzt«, sagte Reinhart. »Also, wo willst du anfangen?«

Jung dachte nach.

»Es wäre schon geil, wenn wir Jellinek finden würden.«

»Genial. Und wo willst du anfangen zu suchen?«

»Darum geht es ja gerade«, erklärte Jung. »Schließlich läuft doch die Fahndung nach ihm, vielleicht regelt sich das ganz ohne unser Zutun … im Augenblick sieht man seine Visage ja alle naselang im Fernsehen. Da braucht man doch wohl nur zu warten, bis er auftaucht, oder?«

»Oder bis etwas anderes auftaucht«, erwiderte Reinhart und betrachtete seine Pfeife. »O Mann, ich muss schon sagen, von diesem Mist hier wird mir ganz übel … na gut, wenn du also nicht vor hast, falschen Propheten hinterherzuschnüffeln, was steht dann auf deiner Wunschliste?«

Jung trank einen halben Liter Mineralwasser, bevor er antwortete. »Dieses Heim da«, sagte er dann. »Wolgershuus oder wie das noch heißt. Es könnte doch interessant sein, sich diese Frauen mal anzugucken.«

»Und ihrem Schweigen zu lauschen?«, schlug Reinhart vor.

»Warum nicht«, sagte Jung. »Es lässt sich viel im Schweigen finden.«

Um die Weisheit seiner letzten Aussage zu unterstreichen, saß Reinhart eine halbe Minute schweigend da, während er blinzelnd in den Sonnenschein hinaus guckte und mit einer aufgespießten Serviette im Pfeifenkopf herumrührte.

»Wieder ein heißer Tag«, stellte er nachdenklich fest. »Nun gut, dann knacke diese Priesterinnen. Versuche es mit deinem zurückhaltenden Stil, wir werden ja sehen. Ich glaube kaum, dass die Kollegen bis jetzt irgendwelche psychologischen Triumphe feiern konnten.«

»Ja, ja«, sagte Jung. »Jeder hat so seine Talente. Und was will der Kommissar selbst tun?«

»Nun ja«, sagte Reinhart. »Dann bleiben mir wohl nur die etwas jüngeren Jahrgänge übrig.«

»Viel Glück«, sagte Jung und stand auf.

»Vielen Dank«, sagte Reinhart. »Heute Abend wissen wir mehr.«

Belle Moulder sah mürrisch und ängstlich aus. Und ziemlich unansehnlich, wie Reinhart fand, besonders wenn man bedachte, dass es ihn zwei Stunden am Telefon und im Auto gekostet hatte, um zu ihr zu kommen.

Nach dem überstürzten Aufbruch aus dem Waldingenlager hatte das Mädchen offenbar zwei Tage in einem Heim in Stamberg verbracht und war anschließend zu einer in etwa gleich gesinnten Tante nach Aarbegen geschickt worden, wo nun von ihr erwartet wurde, die noch ausstehenden Wochen der Sommerferien mit Beten sowie dem Baden im Fluss zu verbringen und lange, kräftigende Radtouren unter der Aufsicht zweier fettleibiger Cousinen zu unternehmen ... um in gewisser Weise ihre Wunden zu lecken und die traumatischen Tage draußen in den Wäldern von Sorbinowo zu verarbeiten, wie man annehmen konnte. Womit nichts Böses über Das Reine Leben gesagt werden sollte. Gott bewahre.

Edwina Moulder empfing ihn in Shorts auf einer gelben Hollywoodschaukel. Es war deutlich, dass sie gar nicht daran dachte, ihre Nichte mit diesem hergelaufenen Kriminalkommissar allein zu lassen.

Nicht eine Sekunde, so interpretierte Reinhart ihre verkniffenen Mundwinkel. Er peilte die Lage und überlegte kurz mögliche Strategien, dann gab er klein bei und ließ sich auf dem bereitstehenden Gartenstuhl unter dem Sonnenschirm nieder.

»Es tut mir Leid, dass ich Sie noch einmal stören muss«, sagte er. »Aber schließlich wollen wir diesen Wahnsinnigen ja schnappen.«

»Das verstehen wir«, sagte Edwina Moulder.

»Gut«, sagte Reinhart und warf dem Mädchen einen Blick zu. »Ich hatte eigentlich vor, Belle mit aufs Revier zu nehmen, aber es wäre natürlich schön, wenn wir alles schon hier draußen erledigen könnten.«

»Belle hat schließlich schon alles gesagt, was sie weiß, und außerdem ...«

Reinhart hob einen drohenden Zeigefinger.

»Nun mal langsam. Ihre Nichte gehört schließlich zu denen,

die die Arbeit der Polizei anfangs am meisten behindert haben, deshalb hängt jetzt alles von ihrem Willen zur Zusammenarbeit ab.«

»Was ...?«

»Wenn Sie aufhören, sich immer einzumischen, können Sie gern hier sitzen bleiben«, erklärte Reinhart ihr. »Aber nur unter der Bedingung, dass Sie still sind. Haben Sie verstanden?«

»Wie bitte? Sie kommen einfach hierher und ...?«

»Haben Sie verstanden?«, wiederholte Reinhart.

»Hmm«, sagte Edwina Moulder.

Reinhart nahm einen Schluck von dem wässrigen Kaffee. Drehte dann seinen Stuhl so, dass er nicht mehr auf den großen Sonnenbrand gucken musste und stattdessen das Mädchen im Visier hatte.

»Belle Moulder?«

»Ja.«

»Du hast ja schon mehrere Male mit der Polizei über diese unangenehmen Sachen geredet ...«

Das Mädchen nickte, ohne ihn anzuschauen.

»... und am Anfang hast du dich ziemlich dumm verhalten.«

Belle Moulder guckte auf ihren Daumennagel.

»Aber das interessiert uns jetzt nicht. Ich gehe davon aus, dass du die Wahrheit sagst und mir so gut hilfst, wie du nur kannst. Wenn ich merke, dass du dir was ausdenkst oder dass du dich weigerst, mir was zu sagen, dann muss ich dich mit in die Stadt nehmen und dich dort auf dem Polizeirevier verhören. Das verstehst du doch, oder?«

»Ja, aber ...«

»Ausgezeichnet. Was mich am meisten interessiert: Was ist an diesem Sonntagabend passiert, nachdem Clarissa Heerenmacht verschwand. Ich nehme an, du kannst dich noch sehr gut daran erinnern?«

»Es geht.«

Das Mädchen zuckte mit den Schultern und versuchte nonchalant auszusehen. Reinhart musste kurz an Winnifred und das zu erwartende Kind denken.

Es würde sich doch wohl nicht um so eine handeln?

Er räusperte sich, um den Gedanken zu verscheuchen, und fuhr fort.

»Warum hast du Clarissa unten am Badefelsen allein gelassen?«

»Sie wollte allein sein.«

»Warum denn?«

»Ich weiß nicht.«

»Habt ihr euch gestritten?«

»Nein.«

»Ganz bestimmt nicht?«

»Ganz bestimmt nicht.«

»War Clarissa traurig, als du von ihr weggegangen bist?«

»Nein.«

»Fröhlich?«

»Sie war wie immer.«

»Wie war sie denn, wenn sie wie immer war?«

»Wie, na ... wie immer.«

Reinhart probierte noch einmal den Kaffee. Er war nicht besser geworden.

»Und dann hast du mit Jellinek gesprochen.«

»Was?«

»Du hattest doch ein Gespräch mit Jellinek später am Abend. Wann war das?«

»Ja, das ... das war nach dem Abendgebet.«

»Um wie viel Uhr?«

»Halb zehn ... Viertel vor vielleicht, ich weiß nicht mehr. Die haben das schon mal gefragt, wir achten ... achteten nicht so auf die Zeit da in Waldingen. Das war nicht nötig, wir wurden ja immer gerufen ... aber es war jedenfalls so um die Zeit.«

»Zwischen halb zehn und Viertel vor?«

»Ja.«

»Worüber habt ihr geredet?«

»Über Clarissa.«

»Wieso?«

»Na, weil sie verschwunden war natürlich.«

»Ihr wusstet, dass sie verschwunden war?«

»Das ist doch klar. Sie war doch beim Essen nicht da gewesen. Und nicht bei den Übungen und beim Gebet auch nicht ...«

»Was wollte Jellinek von dir wissen?«

Belle Moulder zögerte einen Moment lang.

»Ob ich etwas wüsste. Es hatte sie ja niemand gesehen, nachdem wir da bei dem Felsen waren, ich war wohl die Letzte, die bei ihr war.«

»Kannst du dich noch daran erinnern, was Jellinek genau gesagt hat?«

»Er hat gefragt, ob ich wüsste, wo sie ist.«

»Und was hast du geantwortet?«

»Dass ich es nicht wüsste natürlich.«

»Und dann? Ihr habt doch zehn Minuten miteinander geredet, oder?«

»Nein, nicht so lange. Er hat auch eine Weile einfach nur schweigend dagesessen und nachgedacht.«

»Aber er hat dir doch bestimmt noch andere Fragen gestellt?«

»Ja, was wir am Nachmittag gemacht haben und so, aber nichts Besonderes.«

»Nichts Besonderes?«

»Das hat Belle alles schon erzählt«, unterbrach Edwina Moulder.

»Woher wissen Sie das?«, fragte Reinhart.

»Wie bitte?«

»Ich habe Sie gefragt, woher Sie das wissen können«, wiederholte Reinhart wütend. »Haben Sie Zugang zu den Polizeiprotokollen? Wenn Sie nicht still sein können, dann gehen Sie doch bitte und schneiden die Hecke oder sonst was. Ist das klar?«

Edwina Moulder öffnete den Mund und schloss ihn gleich wieder. Dann senkte sie den Blick und schien es für das Beste zu halten, gar nicht zu antworten.

»Also«, nahm Reinhart den Faden wieder auf. »Und was noch?«

»Was denn noch?«

Wieder diese schnoddrige Nonchalance, stellte er fest. Obwohl sie immer noch verängstigt aussah. Aber so war das vielleicht in diesem Alter, oder?

»Was hat Jellinek noch gesagt? Nun tu nicht so dumm, mein Fräulein.«

»Hä?«, sagte Belle Moulder. »Ja, er hat wirklich nicht viel gesagt.«

»Er hat dich gebeten, nichts davon zu erzählen, oder?«

»Ja, natürlich ... obwohl das eigentlich eher die Schwestern waren, die das später gesagt haben.«

»Und dann?«

»Ja, und dann haben wir zusammen gebetet.«

»Du und Jellinek?«

»Ja.«

»Was war das für ein Gebet?«

»Wie bitte?«

»Was war das für ein Gebet? Wovon handelte es?«

»Das ... nein, ich verstehe nicht, was Sie meinen.«

»Dann sag mir das Gebet auf!«

»Nein, das geht nicht.«

»Warum nicht?«

»Weil, weil er es ja betete. Ich habe nur stumm mitgebetet.«

Er betete, sie hat gebetet, dachte Reinhart seufzend.

»Dann erinnerst du dich nicht mehr an die Worte?«

»Nein ... nein, tue ich nicht.«

»Und das Ganze dauerte zehn Minuten?«

»Er hat auch eine Weile einfach nur nachgedacht, das habe ich doch gesagt.«

Reinhart zündete seine Pfeife an und wartete eine Weile.

»Nun gut«, sagte er schließlich und warf Edwina Moulder einen Blick zu. »Hat er dich angefasst?«

»Wie?«, fuhr Edwina Moulder auf.

Reinhart blies ihr eine Rauchwolke ins Gesicht.

»Letzte Warnung«, erklärte er und bohrte seinen Blick in das Mädchen. »Also, hat er dich angefasst?«

»Er hat mich nur umarmt.«

»Dich nur umarmt?«

»Ja.«

»Und wie?«

Sie zeigte es etwas unbeholfen.

»Also von hinten?«

»Ja.«

Reinhart biss auf seinen Pfeifenschaft.

»Während ihr gebetet habt?«

»Ja.«

»Und nur beim Gebet?«

»Ja.«

Edwina Moulders Sonnenbrand schien plötzlich in die gelbe Hollywoodschaukel geflossen zu sein, und ihre Kiefer bewegten sich mit einem leichten Knirschen.

»Und dann?«

»Dann? Ja, dann ist er gegangen.«

»Wohin?«

Wieder Achselzucken.

»Weiß ich nicht. Runter zum See, nehme ich an.«

»Zum Badefelsen?«

»Kann sein.«

»Aber du weißt es nicht? Er hat dir nicht gesagt, was er vorhatte?«

»Nein, aber ...«

»Ja?«

»Ich denke schon, dass er runter zum Felsen wollte ... vielleicht hat er das sogar gesagt ... nein, ich weiß es nicht mehr.«

Reinhart machte eine Pause, aber mehr kam nicht, weder von dem Mädchen noch von der Tante.

»Du glaubst also«, begann er von neuem, »dass Oscar Jellinek irgendwann kurz vor zehn Uhr am Sonntagabend runter zum Badefelsen gegangen ist?«

»Ja. Kann jedenfalls sein.«

»Hast du ihn danach noch mal gesehen?«

Sie dachte nach.

»Nein ... nein, habe ich nicht.«

»Weißt du, ob ihn sonst jemand gesehen hat?«

»Das weiß ich nicht. Aber bestimmt keines der Mädchen ...«

Er wartete wieder einige Sekunden ab, aber sie saß nur schweigend da und betrachtete ihre Knie, vor allem das rechte, auf dem man noch die schmutzigen Reminiszenzen eines Pflasters erkennen konnte. Er steckte seine Pfeife weg.

»Du warst also die Letzte, die Clarissa Heerenmacht lebend gesehen hat und vielleicht auch die Letzte, die Oscar Jellinek gesehen hat, bevor er verschwunden ist ... Hast du das schon der Polizei erzählt, dass er möglicherweise zum Badefelsen gegangen ist?«

Sie dachte nach.

»Nein, ich glaube nicht.«

»Warum nicht?«

»Weil keiner danach gefragt hat.«

»Keiner hat danach gefragt?«

»Nein.«

Typisch, dachte Reinhart.

Dann überließ er Tante und Nichte ihrem Schicksal und ging zu seinem Wagen.

30

Uri Zander war ungefähr wie in den Sechzigern angezogen, und über dem Kordsofa im Wohnzimmer hing ein signiertes Poster einer Popgruppe, die Arthur and the Motherfuckers hieß. Es war auch nicht ausgeschlossen, dass Herr Zander mit einem dieser vier verbissenen Jünglinge mit Zottelmähne und Sonnenbrille identisch war, aber Van Veeteren war nicht daran interessiert, diese Frage zu vertiefen.

Auf jeden Fall hatte der Zahn der Zeit reichlich an Uri Zander genagt; seine Haare waren inzwischen nur noch an den Seiten und im Nacken lang – oben war er ganz kahl –, und ein zunehmender Hängebauch in Verbindung mit einem ziemlich krummen Rücken ließ ihn an ein schlampig gezeichnetes Fragezeichen erinnern.

Besonders glücklich sah er auch nicht aus.

»Möchten Sie was?«, fragte er, als der Hauptkommissar sich vorsichtig in ein rotes Dingsbums aus Schaumstoff setzte.

Van Veeteren schüttelte den Kopf.

»Ich habe auch gar nichts da.«

Er nahm seine runde Brille ab und putzte sie mit einem Hemdzipfel. Das war eine enge, geblümte Angelegenheit; der Hauptkommissar meinte sich an das Muster noch aus einem dieser Sommer im Morgen seines Lebens zu erinnern, '67 oder '68 musste das wohl gewesen sein, als er noch so neu im Spiel war, dass er ab und zu als uniformierter Repräsentant der gesellschaftsbewahrenden Kräfte abkommandiert wurde. Als die uniformierte Polizei zu wenig Personal hatte, und das kam ziemlich häufig vor.

Zu diesen haschduftenden Musikfestivals und Liebesfesten, die – zumindest in der Retrospektive – die reinste Provokation gewesen sein mussten.

Es gab schönere Erinnerungen, sogar in seinem Leben.

»Ja, wie schon gesagt«, begann er, »so sind wir eigentlich nicht an Ihnen interessiert, sondern an Ihrer früheren Frau, Madeleine Zander.«

»Ach Gott, ja«, sagte Herr Zander.

»Ich gehe davon aus, dass Sie wissen, worum es geht«, fuhr der Hauptkommissar fort. »Wir bearbeiten ja die Mädchenmorde draußen in Sorbinowo, und in irgendeiner Form ist diese Sekte, zu der sie gehört, darin verwickelt. Es waren drei Frauen im Lager, Madeleine war eine davon … wie Sie vielleicht gehört haben, haben alle drei sich von Anfang an geweigert, mit der Polizei zusammenzuarbeiten. Ich weiß ja nicht, was Sie davon halten …«

»Verdammte Idioten«, sagte Uri Zander.

Sieh an, dachte Van Veeteren. Wie schön. Er hatte es zwar nicht befürchtet, aber es hatte natürlich ein gewisses Risiko bestanden, dass sich Uri Zander auf die Seite seiner Exfrau stellen würde. Es war mehr als deutlich, dass das unnötige Befürchtungen gewesen waren.

»Diese verfluchte Kirche«, führte sein Gastgeber aus. »Und dann noch dieser Priester ... tja, meiner Meinung nach sollte man die ganze Bagage einsperren, die sind doch eine Schande für die Stadt. Und für die ganze Menschheit.«

»Sie kennen sie also gut?«, fragte der Hauptkommissar.

»Ist das heutzutage zu vermeiden?«, konterte Uri Zander und setzte sich die Brille wieder auf. Offenbar war er mit dem Resultat nicht zufrieden, denn er nahm sie unmittelbar danach wieder ab und begann sie von neuem zu putzen.

»Wie lange waren Sie mit Madeleine verheiratet?«

»Acht Jahre«, antwortete Uri Zander. »Zwischen '74 und '82. Sie war erst zwanzig, als wir uns kennen lernten ... und sie wurde gleich beim ersten Mal schwanger. Wir waren auf Tournee, ich hab natürlich gedacht, sie wäre ein ganz normaler Groupie, aber sie war fast noch unschuldig, und tja, dann kam es, wie es kommen musste ...«

»Sie haben geheiratet, bevor das Kind geboren wurde?«

»Ja, natürlich. Schließlich hatte ich sie damals ja auch gern. Außerdem war es sowieso an der Zeit, mit der Musik aufzuhören. Da war so manches, das einfach zu viel geworden war, wenn Sie verstehen, was ich meine?«

Van Veeteren nickte routiniert.

»Ja, wir sind also zur Ruhe gekommen, das kann man wohl so sagen. Ich fing an, richtig zu arbeiten, und Madeleine kümmerte sich um Janis, unsere Tochter ... tja, und das hätte sicher auch gut gehen können, jedenfalls blieben wir acht Jahre zusammen, bei den meisten knallt es ja schon viel früher, nicht wahr?«

»Kann schon sein«, bestätigte Van Veeteren, der seinerseits dreimal so lange ausgehalten hatte. »Keine weiteren Kinder?«

Uri Zander schüttelte den Kopf.

»Nein. Aber wenn man es im Nachhinein betrachtet, dann muss man wohl sagen, dass es von Anfang an schief lief.«

»Wie meinen Sie das?«

»Nun ja, ich weiß nicht. Sie war ja noch so schrecklich jung und unerfahren. Ich bin sieben Jahre älter, tja, es sah so aus, als müsste sie unbedingt alles Mögliche ausprobieren, nachdem das Mutterglück verklungen war ... und das war ziemlich schnell verklungen, das können Sie mir glauben.«

»Erzählen Sie«, sagte Van Veeteren.

Uri Zander setzte sich endlich seine Brille auf und begann stattdessen nach Zigaretten zu suchen. Schließlich fand er ein Päckchen unter dem Gerümpel, das auf dem Tisch lag. Mit einer gewissen Diskretion überschlug er zunächst seinen Vorrat, bevor er dem Hauptkommissar auch eine anbot und dann beiden Feuer gab.

»Ja, also«, fuhr er fort. »Sie war einfach nicht damit zufrieden, nur mit dem Kind zu Hause zu sitzen ... mit Janis, meine ich. Sie war eigentlich mit nichts zufrieden, wenn man ehrlich sein soll. Sie hatte zu allem Möglichen alle möglichen Ideen, aber nichts hielt lange an.«

»Was für Ideen?«, fragte Van Veeteren.

»Ach, alle möglichen«, schnaubte Uri Zander, sodass der Rauch aus seinen behaarten Nasenlöchern stieß. »Alles Mögliche! Sie war Feministin und Buddhistin und Spiritistin, und zum Schluss war sie sogar noch lesbisch.«

»Wirklich?«, fragte der Kommissar.

»Ja, aber das ging auch wieder vorbei. Alles ging vorbei, einiges hielt nur ein paar Monate lang an, anderes ein bisschen länger, und jedes Mal, wenn sie mit etwas Neuem anfing, war es, als würde das Alte überhaupt nicht mehr zählen. Als ob ... als ob sie zweimal im Jahr ein ganz neues Leben anfangen müsste sozusagen. Kaum viel Sicherheit für ein Kind, oder was meinen Sie? Es war dieses fürchterliche Hin-und-herflattern, das ich schließlich nicht mehr ausgehalten habe.«

»Ich verstehe«, sagte Van Veeteren, denn das tat er wirklich. »Aber das mit dem Reinen Leben, das hat offensichtlich deutlich länger angehalten, oder?«

Uri Zander nickte rauchend.

»Ja, scheint so. Man kann sich ja fragen, wieso, ich glaube, sie war schon von Anfang an dabei … tja, das muss jetzt schon mehr als zehn Jahre her sein. Es wäre natürlich besser, wenn sie sich in einer anderen Gruppe engagieren würde, aber inzwischen ist es mir scheißegal. Janis ist ausgezogen, und eine neue Mutter will sie sich nicht anschaffen.«

»Wer hat sich um sie gekümmert?«, fragte der Hauptkommissar. »Ich meine, nachdem Sie geschieden waren.«

»Ich natürlich«, sagte Uri Zander, und möglicherweise war eine Spur bescheidenen Stolzes in seiner Stimme zu hören. »Sie konnte doch wohl nicht bei diesem Wirrkopf bleiben! In den ersten Jahren haben sie sich am Wochenende gesehen, aber dann fuhr Madeleine für ein halbes Jahr in die USA – mit irgendeiner anderen Befreiungssekte, ich glaube, die waren später auch in irgendwelche Skandale verwickelt, aber da gehörte sie schon nicht mehr dazu – tja, und danach hatten sie eigentlich überhaupt keinen Kontakt mehr. Janis wollte nicht, und diese Chaotin auch nicht, denke ich …«

Van Veeteren überdachte eine Weile dieses Familienidyll.

»Wissen Sie viel über Das Reine Leben?«, fragte er dann. »Was die so machen und so?«

Uri Zander zog ein paar Mal emsig an seiner Zigarette und schaute aus dem Fenster.

»Nein«, sagte er. »Nur das, was man in den Zeitungen liest … und was so geredet wird, jetzt nach diesen Mordgeschichten. Nun ja, ich finde natürlich, dass es sich um eine Anhäufung von Stinkstiefeln handelt und dass es schlimm ist, wie die eine Unmenge armer Teufel anlocken, die so hohl sind, dass sie nicht zwischen ihrem eigenen Arschloch und einer Kuhle im Feld unterscheiden können … Junge und Alte, und das alles nur, um mit dem Priester zu bumsen und sich gegenseitig zu vögeln.«

»Sie glauben, darum geht es?«

»Ja«, sagte Uri Zander. »Das glaube ich. Und damit stehe ich nicht allein da.«

Van Veeteren dachte eine Weile nach.

»Was denken Sie über den Mord?«, fragte er dann.

Uri Zander drückte seine Zigarette aus und setzte eine nachdenkliche Miene auf.

»Ich weiß nicht«, sagte er. »Dieser Jellinek, das ist schon ein richtiger Psychopath, da habe ich überhaupt keinen Zweifel dran ... tja, wenn ich es recht überlege, dann glaube ich, dass er derjenige welcher ist. Und jetzt hat er sich natürlich irgendwo hier in der Stadt bei einem verrückten Frauenzimmer aus seiner Gemeinde versteckt, von denen gibt es ja reichlich ... oder er liegt bei ihr und bumst sie, besser gesagt. Verdammte Scheiße. Das Reine Leben, fuck me!«

»Hm«, sagte der Hauptkommissar und warf einen kurzen Blick auf das Plakat. »Und was meinen Sie, warum Madeleine und die anderen beiden schweigen?«

»Weil er es ihnen gesagt hat natürlich. Er ist ihr oberster Bumsgott, und die gehorchen natürlich jedem einzelnen Wort, das er rausstottert. Sie wissen sicher von dem Gerichtsverfahren gegen ihn vor ein paar Jahren?«

»Ja, natürlich«, bestätigte Van Veeteren.

»Also, ich kann nur sagen, dass ich hoffe, dass Sie ihn finden und ihm und seinem bescheuerten Anhang ein Ende bereiten«, stellte Uri Zander fest. »Es ist doch unmöglich, dass die so weitermachen dürfen ... und eine Schule haben sie auch noch. Wenn man sich vorstellt, dass sie die Kinder zu so einem Scheiß zwingen!«

Van Veeteren erkannte, dass das meiste wohl gesagt war und es kaum noch viel Zweck hatte, hier weiter zu sitzen und Herrn Zanders Ausführungen zu lauschen. Der gerade von neuem in seinem Zigarettenpäckchen wühlte. Offenbar war es damit so schlecht bestellt, dass er keine neue Runde anbieten konnte, also schob er es lieber wieder unter eine Zeitung.

»Ihre Exfrau ...?«, fragte Van Veeteren weiter. »Also, Madeleine, meine ich ... Sie haben danach nicht noch einmal geheiratet?«

Uri Zander schüttelte entschlossen den Kopf.

»Wollen Sie ihr irgendwas mitteilen, sie grüßen? Wir halten

sie ja bis auf weiteres in Sorbinowo unter Verwahrung, ich werde sie wohl morgen oder übermorgen sehen ...«

Uri Zander sah ihn überrascht an.

»Ein Gruß an Madeleine? Nein, die will ich ganz und gar nicht grüßen.«

»Glauben Sie, Ihre Tochter würde das gern? Ich meine, ihr etwas mitteilen?«

»Die haben keinen Kontakt zueinander, das habe ich doch gesagt.«

»Ja, stimmt«, sagte der Hauptkommissar.

All right, dachte er und machte Anstalten, aus den opportunistischen Stilmöbeln herauszukommen. Es war wohl, wie es war. Zumindest hatte er ein ziemlich ausführliches Bild von Madeleine Zander erhalten – vor allem, wenn er es mit dem eigenartig auseinanderfließenden Eindruck verglich, den er aus den leinwandbleichen Konfrontationen in Waldingen mitgebracht hatte.

Ob das aber etwas Neues war, das war natürlich eine andere Frage.

»Ach, und Ewa Siguera?«, erinnerte er sich, als er bereits draußen auf dem Flur stand. »Wissen Sie, wer das ist?«

»Siguera?«, wiederholte Uri Zander und kratzte sich an seinen verlorenen Haarbüscheln. »Nein, so eine kenne ich nicht ... das heißt, wenn Sie nicht Figuera meinen. Ja, ich glaube, so hieß die ...«

»Figuera?«

»Ja.«

»Und wer soll diese Ewa Figuera sein?«

Uri Zander zuckte mit den Schultern.

»Nun ja, ich kenne sie natürlich nicht«, erklärte er, »aber wenn ich mich recht erinnere, so war das irgend so eine Frau, mit der Madeleine eine Zeit lang zusammengewohnt hat ... vielleicht war sie auch lesbisch, mehr weiß ich nicht.«

»Und wann war das?«

Uri Zander überlegte.

»Ich weiß es nicht mehr so genau. Janis hat sie gesehen ...

ich denke, es ist schon ein paar Jährchen her, wir haben sie nur zufällig getroffen, unten am Bach.«

»Wohnt sie noch in der Stadt?«, fragte Van Veeteren.

»Woher soll ich das denn wissen?«, erwiderte Uri Zander. »Warum gucken Sie nicht im Telefonbuch nach?«

Wahrscheinlich gar keine schlechte Idee, dachte der Hauptkommissar und verabschiedete sich von seinem mürrischen Gastgeber.

Und wieder ein Einblick in ein äußerst interessantes Leben, stellte er fest, als er draußen im Sonnenschein stand. Und er hatte nicht einmal gefragt, womit Uri Zander sich eigentlich jetzt beschäftigte. Wenn er sich überhaupt mit etwas beschäftigte.

Aber das stand ja vielleicht auch im Telefonbuch – wenn der Wunsch, dieser Frage nachzugehen, doch allzu aufdringlich werden sollte.

»Figuera?«, brummte er dann und schob sich einen frischen Mentholzahnstocher zwischen die Vorderzähne – als Gegengewicht gegen die Zanderschen Vorurteile. Sollte sich etwa herausstellen, dass der ganze Fall nur an einem lächerlichen Schreibfehler hing?

F statt S.

Es sprach natürlich nichts für eine derartige Lösung, aber überraschend wäre es nicht.

Ganz und gar nicht. Es waren schon merkwürdigere Sachen passiert.

31

Da Inspektor Jung wie zu erwarten sehr rechtzeitig gekommen war, musste er noch eine Weile auf Ulriche Fischer warten.

Was eigentlich keine besonders große Rolle spielte. Freundlich, aber entschieden lehnte er die Gesellschaft von Polizeianwärter Matthorst ab. Stattdessen ließ er sich an einem Tisch unter einer der Kastanien nieder, die die große Rasenfläche einrahmten (auf der ab und zu ein Patient, ab

und zu ein Pfleger in offensichtlicher Ziellosigkeit hin und
her lief) und hatte so wunderbar Gelegenheit, seine Taktik
für das zu erwartende Gespräch noch einmal durchzugehen
und zu verfeinern.

Das Problem war nur, dass er sich nicht konzentrieren konnte. Jedenfalls nicht länger als für drei Sekunden. Wie sehr er
auch versuchte, seine Gedanken zu zähmen und zu lenken, mit
schlafwandlerischer Gewissheit kehrten sie immer zu dem
gleichen Problemfeld zurück.

Die Ferien.

Der bevorstehende Urlaub und die Reise mit Maureen und
Sophie. Da liegt also der Hase begraben! dachte er verwirrt.
Etwas, was er ganz offensichtlich gelesen hatte.

Maureen. Mit einigen kleinen Unterbrechungen war er jetzt
seit vier Jahren mit ihr zusammen, und während dieser ganzen
Zeit war es nie dazu gekommen, dass sie zusammenzogen – also, so richtig. Was natürlich an einer Reihe diffuser Faktoren
und Gründe lag, aber in allererster Linie – und darüber konnte kaum der geringste Zweifel bestehen – an seiner eigenen
Feigheit und offenkundigen Ambivalenz.

Wenn eine Ambivalenz überhaupt offenkundig sein konnte?

Bei mir ist es jedenfalls so, dachte Jung.

Aber nun stand sie kurz bevor, das wusste er. Die Entscheidung. Es gab Punkte, an denen man entweder die Sachen und
Dinge weiterführen muss oder aber alles geht den Bach runter,
das begriff sogar ein frisch ernannter Kriminalinspektor. Und
diese gemeinsame Urlaubsreise – drei Wochen mit dem Auto
durch England und Schottland mit Maureen und ihrer fünfzehnjährigen Tochter – ja, das war so ein Punkt. Da gab es gar
keinen Zweifel, wie schon gesagt. Das war natürlich genauso
unausgesprochen wie vieles andere in ihrer Beziehung, obwohl
es ja glasklar wie ... ja, wie Glas war. Genau.

Er seufzte und trank einen Schluck von seinem Saft, mit dem
ihn eine blonde Pflegerin beglückt hatte.

Er mochte sie ja. Alle beide. Vielleicht liebte er Maureen sogar, zumindest ab und zu, und vermutlich würde er niemals,

zu keiner Zeit, überhaupt zu einem anderen Menschen stärkere Gefühle empfinden, das nahm er zumindest an. Warum also dann das Zögern? Warum?

Aber wenn er wirklich wüsste, warum er zögerte, würde das die Sache eigentlich viel leichter machen?

Vielleicht nicht, dachte er, und als er sich eine Zukunft vorzustellen versuchte – und ein zunehmendes Alter – so ganz ohne Maureen und Sophie, so waren das nicht besonders erbauliche Bilder, die sich vor seinen trüben Junggesellenaugen abzeichneten.

Fußball. Bier. One-night-stands, wie Rooth sich auszudrücken pflegte. Einsame Fernsehabende und trostlose Haufen schmutziger Wäsche, die zu bewältigen ihm nie gelang. Und enervierende Telefongespräche mit einer senilen Mutter, die wissen wollte, warum sie nie Enkelkinder bekam, denen sie zu Weihnachten Schals stricken konnte.

Strick nur schon mal einen, pflegte er zu sagen. Ist alles in Arbeit. (Sie vergaß ja doch immer alles, was er gesagt hatte.)

Die gleichen Bilder wie damals, bevor er Maureen kennen gelernt hatte, mit anderen Worten. Nur ein wenig älter und um einige Stufen grauer.

Warum also dieses Zögern?

Maureens Stärke? Ihre ruhige Zielstrebigkeit? Sollte das eine Bedrohung sein? Sophies Schulmüdigkeit und ihre Perioden unbegründeter schlechter Laune?

Die Furcht, beherrscht zu werden?

Kaum ein Grund.

Etwas aufzugeben, von dem er schon lange nicht mehr wusste, was es eigentlich war? Ging es darum?

Zu verschwinden? Dein Leben ist eine Fußspur im Wasser, pflegte Reinhart immer zu sagen. Was spielte das dann also für eine Rolle?

Verdammte Scheiße, dachte Jung und trank sein Glas leer. Ich werde Kopf oder Zahl spielen. Oder ich frage einfach sie und verlasse mich drauf, dass ihr Urteil besser ist als meins. Ja, das wäre natürlich eine elegante Lösung.

Und besser, es noch vor der Reise hinter sich zu bringen, beschloss er, gerade als Matthorst herauskam und mitteilte, dass Ulriche Fischer bereit sei, ihn zu empfangen.

Wäre sicher nicht schlecht, sich jetzt ein wenig mehr zu konzentrieren. Was hatte Reinhart gesagt? Reinhart, der auch noch Vater werden sollte?

Bescheidenheit?

Na, dann man los.

»Entschuldigen Sie«, sagte er und ließ seinen Notizblock auf den Boden fallen. »Entschuldigen Sie, dass ... dass ich mich Ihnen aufdränge, aber die anderen haben mich sozusagen hergeschickt.«

Sie antwortete nicht. Vielleicht glätteten sich die beiden Falten zwischen den Nasenflügeln und Mundwinkeln ein wenig, aber das konnte auch reine Einbildung sein.

»Ich habe ein paar Fragen, aber Sie müssen mir natürlich nicht antworten, wenn Sie nicht wollen ...«

Er schob sich den Stift quer zwischen die Lippen und blätterte seinen Block auf.

»... ich war selbst in der Kirche, als ich noch jünger war, aber dann hat meine Mutter mir verboten, dorthin zu gehen.«

»Sie hat es verboten?«

»Ja ... ja, übrigens, Jung ist mein Name.«

Sie betrachtete ihn misstrauisch, aber dann nahm die Schärfe in ihrem Blick etwas ab.

Der erste Vers, dachte Jung. Wie zum Teufel kann sie bei dem Wetter nur so blass sein?

»Was mir dort am besten gefiel, war die Freiheit«, erklärte er. »Dass man sich hingeben durfte ... nun ja, ich war ja erst fünfzehn, sechzehn, wahrscheinlich habe ich den Kern der Botschaft gar nicht so richtig verstanden, aber die Stimmung gefiel mir. Das Licht, sozusagen, aber darüber wollte ich gar nicht mit Ihnen sprechen.«

»Machen Sie sich über mich lustig?«, fragte Ulriche Fischer. Jung wurde rot im Gesicht. Das war eine Kunst, die er sich im

Laufe der Jahre angeeignet hatte, und inzwischen gelang es ihm innerhalb von weniger als einer Sekunde.

»Verzeihung«, sagte er. »Das habe ich nicht gewollt ... Ich werde jetzt meine Fragen stellen.«

Ulriche Fischer brummte etwas, was er nicht verstand.

»Ich fürchte, es werden so ziemlich die gleichen Fragen sein, die Sie schon gehört haben. Zumindest einen Teil davon, ich bin ja gerade erst zu diesem Fall gestoßen ... Aber ich bin natürlich über alles informiert. Es ist schrecklich, wirklich schrecklich, ich hoffe wirklich, dass wir ihn kriegen, bevor er es wieder macht ... Sie haben selbst keine Kinder, Frau Fisch? Ich meine, Fischer?«

Sie machte Anstalten, etwas zu sagen, aber die Worte blieben in der Kehle stecken.

»Ich auch nicht«, sagte Jung. »Aber es wäre schön, später welche zu haben. Was nun das Wichtigste ist, was sie in diesem Fall wissen wollen, ist, wann – also ganz genau – wann genau Ihr Priester in dieser Sonntagnacht verschwunden ist ... oder ob es am Montagmorgen war?«

Sie schluckte wieder. Und hob den Blick ein wenig.

»Und ob er Ihnen etwas von seinen Plänen gesagt hat ...«

»...«

»Im Augenblick gehen sie ja davon aus, dass Sie nicht wissen, wo er sich befindet. Dass er das vor Ihnen geheim hält, um Sie zu schützen ... und das wäre ja eigentlich eine edle Handlungsweise.«

»...«

»Und eigentlich ist es ja auch nicht so verwunderlich, dass er sich versteckt hält, finde ich. Vielleicht wären sie sogar bereit, ihm eine Art Amnestie zu geben ...«

»Was zu geben?«, fragte Ulriche Fischer.

»Nun ja, ich weiß es natürlich nicht genau«, sagte Jung. »Ich versuche nur so die Stimmung zu deuten. Niemand hat das so deutlich gesagt bisher.«

Er wartete. Vermied es, sie anzusehen, während er sich ein wenig nervös auf dem Handrücken kratzte. Sie wird keinen

Pups von sich geben, dachte er. Warum zum Teufel sollte sie sich dafür entscheiden, ausgerechnet mit mir zu reden, wo sie doch jetzt hier schon seit wer weiß wie lange hockt und schweigt.

Eine Woche?

Nein, mehr. Das mussten schon fast zehn Tage sein.

Also vollkommen sinnlos. Er seufzte.

»Es war am Abend«, sagte sie plötzlich.

Er zuckte zusammen und wagte keinen Ton zu sagen. Es vergingen fünf Sekunden.

»Am Abend«, wiederholte sie. »Danach haben wir ihn nicht mehr gesehen.«

»Ja?«, sagte Jung.

»Er hat nichts mit dem Tod der Mädchen zu tun«, erklärte sie nach einer weiteren Denkpause, die so lang war, dass Jung schon dachte, sie hätte wieder den Deckel auf jede mögliche Fortsetzung gelegt.

»Gar nichts?«, fragte er.

»Nein.«

Erneutes Schweigen. Er überlegte, ob er noch einmal den Block fallen lassen, einen Hustenanfall bekommen oder erröten sollte, aber nichts davon erschien ihm wirklich passend, und trotz allem war sein Repertoire nun mal ein wenig eingeschränkt.

»Wie spät war es ungefähr?«, fragte er schließlich. »Ich meine, als Sie ihn zum letzten Mal gesehen haben.«

Sie machte eine sonderbare Gebärde mit den Armen. Oder eher mit den Schultern ... als schüttelte sie ihre Flügel, dachte Jung und hätte fast gelacht. Engeltraining.

»Ungefähr halb zehn.«

»Aber woher können Sie so sicher sein, dass keine Ihrer Mitschwestern ihn später noch gesehen hat?«

»Weil wir aus einem Fleisch und Geist sind.«

»Was?«, fragte Jung.

Sie ist verrückt, dachte er. Verdammt, wie konnte ich vergessen, dass sie verrückt ist?

»Ich glaube, ich verstehe«, sagte er. »Sie meinen das mit der Dreifaltigkeit.«

Plötzlich verzogen sich ihre Mundwinkel zu einem Lächeln, und er erstrahlte in einer prächtigen Röte.

»Ach«, sagte er. »Ich verstehe das natürlich überhaupt nicht. Es ist einfach zu lange her, dass ich dabei war.«

Das Lächeln vertrocknete und erstarb.

»Aber, mein Gott«, versuchte er es wieder. »Das bedeutet ja, dass niemand eine Ahnung hat, wo er sich jetzt befindet? Oder haben Sie etwas von ihm gehört?«

Ulriche Fischer antwortete nicht.

»Um halb zehn am Sonntagabend«, wiederholte er. »Wo haben Sie ihn da gesehen?«

Aber es war offensichtlich, dass sie ihre Mitteilungen an ihn beendet hatte. Das mit dem Fleisch und Geist war also als Schlusspunkt gedacht gewesen. Ihr Lächeln, das sie anschließend gezeigt hatte, war sicher nur ein Ausdruck ihres Wahnsinns allgemein.

Er dachte eine Weile nach. Dann gab er auf und begann ruhig und methodisch seine Fragen vom Block herunterzuleiern – achtzehn Stück –, aber auf keine einzige davon bekam er in irgendeiner Art eine Antwort.

Keine einzige Antwort, nicht einmal ein Stirnrunzeln.

Sicher bereut sie es schon, dachte er. Dass sie überhaupt den Mund aufgemacht hat.

Die ganze Zeit die gleiche tadellose Vorsicht und Korrektheit, auch wenn sie ihm natürlich nach einer Weile reichlich aus dem Hals hing. Als Gegenzug auf ihr Schweigen hin machte er hinter jeder Frage, die sie ignorierte, einen deutlichen und laut hörbaren Strich auf seinem Block. Und es war etwas in diesem kurzen, scharfen Geräusch – immer wiederkehrend und unerbittlich wie ein Rasiermesser –, das doch etwas äußerst Ansprechendes an sich hatte.

Wie ein Schnitt im Operationssaal, dachte er.

Zehn Minuten später verließ er Wolgershuus, der ganze Besuch, inklusive seiner privaten Überlegungen unter der Kastanie, hatte nicht mehr als eine Stunde Zeit in Anspruch genommen, und es war schwer zu sagen, wie viel die Bruchstücke, die er aus Ulriche Fischer herausbekommen hatte, eigentlich wert waren.

Aber natürlich gab es andere, die das besser beurteilen konnten als er selbst.

Dachte Inspektor Jung in seiner üblichen kleidsamen Anspruchslosigkeit und machte sich auf den Rückweg durch den Wald. Es roch nach warmem Harz zwischen den Fichten, wie er feststellte, und er konnte kaum Sorbinowo vor sich erahnen, da merkte er bereits, wie ihm das Hemd am Rücken klebte und sein Flüssigkeitshaushalt im Ungleichgewicht war.

Wenn Reinhart noch nicht zurück ist, werde ich eine Runde im See schwimmen, beschloss er.

Und dann ein Bier.

32

Nach dem Gespräch mit Uri Zander fuhr Hauptkommissar Van Veeteren zunächst in die Stadt zurück und aß im Restaurant Stamberger Hof zu Mittag. Die Uhr zeigte fast halb zwei, als er sich hinsetzte, und da er sich an diesem Tag mit nicht weniger als drei Gängen zufrieden gab – Paté, Seezunge und Birne in Cognac – war es bereits weit nach drei Uhr, als er fertig war.

Nach einem gewissen Zögern (aber dann doch der Vernunft hinsichtlich der Verdauungsfrage folgend) setzte er sich nach beendeter Mahlzeit wieder ins Auto und bewegte sich aus Stamberg hinaus. Er fuhr fünfzehn Minuten Richtung Osten und fand dann ohne größere Mühe ein hübsches schattiges Buchenwäldchen am Fluss Czarna. Dort bereitete er sich mit Hilfe einer Decke und eines Kissens ein einfaches Lager, zog sich die Schuhe aus und richtete sich für einen Mittagsschlaf ein.

Wieder träumte er von einem friedlichen Antiquariat, einer

Frau mit kastanienbraunem Haar und einem blauen Meer, und als er nach vierzig Minuten aufwachte, wurde ihm klar, dass er ja einen Flugschein für ein Flugzeug hatte, das in knapp zwei Tagen von Maardam abheben sollte. Er setzte sich auf.

Zweifellos etwas merkwürdig, der Traum wie auch seine Zukunftsaussichten. Besonders wenn man dabei mit in Betracht zog, dass er im Augenblick an einem unbekannten, trägen Fluss saß und einige ebenso träge und unbekannte Rindviecher betrachtete, die ihn aus dem hohen Gras auf der anderen Flussseite anstierten.

Was zum Teufel mache ich eigentlich? dachte er und wusste, dass das eine sehr alte und bewährte Frage war. Und eine unbeantwortete.

Hundertfünfzig Kilometer entfernt saßen eine Ermittlungsgruppe und hundert Journalisten und warteten darauf, dass die Konturen eines Doppelmörders deutlicher hervortreten würden.

Oder aber darauf, dass ausgerechnet er – der berühmte Hauptkommissar Van Veeteren, der nur einen einzigen ungelösten Fall vorzuweisen hatte – ihn ausgraben würde.

Oder sie?

Er rutschte zwei Meter weiter, lehnte sich gegen einen Buchenstamm und erinnerte sich plötzlich an eines von Mahlers Lieblingszitaten:

Das Leben ist nun mal kein Spaziergang über ein offenes Feld.

Aus dem Russischen wahrscheinlich. Das hatte irgendwie so etwas Tragfähiges.

Dann zündete er sich eine Zigarette an und versuchte seine Gedanken in geordnete Bahnen zu lenken.

Zwei Mädchen.

Zwölf und dreizehn. Geschändet und ermordet.

Ungefähr eine Woche dazwischen. Zuerst Katarina

Schwartz. Dann Clarissa Heerenmacht. Aber in umgekehrter Reihenfolge gefunden.

Beide wohnhaft in Stamberg. Beide Teilnehmer am Sommerlager der obskuren Sekte Das Reine Leben in Sorbinowo.

In der schönen, etwas wilden Sorbinoworegion.

Und dann dieser Priester.

Kurz bevor sie die Leiche des jüngeren Mädchens entdecken, löst sich der vermeintliche Gottesmann, der geistige Führer der Gemeinde, Oscar Jellinek, in Luft auf. Andere Beteiligte, das heißt die Sektenmitglieder, versiegeln ihre Lippen. Die jüngere Generation, ein Dutzend pubertierender Mädchen, werden zwar weich mit der Zeit, aber was sie zu berichten haben, hat eigentlich keine besonders große Relevanz für das Mordrätsel an sich.

Oder doch? dachte Van Veeteren und betrachtete eine der Kühe, die ihm zufällig gerade ihr Hinterteil zuwandte und ihre ausgezeichnet funktionierende Essensverwertung demonstrierte.

Dann hat sie wahrscheinlich auch keine Birne in Cognac zu Mittag gegessen, nahm der Hauptkommissar an und fuhr in seiner Gedankenkette fort.

Hatte man etwas Wesentliches in den tränengetränkten Berichten der Mädchen nicht beachtet? Gab es in all diesen Bekundungen von Reinheit, Entsagung und Nacktheit noch etwas, etwas tiefer Verborgenes? Mehr als diese zweifelhaften Aussagen an und für sich?

Er wusste es nicht. Die Bilder der stilisierten Badeszenen der Mädchen am Seeufer aus den ersten Tagen kamen ihm wieder in den Sinn, und er überlegte, ob nicht vielleicht genauso ein Bild auch der Mörder in seinem Gepäck trug.

Als Grund für sein Motiv. Wenn man in so einem Fall überhaupt von einem Motiv reden konnte. Konnte sein, konnte nicht sein, auf jeden Fall war es kaum etwas, auf dem man weiter seine Theorien aufbauen konnte.

Und die Frauen? Diese bewachten Priesterinnen, die wahrscheinlich eine ganze Menge zu erzählen hatten, sich aber für den schmalen Weg des Schweigens entschieden hatten. Konnte nicht eine von ihnen der Täter sein? Das war auf jeden Fall eine Alternative, die er schon von Anfang an als Reserve im Hinterkopf gehabt hatte. Auf jeden Fall. Eine Karte im Ärmel. Eine Täterin?

Aber nichts deutete darauf hin, dass sie im Laufe der Zeit spielbarer geworden war. Andererseits sprach auch nichts dagegen.

Konnte man zumindest davon ausgehen, dass es möglicherweise eine von ihnen gewesen war, die die Polizei angerufen und ihr den entscheidenden Tipp gegeben hatte?

Konnte schon sein.

Auf jeden Fall lag ihre Mitschuld offen zu Tage.

Höchstwahrscheinlich, beschloss er.

Die Frage war nur, woran. Mitschuldig woran?

»Verdammte Scheiße«, brummte Hauptkommissar Van Veeteren. »Ich komme einfach nicht weiter.«

Und während eines verbissenen Augenblicks der Selbstkritik erkannte er, dass die Kühe auf der anderen Seite des Flusses wahrscheinlich nicht nur ein Sinnbild für die unerreichbare Weisheit waren – Weltenschöpfer oder so ähnlich –, sondern auch ein Spiegelbild seiner eigenen fortwährenden Müdigkeit.

Er zündete sich eine Zigarette an und wechselte die Gedankenrichtung.

Und Figuera? dachte er.

Ewa Figuera? Nun ja, er musste zumindest nach ihr suchen und herausbekommen, warum sie zusammen mit den anderen Priesterinnen auf Przebudas Foto war. Was sie im letzten Sommer draußen in Waldingen getrieben hatte.

Nachdem er nun endlich das Buchstabenproblem gelöst hatte.

Und nachdem er endlich seiner berühmten Intuition gefolgt und nach Stamberg gefahren war. Aber bis jetzt hatten sich seine Anstrengungen noch nicht so recht ausgezahlt.

Oder war in den Gesprächen der letzten Tage doch irgendwo ein goldenes Korn verborgen? Hatten diese verwirrten Gemeindemitglieder doch etwas beizutragen gehabt, was er nicht hatte entdecken können?

Verdammte Scheiße, dachte Van Veeteren von neuem. Was für ein analytischer Mensch man doch ist! Zuerst sage ich A, dann sage ich Nicht-A. Und so geht es hin und her.

Er seufzte. Aber auf mehr als diese Dialektik sowie den dunklen Fluss, der ihn von den Kühen trennte, konnte er im Augenblick nicht kommen.

Ergo? dachte er bitter. Konnte es denn überhaupt deutlichere Zeichen dafür geben, dass es an der Zeit war, seinen Ausweis abzugeben? Wohl kaum.

Gab es noch andere Zeichen? Etwas, das in eine andere Richtung deutete? Wohl kaum.

Er kam auf die Füße und entschied sich für eine halbstündige Autofahrt in Gesellschaft von Fauré, statt weiter so sinnlos dahinzugrübeln.

Und dann war das Telefonbuch angesagt.

Genau. Alles hat seine Zeit.

Aus der halben wurde eine ganze Stunde, und Fauré bekam Ablösung durch Pergolesi. Als der Hauptkommissar hinter Glossmann's parkte, war es bereits sieben, und die schlimmste Tageshitze war vorbei. In der Rezeption wartete ein Fax von Reinhart, aber das enthielt nur einen schlechten Witz dahingehend, dass diejenigen, die in der Ermittlungsleitung kein Holzbein hatten, stattdessen einen Holzkopf zu haben schienen. Van Veeteren warf es in den Papierkorb und bat, ein Telefonbuch von Stamberg mit auf sein Zimmer nehmen zu dürfen. Sowie die üblichen zwei Biere.

»Es liegt ein Telefonbuch in der Schreibtischschublade«, erklärte der immer gleich bleibend schläfrige Portier. »In jedem Zimmer. Hell oder dunkel?«

»Wie immer«, sagte Van Veeteren und bekam von jedem eins.

Wohlbehalten oben angekommen, streckte er sich mit der ersten Flasche, der hellen, auf seinem Bett aus und widmete sich dem Stamberger Telefonbuch, das ganz richtig unter der Bibel und dem Briefpapier mit dem Logo des Hotels im Schreibtisch lag.

Er nahm einen Schluck und blätterte. Es war nicht einer von diesen dicken Telefonbuchschinken; Stamberg war ja nur eine Stadt von – was wollte man schätzen? – fünfzigtausend Einwohnern?, und er fand fast sogleich die richtige Seite. Offensichtlich beherrschte er immer noch das Alphabet.

Er überflog die Reihen der Namen, und da kam es.

Eigentlich war es nur ein Zittern. Ein kurzes, leichtes Brennen in irgendwelchen hinteren Winkeln seines alten, müden Gehirns, aber er begriff, dass endlich etwas geklickt hatte.

Oder besser gesagt, in Gang gekommen war.

Das war verdammt noch mal auch höchste Eisenbahn, dachte er.

Er starrte ein paar Sekunden lang auf die Informationen. Schloss dann die Augen und lehnte sich in die Kissen zurück, während er versuchte, seine Gedanken von Schlacke und Geröll zu befreien. Von Chören, Priestern und anderem. Blieb eine Weile so liegen, ohne sich zu rühren und ohne einen einzigen Gedanken zu fassen.

Und dann tauchten sie aus dem Sumpf des Vergessens wieder auf – zwei hingeworfene Äußerungen, die er vor bald zwei Wochen gehört hatte.

Oder war es an zwei verschiedenen Nachmittagen gewesen?

Er wusste es nicht mehr, und es spielte natürlich auch keine Rolle.

Er ließ noch einige weitere Minuten verstreichen, aber während dieser Zeit passierte eigentlich nichts mehr. Nur diese Telefonbuchinformationen und diese Äußerungen – als er die Augen wieder öffnete, war ihm außerdem klar, dass es sich hier um kaum mehr als eine Ahnung handelte.

Aber, so musste er zugeben – und das war etwas, was er im Laufe der vielen Jahre gelernt hatte, zumindest etwas – die Kunst bestand ja gerade darin, eine Ahnung auf ihren Gehalt hin abzuklopfen.

Er trank seine beiden Biere. Telefonierte danach und verabredete ein Treffen für den folgenden Tag.

Als er fertig war, las er noch zwei Kapitel im Klimke, duschte und ging dann ins Bett.

Zwei Minuten nach sieben am nächsten Morgen klingelte das Telefon.

Es war Reinhart, aber bevor der Hauptkommissar ihn noch zur Hölle hatte wünschen können, hatte dieser das Kommando ergriffen.

»Hast du einen Fernseher im Zimmer?«

»Ja ...«

»Dann schalte ihn ein. Auf Kanal 4.«

Danach legte er auf. Van Veeteren bekam die Fernbedienung zu fassen und schaffte es sogar, die richtigen Knöpfe zu drücken. Drei Sekunden später war er hellwach.

Die übliche morgendliche Nachrichtensendung, wie es schien. Aufgeregte Sprecherstimme. Flackernde Bilder eines Gebäudes, das in hellen Flammen stand. Feuerwehrleute und Sirenen. Ein sehr realistisches Interview mit dem verrußten Leiter der Feuerwehr.

Er erkannte die Gegend sofort. Ein paar Sekunden lang schwenkte die Kamera dann auch noch über die Schimpfworte, die er am gestrigen Tag gelesen hatte.

Mörderteufel und die anderen.

Ansonsten schien das meiste verbrannt zu sein, und der Leiter der Löschtruppe zeigte auch nicht viel Hoffnung, dass etwas gerettet werden könnte. Der Einsatz konzentrierte sich darauf, das Überspringen des Feuers auf die umliegenden Gebäude zu verhindern, wie er erklärte. Denn es wehte etwas. Also, mit der Kirche war es vorbei, wie er feststellte.

Aber ansonsten war alles unter Kontrolle.

Brandstiftung?

Natürlich handelte es sich um Brandstiftung. Der Alarm war um vier Uhr nachts ausgelöst worden, man war zwanzig Minuten später dort gewesen, und da stand schon alles in Flammen.

Natürlich Brandstiftung. Was man ja auch irgendwie verstehen konnte ...

Van Veeteren stellte den Fernseher ab. Blieb noch eine halbe Minute liegen und dachte nach. Dann zog er sich Hemd und Hose an, ging hinunter zur Rezeption und schickte ein Fax an Wickers Reisebüro in Maardam.

Stornierte sein reserviertes Charterticket für den ersten August. Anschließend schritt er zurück in sein Zimmer und nahm die längste Dusche seines Lebens.

33

Rein physisch betrachtet war der Polizeichef i. V. Kluuge an diesem Morgen ein Wrack.

Als er in der schönen Morgenluft vor der Polizeiwache vom Fahrrad stieg, merkte er, dass er schnaufte und sein Herz in der Brust einen Doppelschlag schlug, und auch um seine geistige Gesundheit war es alles andere als gut bestellt. Was kein Wunder war, hatte er doch die letzten drei Nächte insgesamt nicht mehr als zehn Stunden geschlafen. Irgendwann kam man natürlich immer an eine Grenze. Oder an eine Wand.

Damit muss jetzt bald mal Schluss sein, beschloss er. Noch zwei solche Tage, und ich lasse mich krankschreiben.

Andererseits waren es nur noch fünf Tage, bis Malijsen wieder seinen Dienst antrat, also war es wohl besser, solange noch auszuhalten.

Übrigens schon eigentümlich, dass er nichts hatte von sich hören lassen, dachte Kluuge, während er mit dem Fahrradschloss herumfummelte. Wie einsam er da oben an seinem Fischgewässer auch sein mochte, so war es doch fast unvorstellbar, dass er von dem, was hier geschah, überhaupt nichts erfahren hatte. Dass es überhaupt einen Menschen im ganzen Land geben konnte, der nicht wusste, was sich während dieser heißen Sommerwochen in Sorbinowo abspielte ... ja, das war schon sonderbar.

Und natürlich umso sonderbarer, wenn man außerdem noch normalerweise der Polizeichef des Ortes war.

Aber Malijsen war nun mal Malijsen. Hat sich sicher in Erwartung der Japaner eingegraben, schätzte Kluuge und wischte sich den Schweiß von der Stirn.

In der Tür stieß er auf Suijderbeck.

»Bist du denn bei der Besprechung nicht dabei?«

»Zigaretten«, brummte Suijderbeck und spuckte ins Blumenbeet. »Ich gehe nur mal schnell zum Kiosk, bin zurück, bevor du nur hast pinkeln können.«

Wunderbar, dachte Kluuge. Gute Kameradschaft und nette Stimmung, genau wie sie es schon auf der Polizeischule gesagt haben. Er betrat das Dienstzimmer, das in letzter Zeit parallel zu den Anforderungen der Ermittlungen einige Ummöblierungen hatte hinnehmen müssen. Aber der Schreibtisch stand noch dort, wo er immer gestanden hatte, und er sank hinter ihm nieder, nachdem er die anderen mit einem Kopfnicken begrüßt hatte.

Servinus saß an seinem Platz. Tolltse und Lauremaa auch, ebenso wie einer der letzten Zugänge – Kriminalinspektor Jung von der Polizei Maardam. Der andere Zugang, dieser merkwürdige Kommissar Reinhart, stand am offenen Fenster und rauchte dort seine Pfeife, und der Stuhl des Hauptkommissars Van Veeteren war leer, wie üblich.

Ja, ja, dachte Kluge, als Suijderbeck wieder zum Vorschein kam. Zeit loszulegen also.

»Dann ist es wohl Zeit loszulegen«, sagte er deshalb.

»Keine schlechte Idee«, sagte Reinhart.

»Ich muss sagen«, ließ sich Servinus vernehmen, »irgendwie berührt es mich ziemlich, wenn die Leute anfangen, Kirchen anzuzünden. Trotz meines tief verwurzelten Atheismus, meine ich.«

»Es wird langsam ein bisschen viel«, stimmte Kluuge zu.

»Der Mob nimmt das Heft in die Hand«, sagte Lauremaa. »Noch ein Grund mehr, dass wir das hier so schnell wie möglich beenden sollten. Ihr habt doch sicher auch den Psychologen im Fernsehen gehört? Solche Sachen ermuntern immer zur Nachahmung ... und wir wissen ja, wie Pyromanen funktionieren, nicht wahr?«

»O ja«, sagte Reinhart. »Aber jetzt erst mal Schluss mit Stamberg. Die haben ja wohl hoffentlich eigene Polizeikräfte dort.«

»Na, ich denke schon«, sagte Suijderbeck. »Und wir werden auch noch fünfzig Journalisten los, also müssen wir nicht unbedingt den ganzen Tag heulen ...«

»Nein, jetzt aber mal zur Sache«, unterbrach Reinhart. »Die Ergebnisse der Spurensicherung zuerst, wenn man einen Wunsch äußern darf.«

»In Ordnung«, sagte Kluuge und streckte sich. »Ja, alle Vermutungen sind bestätigt worden, so kann man es wohl zusammenfassen. Katarina Schwartz war bereits seit knapp zwei Wochen tot, als sie gefunden wurde ... wir gehen von einem Zeitpunkt um den 16. Juli aus. Soweit ich verstanden habe, stimmt das auch mit gewissen anderen Informationen überein. Tolltse?«

Inspektorin Tolltse blätterte in ihrem Block.

»Stimmt schon«, sagte sie. »Wir ... Inspektorin Lauremaa und ich, meine ich, wir haben noch einmal mit fünf von den Mädchen geredet, und es scheint so, als ob Katarina Schwartz irgendwann zu diesem Zeitpunkt verschwunden ist. Vermutlich ein paar Tage früher, am 14. oder 15., aber sie hatten großen Schwierigkeiten mit den Tagen. Keine hat irgendein Tagebuch geführt, und es gab anscheinend auch keinerlei Kalender dort draußen. Zumindest nicht bei den Mädchen.«

»Außerhalb von Zeit und Raum«, brummte Servinus.

»Und die näheren Umstände?«, fragte Reinhart ungeduldig. »Sie müssen einem doch wohl sagen können, ob sie zu einem bestimmten Zeitpunkt verschwunden ist. Oder hat sie sich einfach nur Stück für Stück in Luft aufgelöst?«

»Doch, es gibt nähere Umstände«, bestätigte Lauremaa. »Zuerst hätte man am liebsten vollkommen vergessen, dass sie sich überhaupt im Lager befunden hatte ... der anonyme Anruf dieser Frau muss sich auf ihr Verschwinden bezogen haben, aber von Anfang an bestritten sowohl die Leitung als auch die Mädchen, dass jemals mehr als zwölf Teilnehmerinnen im Lager gewesen seien. Es ist natürlich nicht so einfach, Motiv und Logik dieses Gedankengangs zu folgen. Ich persönlich finde ja, dass sich daran Jellineks Geisteskrankheit deutlicher als an allem anderen zeigt – aber als die Mädchen schließlich doch zugaben, dass sich tatsächlich eine Katarina Schwartz unter ihnen befunden hatte bis zum ... sagen wir mal, 15. Juli, da ist dann doch das eine oder andere mit zum Vorschein gekommen.«

»Und was zum Beispiel?«, fragte Reinhart.

»Zum Beispiel der Zeitpunkt«, übernahm Tolltse. »Sie ist nachts verschwunden. Hat sich abends wie üblich ins Bett gelegt und war am nächsten Morgen weg.«

»Sicher?«, wunderte Suijderbeck sich.

»Ganz sicher«, sagte Lauremaa.

»Verdammte Scheiße«, sagte Suijderbeck. »Das würde ja bedeuten, dass der Täter sie direkt aus dem Bett gezogen hat. Begrenzt das nicht die Zahl der in Betracht kommenden Kandidaten beträchtlich?«

»Doch, ja«, sagte Lauremaa. »Es sei denn, sie ist von sich aus rausgegangen, natürlich.«

»Rausgegangen?«, wiederholte Suijderbeck. »Was zum Teufel hätte sie denn draußen zu suchen gehabt?«

Lauremaa zuckte mit den Schultern.

»Frag mich nicht. Auf jeden Fall ist es nicht unmöglich, aber natürlich wirkt es etwas unwahrscheinlich.«

»In dieser Geschichte ist kaum noch etwas unwahrscheinlich«, sagte Servinus. »Und weiter?«

Tolltse blätterte weiter.

»Wir haben da noch eine Kleinigkeit«, sagte sie. »Vielleicht nur eine Bagatelle, aber man weiß ja nie. Offensichtlich hatte es da eine Art Kontroverse gegeben, in die auch Katarina verwickelt war. Das hat übrigens schon Marieke Bergson angedeutet ... das erste Mädchen, das der Hauptkommissar verhörte, nicht wahr.«

»Eine Kontroverse?«, fragte Reinhart nach. »Was für eine Kontroverse?«

»Irgendetwas zwischen ihr und Jellinek«, sagte Lauremaa. »Sie hatte irgendwie nicht die Regeln eingehalten. Ihm widersprochen oder so, aber es ist uns nicht gelungen, etwas Genaueres aus den Mädchen herauszubekommen.«

»Die hatten offenbar auch ein bisschen Angst deshalb«, erklärte Tolltse.

»Aha«, sagte Reinhart. »Ein kleiner Rebell im Paradies?«

»Kann schon sein«, sagte Lauremaa. »Eigenes kritisches Denken war bestimmt nichts, was in höherem Grad in ihrer geistigen Erziehung einen Platz fand. Auf jeden Fall scheint Jellinek ein Einzelgespräch mit ihr an dem Abend geführt zu haben, bevor sie verschwand ...«

Ein paar Sekunden lang blieb es still. Dann räusperte Suijderbeck sich und beugte sich, auf seine Ellbogen gestützt, über den Tisch vor.

»Dann sind also beide ... ich meine, die beiden armen Mädchen ... die haben den rechten Pfad also ein wenig verlassen?«, fragte er. »Clarissa hatte ja bei dem Hauptkommissar den Mund nicht halten können, oder war dem nicht so?«

»Doch, genau«, bestätigte Kluuge. »Hier gibt es eine Übereinstimmung.«

Eine Zeit lang schwiegen alle. Dann schlug Servinus mit der Faust auf den Tisch.

»Jellinek!«, stöhnte er. »Wenn ich diesen verfluchten Jesus hier hätte, würde ich ihm den ganzen Hintern voll Blei pumpen!«

»Ich finde, du solltest an der nächsten Pressekonferenz teilnehmen und das näher ausführen«, sagte Reinhart.

»Hm«, sagte Kluuge. »Vielleicht sollten wir weitermachen. Oder haben Tolltse und Lauremaa noch etwas?«

»Nein«, sagte Lauremaa. »Nur dass wir glauben, wir haben Hauptkommissar Van Veeteren in einem Restaurant gesehen ... als wir in Starnberg waren, um mit den Mädchen zu reden.«

»Na, so was«, sagte Suijderbeck. »Habt ihr auch gesehen, was er gegessen hat?«

Er bekam keine Antwort, also zündete er sich lieber eine Zigarette an.

»Was die Verletzungen am Körper und so betrifft«, fing Kluuge wieder an, »so sind wir die ja bereits durchgegangen. Etwas Neues ist nicht hinzugekommen. Die Vorgehensweise ist im Großen und Ganzen in beiden Fällen die gleiche gewesen ... ja, es gibt wohl niemanden, der glaubt, dass wir es hier mit zwei verschiedenen Tätern zu tun haben?«

»Niemanden«, bestätigte Servinus.

»Dann sollten wir uns jetzt mit diesem Sonntagabend befassen«, schlug Kluuge vor. »Hier haben wir ja jedenfalls so das eine und andere. Wer von euch ...?«

Er ließ seinen Blick von Reinhart zu Jung wandern.

»Jung kann das übernehmen«, erklärte Reinhart. »Sonst schläft er noch ein.«

»Vielen Dank«, sagte Jung. »Ja, wenn wir also meine und Reinharts Ergebnisse zusammennehmen, so können wir vielleicht ein paar Schlussfolgerungen ziehen. Es scheint tatsächlich so, als ob Oscar Jellinek bereits sehr früh am Sonntagabend aus Waldingen verschwunden ist. Wenn die Angaben stimmen – die wir gestern von dem Mädchen Moulder und Ulriche Fischer bekommen haben – ja, dann ist es am wahrscheinlichsten, dass er das Ferienlager kurz vor zehn Uhr verlassen hat. Er hat mit den Mädchen noch eine Weile nach dem Abendgebet gesprochen, und anschließend hat er sich wahrscheinlich zu dem Badefelsen aufgemacht ... wo Belle Moulder Clarissa Heerenmacht vier Stunden früher zurückgelassen hat. Danach ... ja, danach gibt es niemanden, der ihn noch gesehen hat.«

»Darin ist wohl eine gute Portion Vermutungen enthalten?«, sagte Servinus und schaute zweifelnd drein.

»Natürlich«, sagte Reinhart, »aber normalerweise vermuten

268

wir ganz richtig. Das hängt natürlich davon ab, wie wir den Wahrheitsgehalt von Frau Fischers kleinem Auftritt beurteilen, aber wenn wir das mit dem vergleichen, was der Hauptkommissar aus der anderen herausgekriegt hat... wie hieß sie noch?«

»Mathilde Ubrecht«, soufflierte Kluuge.

»Ja, genau. Wenn wir diese beiden lächerlichen Aussagen zusammen auf eine Waagschale legen, so deuten sie doch zumindest in die gleiche Richtung. Sie scheinen nicht zu wissen, wann er verschwunden ist.«

»Dann sollte diese Geschichte, dass er Gott getroffen und einen Auftrag bekommen hat, und dass das jetzt eine Zeit der Proben ist, das sollen sich die Frauen alles selbst zurechtgebastelt haben?«, wollte Lauremaa wissen.

Reinhart zuckte mit den Schultern.

»Warum nicht?«, sagte er. »Die Hauptsache war für sie doch wohl, die Mädchen zum Schweigen zu kriegen, wie ich mir denke. Ja, ich glaube, das kommt schon hin.«

Wieder war es still.

»Und die dritte?«, fragte Tolltse. »Madeleine Zander. Wir sollten nicht vergessen, dass sie zu dritt waren. Es kann etwas zu einfach sein, sie über einen Kamm zu scheren. Klar, sie halten alle drei zusammen, aber es spricht nichts dagegen, dass es nicht doch irgendwo Risse in der Harmonie geben könnte... reichlich Risse eigentlich.«

»Und tiefe«, nickte Servinus. »Ich persönlich finde ja, dass es fast den Naturgesetzen widerspricht, wenn drei Frauen in dieser Art zusammenhalten. Und dann auch noch schweigen.«

»Stammtischgeschwätz«, sagte Lauremaa.

»Machogehabe«, fügte Tolltse hinzu.

»Es sei denn, sie wollen einen Kerl einschüchtern«, sagte Servinus.

Kluuge wurde langsam etwas unruhig.

»Also, ja, nun«, unterbrach er vorsichtig. »Ich neige nun doch dazu, mich der Meinung von Kommissar Reinhart anzuschließen. Das hängt zusammen. Die Frage ist natürlich nur, was uns das bringt ... wenn sie nun vollkommen unwissend sind. Was meint ihr?«

Niemand meinte irgendetwas, denn in dem Moment öffnete sich die Tür um zwanzig Zentimeter und Frau Miller schaute herein.

»Entschuldigung«, sagte sie. »Telefon für den Polizeichef.«

»Jetzt nicht«, setzte Kluuge an. »Ich habe Ihnen doch erklärt ...«

»Ich glaube, das könnte wichtig sein«, sagte Frau Miller.

»Na gut«, seufzte Kluuge. »Ich gehe draußen ran.«

Er entschuldigte sich und verließ den Raum.

»Na, war das der Mörder, der angerufen und gestanden hat?«, fragte Suijderbeck, als Kluuge wieder auftauchte.

»Nicht ganz«, sagte Kluuge.

»Warum bist du so weiß im Gesicht?«, fragte Servinus. »Ist dir nicht gut?«

»Grün«, sagte Suijderbeck. »Er tendiert eher ins Grüne, finde ich.«

Kluuge setzte sich.

»Das war Frau Kuijpers draußen in Waldingen«, berichtete er. »Sie behauptet, sie hätte eine neue Leiche gefunden ... ja, oder vielmehr ihre Hunde.«

»Mein Gott«, sagte Tolltse.

»Noch eine?«, fragte Reinhart. »Was zum Teufel ...«

»Diese Schoßdoggen?«, bemerkte Suijderbeck.

»Und das ist noch nicht alles«, fuhr Kluuge fort. »Sie schien ziemlich sicher zu sein, um wen es sich da handelt.«

»Und um wen?«, fragte Lauremaa.

»Um Oscar Jellinek«, sagte Kluuge mit einem Seufzer. »Falls der Name bekannt ist.«

VI

31. Juli – 1. August

34

Der vierte Mensch, der in diesem Sommer in den Wäldern von Sorbinowo als Folge des Sommerlagers des Reinen Lebens sein Leben ließ, war ein gewisser Gerald deGrooit.

DeGrooit war 57 Jahre alt und arbeitete seit mehr als zwei Jahrzehnten als Nachrichtenredakteur bei der Zeitung Telegraaf – die letzten drei Jahre in Chefposition. Er hatte Ehefrau und zwei Kinder, und es hieß von ihm, dass er ein guter Ehemann und Vater sei, erfahren und kompetent in seinem Beruf – wenn auch ein wenig cholerisch, wenn es in der Redaktion etwas zu hektisch zuging. So war dieser Herzinfarkt, der seine Journalistenkarriere und sein Leben beendete, für den engeren Kreis seiner Mitarbeiter eigentlich keine große Überraschung. Mit der durch Urlaub dezimierten Mannschaft zwei derartige Nachrichtenbomben wie die Brandstiftung an der Kirche in Stamberg und die Entdeckung des ermordeten Priesters in Sorbinowo – und das noch am gleichen Tag! – abzudecken, ja, das war ganz einfach der Tropfen, der das Fass bei Chefredakteur deGrooit zum Überlaufen brachte.

Nicht zufällig war auch ausgerechnet der Telegraaf die einzige Tageszeitung im Lande, die an diesem heißen Mittwoch keinen Reporter vor Ort in Waldingen hatte.

Zumindest kam es Kommissar Reinhart so vor, als hätte er noch nie in seinem Leben so viele Zeilenschinder auf einem Haufen gesehen. Jedenfalls nicht irgendwo im Wald. Während das Spurensicherungsteam um die Mittagszeit immer noch in der Hitze innerhalb des abgesperrten Gebiets herumlief und nach Spuren schnüffelte, schätzte er das Kräfteverhältnis zwischen der Ordnungsmacht und der vierten Staatsmacht auf 25:75. In Prozent, heißt das. In realen Zahlen handelte es sich wohl ungefähr um das Doppelte. Zwanzig Mann aus den Polizeistaffeln in Oostwerdingen, Rembork und Haaldam waren eilig zusammengerufen worden; der in der Vergangenheit wenig erfolgreiche Suchtrupp war wieder an Ort und Stelle. Zusammen mit dem Leitungsteam, den Ärzten und Kriminaltechnikern konnte man mit Fug und Recht in allen Fernseh- und Rundfunksendungen von so genannter voller Besetzung sprechen. Wenn es tatsächlich eines der Kennzeichen des Reinen Lebens war, seine Glaubensausübung möglichst in unbeachtetem Rahmen ausführen zu wollen (was sie zumindest seit dem angekündigten Prozess gegen die Sekte behauptet hatten), so wurde das an diesem Tag in fast parodistischer Weise auf den Kopf gestellt. Den ganzen Nachmittag und Abend über verkündeten aufgeregte Reporter in einer Nachrichtensendung nach der anderen die letzten Neuigkeiten aus Waldingen, Sorbinowo und Stamberg. Ein halbes Dutzend Psychologen und ganz normale Verhaltensforscher unterschiedlichster Schulen informierten freimütig über dieses und jenes, wie auch eine Hand voll Kriminologen, ein paar Sektenmitglieder (die nicht unbedingt etwas mit dem Reinen Leben zu tun hatten), zwei bärtige Religionstheoretiker, ein ehemaliger Pyromane sowie ein Bischof in Urlaubsstimmung.

In Waldingen selbst war es nicht viel besser. In bequemem Spazierabstand von den Fundplätzen selbst (ungefähr vierhundert Meter westlich von Fundplatz Nummer eins und ungefähr sechshundert Meter von dem so genannten Badefelsen entfernt) wurden sogleich verschiedene Einrichtungen zum Nutzen und Frommen aller Beteiligten aufgebaut: zwei praktische, tragbare Toiletten (eine für jedes Geschlecht), ein kleineres Bier- und Getränkezelt, ein Stand mit Brötchen und zwei ambulante Würstchenstände. Die Stadt Sorbinowo war flexibel und hatte Übung darin, wenn es darum ging, mit plötzlich auftretenden Touristenmassen fertig zu werden.

Eine erste Pressekonferenz (später in einhundertelf einheimischen Medien wiedergegeben, wie jemand genau nachrechnete), die man beim besten Willen nicht als Volltreffer bezeichnen konnte, hielt man zwischen zwei und halb drei auf der Terrasse vor dem Hauptgebäude des Ferienlagers ab. Bei einigen guten Gelegenheiten wurde so unverblümt Kritik an der Leitung der Ermittlungen geübt, dass Kommissar Suijderbeck sich dazu veranlasst fühlte, einem sowohl körperlich als auch seelisch übergewichtigen Rundfunkreporter die Leviten zu lesen – in solchen Termini, dass er später einen Verweis von dem Justizminister bekam.

Ja, es war ein verfluchter Mittwoch.

Gegen achtzehn Uhr beschloss die Leid geprüfte Ermittlungsleitung, Waldingen den Wachtleuten aus Oostwerdingen nebst eventuell noch zurückbleibenden Reportern sowie der Allgemeinheit, sprich jedem Krethi und Plethi, zu überlassen. Die Spuren und Hinweise, die gesichert werden konnten, waren aufgenommen worden. Die Untersuchungen, die durchgeführt werden konnten, waren gemacht, die Verhöre der Nachbarn (der Familien Fingher und Kuijpers) abgeschlossen (zumindest in der ersten Runde), und die irdischen Reste von Pastor Jellinek waren in einen Bodybag gelegt worden und wurden mit der Karawane, der auch sie angehörten, nach Sorbinowo zurückbefördert.

Auf Reinharts Rat hin hatte Kluuge zwei Stunden Ruhepause angeordnet, bevor man wieder zusammentraf, um weiterzuarbeiten und die Beratungen zu intensivieren – ein Beschluss, der mit leisem Beifall entgegengenommen wurde.

Reinhart selbst zog sich während dieser Zeit des Waffenstillstands in sein Zimmer zurück. Jung aß mit Suijderbeck und Servinus bei Florian's zu Mittag, während Tolltse und Lauremaa laut eigenen Angaben es vorzogen, mit einem Picknickkorb an den See zu ziehen und sich ein kürzeres Bad zu gönnen.

Der Polizeichef selbst fuhr nach Hause zu seiner Deborah

und erklärte ihr, dass er sie liebte sowie dass er die Absicht hatte, sich beruflich vollkommen neu zu orientieren, sobald er die Zeit dazu fände. Leuchtturmwärter, Franziskanermönch oder was es sonst noch so gab.

Nachdem Reinhart zum dritten Mal mit dem Empfang im Hotel Glossmann in Stamberg gesprochen hatte und jedes Mal den gleichen negativen Bescheid hinsichtlich Herrn Van Veeteren bekommen hatte (Reisender in Sachen Holzblasinstrumente und Libretti), gab er auf und rief stattdessen Winnifred Lynch an. Sie sprachen zwanzig Minuten lang über Liebe, Entbindungsmethoden und schöne Vornamen sowie darüber, ob es sinnvoll wäre, während der Schwangerschaft Rotwein zu trinken oder lieber nicht – und als er den Hörer aufgelegt hatte, überfielen ihn ein paar vollkommen leere Sekunden, in denen er keine Ahnung hatte, wo er sich befand.

Oder warum.

Aber dann fiel ihm alles wieder ein.

»All right, ich fass jetzt mal zusammen«, sagte Suijderbeck. »Ich habe einfach keinen Nerv mehr, jemand anderem zuzuhören, ihr müsst schon entschuldigen ... und korrigiert mich, wenn ich etwas Falsches sage.«

»Wir sind ganz Ohr«, sagte Reinhart, aber Suijderbeck nahm von ihm überhaupt keine Notiz.

»Oscar Augustinus Jellinek hat seit ungefähr zehn Tagen draußen in Waldingen tot herumgelegen. Es gibt nichts, was dagegen spricht, dass er genau an dem Sonntagabend gestorben ist, an dem auch alles andere passierte, also am 21. Juli. Warum er zuerst abgehauen sein soll, um sich zu verstecken, und dann zurückgekommen ist, um umgebracht zu werden, ja, das kapiere zumindest ich nicht ... aber ich gebe gern zu, dass es noch eine ganze Menge anderer Dinge in diesem Durcheinander gibt, die ich nicht kapiere.«

»Du bist in guter Gesellschaft«, sagte Lauremaa.

»Im Gegensatz zu den getöteten Mädchen«, fuhr Suijderbeck fort, »weist Pastor Jellinek kein Zeichen auf, dass er vergewaltigt wurde ... um Servinus' elegante Formulierung aus dem Fernsehen zu benutzen.«

»Ach, leck mich doch«, sagte Servinus.

»Und im Gegensatz zu den Mädchen ist er mittels Gewaltanwendung gegen den Kopf umgebracht worden. Was sagen die neuesten Obduktionsbefunde?«

Kluuge suchte sie heraus.

»Mehrere kräftige Schläge mit einem spitzen Gegenstand«, zitierte er. »Bisher noch nicht identifiziert, um was es sich dabei gehandelt haben könnte ... etwas ziemlich Schweres mit scharfen Kanten ... oder zumindest einer scharfen Kante.«

»Wie viele Schläge?«, fragte Jung.

»Mehr, als notwendig waren«, sagte Reinhart. »Zehn, elf Stück. Offensichtlich hat der Betreffende noch eine Weile weitergemacht, nachdem Jellinek bereits tot war. Vielleicht landete er sogar gleich beim ersten Mal einen Volltreffer, aber das ist nicht sicher ...«

»Nicht besonders professionell, mit anderen Worten«, übernahm Suijderbeck wieder. »Eher etwas panikhaft. Jedenfalls, wenn wir den Fachleuten glauben ... außerdem mehrere Treffer auf Brust und Schulterbereich ... ja, eine gewisse Verzweiflung ist schon zu erkennen.«

»Und kein Widerstand«, sagte Jung.

»Offenbar nicht«, sagte Servinus. »Aber es dauert ein paar Tage, bis die Analyse endgültig fertig ist.«

»Wonach suchen die?«, fragte Kluuge. »Nach Spuren unter den Nägeln oder so?«

»Ja«, antwortete Reinhart. »Und nach Haaren, Schuppen und Fingerabdrücken.«

»Nach zehn Tagen?«, wunderte Tolltse sich. »Hat das denn noch einen Sinn?«

»Schuppen wird man fast nie los«, sagte Jung, sich am Kopf kratzend.

»Aber da war natürlich noch dieser Sturzregen«, erklärte Kluuge. »Wann immer das nun war ...«

»Jetzt übernehme ich wieder«, unterbrach Suijderbeck ihn.

»Vermutlich ebenfalls nicht am Fundplatz getötet, unser lieber Pastor. Aber diesmal war wohl der Mörder darauf bedacht, die Leiche zu verstecken ... verdammter Zufall, dass die Köter ihn aufgespürt haben. Lag unter einem ganzen Berg von Nadelzweigen und Ästen, ihr habt es ja selbst gesehen ... obwohl man ihn natürlich noch besser hätte verstecken können.«

»Wenn man Zeit gehabt hätte«, warf Servinus ein.

»Zeit, ja ...«, nahm Suijderbeck auf und schaute nachdenklich drein.

»Wollte Frau Miller nicht Kaffee und Brote organisieren?«, wollte Reinhart wissen und zupfte unschlüssig an Pfeife und Tabaksbeutel herum.

»Kommt um zehn«, versprach Kluuge. »Noch eine halbe Stunde. Jaha? Und weiter? Was denkt ihr?«

Suijderbeck schien es müde geworden zu sein, alles zusammenzufassen. Stattdessen stand er auf und lief im Zimmer herum.

»Die Prothese juckt«, erklärte er. »Das passiert immer, wenn das Gehirn sich verhakt hat.«

»Diese Kuijpers«, sagte Servinus. »Die sind doch schon ein sonderbares Paar, oder?«

»Ach, ich hab schon merkwürdigere gesehen«, erwiderte Tolltse. »Die Finghers finde ich nicht viel besser.«

Eine Weile blieb es still.

»Ihr denkt also nicht, dass die in irgendeiner Weise was damit zu tun haben?«, fragte Lauremaa mit gerunzelter Stirn.

Suijderbeck blieb stehen.

»Kaum«, sagte er. »Aber wie wir es auch drehen und wenden: Irgendjemand muss es ja wohl gemacht haben.«

»Gute Bemerkung«, sagte Lauremaa.

»Gibt es niemanden, der ein paar andere ... sinnvollere Schlussfolgerungen ziehen kann?«, wollte Tolltse wissen und schaute sich am Tisch um. »Sonst mache ich das nämlich.«

»Bitte schön«, sagte Reinhart und zündete sich seine Pfeife an.

»Es war nicht Jellinek, der die Mädchen ermordet hat«, sagte Tolltse.

»Ach«, sagte Jung. »Bist du dir da ganz sicher? Vermutlich hat er sich nicht selbst umgebracht, da bin ich ganz deiner Meinung, aber soweit ich sehe, kann er immer noch an den Mädchenmorden Schuld sein.«

Tolltse überlegte.

»Nun gut«, sagte sie. »Dann eben anders. Wer hat ihn umgebracht? Ist das nicht die Frage, die wir beantworten müssen?«

»Gute Frage«, sagte Servinus. »Wie macht ihr Frauen das nur?«

Reinhart blies eine ablenkende Rauchwolke über das Schlachtfeld.

»Ich weiß nicht, wer Jellinek getötet hat«, sagte er. »Aber ich weiß auf jeden Fall, dass es an der Zeit ist, seine Konkubinen in Wolgershuus mit den Tatsachen zu konfrontieren. Je eher, desto besser. Fest steht doch, dass er tot ist. Wenn wir nichts Sinnvolleres zu tun haben, schlage ich vor, dass wir dieses Detail sofort in Angriff nehmen.«

Kluuge sah sich nach weiteren Schlussfolgerungen in der einen oder anderen Richtung um. Als er keine mehr entdecken konnte, räusperte er sich und griff die Gelegenheit beim Schopfe.

»Gut«, entschied er. »Dann machen wir es so. Reinhart und Jung fahren hin, das müsste wohl reichen ... vielleicht am besten, sich immer nur eine vorzunehmen, oder was meint ihr?«

»Wie sollen wir es denn sonst machen?«, schnaubte Reinhart. »Aber die Leiche können wir ihnen wohl kaum in natura präsentieren. Eigentlich müsste es auch mit einem Video von den Nachrichten und ein paar Zeitungen getan sein ... Ich meine, damit sie uns glauben.«

»Haben wir ein Video von den Nachrichten?«, fragte Jung.

Kluuge schüttelte mit unglücklicher Miene den Kopf.

»Das lässt sich sicher arrangieren, aber ich nehme an, dass es eine Weile dauert.«

»Ach, scheiß drauf«, sagte Reinhart. »Ein Radio wird's wohl auch tun, die erzählen das ja auch zehnmal in der Stunde. Wir werden ihnen schon klar machen, dass der Fürst des Lichts tot ist.«

»Der Fürst des Lichts«, wiederholte Suijderbeck. »Verdammte Scheiße.«

»Wartet mal«, sagte Servinus. »Vielleicht wissen sie es ja schon?«

»Sie sind isoliert«, sagte Kluuge. »Ich habe Schenck angerufen und ihm diesbezüglich strenge Order erteilt, bevor wir heute Vormittag rausgefahren sind.«

»Gut«, sagte Reinhard.

»Wer ist Schenck?«, fragte Servinus.

»Er löst Matthorst ab und zu ab«, erklärte Kluuge. »Das ist sicher nötig, Matthorst hat schon behauptet, er fühle sich dort so langsam etwas merkwürdig.«

»Kann ich mir vorstellen«, nickte Tolltse. »Schließlich sitzt er da draußen schon genauso lange wie die Frauen.«

»Es gibt welche, die sitzen da seit fünfzehn Jahren«, erinnerte Suijderbeck sie.

»Auf jeden Fall ...«, sagte Lauremaa. »Ich meine, wenn diese drei Damen etwas von Jellineks Tod wissen, dann würde das doch bedeuten, dass sie es schon die ganze Zeit wussten, oder?«

»Genau«, sagte Reinhart. »Und dann gnade ihnen Gott. Nein, komm jetzt, Herr Inspektor, wir fahren.«

»Lasst uns ein paar Brötchen übrig«, sagte Jung und stand auf.

»Hat denn keiner etwas von dem Hauptkommissar gehört?«, wollte Lauremaa wissen, nachdem Reinhart und Jung aufgebrochen waren.

»Nicht die Bohne«, sagte Suijderbeck. »Ich muss sagen, anfangs hatte ich noch Vertrauen zu ihm, aber jetzt scheint er mir ein ganz gewöhnlicher Deserteur zu sein. Was treibt er nur?«

»Keine Ahnung«, seufzte Kluuge. »Jedenfalls müssen wir versuchen weiterzukommen. Es wäre jedenfalls nicht schlecht, wenn wir auf der Pressekonferenz morgen eine bessere Figur machen würden.«

»Ich werde mir Mühe geben«, sagte Suijderbeck.

»Dieser Vorschlag lag mir auch schon auf der Zunge«, sagte Lauremaa und lächelte zum ersten Mal an diesem langen Tag.

35

Van Veeteren traf Marie-Louise Schwartz in einem Reihenhaus am südlichen Rand von Stamberg. Der Besuch dauerte eine Stunde, und fünfzig Minuten davon verbrachte er versunken in einem Kretonne-Sessel, während er seine weinende Gastgeberin betrachtete, die in einem anderen Kretonne-Sessel saß.

Ab und zu gelang es ihr, sich ein wenig zu sammeln, aber sobald er eine Frage stellte, brach sie erneut zusammen. Mit der Zeit wurde er es leid, überhaupt einen Versuch zu wagen, saß einfach nur da und ließ ihre Verzweiflung für sich sprechen.

Vielleicht war das ja überhaupt der Sinn, dachte er, und als er sie verließ, ergriff sie seine beiden Hände und schaute ihn mit tränennassen Augen an. Als ob er nun wirklich etwas ausgerichtet hätte – seine große Wärme und Mitmenschlichkeit unter Beweis gestellt hätte oder etwas in der Art. Vielleicht hatte sie auch gar nicht mitbekommen, dass er von der Polizei war. Jedenfalls gelang es ihr, ihm mitzuteilen, dass sie äußerst dankbar für sein Kommen war und dass sie jetzt ins Schlafzimmer im ersten Stock gehen würde, um nach ihrem Mann zu sehen, der nur schwer mit seiner Trauer fertig wurde.

Mein Gott, dachte Van Veeteren.

Er verabschiedete sich, ging hinaus, setzte sich in seinen Wagen und fuhr anschließend eine halbe Stunde lang aufs Geratewohl herum, begleitet von Pergolesi und Händel. Als er dann wieder hinter Glossmann's parkte, um seine Tasche zu holen, stellte er noch kurz das Autoradio an, um mitzubekommen, dass Oscar Jellinek ermordet in Waldingen aufgefunden worden war.

Für einen kurzen Moment konnte er nicht sagen, ob er wachte oder träumte.

Dann sah er ein, dass das auch keine Rolle spielte.

Der nächste Termin war für neunzehn Uhr abends vereinbart worden (zu dieser Zeit müsste es passen, vorher musste das Kind abgeholt und in den Zug gesetzt und der Klavierstimmer eingewiesen werden), und so verbrachte er den ganzen Nachmittag damit, in verschiedenen Cafés herumzusitzen, im Klimke herumzublättern sowie die Fernseh- und Rundfunksendungen zu verfolgen. Schließlich tauchten auch die ersten Abendzeitungen auf, und das machte wie üblich die Sache nicht besser.

Einige Male rief er im Polizeirevier von Sorbinowo an, erfuhr aber von Frau Miller nur, dass alle anderen sich draußen im Wald befanden, und verzichtete darauf, eine Nachricht zu hinterlassen.

Er hatte ja doch nichts mitzuteilen.

Abgesehen von einer Ahnung, die er noch nicht bestätigt bekommen hatte. Und die mit den letzten Entwicklungen nicht übereinstimmte.

Mit dem Mord an Oscar Jellinek. Oder doch?

Auch gut, sie in aller Ruhe arbeiten zu lassen, dachte er.

Auch gut, im Hintergrund zu bleiben und die anderen übernehmen zu lassen. War es nicht das, wozu er sich bereits entschieden hatte?

Sie wartete wie verabredet im Café auf ihn, und er wunderte sich noch einmal, warum sie ihn lieber hier als daheim hatte treffen wollen.

Um ihr Privatleben zu schützen? dachte er und ließ sich ihr gegenüber nieder. Um etwas Heiliges zu bewahren? Was ja verständlich wäre.

Er stellte sich vor, und sie streckte ihm nervös eine Hand über den Tisch hinweg entgegen.

»Jaha«, sagte sie. »Es tut mir Leid, dass ich nicht eher kommen konnte. Es ist ja einiges passiert heute.«

Er nickte und grub einen Zahnstocher aus. Es stimmt, dachte er plötzlich. Ich sehe es ihr an. Woher zum Teufel konnte ich das wissen?

»Sie können sich denken, worüber ich mit Ihnen sprechen möchte?«

Das war ein plumper Versuch, aber er hatte sich schon vorher für diese Spieleröffnung entschieden. Eigentlich gab es auch gar keine anderen Wege. Keine alternativen Züge.

Sie zögerte eine Weile.

»Ich denke schon ...«

Ihm war klar, dass es keinen Sinn haben würde, sie zu drängen. Wichtiger war es, ihr Zeit zu lassen, damit sie die Dinge in der Reihenfolge von sich geben konnte, die für sie am natürlichsten war. Oder am wenigsten unangenehm.

»Wir waren acht Jahre zusammen, als ich es entdeckt habe«, fing sie an. »Acht Jahre ... fünf davon verheiratet.«

»So was kann sich auch entwickeln«, schlug er vor. »Das muss nicht schon die ganze Zeit da gewesen sein.«

Sie nickte.

»Ich habe versucht, das auch so zu sehen, aber ich weiß nicht, ob das ein Trost ist ... es ist so ... ja, so schrecklich unbegreiflich. Es ist einfach nicht zu verstehen, zu diesem Schluss komme ich immer wieder. Ich werde es nicht los. Auch wenn ich dachte, es wäre das Beste, alles zu vergessen und hinter mir zu lassen ... aber jetzt weiß ich natürlich, dass das falsch war.«

Sie machte eine Pause und suchte etwas in ihrer Handtasche. Ein Kellner tauchte auf, und Van Veeteren bestellte ohne viel zu fragen für beide Kaffee und Cognac.

»Erzählen Sie«, bat er, nachdem sie sich ihre Zigarette angezündet hatte.

Sie kratzte mit ihrem Zeigefingernagel über einen Kerzenwachsfleck auf der Tischdecke und blinzelte einige Male mit den Wimpern. Der Hauptkommissar merkte, dass er den Atem anhielt, als wäre es seine Anwesenheit selbst, die diese alten schrecklichen Erinnerungen ausgrub, oder als ob es darum ginge, seinen Einfluss so minimal wie möglich zu halten.

»Er ging einfach zu weit«, sagte sie. »Und was ich mir selbst nicht verzeihe, ist, dass ich es so lange Zeit hingenommen habe, statt bei den ersten Anzeichen sofort zu reagieren. Über sechs Monate ... Ich konnte ganz einfach nicht glauben, dass es wahr sein sollte. Das ist etwas, über das man liest und ... nun ja, Sie wissen, was ich meine.«

Van Veeteren nickte.

»In der Badewanne bin ich ihm auf die Schliche gekommen. Judith war erst fünf, aber schon groß genug, um zu begreifen, worum es ging ... und um Angst zu bekommen. Das Unbegreiflichste dabei war, dass er so schamlos war.«

»Hat er es zugegeben?«

Sie nahm einen Zug und schnupperte an dem Cognac, bevor sie antwortete.

»Nein«, sagte sie. »Oder eigentlich ja und nein. Er tat so, als würde er gar nicht verstehen, wovon ich redete ... andererseits war er sofort damit einverstanden, dass wir uns trennten. Er ist ausgezogen ... ich habe ihn gezwungen, noch am gleichen Tag auszuziehen.«

»Sie sehen ihn nicht mehr?«

»Nein. Nachdem ich den Schock überwunden hatte, habe ich mir natürlich einen Anwalt genommen. Habe mich auf einen Kampf eingestellt, aber dazu kam es nie. Er hat alles aufgegeben und uns ohne ein Wort verlassen ... was ich als eine Art Schuldeingeständnis ansehe.«

Es entstand eine Pause. Van Veeteren brach seinen Zahnstocher ab und nahm stattdessen eine Zigarette.

»Wie weit ist er gegangen?«, fragte er.

»Sehr weit«, sagte sie nur.

»Haben Sie sie untersuchen lassen?«

Sie nickte.

»Ja, ich wollte es wissen ... ja, er ist bis ans Ende des Wegs gegangen. Da gab es keinen Zweifel.«

Der Hauptkommissar spürte erneut, wie ein hilfloser Ekel in ihm aufstieg, und leerte als Gegengift seinen Cognac mit einem Zug.

»Und wann war das alles?«, fragte er.

»Vor vier Jahren«, antwortete sie. »Vor vier Jahren und zwei Monaten ...«

»Sie haben keine Anzeige erstattet?«

»Nein«, sagte sie und holte tief Luft. »Das habe ich nicht ...«

Van Veeteren betrachtete ihre Hände, die das Glas krampfhaft festhielten. Er könnte ihr jetzt Vorwürfe machen. Den Ton schärfer klingen lassen und sie fragen, wie um alles in der Welt sie so etwas nur hatte unterlassen können, aber dafür bestand natürlich kein Anlass.

Kein Grund, sie länger zu quälen; das ganze Gespräch hatte keine zehn Minuten gedauert, und eigentlich war es genauso abgelaufen, wie er es sich vorgestellt hatte.

Oder befürchtet eher.

Oder gewusst?

»Ich werde versuchen, dafür zu sorgen, dass Sie in die Sache nicht hineingezogen werden«, sagte er. »Aber es ist schwer zu sagen, wie es laufen wird ...«

Sie unterbrach ihn.

»Ich stehe dazu«, erklärte sie. »Sie brauchen sich keine Gedanken zu machen, ich will nicht den gleichen Fehler noch einmal begehen.«

»Na gut«, sagte Van Veeteren. »Ich lasse von mir hören, wenn es aktuell wird.«

Sie gaben sich wieder die Hand, und er verließ sie. Draußen auf der Straße merkte er, dass er fror und dass es eine Kälte war, die nichts mit dem noch immer warmen und angenehmen Sommerabend zu tun hatte. Überhaupt nichts.

Er suchte eine Telefonzelle und rief erneut in Sorbinowo an, aber nur, um Frau Millers aufs Band gesprochene Mitteilung zu hören, dass die Polizeistation für heute geschlossen sei und dass man gerne zwei andere Telefonnummern anrufen könne, wenn man Hinweise zum Waldingenfall hätte.

O ja, dachte Van Veeteren. Das kann man wohl behaupten, dass ich die habe.

Dennoch unterließ er es, weiter zu telefonieren. Trotz allem blieben noch einige Fragezeichen – beispielsweise was Jellineks Tod betraf –, und am besten wäre es natürlich, wenn er seinen Kollegen die gesamte Lösung auf einem Silbertablett servieren könnte. Hübsch angerichtet und mit allen Zutaten versehen.

Ein Argument, das natürlich ziemlich nach Eitelkeit roch, aber falls das hier wirklich sein letzter Fall war, so war ihm das wohl nachzusehen.

Und es gab natürlich auch nichts – ganz und gar nichts –, das besser geeignet war, noch verbleibende Fragezeichen zu klären als eine Autofahrt. Eine lange, ruhige Autofahrt durch die Nacht.

Er dachte eine Weile nach. Mit Penderecki, beschloss er schließlich.

Wieder einmal Penderecki.

36

»Es ist fünf vor zwölf«, sagte Reinhart. »Wir können ebenso gut auch gleich ins Hotel fahren. Ich glaube nicht, dass die immer noch dort hocken und Pläne schmieden.«

»Wir können ja auch anrufen und nachfragen«, stimmte Jung zu.

»Aber was wir ihnen über die Damen sagen sollen, das weiß ich nicht.«

»Ja, mein Gott«, stöhnte Reinhart. »Die Lauremaa hat's wahrscheinlich auf den Punkt gebracht, die sind einfach anders als wir.«

»Bestimmt«, sagte Jung und unterdrückte ein Gähnen. »Aber etwas unchristlich war unsere Vorgehensweise schon, oder?«

Der Besuch im Wolgershuus war überstanden, und vielleicht war das Wort unchristlich nicht das passendste in diesem Zusammenhang. Aber wenn Jung seinen Eindruck zusammenzufassen versuchte, kam er auf die Schnelle auf keinen anderen Begriff. Er wusste nur, dass er so etwas noch nie erlebt hatte. Noch niemals.

Unchristlich also. Dennoch waren sie bis auf den Punkt nach der vereinbarten Taktik vorgegangen. Diskretion. Professionelles Auftreten, nicht mehr herzumachen, als notwendig war und die Lage erforderte. Ohne große Probleme hatten sie einen neutralen, etwas abseits gelegenen Raum gefunden, in den sie die Frauen baten, um ihnen ohne große Vorreden die Neuigkeit zu verkünden.

Die Neuigkeit von Oscar Jellineks Tod.

Einer nach der anderen. Zuerst Madeleine Zander.

Reaktion: Gar keine. Sie hörte ihnen eine halbe Minute zu, dann drehte sie sich auf den Hacken um und verließ den Raum. Jung meinte einige Zuckungen in einem Mundwinkel bemerkt zu haben, aber das war auch schon alles. Sowohl er als auch Reinhart hatten sich zweifellos nach dieser ersten Runde etwas unbehaglich gefühlt – und als dann Mathilde Ubrecht hereingeführt und der gleichen unverschleierten Neuigkeit wie ihre Freundin gegenübergestellt wurde, hegte zumindest Jung den Verdacht, dass man dreimal nacheinander nun dem gleichen stummen Verhalten begegnen würde. Dem gleichen knochenharten Autismus.

Aber so war es dann doch nicht gewesen. Bei Frau Ubrecht brach der Damm. Bevor sie überhaupt begriffen, was los war, hatte sie mehrere Schläge und Tritte ausgeteilt, auf Jungs Kopf, Reinharts Schienbein und Jungs Rücken, einen Stuhl an die Wand geworfen und eine Vase quer durch das Zimmer, um dann schreiend direkt gegen die Wand zu rennen. Letzteres wohl in einem verzweifelten Versuch, sich selbst knockout zu schlagen. Nach einer Weile hatte man sie auf den Boden zwingen können, und als die bedeutend erfahreneren Wärter ein-

trafen, war ihr Schreien in eine Art epileptisches Gurgeln übergegangen. Der ältere der beiden Männer hatte ohne zu zögern
eine Spritze herausgeholt, sie der Frau direkt in den Bauch
gerammt, worauf sie innerhalb von zehn Sekunden eingeschla-
fen war.

Während der dritten Konfrontation – mit Ulriche Fischer,
mit der Jung ja bereits geredet hatte – blieben die Wärter in einem angrenzenden Zimmer, aber als Reinhart ihr die Neuigkeit ins Gesicht schleuderte, diesmal schon mit einiger Vorsicht und gesenktem Visier, da reagierte sie die ersten Sekunden nur mit dem gleichen Schweigen wie Madeleine Zander.
Dann sank sie über dem Tisch zusammen, schlang sich die
Arme um den Kopf und brach in Tränen aus.

Ein lautes, klagendes Weinen, als fände eine große Trauer
endlich den Weg aus ihrer Brust, nachdem sie schon viel zu
lange dort verborgen gewesen war. Eine Analyse, die auch mit
den kurzen Äußerungen übereinstimmte, die ihr später ent-
lockt werden konnten.

»Ich wusste es!«, jammerte sie und rieb sich mit geballten
Fäusten über das Gesicht und die Stirn. »Es konnte gar nicht
anders sein! Er hätte uns nicht auf diese Art verlassen! Das
hätte er nie gemacht!«

Sehr viel mehr wurde nicht gesagt, und zumindest Inspektor
Jung war zu diesem Zeitpunkt bereits so mitgenommen, dass
er voller Dankbarkeit den Arzt empfing, der aus Anlass von
Frau Ubrechts Zusammenbruch herbeigerufen worden war
und der jetzt hereinkam und sich wunderte, was denn zum Ku-
ckuck hier vor sich ginge.

»Routineuntersuchung«, hatte Reinhart erklärt. »Aber wir
sind jetzt fertig.«

Fertig fühlte sich auch Jung, als er auf dem Parkplatz vor
Grimm's Hotel aus dem Auto stieg. In so hohem Maße, dass er
entschlossen Reinharts Vorschlag eines Gute-Nacht-Schlucks
ablehnte und sich stattdessen direkt auf sein Zimmer begab,
wo er sich sofort hinlegte, ohne mehr als Jacke und Schuhe
auszuziehen.

Ein teuflischer Mittwoch. Hatte das nicht schon mal jemand gesagt?

Da war was mit Penderecki.

Etwas mit diesem schmerzerfüllten polnischen Requiem, das nichts anderem ähnelte und das ihm fast jedes Mal das Gefühl der Freiheit gab. Rein und erhaben wie eine Kathedrale.

Berührt vom Göttlichen, wie Mahler gesagt hätte. Sein guter Freund, der Dichter. Nicht der Komponist.

Natürlich war es auch eine Frage der Spannung. Spannung, die sich entlud, und Spannung, die sich auflud, eine Art Akupunktur für die Seele und ein Fluchtweg fort von der Mühsal des Fleisches. Auch Mahlers Worte höchstwahrscheinlich ... etwas, das sicher für jede Musik galt, aber nirgends war es so deutlich und so schmerzhaft schön wie bei Penderecki.

Und eingehüllt in diese Klangwolke grausamer Klarheit legte er die hundertsechzig Kilometer von Stamberg nach Sorbinowo zurück.

Und eingehüllt in diese Klangwolke löste er auch die noch offenen Fragen im Waldingenfall.

In diesem Zwei-Wochen-Fall. Denn wie immer er diese üble, sich dahinziehende Zeit auch berechnete – mehr als vierzehn Tage waren nicht vergangen, seit er oben auf dem Parkplatz gestanden und über diese Sommeridylle mit dem dunklen glitzernden Wasser geschaut hatte.

Zwei Wochen.

Zwei vergewaltigte und ermordete Mädchen. Ein erschlagener Priester.

Eine abgebrannte Kirche und eine Sekte, die unterging.

Das war das Ergebnis in Kurzform.

Die Summe seines letzten Falls.

Ein schönes Endresultat, dachte er. Zweifellos.

Und die Lösung, was sollte man von ihr halten? Die Lösung – die ihm via einem ganz ordinären Telefonbuch in den Schoß gefallen war. Via einem äußerst trivialen Buchstabierfehler. Der alte Gedanke von Linien und Mustern und dem

Eingreifen in das Schicksal erschien ihm so selbstverständlich, dass er sich nicht einmal die Mühe machte, ihn festzuhalten.

Einem geschenkten Gaul schaut man nicht ins Maul, dachte er. Zumindest ein Unterschied zwischen dem Leben und dem Schachspiel.

Nein, da war es schon besser, seinen Blick für ein paar Stunden in die Zukunft zu richten und sich darauf zu konzentrieren, was noch zu tun war. Die Schlussphase an und für sich. Die Schuldigen mit den Anklagen zu konfrontieren. Sie dazu zu bringen, einzuknicken und zu gestehen. Ihnen die überwältigenden Beweise ins Gesicht zu schleudern und Zeuge ihres Zusammenbruchs zu werden.

Die letzte Strophe. Der Zug zum Matt.

Mit der kleinstmöglichen Anzahl von Zügen.

Zwar hatte er nicht übel Lust, das den anderen zu überlassen, aber das war seine Sache, das wusste er. Auch das.

Muster für Muster.

Er gönnte sich nur einmal eine fünfzehnminütige Pause, und als er nach vier Tagen Abwesenheit wieder Grimm's Hotel betrat, war es noch nicht später als halb ein Uhr nachts. Er bat, ins Gästebuch der Rezeption sehen zu dürfen, und fünf Minuten später klopfte er an Kommissar Reinharts Tür, zwei Bier in jeder Hand.

Zwei helle und zwei dunkle.

Zum ersten Mal seit diesem Nachmittag im Boot wusste er, in welche Richtung es ging. Es war dieses leicht ziehende Gefühl in den Leisten und Oberschenkeln, und er wusste, dass es wieder einmal soweit war. An der Zeit, damit fertig zu werden.

Nach einem ziemlich blutleeren Actionthriller im Fernsehen ging er gegen zwölf Uhr ins Bett, versuchte sich in den Schlaf zu onanieren, schaffte es aber nicht. Blieb noch ein paar Stunden liegen und wartete, während der Sog in ihm wuchs und sich ausdehnte, bis er nahezu jeden Winkel in ihm ausfüllte. Der Zwang. Der böse Trieb.

Schließlich stand er auf. Draußen war es immer noch dunkel, und er wartete noch eine Weile. Stand am Fenster und schaute auf die schmale Rötung über dem Wald im Osten. Dachte an die Mädchen. An deren gespreizte Beine und den flaumigen Schoß. An ihre nackte Hilflosigkeit. Dann zog er sich an. Überprüfte, ob er auch Kondome in der Brusttasche hatte, dieses kleine Extravergnügen, wenn er sie dazu zwang, ihm eines überzuziehen, war nicht zu verachten. Er lächelte seinem dunklen Spiegelbild zu, schlich die Treppe hinunter und durch die Küchentür hinaus.

Holte das Fahrrad aus dem Schuppen. Kontrollierte den Luftdruck und klemmte den Gummiknüppel auf dem Gepäckträger fest. Fuhr los.

Es dauerte zwanzig Minuten, bis er zur großen Straße kam. Beim kräftigen Trampeln kam er in einen Atemrhythmus, der zweifellos an einen anderen erinnerte, und die Bilder, die er vor seinem inneren Auge sah, waren kräftig und ohne Pardon.

Ohne Pardon. Der schwarze Gummiknüppel, der eindrang und sich seinen Weg bahnte. Ihre nachgiebige Haut. Glatt und wunderbar nachgiebig. Das Loch, dieses Loch. Der Genuss ohne Sinn und Verstand. Die blanke Angst in ihren Augen, bevor er sie auslöschte ... sie schließlich auslöschte.

Kräftige Bilder. Unwiderstehliche Bilder. Er sah auf die Uhr. Erst halb vier. Ihm war klar, dass er gezwungen sein würde, erst einmal ein paar Stunden im Wald zu liegen und zu warten, aber das war für ihn kein Hindernis. Die Hauptsache war, dass es wieder an der Zeit war. Dass er früher oder später – noch bevor dieser Tag, der gerade erst graute, zu Ende sein würde – ein neues Mädchen treffen würde, mit blondem Haar ... er hoffte, dass es diesmal eine mit langem blondem Haar sein würde, ja, wenn es möglich wäre, es sich auszusuchen, dann würde er genau so eine nehmen.

Er trampelte weiter und lauschte seinem Puls, der in ihm sang.

37

Es waren drei Autos.

Im ersten fuhren Van Veeteren, Reinhart und Kluuge. Dahinter kamen Tolltse und Lauremaa. Als Letzte Jung und Servinus. Auf eigenen Wunsch war Suijderbeck im Polizeirevier geblieben, und es war natürlich nur vernünftig, dort eine gewisse Rückendeckung zu haben.

Falls etwas passieren sollte, und es wäre ja nicht das erste Mal.

Man fuhr genau um Viertel vor vier los, als das erste Morgengrauen nicht mehr als eine vage Ahnung über den Seen und den noch schlafenden Wäldern war. Das Wecken, Sammeln und Besprechen hatte seine Zeit gedauert; der Hauptkommissar hatte erzählt und berichtet und ohne besonders große Eile erklärt, aber als die Wahrheit so langsam jedem Einzelnen klar geworden war, wurde einstimmig beschlossen, dass es wohl kaum einen Grund gab, noch auf den neuen Tag zu warten.

Besser, gleich zuzuschlagen – sowohl Reinhart als auch Van Veeteren wussten, was ein paar Stunden zusätzlich an unnötigem Spielraum ausmachen konnten. Im schlimmsten Fall.

Und es sprach einiges dafür, dass das hier der schlimmste Fall war.

Man war zwanzig Minuten nach vier Uhr da. Ein grauer Dunst hing in der Luft über dem Wasser, und der Wald war voller Vogelstimmen. Man parkte hintereinander auf dem schmalen Kiesweg, ging in geschlossenem Trupp zum Haus; der Hauptkommissar klopfte zweimal an die Tür, aber kein Lebenszeichen war zu vernehmen.

Er drückte die Klinke herunter. Es war offen, und in größtmöglicher Stille begab sich die gesamte Gruppe hinein in das Dämmerlicht des Wohnzimmers. Jung fand einen Lichtschalter und knipste ihn an, dann nickte der Hauptkommissar Kluuge zu, und gemeinsam machten sie sich auf den Weg die Treppe zum Obergeschoss hinauf.

Auf halbem Weg blieben sie stehen. Eine Tür wurde irgendwo oben geöffnet, und Frau Fingher kam ihnen entgegen.

In Pantoffeln und einem abgetragenen blauen Morgenrock, aber ohne offensichtliches Zeichen, dass sie aus dem Schlaf geweckt worden war.

Van Veeteren nickte Kluuge erneut zu.

»Frau Fingher«, sagte Kluuge. »Ich bitte Sie, sich als angeklagt zu betrachten, angeklagt des Mordes an Oscar Jellinek und des ...«

Er kam aus dem Takt.

Bitten, sich zu betrachten? dachte Reinhart.

»... Und der Mithilfe am Mord an Clarissa Heerenmacht und Katarina Schwartz. Sie haben das Recht zu schweigen, aber alles, was Sie sagen, kann gegen Sie verwandt werden.«

Frau Fingher stand reglos da und hielt sich am Treppengeländer fest. Ihr grob geschnittenes Gesicht wurde von einem Schauder überlaufen, dann sank sie auf den Treppenstufen zusammen und legte ihren Kopf in die Hände. Es vergingen fünf Sekunden.

»Es ist vorbei«, sagte Van Veeteren und streckte ihr eine Hand entgegen.

Sie ergriff sie, und er führte sie hinunter ins Zimmer. Platzierte sie in einen der hochlehnigen Sessel und wartete noch einen Moment. Sie zog ein Taschentuch heraus und putzte sich die Nase.

»Ja«, sagte sie dann. »Es ist vorbei.«

»Wo ist Ihr Sohn?«, fragte Reinhart.

Sie machte eine Kopfbewegung zum oberen Stockwerk hin.

Reinhart und Jung liefen die Treppe hinauf und verschwanden in der Dunkelheit.

»Warum haben Sie Oscar Jellinek getötet?«, fragte der Hauptkommissar.

Sie holte tief Luft.

»Ich war gezwungen«, sagte sie.

»Ja?«, sagte der Hauptkommissar.

»Er ist doch einfach aufgetaucht.«

»Aufgetaucht?«

Ein weiterer Schauder durchlief sie, aber das schien sie gar nicht zu bemerken. Der Hauptkommissar wusste, dass im Augenblick der Kontakt zwischen ihrem Körper und ihrer Seele unterbrochen war.

»Ja, da auf dem Weg ... ist er aufgetaucht.«

»Gerade als Sie Clarissas Körper an der Espe hingelegt haben?«

Sie nickte.

»Ja. Ich habe gesehen ... dass er alles begriffen hat. Er hat es auch gesagt ... was sollte ich denn tun?«

»Wie haben Sie es gemacht?«

»Mit dem Spaten«, erklärte sie. »Ich habe ihn mit dem Spaten geschlagen. Es tut mir Leid ... ich habe ... das war ...«

Aber es kam keine Fortsetzung. Stattdessen tauchte Reinhart oben auf dem Treppenabsatz auf.

»Er liegt nicht in seinem Bett«, erklärte er. »Wo ist Ihr Sohn, Frau Fingher?«

Überrascht schaute sie auf.

»Ich verstehe nicht ...«

»Was zum Teufel ist denn hier los?«

Mathias Finghers kräftige Gestalt – in blassblauem, verwaschenem Pyjama – bahnte sich an Reinhart vorbei seinen Weg, Jung im Schlepptau.

»Was meinen Sie damit, dass ...«

»Setzen Sie sich und seien Sie still!«, unterbrach ihn Van Veeteren. »Wir sind gekommen, um Ihren Sohn wegen Mordes an zwei Mädchen und Ihre Frau wegen des Mordes an Oscar Jellinek festzunehmen!«

»Was?«

»Wollen Sie etwa behaupten, Sie hätten nichts davon gewusst!«, legte Reinhart los. »Es besteht auch gegen Sie der Verdacht auf Mithilfe und die Vertuschung von Straftaten.«

Einen Moment lang sah es aus, als wollte Mathias Fingher in Ohnmacht fallen. Er schwankte, fand aber sein Gleichgewicht wieder. Nahm die fehlenden Treppenstufen nach unten, schaute sich verwirrt um, bevor er von Servinus auf das schäbige Sofa gedrückt wurde.

»Was zum Teufel ...?«, stotterte er. »Das muss doch ...«

»Es tut mir Leid«, wiederholte Frau Fingher, ohne ihren Ehemann anzusehen. »Das ist ... es gab einfach keinen anderen Ausweg.«

»Verdammt noch mal!«, schnitt ihr Reinhart das Wort ab. »Wo ist Ihr Sohn?«

»Nun?«, fragte der Hauptkommissar.

»Er muss noch schlafen ...«, begann Frau Fingher. »Warum ...?«

»Heißt das, Sie wissen nicht, wo er ist?«

»Nein, wieso ...?«

Es dauerte nicht lange, bis Van Veeteren begriff, dass ihre Verwirrung echt war.

»Jung und Servinus!«, befahl er. »Durchsucht das Obergeschoss! Lauremaa und Tolltse, ihr nehmt Frau Fingher mit ins Auto!«

»Aber ...«, versuchte Mathias Fingher sich zu äußern.

»Lasst sie sich vorher was anziehen.«

Der Hauptkommissar schob Servinus zur Seite und ließ sich direkt gegenüber von Herrn Fingher nieder. Bohrte seinen Blick aus einem halben Meter Abstand in den seines Gegenüber.

»Herr Fingher«, sagte er. »Es kann sein, dass Sie von all dem überhaupt keine Ahnung haben, und in dem Fall ist es ganz schrecklich für Sie ... aber wie dem auch sei, Ihr Sohn ist ein Mörder. Ein Mörder und Vergewaltiger ...«

Fingher öffnete und schloss seinen Mund ein paar Mal, und wieder sah es so aus, als wäre er auf dem besten Weg, sein Bewusstsein zu verlieren. Seine Gesichtsfarbe wechselte hin und her, und die Hände auf seinen Knien zitterten.

»Wir müssen ihn finden. Wo ist er?«

»Ich ... ich weiß nicht.«

»Wann haben Sie ihn zuletzt gesehen?«

»Das ... gestern Abend.«

»Er hat einen Film im Fernsehen gesehen«, warf Frau Fingher ein. »Wir sind früh ins Bett gegangen.«

»Und warum liegt er dann jetzt nicht in seinem Bett?«

Mathias Fingher schüttelte seinen großen Kopf.

»Er muss rausgegangen sein«, sagte Frau Fingher und verschwand, um sich etwas anzuziehen. Tolltse und Lauremaa folgten ihr auf dem Fuße. Einige Sekunden lang blieb es still.

»Ich bitte Sie«, platzte Mathias Fingher dann heraus. »Sagen Sie, dass Sie nur Spaß machen!«

»Leider nicht«, sagte der Hauptkommissar.

»Das Fahrrad!«, sagte Reinhart. »Der Kerl ist mit dem Fahrrad davon!«

Die Karawane befand sich auf dem Weg zurück aus dem Wald. In etwas veränderter Gruppierung – der Hauptkommissar, Reinhart und Jung im ersten Auto. Tolltse, Lauremaa und Frau Fingher im zweiten. Kluuge, Servinus und Herr Fingher im dritten.

»Was wollen wir machen?«, fragte Jung.

»Na, ihn zur Fahndung ausrufen natürlich!«, zischte Reinhart.

»Mobilisiere jeden einzelnen Polizisten im ganzen Distrikt und schnapp ihn dir. Das Fahrrad!«

Van Veeteren nickte.

»Ruf sofort Suijderbeck an«, sagte er. »Es ist noch nicht fünf, aber wir dürfen jetzt keine Zeit verlieren. Ja, lass ihn in allen Medien, die es nur gibt, suchen!«

Reinhart kam dem Wunsch des Hauptkommissars nach und trat anschließend das Gaspedal durch.

»Mir ist schlecht«, sagte er. »Verdammte Scheiße, wie ich das verabscheue! Jetzt sind wir schon wieder in so einer Lage.«

Van Veeteren gab keine Antwort.

»Habt ihr ein Foto?«, fragte Jung.

»Mist«, sagte Reinhart. »Das brauchen wir natürlich …«

»Przebuda«, sagte der Hauptkommissar.

»Was?«, fragte Jung.

»Die Lokalzeitung«, erklärte der Hauptkommissar. »Die müssen doch eins haben. Wenn wir angekommen sind, rufe ich dort an und wecke den Chefredakteur.«

Reinhart räusperte sich.

»Glaubst du ...?«, setzte er an. »Ich meine, glaubst du, dass er wieder unterwegs ist?«

»Was glaubst du?«, fragte Van Veeteren.

Und während der restlichen Fahrt saßen sie schweigend da, jeder mit seinen eigenen Gedanken beschäftigt.

38

Van Veeteren selbst trug das Tablett und stellte es vor Mirjam Fingher hin.

Tee. Saft. Brote mit Käse und Wurst. Er ging zurück und schloss die Tür. Dann setzte er sich auf die andere Pritsche.

»Bitte«, sagte er. »Ich habe ein paar Fragen. Ich gehe davon aus, dass Sie zur Zusammenarbeit bereit sind, es gibt ja keinen Grund, die Dinge noch schlimmer zu machen.«

Sie nickte und trank einen Schluck Tee. Er betrachtete sie. Ihre kräftige Gestalt schien während der Fahrt nach Sorbinowo zusammengeschrumpft zu sein. In sich gefallen ... Als wäre das Äußere dabei, das Innere aufzufressen, dachte er.

»Was glauben Sie, wo er jetzt ist?«

Sie versuchte mit den Schultern zu zucken, aber es gelang ihr nur ansatzweise.

»Ich weiß es nicht.«

Ihre Stimme balancierte auf einer dünnen Schneide, sie war kurz vorm Zusammenbrechen.

»Wir müssen ihn finden, bevor er es wieder tut«, sagte der Hauptkommissar. »Wie wir die Dinge sehen, so besteht ein ziemlich großes Risiko, dass er sich gerade aus diesem Grund auf den Weg gemacht hat ... oder haben Sie einen anderen Vorschlag?«

Sie schüttelte den Kopf.

»Nein.«

»Er kann nicht geahnt haben, dass wir kommen?«

»Nein ... nein, absolut nicht. Ich glaube ...«

»Ja?«

» ... dass es schon so sein kann, wie Sie sagen.«

Nicht viel mehr als ein Flüstern. Wie lange hält sie noch durch? überlegte er. Ich muss behutsam vorgehen.

»Nehmen Sie ein Brot«, sagte er. »Wir wollen jetzt mal versuchen, Ordnung in die Sache zu kriegen.«

Sie sah ihn an. Strich eine Strähne ihres bleichbraunen Haars aus dem Gesicht und richtete sich ein wenig auf. Nahm noch einen Schluck Tee, rührte aber sonst nichts an.

»Ja«, sagte sie. »Es ist wohl so ... es ist mehr Zeit vergangen als zwischen den beiden anderen.«

Van Veeteren nickte und drehte einen Zahnstocher hin und her.

»Wie viel wussten Sie?«

»Einiges.«

»Sie waren es. Sie haben angerufen?«

»Ja.«

»Woher wussten Sie, dass er es getan hat?«

»Ich habe es ihm angesehen. Ich bin seine Mutter.«

»Warum haben Sie angerufen?«

»Damit es ein Ende haben sollte.«

»Damit die Mädchen wegkommen?«

»Ich weiß nicht ... ja, wahrscheinlich.«

»Sie haben sie gesucht und sie dann so hingelegt, dass wir sie finden sollten?«

»Nur die eine.«

»Die erste haben Sie nicht gefunden?«

»Zuerst nicht. Aber ...«

» ...«

»Ich dachte ... nein, ich weiß nicht, was ich gedacht habe. Zuerst habe ich mich nicht getraut, aber dann war ich gezwungen, ja.«

Er zögerte eine Weile. Sah, dass sie wieder zu zittern begann, ihre Hände und ihr Gesicht.

»Seine Tochter?«, sagte er dann.

»Ja.« Sie räusperte sich und setzte an. »Sie ... meine Schwiegertochter hat mir alles erzählt, als sie sich scheiden ließ. Das war ... ja, zuerst habe ich mich natürlich geweigert, ihr zu glauben, aber dann habe ich es verstanden. Wenn man es überhaupt verstehen kann. Ich dachte, es wäre vorbei, Sie müssen mir glauben ... Seit der Zeit, seit er wieder zu uns zurückgezogen ist, ist nichts mehr passiert. Erst als diese Sekte, diese verfluchten Mädchen ...«

»Und letzten Sommer?«, fragte der Hauptkommissar.

Sie schüttelte den Kopf.

»Nein. Wim hat zu der Zeit für ein paar Monate in Groenstadt gearbeitet. Bei meinem Bruder, der hat eine Gärtnerei ... ich habe damals nur ein paar solche Zeitschriften bei ihm gefunden ...«

Sie verstummte.

»Ich verstehe«, sagte Van Veeteren. »Aber lassen Sie uns zu dem wichtigsten Punkt kommen. Was glauben Sie, wo er sich jetzt aufhalten könnte? Sie müssen versuchen, uns bei der Suche zu helfen.«

Sie schaute aus dem Fenster und schien zu überlegen.

»Im Wald«, sagte sie dann. »Da fühlt er sich irgendwie sicher, wahrscheinlich hält er sich dort auf ... o mein Gott!«

Und plötzlich war es, als wäre sie aufgebraucht. Sie ließ sich neben der Pritsche zu Boden fallen, auf die Knie, schlang die Arme um den Kopf und begann sich hin und her zu wiegen.

»Helfen Sie ihm, bitte, bitte! Helfen Sie ihm!«

Der Hauptkommissar beugte sich vor und strich ihr etwas unbeholfen über den Rücken. Dann öffnete er die Tür und rief nach Inspektorin Tolltse.

Nein, dachte er. Ich will nicht mehr.

»Wir haben doch nichts vergessen?«, fragte Reinhart.

»Die Fahndung läuft«, sagte Kluuge.

»Landesweit!«, schnaubte Suijderbeck. »Und dabei hockt er doch irgendwo hier in den Büschen. Er hat das Fahrrad genommen, habt ihr das vergessen?«

»Fünfundzwanzig Mann sind an Ort und Stelle«, fuhr Kluuge unverdrossen fort. »Zwanzig auf dem Weg hierher. Zwei Hubschrauber sind schon in der Luft.«

»Die Ferienlager sind gewarnt«, sagte Lauremaa.

»Viel zu viele«, seufzte Kluuge. »Im Augenblick haben wir zwischen drei- und vierhundert Mädchen im passenden Alter in den verschiedenen Lagern.«

»Verdammte Scheiße«, sagte Reinhart.

»Aber sie haben strenge Order erhalten«, erklärte Lauremaa.

»Das ist keine Garantie«, sagte Servinus.

»Nein«, stimmte Reinhart zu. »Aber in diesem verfluchten Geschäft gibt es nie irgendwelche Garantien.«

Inspektorin Lauremaa stand wütend auf und trat ans Fenster.

»Nun ja«, sagte sie. »Falls er sich hier in der Stadt zeigt, auf den Straßen, dann schnappen wir ihn. Hier kennt ihn ja jeder. Wir werden ihn kriegen, das ist nur eine Frage der Zeit.«

»Es gibt noch eine andere Frage der Zeit«, sagte Reinhart.

»Ich weiß«, gab Lauremaa ihm Recht. »Brauchst mich nicht daran zu erinnern.«

Die Tür ging auf, und Van Veeteren trat ein, einen Zahnstocher in jedem Mundwinkel. Er ließ sich auf Lauremaas leerem Stuhl nieder und schaute sich um.

»Der Wald«, sagte er. »Seine Mutter glaubt, dass er im Wald ist.«

Einige Sekunden lang blieb es still.

»Okay«, sagte Suijderbeck. »Klingt nicht abwegig. Müssen wir die Hubschrauber eben anweisen, über den Wald zu fliegen. Und um den See ... das ist wohl am wahrscheinlichsten, oder?«

»Das ist es«, sagte Jung. »Wie läuft es mit der Kommunikation?«

»Die Funkwagen stehen draußen«, sagte Suijderbeck und nickte. »Servinus und ich kümmern uns gleich drum. Was machen die fünfundzwanzig Mann, die gekommen sind?«

»Warten auf Befehle«, sagte Kluuge.

»Ab in den Wald mit ihnen«, sagte Suijderbeck. »Sie sollen sich auf das andere Seeufer konzentrieren, oder was meint ihr?«

»Genau«, sagte Kluuge. »Das würde ich auch sagen.«

»Scheiße«, platzte Jung heraus. »Wisst ihr was? Mir fällt da was ein ... ich habe einen Kerl mit Fahrrad gesehen, als wir nach Waldingen rausgefahren sind. Heute Nacht, meine ich. Er hat gegen einen Baum gepisst ... sein Fahrrad stand neben ihm. Ich habe zwar nur seinen Rücken gesehen, aber er kann es gewesen sein ...«

»Meine Güte!«, stöhnte Reinhart. »Und dich haben sie zum Inspektor gemacht?«

Jung schüttelte den Kopf und murmelte etwas vor sich hin.

»Ist der Kommissar nicht auch dort längs gefahren?«, fragte Van Veeteren.

»Hört auf«, sagte Lauremaa. »Falls er das war, dann heißt das jedenfalls, dass wir an der richtigen Stelle suchen.«

»Es ist jetzt Viertel vor acht«, sagte Suijderbeck. »Also brechen wir auf und fangen den Teufel!«

Er wachte auf und schaute auf die Uhr.

Fünf vor acht.

Er hatte doch ein paar Stunden geschlafen. Das war ein schönes Gefühl, schön und notwendig.

Auch kein schlechter Platz. Geschützt und sonnenwarm. Zwischen den Ästen konnte er den See ahnen und in einiger Entfernung fröhliche Mädchenstimmen hören. Wahrscheinlich hatte er sie schon gehört, als er noch schlief, denn es kribbelte bereits in ihm, und seine Erektion war genauso hart wie der Gummiknüppel.

Er hielt den Gummiknüppel in der Hand, wie er erst jetzt merkte. Musste lachen, ergriff mit der anderen Hand seinen eigenen und verglich.

Eine Blonde, dachte er. Zehn Punkte für eine Blonde.

Aber es war natürlich auch mit einer anderen ganz in Ordnung.

Er zog sich auf die Ellbogen hoch und spähte zum Wasser hinunter.

»Ich habe es gestern verloren«, erklärte Helene Klausner. »Als wir da oben waren.«

Sie zeigte zwischen die Bäume.

»Es muss irgendwo da oben liegen. Kommst du mit?«

Ruth Najda schüttelte den Kopf.

»In zehn Minuten gibt es Frühstück. Und sie haben uns gesagt, wir dürften nirgends hingehen. Da ist wohl irgendwas passiert, die haben deshalb jetzt eine Besprechung.«

»Es dauert bestimmt nicht länger als fünf Minuten.«

»Ich will nicht.«

»Du darfst dir auch meine Tauchermaske ausleihen.«

»Ich will nicht, das habe ich doch schon gesagt.«

»Wartest du dann hier solange, wenn ich allein hinlaufe?«

Ruth Najda kletterte vom Felsen hinunter.

»Ich finde, wir sollten jetzt lieber zum Speisesaal gehen. Die anderen sind schon da. Du kannst es doch später noch holen. Das ist doch nur so ein Haargummi.«

Helene Klausner schüttelte ihr langes blondes Haar.

»Aber ich brauche es. Ich werde es jedenfalls suchen gehen. Wartest du so lange?«

»Na gut«, seufzte Ruth Najda. »Aber du musst dich beeilen, ich habe Hunger.«

»Fünf Minuten!«, rief Helene und verschwand zwischen den Bäumen.

39

Jung setzte sich hinter Suijderbeck und Servinus in den Funkwagen. Er spürte, wie die Müdigkeit ihm langsam in die Knochen kroch, während er auf die roten Digitalziffern starrte, die die zähen Minuten dieser Morgenstunden zählten.

08.16

08.17

Wie viele Minuten würde es dauern? dachte er. Bevor etwas passierte. Hundert? Tausend?

Gab es eigentlich irgendwelche Argumente dafür, dass Wim Fingher sich wirklich hier in Sorbinowo aufhielt? Und nicht irgendwo anders, wo auch immer?

Wenn er nur eine einzige Minute an diesem Morgen das Radio gehört hatte, dann musste er doch wissen, dass sie hinter ihm her waren. Dass er ein gehetztes Wild war – auch wenn er ein wahnsinniger Mörder war, musste er doch Verstand genug besitzen, von hier abzuhauen?

Auf dem Fahrrad oder zu Fuß.

Durch die Wälder.

Sollte man nicht auch bei so einem Wahnsinnigen eine gewisse Logik voraussetzen?

»Was denkt ihr?«, fragte er.

»Verdammter Mist, ich weiß es nicht«, sagte Servinus. »Und was denkst du selbst?«

»Schwer zu sagen. Es wäre natürlich das Geschickteste, wenn ...«

»Sei still!«, unterbrach ihn Suijderbeck und schob sich die Kopfhörer zurecht. »Was hast du gesagt? ... Okay! ... Gut! ... Wo ungefähr? ... Hinter der Brücke? Hinter welcher verdammten Brücke denn? ... Ja, ich verstehe. Ich informiere die anderen. Fertig, Ende.«

»Ha!«, rief er daraufhin und nahm die Kopfhörer ab, sodass sie ihm um den Hals hingen. »Sie haben das Fahrrad gefunden. Jetzt haben wir ihn!«

»Wo?«, fragte Jung.

»An der Brücke bei der Landstraße zwischen den Seen. Auf der anderen Seite.«

»Okay«, sagte Jung. »Ich fahre hin und helfe suchen.«

»Was ist das denn?«, fragte Reinhart und stellte die Schärfe genauer ein.

»Was denn?«, fragte der Hauptkommissar.

Er drückte den Gasknüppel herunter, und der Motor verstummte.

»Da sitzt ein Mädchen allein auf einem Felsen auf der anderen Seite. Guck mal!«

Reinhart überreichte das Fernglas und zeigte auf den Ufersaum.

Van Veeteren schwenkte einige Male über das Wasser und den Wald, bevor er den richtigen Punkt fand.

»Ja, verdammt ...«, sagte er. »Da gibt es bestimmt auch ein Ferienlager in der Nähe.«

»Mach den Motor wieder an«, sagte Reinhart. »Die kann da doch nicht einfach so sitzen!«

Nach einigen missglückten Versuchen tuckerte der Außenbordmotor los, und sie nahmen Kurs quer über den See; Reinhart halb liegend, das Fernglas auf dem Vordersteven, Van Veeteren auf der Achterruderbank, gegen den Wind und das Spritzwasser zusammengekauert.

Kanus gefallen mir besser, dachte der Hauptkommissar. Und zwar um einiges. Aber ich stecke ja noch mittendrin in der Tretmühle. Ich kenne ja nichts anderes.

»Hallo«, sagte der Mann und stand auf.

Sie blieb stehen. Strich sich das lange Haar aus den Augen und blinzelte ihn an.

»Hallo«, sagte sie.

»Was machst du hier?«, fragte er.

»Was machen Sie hier?«

Er lachte laut auf.

»Solche wie du gefallen mir«, erklärte er. »Nun ja, ich mache eigentlich gar nichts. Hab gedacht, mal nach den Pilzen zu gucken, ob schon welche gekommen sind.«

»Das sind sie«, nickte sie. »Wir haben gestern einen ganzen Korb voll gepflückt, aber die meisten mussten wir natürlich wieder wegschmeißen. Unsere Erzieherinnen haben behauptet, sie wären nicht genießbar, aber ich glaube, sie hatten nur keine Lust, sie sauber zu machen ... Warum haben Sie denn nichts dabei, um die Pilze reinzutun? Und was ist das da?«

Sie zeigte auf das Gummiding, das er in der Hand hielt.

»Das hier ...?«, fragte er lachend. »Soll ich dir zeigen, wie man es benutzt?«

Sie schaute auf die Uhr. »Ich habe keine Zeit«, erklärte sie. »Ich wollte nur nach meinem Haargummi suchen, das habe ich gestern hier oben verloren.«

»Dein Haargummi?«, wiederholte er und schluckte.

»Ja, es muss genau hier gewesen sein.«

Er machte eine Geste mit dem Arm.

»Ich werde dir beim Suchen helfen.«

Sie lächelte ihn an.

»Oh, danke, das ist prima. Los geht's.«

»Was machst du hier?«, fragte Reinhart.

Das Mädchen rutschte vom Felsen herunter.

»Wieso?«

Sie stiegen aus dem Boot und zogen es ein Stück auf den schmalen Sandstreifen hinauf.

»Wir suchen eine Person«, erklärte der Hauptkommissar. »Ist euch nicht gesagt worden, dass ihr euch heute nicht allein draußen herumtreiben sollt?«

»Nein ... doch, aber ich warte nur auf eine Freundin.«

»Eine Freundin?«, fragte Reinhart.

»Ja. Sie wollte nur was holen.«

»Und was?«

»Ein Haargummi.«

»Und wo will sie das holen?«, fragte Van Veeteren ungeduldig.

»Sie hat es gestern oben im Wald verloren.«

Sie drehte den Kopf in die Richtung.

»Wie heißt du?«, fragte Reinhart.

»Ruth Najda. Wer sind Sie eigentlich?«

»Wir sind von der Polizei«, erklärte Reinhart. »Du sagst also, deine Freundin ist hoch in den Wald gegangen, um nach ihrem Haarband zu suchen ...«

»Gummi«, sagte Ruth Najda. »Nicht Band.«

»Ja, gut. Wann ist sie losgegangen?«

Das Mädchen schaute auf die Uhr und zuckte mit den Schultern. »Ungefähr vor einer Viertelstunde. Sie wollte es in fünf Minuten schaffen, hat sie gesagt, aber jetzt sind schon dreizehneinhalb vergangen.«

»Verdammter Mist!«, rief Reinhart aus. »Komm, zeig uns mal, wohin sie gegangen ist!«

»Warum sind Sie denn ...?«, wollte Ruth Najda ansetzen, aber der Hauptkommissar unterbrach sie.

»Los!«, rief er. »Es ist eilig, und das ist kein Spiel hier!«

»Ja, ist ja gut«, sagte das Mädchen und bahnte sich den Weg zwischen den Erlen hindurch.

»Wie läuft es?«, rief Suijderbeck ins Mikrophon. »Könnt ihr nicht diesen verdammten Motor ausschalten, damit man mal versteht, was ihr sagt?«

»Es ist nicht ganz einfach, einen Hubschrauber ohne Motor zu fliegen«, erklärte die Stimme. »Aber vor einer Weile haben wir eine Person kurz gesehen ... das kann er gewesen sein. Und die Typen unten sind direkt auf dem Weg dorthin.«

»Gut!«, rief Suijderbeck. »Seht zu, dass er uns nicht entwischt, sonst komme ich persönlich nach oben und trete euch in den Hintern. Kapiert?«

Es knackte ein paar Mal.

»Du heißt Suijderbeck, nicht wahr?«

»Ja, warum?«

»Dachte ich mir doch, dass ich deinen Stil wiedererkenne.«

»Over and out«, sagte Suijderbeck.

Es war Reinhart, der sie zuerst sah.

Die langen blonden Haare des Mädchens schimmerten durch die Bäume hindurch, und dann tauchte Wim Finghers Rücken auf und verschwand wieder. Zwischen zwei hervorspringenden bemoosten Findlingen waren sie schließlich als ganzes Bild zu erkennen, zuerst das Mädchen und dann ... dicht, ganz dicht hinter ihr, mit der Hand einen schwarzen Gummiknüppel umklammernd ... kam der Mörder.

Van Veeteren blieb abrupt stehen. Reinhart stolperte fast über ihn, fand aber schnell sein Gleichgewicht wieder und suchte nach seiner Waffe, aber das war nicht mehr nötig, denn im gleichen Moment knackte es im Gebüsch, und zwei uniformierte Kollegen stürmten vor. Der eine warf sich über Wim Fingher – mit einem Sprung, der in jedem amerikanischen B-Film seinen Platz hätte finden können, wie der Hauptkommissar dachte. Er warf ihn sofort zu Boden, während sich der andere im Abstand von einem Meter breitbeinig hinstellte und seine Pistole auf den Kopf des Mörders richtete.

»Wenn du verdammte Missgeburt dich nur einen Millimeter bewegst, dann blase ich dir das Gehirn aus deinem Schädel«, erklärte er ganz ruhig.

Überhaupt ein äußerst professionelles Eingreifen alles in allem. Plötzlich spürte der Hauptkommissar, wie ihn die Müdigkeit überwältigte.

Eine unendliche Müdigkeit, und ihm fiel wieder ein, dass er seit mehr als vierundzwanzig Stunden nicht mehr geschlafen hatte.

»Warum haben Sie das gemacht?«, fragte Helene Klausner.

»Das war notwendig«, erklärte Reinhart. »Er ist krank.«

»Krank?«

»Ja«, sagte Reinhart »Hat er dich angefasst?«

»Mich angefasst? Nein, er hat mir nur geholfen, mein Haargummi wiederzufinden. Das hier.«

Sie hielt einen himmelblauen Stoffstreifen hoch. Der Hauptkommissar nickte.

»Wie schön«, sagte er. »Aber ihr sollt jetzt bestimmt frühstücken. Lauft los!«

»In Ordnung. Tschüs dann!«

Sie blieben stehen und schauten den Mädchen nach, die langsam auf das rote Gebäude zuschlenderten, das ein Stück vom Strand entfernt lag.

»Und, leihst du mir jetzt deine Tauchermaske?«, hörten sie das dunkelhaarig Mädchen fragen. »Schließlich habe ich die ganze Zeit auf dich gewartet, und du hast es mir versprochen ...«

»Ja, natürlich«, antwortete die Blonde fröhlich und band ihr Haar mit einem routinierten Griff zusammen. »Aber erst müssen wir einmal frühstücken.«

Der Hauptkommissar räusperte sich, ging zurück zum Boot und setzte sich hinein.

»Also«, sagte er. »Ob der Herr Kommissar wohl so gut ist und in See sticht.«

Kluuge versuchte in den Telefonhörer zu starren.

Es war drei Uhr am Nachmittag, er lag auf seinem Bett, und Deborah war dabei, seine Schultern und seinen Brustkorb zu massieren. Sie saß mit gegrätschten Beinen auf ihm, und er konnte ihre schwere Frucht auf seinem eigenen Bauch spüren. Sowohl in psychischer wie in physischer Hinsicht war das eine gottbegnadete Stunde ... ganz ohne Zweifel. Und dann war Polizeichef Malijsen am Telefon!

»Warum zum Teufel hast du mich nicht informiert?«, schrie er. »Es hätte dir doch klar sein müssen, dass du so eine Sache nicht in eigener Regie durchführen kannst. Du hast verdammtes Glück gehabt, dass nicht alles den Bach runter gegangen ist! Ich persönlich werde dafür sorgen, dass du ...«

Kluuge stopfte den Hörer unter das Kopfkissen und dachte drei Sekunden lang nach. Dann nahm er ihn wieder hoch.

»Halt's Maul, du hohle Nuss!«, sagte er und legte auf.

»Gut so«, sagte Deborah.

40

Soweit er sich erinnern konnte, handelte es sich um die gleichen Leute wie beim letzten Mal, und es dauerte seine Zeit, bis er mit dem Redakteur allein war.

»Was meinst du?«, fragte Przebuda. »Du hast ihn natürlich schon mal gesehen?«

Van Veeteren nickte.

»Natürlich«, sagte er. »Cassavetes gehört zwar nicht zu meinen Favoriten, aber ›Der Sturm‹ zählt zu seinen besten Filmen.«

»Ganz meine Meinung«, sagte Przebuda. »›Der Sturm‹ ist und bleibt ›Der Sturm‹. Das hat auch was mit Kreta zu tun.«

»Zweifellos«, sagte Van Veeteren. »Darf ich dich zu einem Gläschen einladen?«

Przebuda schüttelte energisch den Kopf. Dann lachte er.

»Kommt gar nicht in Frage«, sagte er. »Aber ich habe etwas vorbereitet ... und ein paar gute Weine. Einen 71er Margaux und einen Mersault.«

»Warum stehen wir dann noch hier rum?«, fragte der Hauptkommissar.

»Also: case closed?«, konstatierte Przebuda, nach Pilzpiroggen, Kalbsmedaillons in Zitronensoße, Brunnenkressesalat und eineinhalb Flaschen Wein.

»Ja«, nickte Van Veeteren. »Case closed. Eine verfluchte Geschichte, es gibt einfach keine mildernden Umstände, wenn Kinder darin verwickelt sind ... und der Himmel schweigt.«

»Und der Himmel schweigt«, wiederholte Przebuda. »Ja, das tut er wohl. Wie bist du eigentlich drauf gekommen ... dass er es war, meine ich?«

Der Hauptkommissar lehnte sich zurück und ließ sich mit der Antwort Zeit.

»Das stand im Telefonbuch«, erklärte er dann.

»Im Telefonbuch?«

»Ja. Erinnerst du dich an Ewa Siguera?«

Der Redakteur dachte eine Weile nach.

»Diese Frau vom Foto?«

»Ja. Sie heißt nicht Siguera. Sondern Figuera. Du hast dich verhört ... oder es jedenfalls falsch aufgeschrieben.«

»Mein Gott«, stieß Przebuda aus und erstarrte, das Weinglas nur halb zum Mund geführt. »Du meinst doch wohl nicht, dass, wenn ...?«

»Nein. Keine Sorge. Die Toten waren bereits tot. Es wäre wahrscheinlich einfach nur etwas schneller gegangen.«

Aber wenn er näher darüber nachdachte, dann musste er sich eingestehen, dass das gar nicht stimmte. Eher im Gegenteil. Wenn er von Anfang an den richtigen Namen gehabt hätte, wäre er möglicherweise nie darauf gekommen. Oder jedenfalls nicht rechtzeitig genug ... nicht rechtzeitig genug, um das blonde Mädchen mit dem Haargummi ... nein, er wollte sich das lieber nicht vorstellen.

Przebuda saß schweigend da und schien über etwas zu grübeln.

»Ich verstehe das nicht«, sagte er. »Was zum Teufel hatte Ewa Siguera ... entschuldige, Figuera ... mit Wim Fingher zu tun?«

»Gar nichts«, erklärte der Hauptkommissar. »Nicht die Bohne ... übrigens, ein ausgezeichneter Wein. Es ist selten, dass man diese Herbheit hinkriegt, ohne dass es in der Zunge beißt ...«

»Ich habe noch eine Flasche«, erklärte Redakteur Przebuda. »Prost!«

Sie tranken.

»Und?«

»Nicht die Bohne, wie gesagt«, nahm der Hauptkommissar den Faden wieder auf. »Aber als ich die Figuera anrufen wollte, stieß ich auf der gleichen Seite auf den Namen Fingher. Sogar in der gleichen Spalte, nur ein paar Zeilen tiefer. Das ist ja nun kein üblicher Name ...«

Przebuda versuchte zu nicken und gleichzeitig den Kopf zu schütteln.

»... ja, und dann fielen mir die beiden Äußerungen ein, die ich bei meinem zweiten Besuch da draußen gehört hatte, am Donnerstag. Mathias Fingher, der Vater also, war es gewesen – zuerst sagte er, dass sie nur den einen Sohn haben, und später erzählte er, dass seine Frau unterwegs war, ein Enkelkind zu besuchen. Oder hat sie das sogar selbst gesagt ...?«

Przebuda saß schweigend da und drehte sein Glas.

»Ja, und ...?«, fragte er schließlich. »Das kann doch wohl kaum so ein starkes Indiz gewesen sein? Warum sollte er ein Mörder sein, nur ... nur weil er früher verheiratet war und eine Tochter hatte?«

Der Hauptkommissar zuckte mit den Schultern.

»Ich kann mich noch dran erinnern, dass der Herr Redakteur letztes Mal so voller Begeisterung über den Begriff Intuition gesprochen hat. Seine geschiedene Frau hat also seinen Namen behalten, sie wusste selbst nicht, warum, aber schlussendlich hatte es ja seine Bedeutung.«

»Ist ja Wahnsinn«, musste Przebuda nach einer weiteren Pause zugeben. »Wirkt fast wie aus einem Drehbuch. Aber wer war diese Ewa Figuera nun eigentlich?«

Van Veeteren zündete sich eine Zigarette an.

»Eine Freundin von einer der drei Frauen da draußen«, sagte er. »Hat nicht das Geringste mit dem Reinen Leben zu tun. Hat nur an einem Tag im letzten Sommer das Lager besucht und ...«

»... und da kam ich und habe das Foto gemacht«, ergänzte Przebuda. »Das ist ja schon verdammt merkwürdig, denn wenn ...«

Er verstummte und schaute an die Decke, als suchte er zwischen den dunklen Balken dort eine Antwort.

»... denn wenn ich dir nicht das Bild gezeigt hätte – und so weiter. Was für ein fantastischer Zufall!«

»Es gibt keine Zufälle«, sagte der Hauptkommissar. »Das hier war nur ein Faden, der ans Ziel geführt hat. Es gibt Hunderte andere, die denkbar wären. Wenn das Leben ein Baum ist, dann bleibt es sich gleich, ob man nun den einen Ast oder den anderen packt ... um zur Wurzel zu kommen, meine ich. Oder was man nun so will.«

Przebuda dachte darüber eine Weile nach.

»Ich hole noch die andere Flasche«, erklärte er dann.

»Und die Frauen?«, wollte Przebuda eine Weile später wissen. »Diese schweigsamen Priesterinnen, warum zum Teufel haben die eigentlich den Mund nicht aufgemacht?«

»Die dachten sicher, es ginge um die Richtung an sich«, meinte Van Veeteren. »Vermutlich hat Jellinek ihnen einen Maulkorb verpasst, was das Verschwinden des zweiten Mädchens betraf – bevor er selbst ermordet wurde und verschwand. Tja, und danach hieß es nur noch, dem Worte des Propheten zu folgen. Wie üblich, kann man wohl sagen. Mohammed und Christus sind beide ja auch schon ziemlich lange tot, wenn ich mich nicht irre.«

Przebuda lachte kurz auf.

»Und wie geht es ihnen jetzt? Ich meine, den Frauen?«

Van Veeteren zögerte einen Moment.

»Ich weiß nicht so recht«, sagte er. »Zwei von ihnen haben Wolgershuus gestern Nachmittag gemeinsam verlassen. Die dritte, Madeleine Zander, hat offensichtlich darum gebeten, noch bleiben zu dürfen.«

»Bleiben zu dürfen?«

»Ja.«

»Na gut, das kann man zumindest als eine gewisse Einsicht in die Krankheit deuten«, brummte Przebuda und presste die letzten Tropfen aus dem abschließenden Bourgogne.

»Und Wim?«, fragte er dann. »Wim Fingher?«

Der Hauptkommissar zuckte wieder mit den Schultern.

»Das ist der Job der Ärzte, denke ich. Es ist schon merkwürdig, dass er fast die ganze Zeit mehr oder weniger normal gewesen ist ... soweit wir wissen, hat er sich nur an seiner eigenen Tochter und an diesen beiden Mädchen vergriffen. Aber ob er nun Gefängnis oder geschlossene Anstalt bekommt, das weiß ich nicht ... ich kann noch nicht einmal sagen, wofür ich wäre.«

»Aber Mirjam Fingher bekommt Gefängnis?«

»Zweifellos. Ihr Handeln war ja sowohl vernunftgesteuert als auch logisch.«

»Aber vielleicht auch entschuldbar«, sagte Przebuda. »Natürlich darf man nicht einfach jeden dahergelaufenen Priester umbringen ... aber vom mütterlichen Gesichtspunkt aus ...«

»Kann schon sein«, sagte Van Veeteren. »Man sollte sich aber auch mal fragen, wem es bei dieser ganzen Geschichte eigentlich am schlimmsten ergangen ist. Den armen Mädchen und ihren Familien natürlich, aber ich finde, wir sollten in diesem Zusammenhang auch Mathias Fingher nicht vergessen. Du kannst ja mal bei ihm vorbeischauen, wenn du in der Gegend bist.«

»Ja, mein Gott«, sagte Andrej Przebuda und hob sein Glas. »Armer Teufel! Aber jetzt trinken wir aus!«

Es war schon nach halb zwei, als er zum letzten Mal den Kleinmarckt auf dem Weg zum Grimm's überquerte. Die Bar, die direkt neben dem Rathaus lag, war noch immer geöffnet, aber von einem übertriebenen Nachtleben war kaum etwas zu spüren. Offenbar waren die Journalisten heimgerufen worden, sobald alles vorbei war, sobald der Abpfiff erklungen war. So war es immer. Jetzt ging es darum, das psychologische Portrait des Mörders aufzublasen: Kindheit, Kränkungen während der Schulzeit, Heimtücke und das eine und andere mehr.

Die Toten sind tot, dachte Van Veeteren. Aber die Täter leben weiter und haben Neuigkeitswert. Alles hat seine Zeit.

Reinhart, Jung und die anderen hatten Sorbinowo bereits am Nachmittag verlassen, nur er selbst hatte sich noch einen Tag extra gegönnt.

Als ob das der Anstand gebiete, kam ihm in den Sinn. Als ob die betroffenen Menschen diesen Ausklang begehrt hätten. Ob nun schuldig oder nicht. Opfer wie Täter.

Diese vom Wind Getriebenen, dachte er.

Und diese Bosheit. Diese verdammte, nicht steuerbare Finsternis, die jetzt fünfunddreißig Jahre lang sein Spielfeld gewesen war. Immer in der Nähe und bereit zuzuschlagen, sobald man ihr den Rücken kehrte oder nicht auf der Hut war. Dieser allzeit bereite Feind, der alle Freude trübte, jeden guten Willen unanständig erscheinen ließ ...

War das mehr als eine Krankheit, diese Finsternis? Vom Resultat her betrachtet, war es eigentlich gleich. Jedenfalls für denjenigen, der betroffen war – und vielleicht sollte man genau mit diesen Begriffen das Problem auch beschreiben. Sein eigenes und das aller anderen.

Als Trennung zwischen dem Handlungsmotiv und seinen Konsequenzen. War es nur das, auf dem das Böse aufbaute?

Wohl kaum. Ihm war klar, dass das nur eine Sichtweise war. Eine unter hundert möglichen. Während er die Treppe hinunter zum See ging, dachte er außerdem darüber nach, ob Das Reine Leben wohl jemals wieder auferstehen würde, aber ihm war klar, dass auch das nicht den Kern der Sache ausmachte.

Sollten diese Menschen, alle diese in die Irre geführten Mitglieder, überhaupt wieder aufstehen können, das war die Frage? Wiederauferstehen als – Menschen.

Dann kam ihm ein ganz anderer Begriff in den Sinn.

Gottes Finger.

Gottes Fingher?

Zeit, mit der Grübelei aufzuhören. Zeit, diesem Theoretisieren ein Ende zu machen, das nur dazu diente, die Gedanken an diese Mädchenkörper zu verdrängen. Ich werde sie ja doch nie ganz los.

Und als er das Grimm's betrat, fiel ihm ein, dass er genau an diesem Abend, in dieser Nacht, im Christos ins Bett hatte gehen sollen. Hundert Meter entfernt vom venezianischen Hafen von Rethymnon.

So oder so.

Was soll's, dachte er. Ich rufe sie an, wenn sie wieder zu Hause ist. Zeit und Raum sind Begriffe für Kretins.

Genau, für Kretins.

314

VII

10. August

41

Als er erwachte, hing der Traum ihm noch nach.

Das Bild mit den blassen Mädchen im Hintergrund; ganz nahe am Ufer. Magere Körper in Dreier- und Vierergruppen. Die Stille – und ein eigenartig schimmerndes Licht über dem See und über dem Waldrand im Osten. Morgen, ja es war zweifellos ein Morgen.

Die beiden Körper im Vordergrund.

Nackt und sonderbar verdreht. Mit Wunden und Geschwülsten und großen schwarzen Löchern statt der Augen – die dennoch zu starren und eine Anklage zu enthalten schienen. Mädchenkörper. Tote und geschändete Mädchenkörper.

Dann der Brand. Unten vom Wasser her Feuerzungen, die heranrauschten, und bald bestand das Bild nur noch aus Flammen. Ein ganzes Flammenmeer, das sein Gesicht erhitzte, er wandte sich davon ab und beeilte sich fortzukommen.

Immer wieder der gleiche kurze Traum. Nicht mehr als eine Sequenz oder ein Tableau. Jetzt schon die dritte Nacht. Und immer wenn das Bild von Wim Fingher auftauchte, war er bereits aufgewacht. Unbarmherzig wach. Der Mörder – der sich während der gesamten Ermittlungen nur einen Steinwurf entfernt vom Tatort befunden hatte und dem er zweimal Aug in Aug gegenüberstand, ohne etwas zu merken.

Unverzeihlich.

Das endgültige Zeichen.

Er stand auf. Öffnete die Balkontür: blasser Himmel, laue Luft, eine fast unmerkliche Brise.

Ein paar halbherzige Rückenübungen vor dem Spiegel.

Dann Frühstück und die Allgemejne. Das dauerte so seine Stunde; die Schachspalte mit ihrem Matt in drei Zügen schon eine halbe; es hing an einem Springer, an dieser am schwersten zu bezwingenden Figur auf dem Brett.

Er duschte, zog sich an und ging hinaus. Wieder so ein reibungsfreier Tag, stellte er fest. Glatt und ohne besondere Kennzeichen, und mit einer Temperatur, die dazu führte, dass man die Luft gar nicht auf der Haut spürte. Nicht viele Leute in der Stadt unterwegs. Ferienzeit – schlimmer war es vermutlich schon im Zentrum: um den Keymer Plejn und den Grote Markt, wo sich die Touristen einzufinden pflegten, aber dorthin wollte er ja nicht.

Lenkte seine Schritte stattdessen nach Zwille. Überquerte die Langgracht und kam diesmal aus der anderen Richtung in die Kellnerstraat. Es war noch nicht später als elf, und er gönnte sich zuerst einmal bei Yorrick's ein Bier.

Saß dort unter einer der Linden und hatte es nicht eilig. Ließ nur seinen Blick schweifen. Die wenigen herumschlendernden Menschen. Die Jugendstilfassaden. Die Laubbäume und der blasse Himmel. Er versuchte innere Stimmen und Zweifel zu erhaschen, fand aber keine.

Dann soll es also so sein, dachte er. Leerte sein Glas und überquerte die Straße.

Drückte die Klinke hinunter und trat ein. Eine Glocke über der Tür verkündete sein Kommen. Ein älterer Mann – fast vollkommen weißhaarig und mit einem gut gepflegten Bart im gleichen Farbton – war gerade dabei, eine Karte mit Hilfe eines Vergrößerungsglases zu studieren. Er schaute auf. Nickte freundlich und ein wenig überrascht.

»Guten Tag«, sagte Van Veeteren. »Ich komme wegen des Schilds im Fenster.«

»Willkommen«, sagte der Mann.